Mario Vargas Llosa

Histoire
de Mayta

Traduit de l'espagnol (Pérou)
par Albert Bensoussan

Gallimard

Titre original :

HISTORIA DE MAYTA

Né en 1936 au Pérou, Mario Vargas Llosa passe une partie de son enfance en Bolivie. Dès l'âge de quatorze ans, il est placé à l'Académie militaire Leoncio Prado de Lima qui lui laisse un sinistre souvenir. Parallèlement à ses études universitaires, il collabore à plusieurs revues littéraires et, lors d'un bref passage au Parti communiste, découvre l'autre visage du Pérou. Il se lance dans le journalisme comme critique de cinéma et chroniqueur. Il obtient une bourse et part poursuivre ses études à Madrid où il obtient son doctorat en 1958. L'année suivante, il publie un recueil de nouvelles très remarqué, *Les caïds*, et s'installe à Paris. Il publie de nombreux romans, couronnés par des prix littéraires prestigieux. Devenu libéral après la révolution cubaine, il fonde un mouvement de droite démocratique et se présente à l'élection présidentielle de 1990, mais il est battu au second tour. Romancier, essayiste, critique, Mario Vargas Llosa est considéré comme l'un des chefs de file de la littérature latino-américaine.

I

Courir le matin sur le môle de Barranco, quand l'humidité de la nuit imprègne encore l'atmosphère, rend les trottoirs glissants et luisants, est une bonne manière de commencer la journée. Le ciel est gris, même en été, car le soleil ne se lève jamais sur le quartier avant dix heures, et la brume estompe la frontière des choses, le profil des mouettes, l'épervier solitaire qui traverse en volant la ligne brisée de la falaise. La mer apparaît plombée, vert sombre, fumante et cabrée, avec des taches d'écume et de vagues qui avancent en gardant la même distance vers la plage. Parfois une barque de pêcheurs est ballottée entre les lames ; parfois un coup de vent chasse les nuages et l'on aperçoit au loin la Pointe et les îles terreuses de San Lorenzo et le Frontón. C'est un beau paysage, à condition de centrer son regard sur les éléments et sur les oiseaux. Car ce qu'a fait l'homme, en revanche, est laid.

Elles sont laides, ces maisons sans caractère,

9

imitations d'imitations, que la peur des voleurs hérisse de grilles, asphyxie de murs et déforme de sirènes d'alarme et de projecteurs. Les antennes de télé forment un bois spectral. Elles sont laides, ces ordures qui s'accumulent en bordure du môle et s'épandent sur la falaise. Qu'est-ce qui a fait surgir en ce lieu de la ville, à la vue imprenable, des dépotoirs? La négligence. Pourquoi les maîtres n'interdisent-ils pas à leurs domestiques de jeter les immondices pratiquement sous leur nez? Parce qu'ils savent qu'alors les domestiques des voisins les jetteraient, ou les jardiniers du parc de Barranco, et même les éboueurs que je vois, tandis que je cours, vider sur les pentes de la falaise les poubelles qu'ils devraient transporter à la décharge municipale. Aussi se sont-ils résignés aux charognards, cloportes, mulots et à la puanteur de ces cloaques que j'ai vus naître et grandir tandis que je courais le matin, vision ponctuelle de chiens errants fouillant les ordures au milieu de nuées de mouches. De même me suis-je habitué, ces dernières années, à voir auprès des bêtes vagabondes, des enfants vagabonds, des vieillards vagabonds, des femmes vagabondes, tous acharnés à fouiner dans les immondices à la recherche de quelque chose à manger, à vendre ou à se mettre. Le spectacle de la misère, naguère cantonnée aux bidonvilles, puis au centre aussi, est devenu celui de toute la ville, même dans ces quartiers — Miraflores, Barranco, San Isidro —

résidentiels et privilégiés. Si l'on vit à Lima, on doit s'habituer à la misère, à la crasse ou devenir fou et se suicider.

Mais je suis sûr que Mayta ne s'y est jamais habitué. Au collège salésien, à la sortie, avant de prendre le bus qui nous ramenait à Magdalena, où nous vivions tous les deux, il courait donner à don Medardo, un aveugle déguenillé qui se postait avec son violon désaccordé à la porte de l'église de Maria Auxiliadora, le pain au fromage du goûter que nous distribuaient les Pères à la dernière récréation. Et chaque lundi il lui offrait une pièce d'un réal, qu'il devait économiser sur son argent du dimanche. Alors que nous nous préparions à la première communion, au milieu d'une homélie, il avait fait sursauter le père Luis en lui demandant à brûle-pourpoint : «Pourquoi y a-t-il des pauvres et des riches, mon père? Ne sommes-nous pas tous fils de Dieu?» Il était toujours à parler des pauvres, des aveugles, des infirmes, des orphelins ou des clochards, et la dernière fois que je l'ai vu, bien des années après avoir été des condisciples salésiens, il est revenu à son vieux sujet, tandis que nous prenions un café sur la place San Martín : «As-tu vu la quantité de mendiants, à Lima? Des milliers et des milliers.» Même avant sa fameuse grève de la faim, nous étions nombreux dans la classe à penser qu'il deviendrait curé. En ce temps-là, se préoccuper des misérables nous semblait propre à ceux qui aspiraient à la tonsure, non pas aux révolutionnaires. Nous étions alors calés en religion, fort peu en politique et pas du tout en révolution. Mayta était un petit frisé grassouillet, aux pieds plats, aux dents écartées, avec une façon de marcher qui indiquait deux heures moins dix. Il était toujours en culotte courte, avec un chandail à pois verts et un foulard frileux qu'il conservait en classe. Nous étions toujours à l'embêter parce qu'il se préoccupait des pauvres, parce qu'il servait la messe, parce qu'il priait et se signait avec tant de dévotion, parce qu'il jouait mal au football, et surtout parce qu'il s'appelait Mayta. « Allez vous moucher, morveux », disait-il.

Pour modeste que fût sa famille, il n'était pas le plus pauvre du collège. Nous nous confondions, élèves du salésien, avec ceux de l'école laïque, parce que le nôtre n'était pas un collège de petits Blancs comme le Santa María ou l'Inmaculada, mais un collège pour enfants des couches pauvres de la classe moyenne, fils d'employés, de fonctionnaires, de militaires, de courtiers sans grand succès, d'artisans, voire d'ouvriers qualifiés. Il y avait parmi nous plus de cholos que de Blancs, mulâtres, zambos, Chinois, quarterons, café au lait et des tas d'Indiens. Mais quoique beaucoup de salésiens eussent la peau cuivrée, les pommettes saillantes, le nez épaté et les cheveux crépus, le seul à porter un prénom indien, autant que je m'en souvienne, c'était Mayta. Pour le reste, il n'y avait chez lui pas plus de sang indien qu'en n'importe lequel d'entre nous et son teint olivâtre, ses cheveux bouclés et ses traits étaient ceux du Péruvien le plus commun : le métis. Il vivait tout près de la paroisse de la Magdalena, dans une maisonnette étroite, aux murs écaillés et sans jardin, que je connaissais très bien, parce qu'un mois durant j'y allai tous les après-midi pour lire avec lui, à haute voix, *Le Comte de Monte-Cristo*, roman que l'on m'avait offert pour mon anniversaire et qui nous enchantait tous les deux. Sa mère travaillait comme infirmière à la maternité et faisait des piqûres à domicile. Nous l'apercevions depuis la fenêtre du bus, quand elle ouvrait la porte à Mayta. C'était une femme robuste, aux cheveux gris, qui donnait à son fils un baiser expéditif, comme si elle n'avait pas le temps. Son père, nous ne l'avons jamais vu et j'étais sûr qu'il n'existait pas, mais Mayta jurait qu'il était toujours en voyage, à cause de son travail, parce qu'il était ingénieur (la profession la mieux considérée à cette époque).

J'ai fini de courir. Vingt minutes aller-retour entre le parc Salazar et chez moi c'est honorable. Et puis, tandis que je courais, j'ai réussi à oublier que je courais et j'ai ressuscité les classes au salésien, le visage trop sérieux de Mayta, sa démarche dandinée et sa voix suraiguë. Il est là, je le vois, je l'entends et je continuerai à le voir et l'entendre tandis que ma respiration redevient

13

normale, que je feuillette le journal, déjeune, me douche et commence à travailler.

Quand sa mère est morte — nous étions en troisième — Mayta est allé vivre chez une tante qui était aussi sa marraine. Il parlait d'elle avec tendresse et nous racontait qu'elle lui faisait des cadeaux à Noël et pour sa fête, et qu'elle l'emmenait parfois au cinéma. Elle devait être très bonne, en effet, car ses relations avec doña Josefa se sont maintenues même après que Mayta se fut émancipé. Malgré les vicissitudes de sa vie, il a continué à lui rendre visite régulièrement, au long des années, et c'est chez elle, précisément, qu'eut lieu cette rencontre avec Vallejos.

Comment est-elle maintenant, un quart de siècle après cette fête, doña Josefa Arrisueño ? Je me le demande depuis que j'ai parlé avec elle au téléphone et, triomphant de sa méfiance, je l'ai persuadée de me recevoir. Je me le demande en descendant du taxi qui me laisse à l'angle du Paseo de la República et l'avenue Angamos, aux portes de Surquillo. C'est un quartier que je connais bien. J'y venais enfant, avec mes amis, les soirs de fête, boire une bière au Triunfo, apporter des chaussures à ressemeler et des complets-veston à retourner, et aussi voir des films de cow-boys dans ses salles de cinéma inconfortables et malodorantes : le Primavera, le Leoncio Prado, le Maximil. C'est un des rares quartiers de Lima qui n'ait presque pas changé.

Il est encore plein de tailleurs, cordonniers, ruelles populeuses, imprimeries avec des typographes qui composent les caractères à la main, garages municipaux, gargotes obscures, petits bars louches, entrepôts, boutiques minables, bandes de clochards aux coins et gosses qui tapent dans une balle en plein milieu de la rue, entre autos, camions et tricycles de marchands de glaces. La foule sur les trottoirs, les petites maisons écaillées à un ou deux étages, les flaques grasses, les chiens faméliques semblent être ceux d'alors. Mais maintenant ces rues autrefois peuplées seulement de pègre et de prostitution sont aussi aujourd'hui celles de la marijuana et la coco, et c'est ici qu'a lieu un trafic de drogues encore plus actif qu'à la Victoria, Rímac, Porvenir ou dans les bidonvilles. La nuit, ces coins de rue lépreux, ces immeubles sordides, ces tavernes pathétiques deviennent des *huecos*, lieux où l'on vend et achète des *pacos* de marijuana et de cocaïne et l'on découvre continuellement, dans ces taudis, des laboratoires rustiques pour traiter la came de base. Lors de la fête qui changea la vie de Mayta, ces choses n'existaient pas. Fort peu de gens savaient alors à Lima fumer de la marijuana, et la cocaïne relevait de la bohème et des boîtes de luxe, une chose qu'utilisaient seulement quelques noctambules pour faire passer leur cuite et continuer leur bringue. La drogue était loin de devenir le commerce le plus prospère de ce pays et de s'étendre à toute la ville. On ne voit rien de cela tandis que j'avance dans le Jirón Dante en direction du Jirón González Prada, comme Mayta avait dû le faire cette nuit-là pour arriver à la maison de sa tante-marraine, si tant est qu'il est venu en autobus, taxi ou tramway, car en 1958 les tramways bringuebalaient encore là où roulent maintenant, rapides, les voitures du Zanjón. Il était fatigué, étourdi, avec un léger bourdonnement aux tempes et une énorme envie de tremper ses pieds dans une cuvette d'eau froide. Il n'y avait pas de meilleur remède contre la fatigue du corps ou de l'esprit : cette sensation fraîche et liquide sur les plantes, le cou-de-pied et les orteils secouait la fatigue, le découragement, la mauvaise humeur et remontait le moral. Il avait marché depuis l'aube en essayant de vendre *Voz Obrera* sur la place Unión aux travailleurs qui descendaient des bus et des tramways pour entrer dans les usines de l'avenue Argentina, et ensuite fait deux voyages depuis sa chambre du Jirón Zepita jusqu'à la place Buenos Aires, à Cocharcas, portant d'abord des stencils, puis un article de Daniel Guérin, traduit d'une revue française, sur le colonialisme en Indochine. Il était resté des heures debout dans la minuscule imprimerie de Cocharcas qui, malgré tout, continuait à éditer le journal (sous un faux nom d'imprimeur et en se faisant payer d'avance), aidant le typographe à composer les textes et corrigeant les épreuves, et ensuite prenant un seul bus au lieu des deux qui étaient nécessaires, il était allé au Rímac où, dans une petite pièce de l'avenue Francisco Pizarro, il dirigeait tous les mercredis un cercle d'études avec un groupe d'étudiants de l'université de San Marcos et de l'école d'ingénieurs. Après quoi, sans prendre le temps de souffler, avec son estomac qui criait famine parce qu'il n'avait mangé de tout le jour qu'un plat de riz aux fayots au restaurant universitaire du Jirón Moquegua (auquel il avait encore accès grâce à une carte d'étudiant archi-attardé qu'il falsifiait chaque année en l'actualisant), il avait assisté à la réunion du comité central du POR(T), dans le garage du Jirón Zorritos, qui avait duré deux longues heures, pleines de polémique et de fumée. Qui pouvait avoir envie de fête après pareil va-et-vient? Outre qu'il avait toujours détesté les fêtes. Il sentait ses genoux trembler et ses pieds marcher sur des braises. Mais comment ne pas y aller? Sauf absence ou incarcération, il n'aurait jamais manqué d'y aller. Et plus tard, fatigué ou non, les pieds en lambeaux ou non, il n'y manquerait pas non plus, même s'il ne s'agissait que d'une visite rapide, le temps de dire à sa tante qu'il ne l'oubliait pas et qu'il l'aimait. La maison était pleine de bruit. La porte s'ouvrit aussitôt : bonjour, mon petit.

— Bonjour, marraine, dit Mayta. Joyeux anniversaire.

— Madame Josefa Arrisueño?

— Oui. Entrez, entrez.

17

C'est une femme bien conservée, quoiqu'elle ait dû dépasser la soixantaine. On ne le dirait absolument pas : sa peau tendue ne laisse apparaître aucune ride et la blondeur de sa tête fait peu de place aux cheveux blancs. Elle est replète mais bien faite, avec des hanches abondantes et une robe lilas serrée à la taille par un ceinturon rouge. La pièce est ample, sombre, avec des chaises dépareillées, un grand miroir, une machine à coudre, un téléviseur, une table, un Seigneur des Miracles, un saint Martín de Porres, des photos punaisées au mur et un vase avec des roses de cire. Est-ce ici qu'eut lieu la fête où Mayta connut Vallejos ?

— Ici même, acquiesce madame Arrisueño, en jetant un regard circulaire ; — elle me désigne une berceuse encombrée de journaux. — Je les vois, là, et parle que je te parle.

Il n'y avait guère de monde, mais en revanche beaucoup de fumée, éclats de voix, tintements de verres et la valse *Ídolo* à plein volume sur le pick-up. Un couple dansait et plusieurs autres suivaient le rythme de la musique en battant des mains ou en fredonnant. Mayta sentit comme toujours qu'il était de trop, qu'à un moment ou un autre il ferait une gaffe. Il n'aurait jamais assez de désinvolture pour se tenir en société. La table et les chaises avaient été poussées contre les murs pour qu'il y eût de la place pour danser et quelqu'un tenait une guitare aux bras. Il y avait les gens habituels et d'autres aussi : ses

18

cousines, leurs amoureux, des voisins du quartier, des parents et amis qu'il se souvenait d'avoir vus lors des précédents anniversaires. Mais ce maigrichon bavard, il le voyait pour la première fois.

— Ce n'était pas un ami de la famille, dit doña Arrisueño, mais un amoureux ou un parent, quelque chose comme ça, d'une amie de Zoilita, l'aînée de mes filles. Elle l'avait amené et personne ne savait rien de lui.

Mais ils virent bientôt qu'il était sympathique, bon danseur et bon buveur, qu'il savait raconter des blagues et faire la conversation. Après avoir dit bonjour à ses cousines, Mayta, un sandwich au jambon à la main et un verre de bière dans l'autre, chercha une chaise où soulager sa fatigue. La seule qui était libre se trouvait près du maigrichon qui, debout et gesticulant, captivait l'attention d'un groupe de trois personnes : les cousines Zoilita et Alicia ainsi qu'un vieux monsieur en pantoufles. Essayant de passer inaperçu, Mayta s'assit près d'eux, attendant que s'écoulât un temps raisonnable avant de s'en aller dormir.

— Il ne restait jamais longtemps, dit doña Arrisueño, en fouillant dans ses poches à la recherche d'un mouchoir. Il n'aimait pas les fêtes. Il n'était pas comme tout le monde. Il ne le fut jamais, même enfant. Toujours sérieux, toujours grave. Sa mère disait de lui : «il est né vieux». C'était ma sœur, savez-vous? La naissance de Mayta fut le malheur de sa vie, parce que dès qu'il sut qu'elle était enceinte son fiancé prit la poudre d'escampette. Il disparut à tout jamais. Croyez-vous que Mayta aurait été comme cela s'il avait eu un père? Il ne venait me voir que pour ma fête, pour être quitte envers moi. Je l'ai pris ici quand ma sœur est morte. Il fut le petit bonhomme que Dieu ne m'avait pas donné. Je n'ai eu que des filles. Zoilita et Alicia. Elles sont toutes deux au Venezuela, mariées et mères de famille. Tout va bien pour elles là-bas. Moi j'aurais pu me remarier, mais mes filles s'y opposaient tellement que je suis restée veuve, voilà tout. Une grande erreur, je vous dis. Parce que maintenant voyez un peu ce qu'est ma vie, seule comme un rat et exposée aux voleurs qui peuvent entrer ici à tout moment et me tuer. Mes filles m'envoient un petit quelque chose tous les mois. Sans elles, je n'aurais rien à me mettre sous la dent, voyez-vous?

Tout en parlant elle m'examine, en dissimulant à peine sa curiosité. Sa voix, qui ressemble à celle de Mayta, se brise dans l'aigu. Ses mains sont comme deux battoirs et, quoiqu'elle sourie parfois, son regard est triste et noyé. Elle se plaint de la vie chère, des agressions dans la rue — «Il n'y a pas une seule habitante de cette rue qui n'ait été attaquée au moins une fois» —, du hold-up au Banco de Crédito avec sa fusillade qui a causé tant de malheurs, et elle regrette enfin de n'avoir pu aller aussi au Venezuela, ce pays qui, paraît-il, regorge d'argent.

— Au collège salésien, nous pensions que Mayta se ferait curé, lui dis-je.

— Ma sœur aussi le croyait, dit-elle en se mouchant. Et moi. Il faisait le signe de la croix en passant devant les églises, il communiait chaque dimanche. Un vrai petit saint. Qui l'aurait cru, hein? Qu'il deviendrait communiste, je veux dire. À cette époque cela semblait impossible qu'un garçon dévot devînt communiste. Cela aussi a changé, maintenant on trouve beaucoup de curés communistes, non? Je me rappelle très clairement le jour où il est entré par cette porte.

Il s'est avancé vers elle, ses livres de l'école sous le bras et, fermant les poings comme s'il allait se battre, il a récité d'un trait ce qu'il venait lui annoncer, cette décision qui l'avait tenu éveillé toute la nuit :

— Nous mangeons beaucoup, marraine, nous ne pensons pas aux pauvres. Sais-tu ce qu'ils mangent, eux? Je t'avertis qu'à partir d'aujourd'hui je ne prendrai qu'une soupe à midi et un pain le soir. Comme don Medardo, l'aveugle.

— Cette lubie l'a conduit à l'hôpital, se rappelle doña Josefa.

La lubie dura plusieurs mois au long desquels il maigrit, pâlit et s'affaiblit, sans que nous devinions en classe la raison, jusqu'à ce que le père

Giovanni nous la révélât, plein d'admiration, le jour où il fut hospitalisé à l'hôpital Loayza. «Tout ce temps il s'est privé de manger, pour s'identifier aux pauvres, par solidarité humaine et chrétienne», murmurait-il, ébahi de ce que la marraine de Mayta était venue lui raconter au collège. L'histoire nous troubla, au point que nous n'osions plus le mettre en boîte lorsqu'il fut revenu, rétabli à force de piqûres et de fortifiants. «Ce garçon fera parler de lui», disait le père Giovanni. Oui, il fit parler de lui, mais pas au sens où vous l'entendiez, mon père.

— Quelle idée funeste il eut de venir cette nuit-là, soupire madame Arrisueño. S'il n'était pas venu, il n'aurait pas fait la connaissance de Vallejos et rien de ce qui s'est passé ne serait arrivé. Parce que c'est Vallejos qui a tout inventé, cela, tout le monde le sait. Mayta arrivait, il m'embrassait et tout de suite après il repartait. Mais cette nuit-là il est resté jusqu'au bout, et parle que je te parle avec Vallejos, dans ce coin-là. Il s'est passé quelque chose comme vingt-cinq ans, mais je m'en souviens comme si c'était hier. La révolution par ici la révolution par là. Pendant toute la nuit.

La révolution ? Mayta s'est retourné pour le regarder. Avait-il bien entendu ? Qui avait parlé, le jeune homme ou le vieillard en pantoufles ?

— Oui, monsieur, dès demain, répéta le mai-grichon en levant le verre qu'il tenait dans sa main droite. La révolution socialiste pourrait commencer dès demain, si nous le voulions. Comme je vous le dis, monsieur.

Mayta s'est remis à bâiller et à s'étirer, en sentant des fourmis dans son corps. Le maigrichon parlait de la révolution socialiste avec le même aplomb que pour raconter, un moment plus tard, des blagues d'Otto et Fritz ou du dernier match de «notre gloire nationale, Frontado». Malgré sa fatigue, Mayta s'est mis à écouter : ce qui se passait à Cuba n'était rien comparé à ce qui pourrait se passer au Pérou, si nous le voulions. Le jour où les Andes s'éveilleront, le pays tout entier tremblera. Était-il un de ces adeptes de l'APRA ? Était-il un coco ? Mais qu'un communiste soit venu à la fête de sa marraine, cela semblait impossible. Mayta ne se souvenait pas d'avoir jamais entendu personne parler politique dans cette maison.

— Et que se passe-t-il à Cuba ? a demandé la cousine Zoilita.

— Ce Fidel Castro a juré qu'il ne couperait pas sa barbe tant que Batista ne serait pas renversé, a ri le maigrichon. N'as-tu pas vu ce qu'ils font dans le monde, ces gars du 26 juillet ? Ils ont mis un drapeau à la statue de la Liberté, à New York. Batista s'effondre, son navire prend l'eau.

— Qui est Batista ? a demandé la cousine Alicia.

— Un despote, a expliqué le maigrichon avec hargne. Le dictateur de Cuba. Ce qui se passe

23

là-bas n'est rien comparé à ce qui peut se passer ici. Grâce à notre géographie, je veux dire. Un véritable présent de Dieu pour la révolution. Quand les Indiens se soulèveront, le Pérou sera un volcan.

— Bon, mais maintenant dansez, a dit la cousine Zoilita. Ici on vient pour danser. Je vais mettre quelque chose qui décoiffe.

— Les révolutions sont une chose sérieuse, moi du moins je n'en suis pas partisan, Mayta a entendu dire le vieillard en pantoufles, d'une voix caverneuse. Lors du soulèvement apriste de Trujillo, l'année 1930, il y a eu un massacre épouvantable. Les apristes ont pénétré dans la caserne et ont liquidé je ne sais combien d'officiers. Sánchez Cerro a envoyé les avions et les blindés, il les a écrasés et il a fait fusiller mille apristes dans les ruines de Chan Chan.

— Vous y étiez? a écarquillé les yeux le maigrichon, enthousiaste, et Mayta a pensé : «Les révolutions et les matchs de football sont pour lui la même chose.»

— J'étais à Huánuco, dans mon salon de coiffure, a dit le vieillard en pantoufles. Les échos du massacre sont arrivés jusque là-bas. Les rares apristes qu'il y avait à Huánuco, le commandant de la place les a pourchassés et les a mis au pas. Un petit militaire mauvais comme la teigne, et joli cœur avec ça. Le colonel Badulaque.

Peu après la cousine Alicia aussi est allée danser et le maigrichon a semblé se décourager en voyant qu'il n'avait plus que le vieillard comme seul interlocuteur. Mais découvrant Mayta il a levé son verre dans sa direction : à ta santé, mon vieux.

— À ta santé, a dit Mayta, en trinquant.

— Je m'appelle Vallejos, a dit le maigrichon et il lui a serré la main.

— Et moi Mayta.

— À force de tant parler j'ai perdu ma cavalière, a ri Vallejos en désignant une jeune fille au serre-tête, que Pepote, un cousin éloigné d'Alicia et Zoilita, entreprenait en tentant de danser *Contigo* joue contre joue. S'il la serre un peu plus, Alci va te lui envoyer une bonne paire.

Il semblait avoir dix-huit ou dix-neuf ans, à cause de sa minceur, son visage imberbe et ses cheveux coupés presque à ras, mais a pensé Mayta, il ne devait pas être si jeune. Ses gestes, le ton de sa voix, son assurance suggéraient quelqu'un de plus rassis. Il avait de grandes dents blanches qui égayaient son visage brun. Il était un des rares à porter un veston et une cravate, avec, en plus, une pochette. Il souriait tout le temps et il y avait en lui quelque chose de direct, de chaleureux. Il a sorti un paquet d'Inca et a offert une cigarette à Mayta. Il lui a passé du feu.

— Si la révolution apriste de 1930 avait triomphé, ce serait aujourd'hui un autre son de cloche, s'est-il écrié en rejetant la fumée par le nez et par la bouche. Il n'y aurait pas tant d'injustice, tant d'inégalité. On aurait coupé les têtes qu'il faut couper et le Pérou serait différent. Ne crois pas que je sois de l'APRA, mais il faut rendre à César ce qui est à César. Je suis socialiste, mon vieux, même si l'on dit que militaire et socialiste, ça ne va pas ensemble.

— Militaire? a sursauté Mayta.

— Sous-lieutenant, a acquiescé Vallejos. J'ai reçu mon galon l'an passé, à Chorrillos.

Bon Dieu mais c'est bien sûr. Il a compris maintenant d'où venait cette coupe de cheveux de Vallejos et ses manières impulsives. Était-ce cela que l'on appelait le don du commandement? Incroyable qu'un militaire ait pu dire ces choses.

— Ce fut une fête historique, dit madame Josefa. Parce que Mayta et Vallejos se rencontrèrent et aussi parce que mon neveu Pepote connut Alci. Il en tomba amoureux et cessa d'un coup d'être le paresseux et le bon à rien qu'il était. Il chercha du travail, il épousa Alci et ils s'en allèrent vivre aussi au Venezuela, les veinards. Mais il paraît qu'ils vont maintenant chacun de son côté. J'espère que ce ne sont que des ragots. Ah! vous le reconnaissez, n'est-ce pas? Oui, c'est Mayta. Il y a des années et des années.

Sur la photo, estompée aux contours, jaunie, il semble avoir quarante ans ou plus. C'est un cliché pris par un photographe ambulant, sur une place méconnaissable, avec peu de lumière. Il est debout, un foulard sur les épaules, avec un air mal à l'aise, comme si la réverbération du soleil lui faisait mal aux yeux ou s'il avait honte de poser devant tout le monde, en pleine rue. Il tient dans la main droite une mallette ou un paquet, ou un dossier, et malgré le flou de l'image on voit qu'il est mal habillé : le pantalon avec des poches aux genoux, la veste déformée, la chemise au col trop large et une cravate au petit nœud ridicule et mal ajusté. Les révolutionnaires portaient cravate en ce temps-là. Il a les cheveux longs et désordonnés et son visage diffère de ce que me renvoie ma mémoire, plus plein et le sourcil froncé, un sérieux crispé. C'est l'impression que me donne cette photo : celle d'un homme qui est très fatigué. De ne pas avoir dormi suffisamment, d'avoir trop marché, ou même, quelque chose de plus ancien et de plus profond, la fatigue d'une vie qui a atteint un âge frontière, pas encore la vieillesse mais qui peut l'être s'il n'y a en arrière, comme c'est le cas chez Mayta, qu'illusions perdues, frustrations, erreurs, inimitiés, perfidies politiques, difficultés, mauvais repas, prison, commissariats, clandestinité, échecs de toute nature et rien qui même de loin ressemble à une victoire. Et cependant ce visage épuisé et tendu révèle aussi d'une certaine façon cette probité intime, intacte face aux revers, que je m'émerveillais toujours de retrouver chez lui au long des années, cette pureté juvénile, capable de réagir avec la même indignation contre toute espèce d'injustice, au Pérou ou dans le dernier coin du monde, et cette conviction justicière que la seule tâche incontournable et urgentissime était de changer le monde. Une photo extraordinaire, oui, qui saisit tout entier le Mayta que Vallejos connut cette nuit-là.

— Je lui avais demandé d'en faire une, dit doña Josefa en la replaçant sur la console. Pour avoir un souvenir de lui. Voyez-vous ces photos ? Ce sont tous des parents, quelques-uns très éloignés. La plupart déjà morts. Étiez-vous très amis ?

— Nous avons cessé de nous voir pendant de nombreuses années, lui dis-je. Par la suite nous nous rencontrions quelquefois, mais vraiment de loin en loin.

Doña Josefa Arrisueño me regarde et je sais ce qu'elle pense. Je voudrais la tranquilliser, dissiper ses doutes, mais c'est impossible parce que en cet instant j'en sais aussi peu sur Mayta et mes projets qu'elle-même.

— Et qu'allez-vous écrire sur lui ? murmure-t-elle en passant sa langue sur ses lèvres charnues. Sa vie ?

— Non, pas sa vie, lui réponds-je, en cherchant une formule qui ne la déroute pas encore davantage. Quelque chose qui s'inspire de sa vie, plutôt. Pas une biographie mais un roman. Une histoire très libre, sur l'époque, le milieu de Mayta et les choses qui se sont produites dans ces années-là.

— Et pourquoi sur lui ? s'enhardit madame Arrisueño. Il y en a d'autres plus célèbres. Le poète Javier Heraud, par exemple. Ou les gens du MIR, de La Puente, Lobatón, ceux dont on parle toujours. Pourquoi Mayta ? Si personne ne se souvient de lui.

En effet, pourquoi ? Parce que son cas fut le premier d'une série qui allait marquer une époque ? Parce qu'il fut le plus absurde ? Parce qu'il fut le plus tragique ? Parce que, dans son absurdité et sa tragédie, il fut prémonitoire ? Ou simplement parce que sa personne et son histoire ont quelque chose d'invinciblement émouvant, quelque chose qui, au-delà de leurs implications politiques et morales, illustre assez bien le malheur du Pérou ?

— Autrement dit tu ne crois pas à la révolution, a feint de se scandaliser Vallejos. Autrement dit tu es de ceux qui croient que le Pérou restera tel quel jusqu'à la fin des temps.

Mayta lui a souri, en faisant non.

— Le Pérou changera. La révolution arrivera, lui a-t-il expliqué, avec toute la patience du monde. Mais elle prendra du temps. Ce n'est pas aussi facile que tu le crois.

— En réalité c'est facile, je te le dis parce que je le sais. — Vallejos avait le visage brillant de sueur et le regard aussi enflammé que ses paroles. — C'est facile si tu connais la topographie de la sierra, si tu sais tirer avec un mauser et si les Indiens se soulèvent.

— Si les Indiens se soulèvent, a soupiré Mayta.

29

Aussi facile que gagner à la loterie ou à la tombola.

À vrai dire il n'avait jamais pensé que l'anniversaire de sa marraine s'avérerait aussi agréable. Il avait pensé au début : « C'est un provocateur ou un mouchard. Il sait qui je suis, il veut me tirer les vers du nez. » Mais quelques minutes après s'être mis à bavarder avec lui, il était sûr du contraire ; c'était un angelot avec des ailes, il ne savait pas sur qui il était tombé. Et cependant il n'avait aucune envie de se payer sa tête. Cela l'amusait de l'entendre parler de la révolution comme d'un jeu ou d'un exploit sportif, quelque chose qui s'obtenait au prix d'un peu d'effort et d'ingéniosité. Il y avait chez le jeune homme tant d'assurance et d'innocence qu'il avait envie de l'entendre déraisonner toute la nuit. Son sommeil et sa fatigue s'étaient envolés et il en était à son troisième verre de bière. Pepote continuait à danser avec Alci — la scottish *Madrid* d'Agustín Lara, reprise en chœur par l'assistance — mais le sous-lieutenant semblait s'en contreficher. Il avait tiré une chaise près de Mayta et, assis à califourchon, il lui expliquait que cinquante hommes décidés et bien armés, employant la tactique des montoneras de Cáceres, pouvaient allumer la mèche de la poudrière qu'étaient les Andes. « Il est si jeune qu'il pourrait être mon fils, a pensé Mayta. Et si mignon. Il doit avoir toutes les filles qu'il veut. »

— Et toi, qu'est-ce que tu fais dans la vie ? a dit Vallejos.

C'était une question qui le mettait toujours mal à l'aise, quoiqu'il fût habitué à y répondre. Sa réponse, mi-vérité mi-mensonge, lui parut plus fausse que les autres fois :

— Du journalisme, a-t-il dit, en se demandant quel visage ferait le sous-lieutenant s'il lui disait : «Je m'occupe de ce dont tu parles tant, en pissant à côté de la cuvette. De la révolution, hein, qu'est-ce que tu en dis ?»

— Et dans quel journal ?

— À l'agence France-Presse. Je fais des traductions.

— Autrement dit tu causes français, a fait la moue Vallejos. Où l'as-tu appris ?

— Tout seul, avec un dictionnaire et un manuel qu'il avait gagnés dans une tombola, me raconte doña Josefa. Vous ne le croirez pas mais je l'ai de mes yeux vu. Il s'enfermait dans sa chambre et répétait les mots, des heures et des heures. Le curé de Surquillo lui prêtait des revues. Il me disait : «Je commence à comprendre un peu, marraine, je commence.» Jusqu'à ce qu'il comprît tout, parce qu'il passait ses journées à lire des livres en français, croyez-moi.

— Bien sûr que je vous crois, lui dis-je. Cela ne m'étonne pas qu'il l'ait appris tout seul. Quand il se mettait dans l'idée de faire quelque chose, il le faisait. J'ai connu peu de personnes aussi tenaces que Mayta.

— Il aurait pu devenir avocat, conseiller, se désole doña Josefa. Saviez-vous qu'il avait été reçu à l'université de San Marcos du premier coup ? Et dans un bon rang. Tout jeune encore, à dix-sept, dix-huit ans tout au plus. Il aurait pu obtenir son diplôme à vingt-quatre ou vingt-cinq ans. Quel gâchis, mon Dieu ! Et pourquoi ? Pour faire de la politique, pour ça. C'est impardonnable.

— Il resta peu de temps à l'université, n'est-ce pas ?

— Au bout de quelques mois, ou peut-être au bout de l'année, on l'a mis en prison, dit doña Josefa. C'est là que ses malheurs ont commencé. Il n'est plus revenu à la maison, il est allé vivre seul. Et tout a été, depuis lors, de mal en pis. Où se trouve ton filleul ? Caché. Où est passé Mayta ? En prison. Est-ce qu'on l'a relâché ? Oui, mais on le recherche à nouveau. Si je vous disais toutes les fois que la police est venue ici tout mettre sens dessus dessous, me manquer de respect, me faire peur, vous croiriez que j'exagère. Et si je vous le dis cinquante fois je resterai encore en dessous de la vérité. Au lieu de gagner des procès, avec la tête que Dieu lui a donnée. Est-ce une vie, je vous demande ?

— Oui, c'est une vie, la contredis-je, doucement. Dure, si vous voulez. Mais aussi, intense, cohérente. Préférable à bien d'autres, madame. Je ne peux pas m'imaginer Mayta vieillissant

32

dans son cabinet d'avocat et faisant tous les jours la même chose.

— Bon, peut-être est-ce vrai, acquiesce doña Josefa par politesse, mais pas du tout convaincue. Depuis tout petit on pouvait deviner qu'il n'aurait pas une vie comme les autres. Avez-vous déjà vu un petit morveux cesser un jour de manger parce qu'il y a au monde des gens qui souffrent de la faim? Je ne voulais pas le croire, savez-vous? Il prenait sa soupe et laissait le reste. Et le soir, son pain. Zoilita, Alicia et moi nous nous moquions : «Tu t'empiffres en cachette, farceur.» Mais c'était tout à fait vrai, il ne mangeait rien d'autre. Si enfant il avait de telles lubies, pourquoi n'allait-il pas être l'adulte qu'il est devenu?

— As-tu vu *En effeuillant la marguerite*, avec Brigitte Bardot? a changé de sujet Vallejos. Je l'ai vue hier. Des jambes longues, longues, qui crèvent l'écran. J'aimerais aller à Paris une fois et voir Brigitte Bardot en chair et en os.

— Cesse de parler tant et dansons. — Alci venait de se débarrasser de Pepote et tirait Vallejos par les bras pour le faire lever de sa chaise. — Je ne vais pas passer toute la soirée à danser avec ce lourdaud qui se colle à moi. Viens, viens, un mambo.

— Un mambo! a chanté le sous-lieutenant. *Qué rico mambo!*

Un moment après, il tournait comme une toupie. Il dansait avec rythme, remuant les mains, faisant des figures, chantant et, entraînés par son exemple, d'autres couples se sont mis à faire des rondes, à se tenir par les mains, à s'échanger. Bientôt le salon est devenu un tourbillon étourdissant. Mayta s'est levé et a collé sa chaise contre le mur, pour laisser plus d'espace aux danseurs. Danserait-il un jour comme Vallejos? Jamais. Comparé à lui, même Pepote était un as. En souriant, Mayta s'est rappelé la désagréable impression d'être devenu l'homme de Cro-Magnon qu'il éprouvait chaque fois qu'il avait dû, en dernier ressort, faire danser Adelaida, même les danses les plus faciles. Ce n'était pas son corps qui était lourd, c'était cette timidité, pudeur ou inhibition viscérale, d'être près d'une femme qui faisait de lui une marionnette ridicule. Aussi avait-il choisi de ne pas danser si ce n'est contraint et forcé, comme lorsque ses cousines Alicia ou Zoilita l'obligeaient, ce qui pouvait arriver maintenant à tout moment. Est-ce que Léon Davidovitch avait appris à danser? Sûrement. Natalia Sedova ne disait-elle pas qu'à part la révolution il avait été le plus normal des hommes? Père affectueux, époux et amant, bon jardinier, il adorait donner à manger aux lapins. Ce qui est le plus normal chez les hommes normaux c'est d'aimer danser. La danse ne devait pas leur paraître, comme à lui, quelque chose de ridicule, une frivolité, une perte de temps, l'oubli des choses importantes. «Tu n'es pas un homme normal, rappelle-toi cela », a-t-il pensé. À la fin du mambo, il y a eu des applaudissements. On avait ouvert les fenêtres tombant sur la rue pour aérer la salle, et, entre les couples, Mayta pouvait voir le visage écrasé contre les volets et dans l'embrasure des curieux, regards avides et masculins qui dévoraient les femmes de la fête. La marraine a fait une annonce : il y avait du bouillon de poulet, qu'on vienne l'aider. Alci a couru à la cuisine, Vallejos est venu s'asseoir à nouveau près de Mayta, tout en sueur. Il lui a offert une cigarette.

— En réalité, je suis et je ne suis pas ici, lui a-t-il fait un clin d'œil moqueur. Parce que je devrais me trouver à Jauja. C'est là que je vis, je suis le chef de la prison. Je ne devrais pas en bouger, mais je fais mes petites escapades, quand l'occasion s'en présente. Connais-tu Jauja ?

— Je connais d'autres endroits de la sierra, lui a dit Mayta. Jauja, non.

— La première capitale du Pérou ! a fait le clown Vallejos. Jauja ! Jauja ! Quelle honte que tu ne la connaisses pas ! Tous les Péruviens devraient aller à Jauja.

Et presque sans transition Mayta l'a entendu se plonger dans un discours indigéniste : le Pérou véritable se trouvait dans la sierra et non sur le littoral, parmi les Indiens, les condors et les sommets des Andes, et pas ici, à Lima, ville cosmopolite et oisive, antipéruvienne, parce que depuis que les Espagnols l'avaient fondée, elle avait vécu en tournant ses regards vers l'Europe, les États-Unis, et le dos au Pérou. C'étaient des choses que Mayta avait entendues et lues bien souvent, mais cela prenait un autre sens dans la bouche du sous-lieutenant. La nouveauté c'était sa façon vive et souriante de les dire, en rejetant des ronds de fumée grise. Il y avait dans sa façon de parler quelque chose de juvénile et vivant qui améliorait ce qu'il disait. Pourquoi ce garçon éveillait-il chez lui cette nostalgie, cette impression de quelque chose de définitivement éteint ? « Parce qu'il est sain, a pensé Mayta. Il n'est pas corrompu. La politique n'a pas tué en lui la joie de vivre. Il n'a jamais dû faire de la politique d'aucune sorte. C'est pour cela qu'il est aussi irresponsable, et qu'il dit tout ce qui lui passe par la tête. » Chez le sous-lieutenant il n'y avait pas le moindre calcul, pas d'arrière-pensées ni de rhétorique préfabriquée. Il était encore dans cette adolescence où la politique consistait exclusivement en sentiments, indignation morale, rébellion, idéalisme, rêves, générosité, mystique. Oui, ces choses existent encore, Mayta. Tu les voyais là, incarnées — qui l'eût dit, nom de Dieu — dans un petit officier. Écoute ce qu'il dit. L'injustice était monstrueuse, n'importe quel millionnaire avait plus d'argent qu'un million de pauvres, les chiens des riches mangeaient mieux que les Indiens de la sierra, il fallait en finir avec cette iniquité, soulever le peuple, envahir les haciendas, prendre d'assaut les casernes, dresser la troupe qui était une partie du peuple, déchaîner les grèves, refaire la société de haut en bas, établir la justice. Comme je l'envie. Il était là, jeunet, mince, joli garçon, gracieux, loquace, avec ses petites ailes invisibles, croyant que la révolution était une question d'honnêteté, de courage, de détachement, d'audace. Il ne se doutait pas et peut-être qu'il n'arriverait jamais à savoir que la révolution était une longue patience, une routine infinie, une terrible mesquinerie, les mille et une bassesses, les mille et une vilenies, les mille et une... Mais le bouillon de poulet était là et Mayta avait l'eau à la bouche en humant l'arôme de l'assiette fumante qu'Alci a déposée entre ses mains.

— Quel travail et, aussi, quel gaspillage, chaque anniversaire, se rappelle doña Josefa. Je restais endettée pour longtemps. Ils brisaient des verres, des chaises, des vases. La maison se réveillait au matin comme au sortir d'une guerre ou d'un tremblement de terre. Mais je prenais cette peine chaque année parce que c'était une institution dans la famille et le quartier. Beaucoup de parents et d'amis ne se voyaient que ce seul jour de l'année. Je le faisais aussi pour eux, pour ne pas les frustrer. Ici, à Surquillo, la fête de mon anniversaire c'était comme la fête nationale ou la Noël. Tout a changé, maintenant il n'y a plus place pour les fêtes. La dernière a eu lieu l'année où Alicita et son mari sont partis pour le Venezuela. Maintenant pour mon anniversaire je regarde un moment la télé, puis je vais me coucher.

Elle promène un regard attristé sur sa pièce inhabitée, comme si elle y replaçait à ces chaises, coins et fenêtres les parents et les amis qui venaient lui chanter *Happy Birthday*, complimenter le cordon-bleu qu'elle était, et elle soupire. Maintenant assurément elle a l'air d'avoir soixante-dix ans. Savait-elle si quelqu'un, quelque parent, conservait les cahiers de notes et les articles de Mayta ? Sa méfiance reparaît.

— Quels parents ? murmure-t-elle en faisant une grimace. Le seul parent que Mayta avait c'était moi, et ici il n'a jamais ramené même une boîte d'allumettes, parce que chaque fois qu'il était recherché, c'était le premier endroit où la police perquisitionnait. Et puis je n'ai jamais su qu'il ait été écrivain ni rien qui y ressemble.

Oui, il écrivait, et je lisais parfois les articles qui apparaissaient dans ces feuilles de chou auxquelles il collaborait, et qui étaient toujours, naturellement, les journaux qu'il publiait lui-même et dont il ne semble pas rester trace maintenant, pas même à la Bibliothèque nationale ni dans quelque collection privée. Mais il est normal que doña Josefa n'ait rien su de l'existence de *Voz Obrera* ni d'aucune autre feuille, comme d'ailleurs l'immense majorité des gens de ce pays, spécialement ceux pour lesquels ces journaux étaient pensés, écrits et imprimés. D'un autre côté, doña Josefa avait raison : ce n'était

38

pas un écrivain ni rien qui y ressemblait. Mais, bien malgré lui, un intellectuel, oui, assurément. J'ai encore bien présente à l'esprit la dureté avec laquelle il m'en parla, lors de cette dernière conversation que nous eûmes, place San Martin. Ils ne servaient pas à grand-chose, d'après lui :

— Ceux de ce pays, du moins, précisa-t-il. Ils se sensualisent très vite, ils n'ont pas de convictions solides. Leur morale vaut à peine le prix d'un billet d'avion pour un Congrès de la Jeunesse, de la Paix, etc. Aussi ceux qui ne se vendent pas aux bourses yankees et au Congrès pour la Liberté de la Culture, se laissent corrompre par le stalinisme et deviennent des cocos.

Il a remarqué que Vallejos, surpris de ce qu'il avait dit, et le ton sur lequel il l'avait dit, le regardait fixement, la cuillère immobilisée à mi-chemin de la bouche. Il l'avait déconcerté et, d'une certaine façon, mis sur ses gardes. Tu as mal agi, Mayta, bien mal agi. Pourquoi se laissait-il toujours gagner par la mauvaise humeur et l'impatience quand on parlait des intellectuels ? Par ailleurs, qu'est-ce qu'il avait été, Léon Davidovitch ? C'était un intellectuel, et génial avec cela, et Vladimir Ilitch aussi. Mais eux, avant et surtout, ils avaient été des révolutionnaires. Ne déblatérais-tu pas contre les intellectuels par dépit, parce que au Pérou ils étaient tous réactionnaires ou staliniens et que pas un seul n'était trotskiste ?

— Tout ce que je veux dire c'est qu'il ne faut pas trop compter sur les intellectuels pour la révolution, a essayé d'arranger les choses Mayta, en élevant la voix pour se faire entendre au milieu de la guaracha *La Negra Tomasa*. Pas en premier lieu, en tout cas. En premier lieu il y a les ouvriers, et ensuite les paysans. Les intellectuels à la queue.

— Et Fidel Castro et ses camarades du 26 juillet qui se trouvent dans les montagnes de Cuba, ne sont-ils pas intellectuels ? a rétorqué Vallejos.

— Peut-être le sont-ils, a admis Mayta. Mais cette révolution est encore jeune. Et ce n'est pas une révolution socialiste, mais petite-bourgeoise. Deux choses très différentes.

Le sous-lieutenant l'a regardé, intrigué.

— Du moins, tu penses à ces choses, a-t-il retrouvé son aplomb et son sourire, entre deux cuillerées de soupe. Du moins, toi, ça ne t'ennuie pas de parler de la révolution.

— Non, ça ne m'ennuie pas, lui a souri Mayta. Au contraire.

C'est sûr que lui, il ne s'est jamais «sensualisé», mon condisciple Mayta. Des vagues impressions que me laissaient de lui ces entretiens hâtifs que nous avions au long des années, l'une des plus appuyées que je conserve c'est la frugalité qui émanait de sa personne, de sa mise, de ses gestes. Même dans sa façon de s'asseoir dans un café, d'examiner le menu, de commander quelque chose au garçon, voire d'accepter une cigarette, il y avait chez lui quelque chose d'ascétique. C'était cela qui donnait de l'autorité, une auréole respectable, à ses affirmations politiques, pour délirantes qu'elles pussent me paraître et pour privé d'adeptes qu'il fût. La dernière fois que je le vis, des semaines avant la fête où il connut Vallejos, il avait déjà plus de quarante ans, dont au moins vingt de militantisme. On aurait eu beau fouiller dans sa vie, même ses ennemis les plus acharnés n'auraient pu l'accuser d'avoir profité, ne fût-ce qu'une seule fois, de la politique. Au contraire, la seule cohésion de sa trajectoire fut d'avoir fait toujours, avec une sorte d'intuition infaillible, tout ce qu'il fallait pour s'attirer les pires ennuis et d'inextricables problèmes. « C'est un suicidaire », me dit de lui, une fois, un ami commun. « Pas un suicidé, mais un suicidaire, répéta-t-il, quelqu'un qui aime se tuer à petit feu. » Ce mot singulier me trotte dans la tête, inattendu, pittoresque, comme ce verbe réfléchi que je suis sûr de l'avoir entendu dire cette fois-là, dans sa diatribe contre les intellectuels.

— De quoi ris-tu ?

— Du verbe se sensualiser. D'où l'as-tu tiré ?

— Peut-être bien que je viens de l'inventer, sourit Mayta. Bon, peut-être y en a-t-il un autre meilleur. Se ramollir, se vendre. Mais tu vois bien ce que je veux dire. De petites concessions qui minent la morale. Un petit voyage par-ci,

41

une bourse par-là, tout ce qui flatte la vanité. L'impérialisme est passé maître dans ces pièges. Et le stalinisme aussi. Un ouvrier ou un paysan ne tombent pas facilement. Les intellectuels s'accrochent à la mamelle dès qu'ils l'ont sous la lèvre. Ensuite ils inventent des théories pour justifier leurs micmacs.

Je lui dis que j'étais à deux doigts de citer Arthur Koestler, qui avait dit que « ces habiles imbéciles » étaient capables de préconiser la neutralité face à la peste bubonique, car ils avaient acquis l'art diabolique de pouvoir prouver tout ce à quoi ils croyaient et de croire à tout ce qu'ils pouvaient prouver. Je m'attendais à ce qu'il me répondît que c'était un comble de citer un agent de la CIA aussi connu que Koestler, mais, à ma grande surprise, je l'entendis dire :

— Koestler ? Ah, oui. Personne n'a décrit mieux que lui le terrorisme psychologique du stalinisme.

— Attention, par ce chemin on arrive à Washington et à la libre entreprise, le provoquai-je.

— Tu te trompes, dit-il. Par ce chemin on arrive à la révolution permanente et à Léon Davidovitch. Trotski pour les amis.

— Et qui est Trotski ? a dit Vallejos.

— Un révolutionnaire, lui a expliqué Mayta. Il est mort maintenant. Un grand penseur.

— Péruvien ? a avancé timidement le sous-lieutenant.

— Russe, a dit Mayta. Il est mort au Mexique.

— Assez de politique ou je vous mets dehors, a insisté Zoilita. Viens, cousin, tu n'as pas dansé une seule fois. Viens, viens, fais-moi danser cette petite valse.

— Dansez, dansez, a crié au secours Alci entre les bras de Pepote.

— Avec qui? a dit Vallejos. J'ai perdu ma cavalière.

— Avec moi, a dit Alicia en l'entraînant.

Mayta s'est retrouvé au centre de la petite salle, essayant de suivre la musique de *Lucy Smith* dont Zoilita fredonnait les paroles avec beaucoup de grâce. Il a essayé aussi de chanter, de sourire, tandis qu'il sentait ses muscles pris de crampe et beaucoup de honte que le sous-lieutenant découvrît combien il dansait mal. La salle ne doit pas avoir tellement changé depuis lors; hormis la dégradation naturelle, ces meubles devaient être ceux de cette nuit-là. Il n'est pas difficile d'imaginer la petite pièce remplie de monde, fumée, odeur de bière, sueur sur les visages, et la musique à plein volume, et même de les voir se retirer dans ce coin, près des roses de cire, absorbés dans cette conversation sur le seul sujet important pour Mayta — la révolution — qui les avait fait rester jusqu'au petit matin. Le paysage extérieur — visages, gestes, habits, objets — est là, bien visible. Mais pas ce qui s'est passé à l'intérieur de Mayta et du jeune sous-lieutenant au cours de ces heures. Un courant de sympathie passa-t-il entre les deux dès le premier moment, une affinité, l'intuition réciproque d'un dénominateur commun? Il y a des amitiés à première vue, plus encore, peut-être, que des amours. Ou la relation entre les deux fut-elle, dès le départ, exclusivement politique, une alliance entre deux hommes attachés à une cause commune? En tout cas, c'est ici qu'ils se sont connus, ici qu'a commencé pour les deux hommes — sans que, dans la confusion de la fête, on eût pu le deviner — le fait le plus important de leur existence.

— Si vous écrivez quelque chose, ne me citez pour rien au monde, me prie doña Josefa Arrisueño. Ou du moins changez mon nom et, surtout, l'adresse de la maison. Bien des années ont passé, mais dans ce pays on ne sait jamais. Au revoir et à bientôt.

— À bientôt j'espère, a dit Vallejos. Poursuivons cette conversation un de ces jours. Je dois te remercier, parce que, vraiment, avec toi j'ai appris une foule de choses.

— À bientôt, madame, lui dis-je en lui tendant la main et la remerciant pour sa patience.

Je reviens à Barranco à pied. Tandis que je traverse Miraflores, insensiblement, la fête s'évanouit et je me découvre évoquant cette grève de la faim que fit Mayta quand il avait quatorze ou quinze ans, pour être l'égal des pauvres. De toute la conversation avec sa tante et marraine, cette assiette de soupe à midi et ce bout de pain le soir qui furent sa seule nourriture pendant trois mois, voilà la seule image qui me reste : nette, enfantine, prophétique, elle efface toutes les autres.

— À bientôt, a acquiescé Mayta. Oui, bien sûr, nous poursuivrons cette conversation.

II

Le Centre d'Action pour le Développement a son siège avenue Pardo, à Miraflores, une des dernières maisons qui résistent au progrès des immeubles qui ont remplacé, l'une après l'autre, ces demeures de brique et de bois, entourées de jardins, auxquelles donnaient de l'ombre, bruissement de feuilles et charivari de moineaux, les têtes des ficus, naguère seigneurs de la rue et maintenant pygmées rapetissés par les gratte-ciel. Le bon goût de Moisés — du «docteur» Moisés Barbi Leyva, comme me le rappelle la secrétaire de l'entrée — a rempli la maison de meubles coloniaux, qui s'harmonisent avec la construction, une de ces imitations des années quarante de l'architecture néo-vice-royale — balcons à jalousies, patios sévillans, arcs morisques, fontaines à azulejos — qui ne manque pas de charme. La maison brille comme un sou neuf et l'on note de l'activité dans les pièces qui donnent sur le jardin, bien entretenu et arrosé. Deux gardes armés de fusil qui, lorsque j'entre, me fouillent des pieds à la tête pour voir si je ne porte pas d'arme, font les cent pas dans le vestibule. Tandis que j'attends Moisés, j'examine les dernières publications du Centre, exposées dans une vitrine à la lumière fluorescente. Des études d'économie, de statistiques, de sociologie, de politique, d'histoire, des livres bien imprimés avec en frontispice un oiseau marin préhistorique. Moisés Barbi Leyva est l'épine dorsale du Centre d'Action pour le Développement, qui, grâce à son habileté et son entregent, sa sympathie personnelle et une prodigieuse capacité de travail, est une des institutions culturelles les plus actives du pays. L'extraordinaire chez Moisés, plus encore que sa volonté de bulldozer et son optimisme à tout crin, c'est son adresse combinatoire, sa science antihégélienne qui consiste à concilier les contraires, et, à l'instar du liménien saint Martín de Porres, sa faculté de faire manger dans la même écuelle chien, chat et rat. Grâce au génie éclectique de Moisés, le Centre reçoit aide, subventions, bourses, prêts, du capitalisme et du communisme, des gouvernements et fondations les plus conservateurs en même temps que des plus révolutionnaires, et Washington tout autant que Moscou, Bonn comme La Havane, Paris et Pékin le considèrent comme leur institution. Ils sont, évidemment, dans l'erreur. Le Centre d'Action pour le Développement appartient à Moisés Barbi Leyva et n'appartiendra à nul autre jusqu'à ce qu'il disparaisse, et il est sûr qu'il disparaîtra avec lui, car il n'y a personne dans ce pays capable de le remplacer dans ce qu'il fait.

Moisés, au temps de Mayta, était un révolutionnaire de catacombes ; maintenant c'est un intellectuel progressiste. Un trait central de sa sagesse c'est d'avoir conservé intacte une image d'homme de gauche et de l'avoir même renforcée, au fur et à mesure que le Centre prospérait et lui avec le Centre. Tout comme il a été capable de nouer d'excellentes relations avec les adversaires idéologiques les plus irréductibles, il a pu s'entendre bien avec tous les gouvernements qu'a eus ce pays dans les dernières vingt années sans se livrer à aucun. Avec un flair magistral des doses, proportions et distances, il sait contrecarrer toute concession excessive dans un sens par des gestes rhétoriques compensatoires dans le sens opposé. Quand dans un cocktail je l'entends parler trop intensément contre le pillage de nos ressources par les multinationales ou contre la pénétration culturelle de l'impérialisme qui pervertit notre culture tiers-mondiste, je sais déjà que cette année la contribution nord-américaine aux programmes du Centre a été plus considérable que celle de l'adversaire, et si lors d'une exposition ou d'un concert je le vois, soudain, s'inquiéter de l'intervention soviétique en Afghanistan ou s'apitoyer sur la répression de Solidarité en Pologne, c'est que cette fois il a assurément obtenu quelque subvention des pays de l'Est. Avec ses feintes et arguties il peut à tout coup prouver son indépendance idéologique et celle de l'institution qu'il dirige. Tous les politiciens péruviens capables de lire un livre — ils ne sont pas nombreux — le prennent pour leur conseiller intellectuel et sont sûrs que le Centre travaille directement pour eux, ce qui, au sens vague, ne laisse pas d'être certain. Moisés a eu la sagesse de leur faire sentir à tous qu'il leur convient d'avoir de bonnes relations avec l'institution qu'il dirige, et cette impression correspond d'ailleurs à la vérité, car les gens de droite par leur lien avec le Centre se sentent devenus réformistes, socio-démocrates, presque socialistes ; et les gens de gauche se retrouvent dans une attitude plus modérée et honorable, avec une sorte de sérieux technique et académique, un vernis intellectuel ; les militaires grâce à lui se sentent civils, les curés laïques et les bourgeois prolétaires et telluriques.

Le succès de Moisés éveille l'envie et l'excitation. Nombreux sont ceux qui déblatèrent sur son compte et raillent sa Cadillac couleur lie-devin avec laquelle il roule dans les rues. Les plus mauvaises langues sont, bien entendu, celles des progressistes qui grâce au Centre — à lui — mangent, s'habillent, écrivent, publient, se rendent dans des congrès, gagnent des bourses, organisent des séminaires ou des conférences et améliorent leur image de marque. Il sait bien ce qu'on dit de lui et cela ne lui importe guère, ou si tel est le cas, il n'en laisse rien paraître. Son succès dans l'existence et la préservation de son statut dépendent d'une philosophie qui ne variera jamais d'un iota : il est possible que Moisés Barbi Leyva ait des ennemis, mais Moisés Barbi Leyva n'est l'ennemi de personne en chair et en os, sauf de ces monstres abstraits — l'impérialisme, la grande propriété terrienne, le militarisme, l'oligarchie, la CIA, etc. — qui le servent pour ses desseins autant que ses amis (le reste de l'humanité vivante). Le jacobin intraitable qu'était Mayta voici trente ans dirait de lui, sans doute, qu'il est le cas typique de l'intellectuel révolutionnaire qui s'est «sensualisé», ce qui est probablement exact. Mais reconnaîtrait-il que, avec toutes les transactions et simulations qu'il doit faire dans ce diable de pays qui est le sien, Moisés Barbi Leyva est parvenu à ce que plusieurs dizaines d'intellectuels vivent et travaillent au lieu de fainéanter dans un petit monde universitaire corrompu par la frustration et l'intrigue, et que tout autant d'autres voyagent, suivent des cours de spécialisation, gardent un contact fécond avec les intellectuels et les institutions du reste du monde ? Reconnaîtrait-il que «sensualisé» comme il l'est, Moisés Barbi Leyva a fait, à lui tout seul, ce qu'auraient dû faire le ministère de l'Éducation, l'Institut de la Culture ou n'importe laquelle des universités du Pérou et que n'a fait aucune autre personne ou institution ? Non, il ne reconnaîtrait rien de cela. Parce que ces choses, pour Mayta, étaient des distractions de la tâche primordiale, de l'unique obligation de quelqu'un qui avait des yeux pour voir et le pouvoir d'agir : la lutte révolutionnaire.

— Bonjour, me tend la main Moisés.

— Bonjour, camarade, répondit Mayta.

Il était le deuxième à arriver, ce qui était assez exceptionnel, car chaque fois qu'il y avait réunion du comité c'était lui qui ouvrait le garage du Jirón Zorritos qui servait de local au POR(T). Les sept membres du comité avaient la clé et chacun utilisait parfois le garage pour dormir, s'il ne disposait pas d'un autre toit, ou pour effectuer quelque travail. Les deux universitaires du comité, le camarade Anatolio et le camarade Medardo, préparaient là leurs examens.

— Aujourd'hui je t'ai gagné, s'étonna le camarade Medardo. Quel miracle !

— J'ai eu une soirée hier soir et je me suis couché très tard.

— Toi, une soirée ? rit le camarade Medardo. Un autre miracle.

— Quelque chose d'intéressant, expliqua Mayta. Mais pas ce que tu penses. J'informerai aujourd'hui le comité, justement.

À l'extérieur du garage rien ne dénonçait le genre d'activités qui avaient lieu à l'intérieur, mais dedans, accrochée au mur une affiche avec les visages barbus de Marx, Lénine et Trotski

51

avait été ramenée par le camarade Jacinto d'une réunion d'organisations trotskistes célébrée à Montevideo. Entassées contre les murs il y avait des liasses de *Voz Obrera* et des tracts, des manifestes, des appels à la grève ou des protestations qu'on n'avait pas totalement écoulés. Il y avait deux chaises éventrées et des tabourets à trois pattes tels ceux que l'on utilise pour la traite ou pour le spiritisme. Et des matelas mis l'un sur l'autre et couverts d'une couverture qui servaient aussi de siège quand il le fallait. Sur une console en briques et planches languissaient quelques livres couverts de poussière de plâtre et dans un coin on voyait la carcasse d'une bicyclette sans roues. Le local du POR(T) était si étroit qu'avec un tiers du comité il donnait l'impression d'avoir le quorum.

— Mayta? — Moisés se rejette en arrière sur son fauteuil à bascule et m'examine, incrédule.

— Mayta, lui dis-je. Tu te souviens de lui, non?

Il retrouve son aplomb et son sourire.

— Bien sûr, comment ne m'en souviendrais-je pas? Mais je m'interroge : qui se souvient au Pérou de Mayta?

— Peu de gens. Et pour cela, les rares personnes qui s'en souviennent, je veux presser leurs souvenirs.

Je sais qu'il m'aidera, parce que Moisés est un homme serviable toujours prêt à tendre une main à tout le monde, mais je me rends compte, également, que pour le faire il devra briser une prévention psychologique, se faire violence d'une certaine façon, parce que Mayta et lui furent très proches et assurément très amis. Le souvenir du camarade Mayta le gêne-t-il dans ce bureau plein de livres reliés, entre une carte de l'ancien Pérou en parchemin et une vitrine avec des statuettes Huacas lubriques? Se sent-il dans une situation légèrement fausse de devoir reparler de ces actions et illusions partagées avec Mayta? Probablement. Moi-même qui n'arrivai jamais à être son compagnon politique, le souvenir de Mayta ne laisse de me causer un certain malaise, *a fortiori* l'important directeur du Centre d'Action pour le Développement...

— C'était un brave type, dit-il prudemment tout en me regardant comme s'il voulait découvrir, tout au fond de moi, ma propre opinion de Mayta. Idéaliste, bien intentionné. Mais naïf, plein d'illusions. Moi au moins, dans cette malheureuse affaire de Jauja, j'ai la conscience tranquille. Je l'ai averti de la folie qu'il allait faire et j'ai tenté de l'en faire revenir. En pure perte, naturellement, car c'était une tête de mule.

— J'essaie de reconstruire ses débuts politiques, lui expliqué-je. Je ne sais pas grand-chose, sauf que, tout jeune, au collège ou l'année qu'il passa à San Marcos, il adhéra à l'APRA. Et ensuite...

— Ensuite il a tout été, voilà la vérité, dit Moisés. Apriste, communiste, scissionniste, trotskiste. Toutes les sectes et toutes les chapelles. S'il n'a pas appartenu à d'autres, c'est qu'alors il n'y en avait pas plus. Maintenant il aurait plus de possibilités. Ici au Centre nous sommes en train de dresser un tableau de tous les partis, groupes, alliances, fractions et fronts de gauche qui existent au Pérou. Combien, d'après toi ? Plus de trente.

Il tambourine sur son bureau et adopte un air pensif.

— Mais il faut reconnaître une chose, ajoute-t-il soudain, très sérieux. Dans tous ces changements il n'y a jamais eu un soupçon d'opportunisme. Il pouvait être instable, extravagant, ce qu'on voudra, mais aussi la personne la plus désintéressée au monde. Je dirais même plus. Il y avait en lui une tendance à l'autodestruction. Hétérodoxe, rebelle dans l'âme. Dès qu'il se lançait dans quelque chose, le voilà qui marquait son désaccord et finissait dans l'activité fractionnelle. C'était plus fort que lui : diverger. Pauvre camarade Mayta ! Quel destin lamentable, non ?

— La séance est ouverte, dit le camarade Jacinto.

C'était le secrétaire général du POR(T) et le plus âgé des cinq présents. Il manquait deux membres du Comité : le camarade Pallardi et le camarade Carlos. Après les avoir attendus une demi-heure, ils avaient décidé de commencer sans eux. Le camarade Jacinto, d'une voix

54

enrouée, fit un résumé de la dernière séance qui avait eu lieu trois semaines plus tôt. Ils ne rédigeaient pas de compte rendu, par sécurité, mais le secrétaire général prenait note sur un petit carnet des principaux points à l'ordre du jour et maintenant il les revoyait — en ridant les yeux — tout en parlant. Quel âge avait le camarade Jacinto? Soixante ans, peut-être davantage. Métis robuste et se tenant bien droit, avec une touffe de cheveux sur le front et un air sportif qui le rajeunissait, c'était un monument historique dans l'organisation, parce qu'il avait vécu son histoire depuis ces réunions au début des années quarante chez le poète Rafael Méndez Dorich, quand par le biais de quelques surréalistes qui revenaient de Paris — Westphalen, Abril de Vivero, César Moro — les idées trotskistes étaient arrivées au Pérou. Le camarade Jacinto avait été un des fondateurs de la première organisation trotskiste, le Groupe Ouvrier Marxiste, en 1946, l'embryon du POR, et dans l'entreprise Fertilisants S.A. (Fertisa) où il travaillait voici vingt ans, il avait toujours été membre minoritaire de la direction syndicale, en dépit de l'hostilité des apristes et des cocos. Pourquoi était-il resté avec eux au lieu de rejoindre un autre groupe? Mayta s'en réjouissait fort, mais ne le comprenait pas. Toute la vieille garde trotskiste, tous les contemporains du camarade Jacinto, étaient restés au POR. Pourquoi lui, en revanche, était-il au POR(T)? Pour ne pas s'éloigner des jeunes? Peut-être était-ce pour cela, car il semblait douteux à Mayta que le camarade Jacinto se souciât beaucoup de la polémique internationale du trotskisme entre «pablistes» et «antipablistes».

— Le problème de *Voz Obrera*, dit le secrétaire général. C'est le plus urgent.

— Infantilisme de gauche, fascination de la contradiction, je ne sais comment l'appeler, dit Moisés. La maladie de l'extrême gauche. Être plus révolutionnaire que, aller plus à gauche que, être plus radical que... Telle fut l'attitude de Mayta toute sa vie. Quand nous étions à la Jeunesse Apriste, deux morveux à peine sortis de l'œuf, l'Apra dans la clandestinité, Manuel Seoane nous fit des causeries sur la théorie de l'espace-temps historique de Haya de la Torre et sa réfutation, son dépassement dialectique du marxisme. Mayta, naturellement, s'entêta à étudier le marxisme, pour savoir ce que nous réfutions et ce que nous dépassions. Il forma un cercle et en quelques mois la JAP nous mit en cellule. Et ainsi, sans savoir comment, nous finîmes par collaborer avec les cocos. Le résultat fut le Panóptico. Notre baptême.

Il rit et je ris. Mais nous ne rions pas des mêmes choses. Moisés rit de ces jeux d'enfants précocement politisés qu'étaient alors Mayta et lui, et par son rire il essaie de me convaincre que tout cela n'avait pas la moindre importance, une crise d'acné juvénile, anecdotes emportées par le vent. Je ris de deux photos que je viens de découvrir sur son bureau. Elles se regardent et s'équilibrent, chacune dans un cadre en argent : Moisés serre la main du sénateur Robert Kennedy lors de sa visite au Pérou pour promouvoir l'Alliance pour le Progrès, et Moisés en compagnie du président Mao Tsé-Toung à Pékin avec une délégation latino-américaine. Sur les deux il sourit d'un air neutre.

— Que le responsable nous informe, ajouta le camarade Jacinto.

Le responsable de *Voz Obrera* c'était lui. Mayta secoua la tête pour chasser l'image du sous-lieutenant Vallejos qui, en même temps qu'une grande torpeur, le poursuivait depuis qu'il s'était réveillé ce matin avec seulement trois heures de sommeil dans le corps. Il se mit debout. Il tira la petite fiche avec le schéma de ce qu'il allait dire.

— C'est ainsi, camarades, *Voz Obrera* est le problème le plus urgent et il faut le résoudre aujourd'hui même, dit-il en contenant un bâillement. En réalité ce sont deux problèmes et nous devons les traiter séparément. Le premier, celui du nom, né du fait du départ des divisionnistes. Et le second, celui de toujours, le problème économique.

Ils savaient tous de quoi il s'agissait, mais Mayta le leur rappela avec force détails. L'expérience lui avait appris que cette prolixité dans l'exposé d'un sujet faisait gagner du temps plus tard, au moment du débat. Premier sujet : devaient-ils continuer à appeler *Voz Obrera* en ajoutant le T à l'organe du parti ? Parce que les divisionnistes avaient tiré déjà leur journal avec le titre *Voz Obrera* en usant le même sigle, pour faire croire à la classe ouvrière qu'ils représentaient, eux, la continuité du POR, et que le POR(T) représentait la division. Une sale manœuvre, naturellement. Mais il fallait regarder les choses en face. Qu'il y eût deux Partis Ouvriers Révolutionnaires devenait désormais confus pour les travailleurs. Qu'il y eût deux *Voz Obrera*, quoique l'une d'elles comportât la lettre T de Trotskiste, voilà qui les désorienterait encore davantage. D'autre part, la matière du nouveau numéro était déjà composée à l'imprimerie de Cocharcas, de sorte qu'il fallait prendre une décision maintenant. Fallait-il imprimer sous le nom de *Voz Obrera(T)* ou changer de nom ? Il fit une pause, tandis qu'il allumait une cigarette, espérant que les camarades Jacinto, Medardo, Anatolio ou Joaquín disent quelque chose. Comme ils restaient muets, il poursuivit, en rejetant une bouffée de fumée :

— L'autre sujet c'est qu'il manque cinq cents sols pour payer ce numéro. L'administrateur m'a avisé qu'à partir du prochain le budget subira la hausse du papier. Vingt pour cent.

L'imprimerie de Cocharcas leur a facturé deux mille sols pour mille exemplaires de deux feuilles, et ils vendaient le numéro trois sols. En théorie s'ils épuisaient le tirage, il devait leur rester un bénéfice de mille sols. Dans la pratique, les kiosques et les gamins vendeurs de journaux prenaient cinquante pour cent de commission par numéro vendu, ce pourquoi — puisqu'ils n'avaient plus de publicité — ils perdaient cinquante centavos par exemplaire. Les seuls bénéfices c'étaient sur les exemplaires qu'ils vendaient eux-mêmes à la porte des usines, des universités et des syndicats. Mais, sauf de rares exceptions, ainsi qu'en attestaient ces piles de numéros jaunis qui s'entassaient lamentable-ment au comité central du POR(T), c'est-à-dire dans le garage du Jirón Zorritos, les mille exem-plaires n'avaient jamais été épuisés, et parmi ceux qui sortaient, une bonne part n'étaient pas vendus mais offerts. *Voz Obrera* avait toujours laissé des pertes. Maintenant, avec la division, les choses empireraient.

Mayta tenta un sourire d'encouragement :

— Ce n'est pas la fin du monde, camarades. Ne faites pas cette tête triste. Trouvons, plutôt, la solution.

— Du parti communiste il fut expulsé quand il était en prison, si ma mémoire ne me trompe pas, se rappelle Moisés. Mais peut-être bien que je me trompe. Je m'y perds dans toutes ces rup-tures et réconciliations.

— Resta-t-il longtemps au parti communiste ? lui demandé-je. Est-ce que vous y êtes restés longtemps ?

— Nous y étions et nous n'y étions pas, selon la façon de voir les choses. Nous n'avons jamais adhéré, nous n'avions pas la carte du parti. Mais à cette époque personne n'avait sa carte. Le parti était dans l'illégalité et il était minuscule. Nous collaborions plus comme sympathisants que comme militants. En prison Mayta, avec son esprit de contradiction, se mit à éprouver des sympathies hérétiques. Nous nous mîmes à lire Trotski, moi entraîné par lui. Au Frontón il donnait déjà des conférences aux détenus sur le double pouvoir, la révolution permanente, la sclérose du stalinisme. Un jour il apprit que les cocos l'avaient expulsé, en l'accusant d'être ultra-gauchiste, divisionniste, provocateur, trotskiste, etc. Peu après je m'exilai en Argentine. Quand je revins, Mayta militait au POR. Mais n'as-tu pas faim ? Allons, donc, déjeuner.

Il est midi et il fait un été splendide, avec un soleil blanc et vertical qui égaye maisons, gens, arbres, quand dans la Cadillac rutilante couleur lie-de-vin de Moisés nous traversons les rues de Miraflores, plus encombrées que les autres jours de patrouilles de police et de jeeps de l'armée, avec des soldats en casque de combat. Une mitrailleuse est installée à l'entrée de la Diagonal, protégée par des sacs de sable et gardée par de l'infanterie de marine. Comme nous passons devant, nous voyons l'officier de commandement parler dans un poste de radio portatif. Un jour comme celui-ci il convient de manger au

60

bord de l'eau. Au Costa Verde ou au Suizo de La Herradura ? Le Costa Verde est plus près et il est mieux protégé contre d'éventuels attentats. Durant le trajet nous parlons du POR dans les dernières années de la dictature d'Odría, en 1955-1956, quand les prisonniers politiques sortaient de prison et les exilés rentraient au pays.

— Entre nous cette histoire du POR était une plaisanterie, dit Moisés. Une plaisanterie sérieuse, naturellement, pour ceux qui y consacrèrent leur vie et se bousillèrent. Une plaisanterie tragique pour ceux qui se sont fait tuer. Et une plaisanterie de mauvais goût pour ceux qui se sont cassé la tête sur des pamphlets masturbatoires et des polémiques stériles. Mais, quel que soit le point de vue d'où on la regarde, une plaisanterie sans queue ni tête.

Comme nous le craignions, le Costa Verde est complet. À la porte, le service de sécurité du restaurant nous fouille et Moisés laisse son revolver aux vigiles. Ils lui donnent en échange une contremarque jaune. En attendant qu'une table se libère, on nous installe sous une canisse, au bord du brise-lames. Tout en buvant une bière fraîche nous voyons se briser les vagues et recevons au visage les embruns de la mer.

— Combien étaient-ils au POR à l'époque de Mayta ? lui demandé-je.

Moisés réfléchit et boit un long trait de bière qui lui laisse plein de mousse autour des lèvres.

Il s'essuie avec la serviette. Il hoche la tête, avec un petit sourire moqueur :

— Jamais plus de vingt, murmure-t-il. — Il parle si bas que je dois tendre l'oreille pour ne pas perdre ce qu'il dit. — Ce fut le chiffre maximum. Nous avons fêté l'événement. Nous étions enfin vingt. Peu après est venue la division. «Pablistes» et «antipablistes». Te souviens-tu du camarade Michael Pablo? Le POR et le POR(T). Étions-nous «pablistes» ou anti? Je te jure que je ne m'en souviens pas. C'est Mayta qui nous embarquait dans ces subtilités idéologiques. Oui, ça me revient, nous étions «pablistes» et eux anti. Sept nous et treize eux. Ils gardèrent le nom et nous dûmes ajouter un T majuscule à notre POR. Aucun des groupes ne s'accrut après la division, j'en suis sûr. Et cela continua, jusqu'à l'affaire de Jauja. Alors les deux POR disparurent et une autre histoire commença. Ce fut une bonne chose pour moi. Je finis exilé à Paris, je pus y faire ma thèse et me consacrer à des choses sérieuses.

— Les positions sont claires et la discussion épuisée, dit le camarade Anatolio.

— Il a raison, dit le secrétaire général. Votons à main levée. Qui est pour?

La proposition de Mayta — changer le nom de *Voz Obrera(T)* en *Voz Proletaria* — fut repoussée par trois contre deux. Le vote du camarade Jacinto fut déterminant. À l'argument de Mayta et Joaquín — la confusion représentée par l'existence de deux journaux portant le même nom, s'attaquant l'un l'autre —, Medardo et Anatolio rétorquaient que le changement semblerait donner raison aux divisionnistes, admettre que c'étaient eux, ceux du POR, et non le POR(T), qui maintenaient la ligne du parti. Leur offrir, outre le nom de l'organisation, celui du journal, c'était rien de moins que récompenser la trahison. Selon Medardo et Anatolio la similitude des titres, problème transitoire, s'éclaircirait dans la conscience de la classe ouvrière quand le contenu des articles, éditoriaux, informations, la cohérence doctrinaire, feraient le partage et montreraient quel était le journal spécifiquement marxiste, antibureaucratique et révolutionnaire et lequel était l'apocryphe. La discussion fut rude, très longue, et Mayta pensait combien plus intéressante avait été la conversation la veille au soir avec ce garçon ingénu et idéaliste. «J'ai perdu ce vote par étourderie, par manque de sommeil», pensa-t-il. Bah! peu importait. Si conserver le titre entraînait plus de difficultés pour distribuer *Voz Obrera(T)*, on pouvait toujours demander une révision de l'accord, quand les sept membres du comité seraient présents.

— Est-ce vrai qu'ils n'étaient que sept quand Mayta rencontra le sous-lieutenant Vallejos?

— Tu te souviens aussi de Vallejos, sourit Moisés. — Il étudie le menu et commande crevettes et poisson sauce piquante avec du riz aux coquillages. Je l'ai laissé choisir en lui disant qu'un économiste sensualisé comme lui le ferait mieux que moi. — Oui, sept. Je ne me rappelle pas le nom de tous, mais leurs pseudonymes oui. Camarade Jacinto, camarade Anatolio, camarade Joaquín... J'étais le camarade Medardo. As-tu remarqué comme le menu du Costa Verde s'est appauvri ? À cette allure, les restaurants de Lima fermeront tous bientôt.

On nous a placés à une table du fond, d'où l'on aperçoit à peine la mer, cachée par la tête des clients : touristes, hommes d'affaires, couples, employés de firmes qui célèbrent un anniversaire. Il doit y avoir un politicien ou un industriel important parmi eux, car, assis à une table proche, je vois quatre gardes du corps en civil, la mitraillette posée sur leurs jambes. Ils boivent de la bière en silence, surveillant le local d'un bout à l'autre. La rumeur des conversations, les rires, le bruit des couverts effacent les vagues et le ressac.

— Avec Vallejos, en tout cas, ils arrivèrent à huit, lui dis-je. La mémoire t'a fait défaut.

— Vallejos n'a jamais appartenu au parti, me réplique-t-il vivement. Cela ressemble à une plaisanterie de parler d'un parti à sept membres, non ? Il n'y a jamais été. Pour tout dire, Vallejos, je n'ai jamais vu sa bobine. La première fois que je l'ai vu, c'est dans les journaux.

Il parle avec une assurance absolue et je dois le croire. Pourquoi me mentirait-il ? Mais cela me surprend, plus encore que le nombre de militants du POR(T). Je l'imaginais petit, mais pas si infime. Je m'étais représenté les lieux sur des présomptions qui maintenant se dissipent : Mayta conduisant Vallejos au garage du Jirón Zorritos, le présentant à ses camarades, l'incorporant comme secrétaire à la Défense... Tout cela, fumée.

— Maintenant, quand je te dis sept, je veux dire sept professionnels, explique Moisés au bout d'un moment. Il y avait, en plus, les sympathisants. Des étudiants et des ouvriers avec lesquels nous organisions des cercles d'études. Et nous avions une certaine influence sur quelques syndicats. Celui de Fertisa, par exemple. Et dans la construction civile.

On nous apporte le poisson et les crevettes brillent fraîches et humides, en même temps que l'arôme piquant monte des assiettes. Nous buvons, mangeons et, sitôt fini, je reviens à la charge :

— Es-tu sûr de n'avoir jamais vu Vallejos ?

— Le seul que je voyais c'était Mayta. Pendant un certain temps, du moins. Ensuite, une commission spéciale s'est constituée. Le Groupe d'Action. Anatolio, Mayta et Jacinto, je crois. Eux l'ont vu, un certain nombre de fois. Les autres, jamais. C'était un militaire, tu ne te rends pas compte ? Qu'est-ce que nous étions, nous ? Des révolutionnaires clandestins. Et lui ? Un sous-lieutenant ! Un officier !

— Un officier? — Le camarade Anatolio bondit sur sa chaise. — Un sous-lieutenant?

— On l'a chargé de nous infiltrer, dit le camarade Joaquin. Voilà qui est très clair.

— C'est ce que j'ai pensé tout d'abord, naturellement, acquiesça Mayta. Réfléchissons, camarades. Sont-ils si idiots? Enverraient-ils nous infiltrer un sous-lieutenant qui se met à parler de la révolution socialiste lors d'une soirée? J'ai pu lui tirer les vers du nez et il ne sait pas comment se situer. De bons sentiments, une position naïve, émotive, il parle de la révolution sans savoir de quoi il s'agit. Il est idéologiquement vierge. La révolution, pour lui, ce sont Fidel Castro et ses *barbudos* faisant le coup de feu dans la Sierra Maestra. Il sent que c'est quelque chose de juste, mais il ne sait pas comment ça se mange. C'est tout ce que j'ai pu savoir de lui, en le sondant tant et plus.

Il s'était assis et parlait avec une certaine impatience, parce que depuis trois heures que durait la séance il avait épuisé ses cigarettes et le désir de fumer le taraudait. Pourquoi écarter l'idée qu'il fût un officier de renseignement chargé de réunir des informations sur le POR(T)? Et s'il l'était? Quoi d'étonnant à ce qu'il use d'un stratagème grossier? N'étaient-ils pas grossiers, les policiers, les militaires, les bourgeois du Pérou? Mais l'image joviale et exubérante du jeune homme bavard dissipa à nouveau ses soupçons. Il entendit le camarade Jacinto lui donner raison :

66

— Il se peut qu'on l'ait chargé de nous infiltrer. Du moins avons-nous l'avantage de savoir qui il est. Nous pouvons prendre les précautions qui s'avéreraient nécessaires. Si l'on nous donne l'occasion de les infiltrer, eux, ce ne serait pas digne de révolutionnaires de la laisser échapper, camarades.

Et ainsi resurgit, soudain, un thème qui avait provoqué d'innombrables discussions au POR(T). Y avait-il des potentialités révolutionnaires au sein des Forces Armées ? Devait-on se fixer comme but d'infiltrer l'armée, la marine, l'aviation, constituer des cellules de soldats, de marins et d'aviateurs ? Endoctriner la troupe sur sa communauté d'intérêts avec le prolétariat et la paysannerie ? Ou étendre le schéma de la lutte des classes au monde militaire, mais au risque de se tromper, tant, par-dessus leurs différences sociales, le lien institutionnel, l'esprit de corps unissaient soldats et officiers en une complicité inébranlable ? Mayta regrettait d'avoir donné cette information sur le sous-lieutenant. Cela allait durer des heures. Il rêva de plonger ses pieds gonflés dans une cuvette pleine d'eau. Il l'avait fait ce matin, en rentrant de la soirée de Surquillo, content d'être allé embrasser sa tante et marraine. Il était resté endormi les pieds mouillés, rêvant que Vallejos et lui disputaient une course, sur une plage qui pouvait être Agua Dulce, sans baigneurs, à l'aube. Il restait à la traîne, en arrière, et le garçon se retournait pour l'encourager, en riant : «Vas-y, vas-y, ou est-ce que tu deviens vieux et tu n'en peux plus, Mayta?»

— Cela durait des heures et des heures, nous en étions aphones, dit Moisés en attaquant son riz. Par exemple, Mayta devait-il continuer à voir Vallejos ou trancher dans le vif? Cela ne se décidait pas en deux coups de cuillère à pot, mais au moyen d'une analyse des circonstances, causes et effets. Nous devions épuiser plusieurs prémisses. La révolution d'Octobre, le rapport de forces socialistes, capitalistes et bureaucratico-impérialistes dans le monde, le développement de la lutte des classes dans les cinq continents, la paupérisation des pays néocolonisés, la concentration des monopoles...

Soudain, alors qu'il avait commencé avec le sourire, son expression est devenue aigre. Il repose sur l'assiette la fourchette qu'il allait porter à sa bouche. Voici un instant il mangeait de bon appétit, louant le cuisinier du Costa Verde — «combien de temps encore pourra-t-on manger de la sorte au train où vont les choses?» — et maintenant son appétit est coupé. Est-ce la faute de ces souvenirs que, pour me faire une faveur, il ressuscite, si le voilà déprimé?

— Mayta et Vallejos m'ont rendu un grand service, murmure-t-il pour la troisième fois ce matin, mais d'un visage ombrageux. Sans eux, je serais encore dans quelque groupuscule, essayant de vendre cinquante numéros bihebdomadaires d'une feuille de chou, en sachant bien que les ouvriers ne la liraient pas ou que, s'ils la lisaient, ils ne la comprendraient pas.

Il s'essuie la bouche et fait signe au garçon qu'il peut desservir.

— À l'époque de Vallejos, je ne croyais plus à ce que nous faisions, ajoute-t-il d'un air funèbre. Je me rendais parfaitement compte que cela ne nous conduisait à rien d'utile, sinon à nous renvoyer de temps en temps en prison, en exil, et à la frustration politique et personnelle. Et cependant... L'inertie, quelque chose qu'on peut appeler comme ça ou je ne sais quoi. Une peur panique de se sentir déloyal, traître. Envers les camarades, envers le parti, envers toi-même. Une terreur d'effacer d'un coup ce qui, tant bien que mal, a représenté des années de lutte et de sacrifice. Les curés qui jettent leur froc aux orties doivent éprouver la même chose.

Il me regarde comme s'il remarquait soudain ma présence.

— Est-ce qu'une seule fois Mayta a perdu courage? lui demandé-je.

— Je l'ignore, peut-être pas, c'était un roc. — Il demeure un moment pensif puis hausse les épaules. — Ou peut-être oui, mais en secret. Je suppose que nous avions tous des accès de lucidité où nous voyions que nous étions au fond du puits et sans escalier pour grimper. Mais nous ne l'aurions pas avoué, même à l'article de la mort. Oui, Mayta et Vallejos m'ont rendu un fier service.

— Tu le répètes tellement qu'on dirait que tu n'y crois pas. Ou que cela ne t'a pas servi à grand-chose.

— Cela ne m'a pas servi à grand-chose, affirme-t-il à contrecœur.

Et comme je ris et me moque de lui en lui disant qu'il est un des rares intellectuels péruviens à être parvenu à l'indépendance d'esprit et, en plus, à pouvoir se dire qu'il fait et aide ses collègues à faire des choses, il me désarme d'un geste ironique. Me référé-je à l'Action pour le Développement? Oui, c'était utile au Pérou, sans doute était-ce un apport majeur qu'il avait fait à ce pays en vingt ans de militantisme. Oui, il servait aussi à ceux dont le Centre publiait les ouvrages, à ceux qui grâce à lui obtenaient des bourses et étaient libérés de cette chienlit de l'université. Mais lui, en revanche, il en était frustré. D'une autre façon que le POR(T), naturellement. Il aurait voulu — il me regarde avec l'air de se demander si je mérite la confidence — être l'un d'eux. Faire de la recherche, écrire, publier. Un vieux projet très ambitieux qu'il ne mènerait, il le savait maintenant, jamais à bout. Une histoire économique du Pérou. Générale et détaillée, depuis les cultures préincasiques jusqu'à nos jours. Écarté, tout comme tous ses autres projets intellectuels! Maintenir le Centre vivant, cela signifiait être administrateur, diplomate, publiciste et, surtout, bureaucrate, vingt-quatre heures par jour. Non, vingt-huit, trente. Car pour lui les journées avaient trente heures.

— N'est-ce pas amusant qu'un ex-trotskiste qui a passé sa jeunesse à déblatérer contre la bureaucratie finisse dans la peau d'un bureaucrate ? tente-t-il de retrouver sa bonne humeur, sans y parvenir.

— Le sujet ne se prête pas à plus de discussion, protesta le camarade Joaquín. Plus de discussion, vous ne le voyez donc pas ?

En effet, pensa Mayta, il ne s'y prêtait pas et, de plus, quel était le sujet en question ? Car depuis un moment, par la faute du camarade Medardo qui avait mis sur le tapis la participation des soviets de soldats à la révolution russe, ils discutaient de la révolte des marins de Kronstadt et de son écrasement. D'après Medardo, cette révolte antisocialiste, en février 1921, était une bonne preuve de l'incertaine conscience de classe d'une troupe et des risques qu'il y avait à avoir confiance dans les potentialités révolutionnaires des soldats. Piqué au vif, le camarade Jacinto rétorqua qu'au lieu de parler de leur action en 1921, Medardo devait se rappeler ce qu'avaient fait les marins de Kronstadt en 1905. Ne furent-ils pas les premiers à se dresser contre le tsar ? Et en 1917 ne devancèrent-ils pas la plupart des usines pour constituer un soviet ? La discussion dévia ensuite sur l'attitude de Trotski au sujet de Kronstadt. Medardo et

Anatolio rappelèrent que dans son *Histoire de la Révolution* il approuva, comme un mal nécessaire, la répression du soulèvement, parce qu'il était objectivement contre-révolutionnaire et qu'il servait les Russes blancs et les puissances impérialistes. Mais Mayta était sûr que Trotski avait rectifié ensuite cette thèse et expliqué qu'il n'était pas intervenu dans la répression des marins, qui avait été l'œuvre exclusive du comité de Pétrograd présidé par Zinoviev. Il écrivit même qu'on pouvait voir dans l'extermination des marins rebelles, durant le gouvernement de Lénine, les premiers antécédents des crimes antiprolétariens de la bureaucratisation stalinienne. À la fin, la discussion, par un renversement imprévu, déboucha sur la question de savoir si les œuvres de Trotski étaient bien ou mal traduites en espagnol.

— Cela n'a pas de sens que nous votions sur cela, estima Mayta. Arrivons à un accord, on peut concilier les points de vue. Quoique cela me semble peu probable, je reconnais que Vallejos pourrait être chargé de nous infiltrer ou d'opérer quelque provocation. D'un autre côté, comme l'a dit le camarade Jacinto, nous ne devons pas gâcher cette occasion de gagner à notre cause un jeune militaire. C'est ma proposition. J'entrerai en contact avec lui, je le sonderai, je verrai s'il y a une façon de l'attirer. Si je flaire quelque chose de suspect, j'arrête les frais. Et sinon, nous verrons bien quoi faire en cours de route.

Était-ce qu'ils étaient fatigués, ou bien avait-il été plus persuasif ? ils acceptèrent. En voyant les quatre têtes acquiescer, il se réjouit : il allait pouvoir acheter des cigarettes, fumer.

— En tout cas, s'il en avait, il dissimulait très bien ses crises, dit Moisés. C'est quelque chose que je lui ai toujours envié : l'assurance en ce qu'il faisait. Pas seulement au POR(T). Également avant, quand il était moscovite ou apriste.

— Comment expliques-tu tous ces changements, alors ? Par conviction idéologique ? Pour des raisons personnelles ?

— Morales, plutôt, me rectifie Moisés. Quoique parler de morale dans le cas de Mayta te semble incongru, n'est-ce pas ?

Dans son regard brille un éclat malicieux. Attend-il une petite insinuation pour s'engager du côté des ragots ?

— Je ne le trouve absolument pas incongru, lui assuré-je. J'ai toujours pensé que tous ces changements politiques de Mayta avaient une raison plus émotive ou éthique qu'idéologique.

— La recherche de la perfection, de la pureté, sourit Moisés. Il avait été très catholique, enfant. Il avait même fait une grève de la faim pour savoir comment vivaient les pauvres. Le savais-tu ? Cela lui venait de là, sans doute. Quand on poursuit cela, en politique, on arrive à l'irréalité.

Il m'observe un moment, silencieux, tandis

que le garçon nous sert les cafés. Beaucoup de clients sont partis du Costa Verde, parmi eux l'homme important avec ses gardes du corps armés de mitraillettes, et, outre le bruit de la mer que nous entendons à nouveau, nous apercevons sur la gauche, entre les blocs du brise-lames de Barranquito, quelques surfistes qui attendent le déferlement des vagues, assis sur leur planche comme des cavaliers. «Un attentat depuis la mer serait des plus faciles, dit quelqu'un, parce que la plage n'est pas surveillée. Il faut en avertir le patron.»

— Qu'est-ce qui t'intéresse tellement chez Mayta? me demande Moisés, tandis que de la pointe de la langue il prend la température du café. Parmi tous les révolutionnaires de ces années-là il est le plus falot.

— Je ne sais pas, il y a quelque chose dans son cas qui m'attire plus que chez d'autres. Un certain symbolisme de ce qui est venu ensuite, une chose dont personne ne pouvait se douter alors qu'elle arriverait.

Je ne sais comment poursuivre. Si je le pouvais, je le lui dirais, mais à cette heure je sais seulement que l'histoire de Mayta est celle que je veux connaître et inventer, avec le plus de vie possible. Je pourrais lui donner des raisons morales, sociales, idéologiques, lui démontrer que c'est la plus importante, la plus urgente des histoires. Ce serait toutes des mensonges. À vrai dire, je ne sais pourquoi l'histoire de Mayta m'intrigue et me trouble.

— Je sais peut-être pourquoi, dit Moisés. Parce que ce fut la première, avant le triomphe de la révolution cubaine. Avant cet événement qui divisa en deux la gauche.

Peut-être a-t-il raison, peut-être est-ce à cause du caractère précurseur de cette aventure. C'est vrai qu'elle inaugura une époque au Pérou, quelque chose dont ni Mayta ni Vallejos ne purent se douter sur le moment. Mais il est possible aussi que tout ce contexte historique n'ait pas d'autre importance que celle d'un décor et que l'élément obscurément suggestif en elle ce soient pour moi ces ingrédients de truculence, marginalité, rébellion, délire, excès, qui convergent dans cet épisode auquel participa mon condisciple salésien.

— Un militaire progressiste ? Tu es sûr que cela existe ? se moqua le camarade Medardo. Les apristes ont passé leur vie à le chercher, pour qu'il leur fasse la révolution et leur ouvre les portes du palais. Ils sont devenus vieux sans le trouver. Veux-tu qu'il nous arrive la même chose ?

— Cela ne nous arrivera pas, sourit Mayta. Parce que nous n'allons pas attaquer une caserne mais faire la révolution. Ne t'en fais pas, camarade.

— Moi oui je m'en fais, dit le camarade Jacinto. Mais pour quelque chose de plus terre

75

à terre. Est-ce que le camarade Carlos a payé le loyer ? J'espère que la petite vieille ne va pas encore nous tomber sur le râble.

La réunion avait pris fin et, comme ils ne sortaient jamais tous ensemble, Anatolio et Joaquín étaient partis les premiers. Ils laissaient passer quelques minutes avant de quitter le garage. Mayta sourit, en se rappelant. La petite vieille avait surgi inopinément au cours d'une fougueuse discussion sur la réforme agraire faite en Bolivie par le Mouvement Nationaliste Révolutionnaire de Paz Estenssoro. Elle les laissa plus stupéfaits que si la personne qui avait ouvert la porte avait été un mouchard et non la fragile silhouette aux cheveux blancs et toute voûtée, appuyée sur une canne métallique.

— Madame Blomberg, bonne nuit, réagit le camarade Carlos. Quelle surprise !

— Pourquoi n'avez-vous pas frappé à la porte ? protesta le camarade Jacinto.

— Je n'ai pas à frapper à la porte du garage de ma propre maison, répliqua Mme Blomberg, offensée. Nous étions convenus que vous me paieriez le premier. Que s'est-il passé ?

— Un petit retard dû à la grève des banques, dit le camarade Carlos en s'avançant, essayant de cacher de son corps l'affiche des barbus et les liasses de *Voz Obrera*. Voici votre petit chèque, justement.

Mme Blomberg se radoucit en voyant le camarade Carlos tirer une enveloppe de sa poche.

Elle examina longuement le chèque, acquiesça et s'en alla en ronchonnant qu'à l'avenir ils soient plus ponctuels parce qu'à son âge elle n'était pas en état d'aller encaisser des arriérés de porte en porte. Ils furent pris de fou rire et, oubliant la discussion, ils laissèrent aller leur imagination : Mme Blomberg avait-elle vu le visage de Marx, Lénine et Trotski ? Irait-elle à la police ? Ferait-on une perquisition au local cette nuit ? On avait dit qu'ils louaient le garage comme siège d'un club d'échecs et la seule chose qu'elle n'avait pas pu voir, dans sa visite intempestive, c'était justement un jeu d'échecs. Mais la police ne vint pas, de sorte que Mme Blomberg n'avait rien remarqué de suspect.

— À moins que ce sous-lieutenant qui veut faire la révolution ne soit le résultat de cette visite, dit Medardo. Au lieu de perquisitionner, nous infiltrer.

— Après tant de mois ? insinua Mayta, redoutant de reprendre une discussion qui l'éloignerait de sa cigarette. Enfin, nous saurons bien. Dix minutes sont passées. On s'en va ?

— Il faudra éclaircir pourquoi Pallardi et Carlos ne sont pas venus, dit Jacinto.

— Carlos était le seul des sept à mener une vie normale, dit Moisés. Entrepreneur de travaux, propriétaire d'une briqueterie, c'est lui qui finançait le loyer du local, l'imprimerie, les tracts. Nous cotisions tous, mais notre contri-

77

bution était misérable. Son épouse nous détestait à mort.

— Et Mayta ? À l'agence France-Presse il devait gagner très peu.

— Et la moitié de son salaire ou davantage, il la dépensait pour le parti, acquiesce Moisés. Sa femme aussi nous détestait, naturellement.

— La femme de Mayta ?

— Il fut marié en bonne et due forme, rit Moisés. Mais pour peu de temps. Avec une certaine Adelaida, une employée de banque très mignonne, par ailleurs. On n'a jamais compris. Tu ne le savais pas ?

Il ne le savait pas. Ils sortirent ensemble, ils fermèrent à clé la porte du garage et au bistrot du coin ils s'arrêtèrent pour que Mayta s'achetât un paquet d'Inca. Il offrit des cigarettes à Jacinto et Medardo et alluma la sienne avec tant de hâte qu'il se brûla les doigts. Sur le chemin de l'avenue Alfonso Ugarte il tira plusieurs bouffées, en fermant à demi les yeux, savourant le plaisir d'avaler et d'expulser ces petits nuages de fumée qui se dissipaient dans la nuit.

— Je sais pourquoi j'ai la tête du sous-lieutenant fourrée là, pensa-t-il à voix haute.

— Ce militaire nous a fait perdre beaucoup de temps, se plaignit Medardo. Trois heures de discussion pour un sous-lieutenant !

Mayta poursuivit comme s'il ne l'avait pas entendu :

— C'est que par ignorance, par expérience ou

autre chose, il parlait de la révolution comme nous n'en parlons plus jamais.

— Ne me parle pas en langage difficile, je suis ouvrier, moi, pas intellectuel, se moqua Jacinto.

C'était une plaisanterie qu'il faisait si souvent que Mayta en était arrivé à se demander si, au fond, le camarade Jacinto n'enviait pas cette condition qu'il disait mépriser tant. Là-dessus ils durent tous trois s'aplatir contre le mur pour ne pas être écrasés par un tramway qui arrivait avec une grappe de gens débordant sur le trottoir.

— Avec humeur, avec joie, ajouta Mayta. Comme de quelque chose de vivant et de beau. Nous autres nous avons perdu l'enthousiasme.

— Tu veux dire que nous sommes devenus vieux ? plaisanta Jacinto. C'est toi qui dois être vieux. Moi j'en ai encore pour longtemps.

Mais Mayta n'avait pas envie de plaisanter et il parlait avec fièvre, précipitamment :

— Nous sommes devenus trop théoriciens, trop sérieux, trop politiques. Je ne sais pas... En écoutant ce jeune homme déraisonner sur la révolution socialiste j'en avais l'eau à la bouche. C'est inévitable que la lutte nous endurcisse. Mais c'est mauvais de perdre ses illusions. C'est mauvais que les méthodes nous fassent oublier le but poursuivi, camarades.

Comprenaient-ils ce qu'il voulait leur dire ? Il sentit qu'il se troublait et il changea de sujet. Mais en leur disant au revoir, à Alfonso Ugarte, pour regagner sa chambre de la rue Zepita, l'idée continua de lui trotter dans la tête. Devant l'hôpital Loayza, tout en attendant un répit dans le déferlement des voitures, des camions et des tramways qui encombraient les quatre voies, il mit le doigt sur une association d'idées qui le tracassait, obscurément, depuis la nuit précédente. Oui, c'était cela même, l'université. Cette année décevante, ces cours d'histoire, de littérature et de philosophie auxquels il s'était inscrit à San Marcos. Très vite il en était arrivé à la conclusion que ces professeurs souffraient d'une vocation atrophiée si tant est qu'ils avaient éprouvé une fois de l'amour pour les chefs-d'œuvre, pour les grandes idées. À en juger d'après ce qu'ils enseignaient et les travaux qu'ils demandaient à leurs élèves, dans la tête de ces médiocrités soporifiques une inversion s'était produite. Le professeur de littérature espagnole semblait convaincu qu'il était plus important de lire ce que monsieur Léo Spitzer avait écrit sur Lorca que les poèmes de Lorca, ou le livre de monsieur Amado Alonso sur la poésie de Neruda que la poésie de Neruda, et le professeur d'histoire était plus préoccupé par les sources de l'histoire du Pérou que par l'histoire du Pérou ; quant au professeur de philosophie, il s'attachait davantage à la forme des mots qu'au contenu des idées et à leur répercussion sur les faits... La culture les avait disséqués, transformés en savoir vaniteux, en érudition stérile séparée de la vie. Il s'était dit alors que c'était ce qu'on pouvait attendre de la culture bourgeoise, le prototype inévitable de l'idéalisme bourgeois, cette façon de se couper de la vie, et il avait abandonné l'université dégoûté, convaincu que la véritable culture était brouillée avec celle qu'on enseignait là-bas. Étaient-ils devenus académiques lui, Jacinto, Medardo, les camarades du POR(T) et ceux de l'autre PORT ? Avaient-ils oublié la hiérarchie entre le fondamental et l'accessoire, entre les moyens et les fins ? Leur travail révolutionnaire était-il devenu quelque chose d'aussi ésotérique et pédant que ce que les professeurs de San Marcos avaient fait de la littérature, l'histoire et la philosophie ? Écouter Vallejos avait été un signal d'alarme : «Ne pas oublier ce qui est essentiel, Mayta. Ne pas s'emmêler dans le superflu, camarade.» Il ne savait rien, n'avait rien lu, il était vierge, oui, mais dans un sens il avait un avantage sur eux : la révolution était pour lui l'action, quelque chose de tangible, le ciel sur la terre, le royaume de la justice, de l'égalité, de la liberté, de la fraternité. Il devina les images sous lesquelles la révolution devait apparaître à Vallejos : des paysans brisant les chaînes de la grande propriété terrienne, des ouvriers qui de serviteurs deviennent souverains des machines et des ateliers, une société où la plus-value cesse d'engraisser une minorité pour se reverser sur tous les travailleurs... et il sentit un frisson. N'était-ce pas l'angle des rues Cañete et Zepita ? Il finit de sortir de sa concentration

81

et il se frotta les bras. Putain! Il devait être bien distrait pour aboutir là. L'attrait du danger? Un masochisme secret? C'était un carrefour qu'il évitait toujours à cause du mauvais goût dans sa bouche chaque fois qu'il passait par là. Là même, devant le kiosque à journaux, ce matin-là avait freiné l'auto gris-vert avec un crissement qui résonnait encore dans ses oreilles. Avant de se rendre compte de quoi que ce soit, quatre types étaient descendus et il s'était senti tenu en respect par des revolvers, fouillé, molesté, poussé violemment dans la voiture. Auparavant il avait été dans des commissariats, dans diverses prisons, mais cette fois-là avait été la plus longue et la pire, celle où il avait été pour la première fois maltraité avec sauvagerie. Il avait cru devenir fou, pensé à se tuer. Depuis lors, il évitait cet angle de rues par une sorte de superstition qu'il aurait été honteux de reconnaître. Il tourna dans la rue Zepita et marcha lentement en direction de sa maison, deux rues plus loin. Sa fatigue se concentrait comme toujours aux pieds. Maudits pieds plats. «Je suis un fakir, pensa-t-il, je les appuie sur des milliers de petites aiguilles...» Il pensa : «La révolution est la fête de ce blanc-bec de sous-lieutenant.»

Sa chambre était tout en haut dans une impasse à deux étages, un réduit de trois mètres sur cinq bourré de livres, de revues et journaux éparpillés par terre et un lit sans dosseret où il y avait un matelas et une couverture. Quelques chemises et pantalons pendaient à des clous au mur et derrière la porte il y avait un miroir et une console avec son nécessaire à barbe. Une ampoule pendant à un cordon éclairait d'une lumière sale l'incroyable désordre qui rendait la petite pièce encore plus étroite. Dès qu'il entra, à quatre pattes il tira de dessous le lit — la poussière le fit éternuer — la cuvette ébréchée qui était, peut-être, l'objet qu'il appréciait le plus en ce lieu. Les chambres n'avaient pas de salles d'eau ; dans la cour il y avait deux cabinets pour l'usage commun de l'impasse et un robinet où les locataires puisaient de l'eau pour leur cuisine et la toilette. Le jour il y avait toujours la queue mais la nuit pas, si bien que Mayta descendit, emplit sa cuvette et revint à sa chambre — avec précaution pour ne pas renverser une goutte — en quelques minutes. Il se déshabilla, s'étendit sur le dos dans son lit et plongea les pieds dans la cuvette. Ah ! quel repos ! Il lui arrivait de s'endormir en prenant ce bain de pieds ; alors il se réveillait au matin mort de froid et éternuant. Mais maintenant il ne s'endormit pas. Tandis que la sensation liquide, fraîche, balsamique, montait de ses pieds à ses mollets et à ses jambes et que la fatigue se gommait, il pensait que, même s'il n'y avait pas d'autre conséquence, cela avait été bien que quelqu'un le lui rappelât : un révolutionnaire, il ne doit pas lui arriver la même chose qu'à ces littérateurs, historiens et philosophes de San Marcos, un révolutionnaire ne doit pas oublier qu'il vit, lutte et meurt pour faire la révolution et non pour, pour...

— ... payer l'addition, dit Moisés. Assez discuté. Je la paierai moi. Ou plutôt, le Centre. Mets ce portefeuille à l'abri du soleil.

Le ciel s'est couvert et il n'y a plus de soleil pour le chauffer. Quand nous quittons le Costa Verde on dirait l'hiver : un de ces après-midi caractéristiques de Lima à cette époque de l'année, humides, le ciel bas, lourd et menaçant et l'orage qui ne viendra jamais. En récupérant son arme, à l'entrée — «C'est un browning de 7,65 millimètres», me dit-il —, Moisés vérifie le cran de sûreté. Il le range dans la boîte à gants de sa voiture.

— Dis-moi, du moins, qu'est-ce que tu as jusqu'à maintenant? me demande-t-il tandis que nous remontons la Quebrada de Armendariz dans sa Cadillac couleur lie-de-vin.

— Un quadragénaire aux pieds plats qui a passé sa vie dans les catacombes de la révolution théorique, pour ne pas dire des intrigues révolutionnaires, lui résumé-je. Apriste, apriste dissident, moscovite, moscovite dissident, et enfin trotskiste. Toutes les allées et venues, toutes les contradictions de la gauche des années cinquante. Il a été caché, détenu, il a toujours vécu dans la pénurie. Mais...

— Mais?

— Mais la frustration ne l'a ni aigri ni corrompu. Il est resté honnête, idéaliste, généreux,

84

malgré cette vie castratrice. Cela te semble-t-il exact ?

— Pour l'essentiel, oui, affirme Moisés en freinant pour que je descende. Mais as-tu pensé que même se corrompre n'est pas facile dans notre pays ? Il faut l'occasion. La plupart des gens sont honnêtes parce qu'ils n'ont pas d'autre alternative, ne crois-tu pas ? T'es-tu demandé si Mayta avait eu l'occasion de se corrompre ?

— J'ai pensé qu'il a toujours agi de façon qu'elle n'ait aucune chance de se présenter à lui.

— Tu n'as pas encore grand-chose, conclut Moisés.

Au loin, on entend par intermittence une fusillade.

III

Pour arriver jusque-là, depuis Barranco, il faut aller au centre de Lima, traverser le Rímac — fleuve aux eaux rares à cette époque de l'année — par le pont Ricardo Palma, longer Piedra Liza et contourner la butte San Cristóbal. Le trajet est long, risqué, et à certaines heures très lent par la congestion de la circulation. C'est aussi le spectacle de l'appauvrissement graduel de Lima. La prospérité de Miraflores et de San Isidro déchoit et s'enlaidit à Lince et La Victoria, renaît illusoirement au centre avec les masses pesantes des banques, mutuelles et compagnies d'assurances — parmi lesquelles pullulent, néanmoins, de vieilles maisons de rapport et de très anciennes maisons qui tiennent debout par miracle —, mais ensuite, en traversant le fleuve et en arrivant au secteur de Bajo el Puente, la ville s'effondre en terrains vagues en marge desquels ont surgi des baraques faites de bric et de broc, des bidonvilles entremêlés de dépotoirs qui se succèdent sur des kilomètres. Dans cette Lima marginale il y avait autrefois surtout de la misère. Maintenant il y règne aussi terreur et sang.

À la hauteur de l'avenue des Chasquis, la piste perd son asphalte et s'emplit de trous, mais l'auto peut encore avancer de quelques mètres, en cahotant au milieu des gravats et de la poussière, entre des lampadaires qui ont perdu leurs ampoules, pulvérisées à la fronde par les gamins. Comme c'est la seconde fois que je viens, je ne commets plus l'imprudence d'avancer au-delà du bazar devant lequel je me suis embourbé la première fois. Il m'était arrivé alors quelque chose d'assez comique. En voyant que la voiture ne décollait pas de la terre, je descendis demander à des garçons qui bavardaient au coin de m'aider à la pousser. Ils le firent mais auparavant ils me mirent un couteau sous le nez en me menaçant de me tuer si je ne leur donnais pas tout ce que j'avais. Ils me prirent ma montre, mon portefeuille, mes souliers et ma chemise. Mais ils consentirent à me laisser mon pantalon. Tandis que nous poussions l'auto pour la dégager, nous parlâmes. Y avait-il beaucoup d'assassinats dans le quartier? Pas mal. Politiques? Oui, également politiques. Rien qu'hier on avait trouvé là au tournant un cadavre décapité avec un écriteau qui disait : «Chien de mouchard.»

Je stationne et marche au milieu des ordures qui sont, en même temps, des porcheries. Les cochons se vautrent parmi les tas de détritus et je dois agiter les deux mains tout le temps pour me débarrasser des mouches. Sur et au milieu des immondices s'entassent les baraquements en bidons, briques, zinc, certains en ciment, torchis, bois, à peine bâtis ou à moitié construits mais jamais achevés, toujours très vieux, appuyés les uns sur les autres, éventrés ou sur le point de craquer, bourrés de gens qui me regardent avec la même indolence que la fois précédente. Jusqu'à il y a quelques mois, la violence politique n'affectait pas les bidonvilles de la périphérie autant que les quartiers résidentiels ou le centre. Mais maintenant la plupart des gens assassinés ou enlevés par les commandos révolutionnaires, les forces armées ou les escadrons contre-révolutionnaires appartiennent à ces quartiers-là. Il y a plus de vieux que de jeunes, plus de femmes que d'hommes et, parfois, j'ai l'impression de ne pas être à Lima ni sur la côte mais dans un village des Andes : sandales de peau, jupes andines, ponchos, gilets avec des lamas brodés, dialogues en quechua. Vivent-ils réellement mieux dans cette crasse et cette puanteur que dans les hameaux montagnards qu'ils ont abandonnés pour venir à Lima ? Des sociologues, économistes et anthropologues assurent que, pour étonnant que cela paraisse, c'est ainsi. Les espoirs d'amélioration et de survie sont plus grands, semble-t-il, dans ces dépotoirs fétides que sur les hauts plateaux de Ancash, de Puno ou Cajamarca où la sécheresse, les épidémies, la stérilité de la terre et le manque de travail déciment les populations indiennes. Ce doit être vrai. Quelle autre explication pour que quelqu'un choisisse de vivre dans cette épouvantable promiscuité et une telle saleté ?

— Pour eux c'est le moindre mal, ce qui est préférable, dit Mayta. Mais si tu crois que, parce qu'ils sont misérables, les bidonvilles constituent un potentiel révolutionnaire, tu te trompes. Ce n'est pas du prolétariat mais du lumpen. Ils n'ont pas de conscience de classe parce qu'ils ne forment pas une classe. Ils n'ont même pas idée de ce qu'est la lutte des classes.

— En cela ils me ressemblent, sourit Vallejos. Qu'est-ce que c'est, merde, la lutte des classes ?

— Le moteur de l'histoire, lui expliqua Mayta, très grave et pénétré par son rôle de professeur. La lutte qui résulte des intérêts opposés de chaque classe dans la société. Des intérêts qui naissent du rôle joué par chaque secteur dans la production de la richesse. Il y a les maîtres du capital, il y a les maîtres de la terre, il y a les maîtres de la connaissance. Et il y a ceux qui ne sont maîtres de rien d'autre que de leur force de travail : les ouvriers. Et il y a aussi les marginaux, ces pauvres des bidonvilles, le lumpenprolétariat. Arrives-tu à t'y retrouver ?

— Je commence à avoir faim, bâilla Vallejos. Ces discussions m'ouvrent l'appétit. Oublions pour aujourd'hui la lutte des classes et prenons une bière bien glacée. Ensuite, je t'invite à déjeuner chez mes vieux. Ma sœur va sortir. Un événement. La pauvre, ils la tiennent pire qu'en caserne. Je te la présenterai. Et la prochaine fois que nous nous verrons je t'apporterai la surprise dont je t'ai parlé.

Ils étaient dans la petite chambre de Mayta, celui-ci assis par terre et le sous-lieutenant sur le lit. De l'extérieur venaient des cris, des rires, un bruit de voitures et dans l'air flottaient des corpuscules de poussière comme des bestioles en apesanteur.

— À cette allure tu n'apprendras pas un iota du marxisme, finit par s'avouer vaincu Mayta. À vrai dire tu n'as pas un bon professeur, moi-même je me fais des nœuds avec ce que je t'enseigne.

— Tu es meilleur que beaucoup que j'ai eus à l'école militaire, l'encouragea Vallejos en riant. Sais-tu ce qui m'arrive ? Le marxisme m'intéresse beaucoup. Mais j'ai du mal avec les sujets abstraits. Je suis plus porté sur le positif, le concret. À propos, je te dis mon plan révolutionnaire avant qu'on boive cette petite bière ?

— Je n'écouterai ton sacré plan que si tu me récites ta leçon, l'imita Mayta : Qu'est-ce que c'est, merde, la lutte des classes ?

— C'est le gros poisson qui mange le petit, lança d'un éclat de rire Vallejos. Quelle autre chose cela peut-il être, mon frère ! Pour savoir qu'un propriétaire de mille hectares et ses Indiens se détestent à mort il n'est pas nécessaire d'étudier beaucoup. Tu me mets vingt ? Tu vas en rester comme deux ronds de flan avec mon plan, Mayta. Et plus encore quand tu verras la surprise que je te prépare. Viens-tu déjeuner avec moi? Je veux que tu connaisses ma sœur.

— Ma mère? Ma sœur? Mademoiselle?

— Juanita, décide-t-elle. Il vaut mieux nous tutoyer, car nous devons être plus ou moins du même âge, non? je te présente María.

Les deux femmes portent des sandales de cuir et depuis le petit banc où je suis assis je vois les doigts de leurs pieds : ceux de Juanita tranquilles et ceux de María qui bougent et s'agitent. Celle-là est brune, énergique, jambes et bras robustes et un soupçon de poil aux commissures des lèvres; celle-ci, menue, blanche, le regard clair et l'expression absente.

— Un soda ou un verre d'eau? me demande Juanita. Il vaut beaucoup mieux prendre la limonade. L'eau vaut de l'or ici. Il faut aller la chercher jusqu'à l'avenue des Chasquis à chaque fois.

Le local me rappelle une baraque qu'occupaient sur la butte San Cristóbal, voilà bien des années, deux Françaises, sœurs de Foucauld. Ici aussi, les murs chaulés et nus, le sol couvert de nattes de paille, les couvertures font penser à une demeure du désert.

— La seule chose qui manque c'est le soleil, dit María. Le père Charles de Foucauld. J'ai lu son livre, *Au cœur des masses*. Très célèbre, à une certaine époque.

— Moi aussi je l'ai lu, dit Juanita. Je ne me rappelle pas grand-chose. Je n'ai jamais eu une bonne mémoire, même jeune.

— Quel dommage! — Dans tout le réduit il n'y a un crucifix, une Vierge, une image pieuse, un missel, rien qui évoque la condition de religieuses de ses habitantes. — Ce manque de mémoire. Parce que moi...

— Ah bon, de lui oui, je me souviens, me réprimande Juanita du regard, en me tendant la Pasteurina, et sa voix change de ton. Mon frère, je ne l'ai pas oublié, naturellement.

— Et Mayta non plus? lui demandé-je en buvant à même le goulot de la bouteille une gorgée tiède et douceâtre.

— Non plus, acquiesce Juanita. Je l'ai vu une seule fois. Chez mes parents. Je ne m'en souviens pas beaucoup parce que c'est l'avant-dernière fois que je me trouvai avec mon frère. La dernière, deux semaines plus tard, il ne fit rien d'autre que de me parler de son ami Mayta. Il avait de la tendresse pour lui, de l'admiration. Cette influence fut... Bon, mieux vaut me taire.

— Ah! il s'agit de cela. — María écarte avec un petit carton les mouches de son visage. Ni elle ni Juanita ne portent l'habit, mais des jupes de laine et des chandails gris, et dans leur façon de s'habiller, dans leurs cheveux tenus dans des résilles, leur manière de parler et de bouger, on voit bien que ce sont des religieuses. — Heureusement qu'il s'agit d'eux et non de nous.

Nous étions inquiètes, maintenant je peux te le dire. Parce que, pour ce que nous faisons, la publicité est très néfaste.

— Et qu'est-ce que nous faisons ? se moqua Mayta avec un petit rire sarcastique. Nous nous emparons du village, des commissariats, de la prison, nous faisons main basse sur les armes de Jauja. Quoi d'autre ? Nous allons courir dans la montagne, comme des chèvres sauvages ?

— Non pas comme des chèvres sauvages, reprit le sous-lieutenant sans se fâcher. Nous pouvons nous en aller à cheval, à dos d'âne, sur une mule, en camions ou pedibus. Mais ce qui est le plus sûr ce sont les pieds, il n'y a pas de meilleur moyen de locomotion dans la montagne. On voit bien que tu ne connais pas la sierra, mon frère.

— C'est vrai, je la connais très mal, admit Mayta. C'est ma grande honte.

— Pour t'en débarrasser, viens avec moi demain à Jauja, lui donna un coup de coude Vallejos. Tu as le gîte et le couvert assurés. Au moins la fin de semaine, mon frère. Je te montrerai la campagne, nous irons voir les communautés, le Pérou véritable. Écoute, n'ouvre pas la surprise. Tu m'as promis que non. Ou je te l'enlève.

Ils étaient assis sur le sable d'Agua Dulce, regardant la plage déserte. Autour d'eux voletaient les mouettes et un petit vent salé et humide mouillait leur visage. Que pouvait bien être

la surprise? Le paquet était fait avec autant de
soin que s'il avait contenu quelque chose de précieux. Et il était très lourd.

— Bien sûr que j'aimerais aller à Jauja, dit
Mayta. Mais...

— Mais tu n'as pas un radis pour le billet, le
coupa Vallejos. Ne t'inquiète pas. Je te paie le
bus.

— Bon, nous verrons bien, revenons au principal, insista Mayta. Les choses sérieuses. As-tu
lu le petit livre que je t'ai passé?

— Il m'a plu, j'ai tout compris, sauf quelques
noms russes. Et sais-tu pourquoi il m'a plu,
Mayta? Parce qu'il est plus pratique que théorique. *Que faire, que faire?* Lénine savait bien ce
qu'il fallait faire, camarade. C'était un homme
d'action, comme moi. Autrement dit mon plan
t'a semblé une connerie?

— Heureusement que tu l'as lu, heureusement que Lénine t'a plu, tu progresses, évita de
lui répondre Mayta. Veux-tu que je te dise une
chose? Tu avais raison, ta sœur m'a beaucoup
impressionné. On ne dirait pas une nonne. Elle
m'a fait rappeler d'autres temps. Sais-tu que je
fus aussi dévot qu'elle quand j'étais petit?

— Il avait l'air plus âgé qu'en réalité, dit Juanita. Il devait avoir dans les quarante ans, non?
Je lui en donnais cinquante. Et comme mon
frère faisait plus jeune qu'il n'était, ils avaient
l'air de père et fils. Ce fut lors d'une de mes rares
visites à la famille. À cette époque nous étions

94

cloîtrées, nous autres. Pas comme celles-ci, des effrontées qui vivent la moitié du temps au couvent et l'autre dans la rue.

María proteste. Elle agite son petit carton devant son visage, très vivement, provoquant un affolement des mouches. Elles ne sont pas seulement en l'air, bourdonnant autour de nos têtes : elles constellent les murs, comme des têtes de clous. «Je sais bien ce qu'il y a dans ce paquet, pensa Mayta, je sais bien quelle est la surprise.» Il sentit de la chaleur dans sa poitrine et il pensa : «Il est fou!» Quel pouvait être l'âge de Juanita? Indéchiffrable : petite, droite, ses gestes et mouvements dégageaient des flots d'énergie et ses dents en avant mordaient toujours sa lèvre inférieure. Avait-elle fait son noviciat en Espagne, vécu là-bas de nombreuses années? Parce que son accent était résolument espagnol, celui d'une Espagnole dont les j et les r avaient perdu leur âpreté, les z et les c leur sonorité, mais sans atteindre encore à la langueur liménienne. «Que fais-tu ici, Mayta? pensa-t-il mal à l'aise. Que fais-tu ici avec une bonne sœur?» Il étendit sournoisement la main dans le sable humide et il palpa la surprise. Oui, c'était une arme.

— Je pensais que vous apparteniez à la même congrégation, leur dis-je.

— Tu as mauvais esprit, alors, réplique María. — Elle sourit fréquemment mais Juanita, par contre, est sérieuse même quand elle plaisante. Dehors, il y a des rafales d'aboiements, comme si une meute se disputait. —J'ai été avec les prolétariennes, elle avec les aristocrates. Maintenant toutes les deux nous voilà descendues au lumpenproletariat.

Nous commençons à parler de Mayta et de Vallejos, mais sans nous en rendre compte nous nous sommes mis à commenter les crimes dans le quartier. Les révolutionnaires étaient ici assez forts au début : ils faisaient des collectes en plein jour et même des meetings. Ils tuaient quelqu'un, de temps à autre, en l'accusant de traîtrise. Puis les escadrons de la liberté étaient apparus, décapitant, mutilant et défigurant à l'acide des complices réels ou supposés de l'insurrection. La violence s'est multipliée. Juanita croit, cependant, que les délits de droit commun sont encore plus nombreux que les politiques et ceux-ci, souvent, sont le masque de ceux-là.

— Voici quelques jours, raconte María, notre voisin a tué sa femme parce qu'elle lui faisait des scènes de jalousie. Et ses beaux-frères l'ont surpris en train de déguiser son crime, mettant à la victime le fameux écriteau : «Chienne de moucharde».

— Revenons à ce qui m'a amené, leur proposé-je. À la révolution qui a commencé à avoir cours ces années-là. Celle de Mayta et de ton frère. Elle fut la première de plusieurs. Elle a ouvert l'histoire qui s'achève sur ce que nous vivons maintenant.

— Peut-être bien que la grande révolution de

ces années-là ne fut aucune de celles-ci, mais la nôtre, m'interrompt Juanita. Car toutes ces morts et ces attentats nous ont-ils par hasard rapporté quelque chose de positif? Toute cette violence n'a apporté que de la violence. Et les choses n'ont pas changé, n'est-il pas vrai? Il y a plus de pauvreté que jamais, ici, à la campagne, dans les villages de la sierra, partout.

— En ont-ils parlé? lui demandé-je. Mayta t'a-t-il parlé des pauvres, de la misère?

— Nous avons parlé de religion, dit Juanita. Ne crois pas que cela soit venu de moi. C'est lui qui a abordé le sujet.

— Oui, très catholique, mais je ne le suis plus, je me suis libéré de ces illusions, murmura Mayta en regrettant de l'avoir dit, craignant que la sœur de Vallejos ne le prît mal. Vous ne doutez jamais?

— Depuis que je me lève jusqu'à ce que je me couche, rit-elle. Qui vous a dit que la foi est incompatible avec le doute?

— Je veux dire, s'anima Mayta, n'est-ce pas une grande imposture que la mission des collèges catholiques soit de former les élites? Peut-on par hasard inculquer aux enfants des classes dirigeantes les principes évangéliques de charité et d'amour du prochain? Ne pensez-vous jamais à cela?

— Je pense à cela et à des choses bien pires, lui sourit la nonne. Ou plutôt, nous y pensons. C'est la vérité. Quand je suis entrée dans les ordres, nous croyions toutes que Dieu avait donné à ces familles, avec leur pouvoir et leur fortune, une mission envers leurs frères déshérités. Que ces filles, qui étaient la tête, bien élevées, se chargeraient d'améliorer le tronc, les bras, les jambes. Mais maintenant aucune de nous ne croit plus que ce soit là la façon de changer le monde.

Et Mayta, surpris, l'entendit rapporter la conspiration de ses compagnes et elle au collège. Elles n'eurent de cesse qu'elles ne firent fermer l'école gratuite pour pauvres qui fonctionnait au Sophianum. Les filles payantes avaient, chacune, une petite de l'école. C'était sa pauvre. Elles leur apportaient des sucreries, des vêtements, une fois par an elles partaient en excursion dans la maison des familles où leur protégée recevait des cadeaux. Elles allaient dans la voiture du père, avec leur maman, parfois il suffisait que le chauffeur descendît remettre la brioche. Quelle honte, quel scandale ! Pouvait-on appeler cela pratiquer la charité ? Elles avaient insisté, critiqué, écrit, protesté tellement qu'à la fin l'école gratuite du Sophianum fut fermée.

— Alors nous ne sommes pas si éloignés que cela, ma mère, s'étonna Mayta. Je suis content de vous entendre parler comme ça. Puis-je vous citer quelque chose qu'a dit un grand homme ? Eh bien, lorsque l'humanité en aura fini avec les révolutions qui sont nécessaires pour supprimer l'injustice, il naîtra une autre religion.

— Pourquoi une nouvelle religion si nous avons déjà la véritable ? répliqua la nonne en lui tendant une assiette de gâteaux. Prenez un biscuit.

— Trotski, précisa Mayta. Un révolutionnaire et un athée. Mais il avait du respect pour le problème de la foi.

— Le fait que la religion libère les énergies du peuple ça se comprend aussi là-bas. — Vallejos lança un caillou contre un épervier. —Vraiment tu as trouvé mon plan si mauvais ? Ou l'as-tu dit pour me taquiner, Mayta ?

— Cela nous paraissait une déformation monstrueuse. — Juanita hausse les épaules, avec une expression de découragement. — Et maintenant je me demande si, avec sa déformation et tout, ce n'était pas mieux que ces fillettes eussent un endroit pour apprendre à lire en recevant au moins une brioche chaque année. Je ne sais plus, je ne suis plus sûre que nous ayons bien fait. Quel fut le résultat ? Au collège nous étions trente-deux religieuses et une vingtaine de sœurs. Maintenant il reste trois religieuses et aucune sœur. Le pourcentage est à peu près le même dans la plupart des collèges. Les congrégations sont tombées en miettes... Est-ce que notre prise de conscience sociale fut bonne ? Est-ce qu'il fut bon, le sacrifice de mon frère ?

Elle tente de sourire, comme pour s'excuser de me faire part de son désarroi.

— C'est logique, c'est du tout cuit, ça baigne

dans l'huile, s'exalta Vallejos. Si les Indiens travaillent pour un patron qui les exploite, ils le font sans courage et leur rendement est faible. Quand ils travailleront pour eux-mêmes ils produiront davantage et ce sera au bénéfice de toute la société. Vingt, mon frère ?

— À condition qu'il ne se crée pas une classe parasite qui exproprie à son profit l'effort du prolétariat et de la paysannerie, lui expliqua Mayta. À condition qu'une classe de bureaucrates n'accumule pas assez de pouvoir pour créer une nouvelle structure d'injustice. Et pour éviter cela, justement, Léon Davidovitch a conçu la théorie de la révolution permanente. Ouf ! je m'ennuie moi-même avec mes discours.

— J'aimerais aller au football, toi non ? soupira Vallejos. Je me suis échappé de Jauja pour voir le classique Alianza-U, je ne veux pas le manquer. Allons, je t'invite.

— Quelle est la réponse à cette question, lui dis-je en voyant qu'elle est restée sans mot dire. La révolution silencieuse de ces années-là a-t-elle servi ou fait tort à l'Église ?

— Elle nous a servi à nous faire perdre nos fausses illusions mais pas la foi, quant aux autres qui sait ? dit María. — Et se tournant vers Juanita : — Comment était Mayta ?

— Il parlait doucement, poliment, il s'habillait avec modestie, se rappelle Juanita. Il a essayé de m'impressionner avec ses provocations antireligieuses. Mais je crois que c'est plutôt moi

100

qui l'ai impressionné. Il ne savait pas ce qui se passait dans les couvents, les séminaires, les paroisses. Il ne savait rien de notre révolution... Il a ouvert grands les yeux et m'a dit : «Alors nous ne sommes pas si éloignés.» Les années lui ont donné raison, n'est-ce pas ?

Et elle me raconte que le père Miguel, un curé du quartier qui disparut mystérieusement voici deux ans, est semble-t-il le célèbre camarade Leoncio qui a dirigé l'attaque sanglante du palais du gouvernement le mois passé.

— J'en doute, proteste María. Le père Miguel était un fanfaron. Très incendiaire avec la bouche mais au fond un pompier. Je suis sûre que la police ou les escadrons de la liberté l'ont tué.

Oui, c'était cela. Pas un revolver ni un pistolet, mais un pistolet-mitrailleur court, léger, qui semblait juste sorti de l'usine : noir, huileux, brillant. Mayta l'observa hypnotisé. En faisant un effort, il écarta les yeux de l'arme qui tremblait dans ses mains et jeta un regard autour de lui, avec l'impression qu'entre les livres éparpillés et les journaux en désordre de sa pièce, allaient surgir les mouchards le montrant du doigt, morts de rire : «Tu es pris, Mayta», «Tu es fait, Mayta», «La main dans le sac, Mayta». «C'est un imprudent, il lui manque un boulon, pensa-t-il, c'est un...» Mais il ne ressentait pas la moindre animosité contre le sous-lieutenant. Plutôt la bienveillance qu'inspire l'espièglerie d'un enfant chéri et l'envie de le revoir au plus vite. «Pour lui tirer les oreilles, pensa-t-il. Pour lui dire...»

— Il m'arrive avec toi une chose curieuse. Je ne sais si je vais te la dire ou pas. J'espère que tu ne te fâcheras pas. Puis-je te parler avec franchise?

Le stade était à moitié vide, ils étaient arrivés trop tôt; les préliminaires ne commençaient même pas.

— Tu peux, dit Vallejos, en soufflant la fumée par le nez et la bouche. Je sais bien, tu vas me dire que mon plan révolutionnaire est une connerie? Ou m'engueuler encore pour la surprise?

— Depuis combien de temps nous voyons-nous? dit Mayta. Deux mois?

— Nous voilà cul et chemise, non? répondit Vallejos en applaudissant le shoot d'un ailier minuscule et très agile. Qu'allais-tu me dire, donc?

— Que parfois tout cela me semble être du temps perdu.

Vallejos fut distrait de la partie :

— Me prêter des livres et m'enseigner le marxisme?

— Non que tu ne comprennes pas ce que je t'enseigne, lui expliqua Mayta. Tu as plus de jugeote qu'il n'en faut pour le matérialisme dialectique ou n'importe quoi.

— Encore heureux, dit Vallejos en s'intéressant à nouveau à ce qui se passait sur le terrain. J'ai cru que tu perdais ton temps parce que je suis un taré.

— Non, tu n'es pas un taré, sourit Mayta en regardant le profil du sous-lieutenant. Mais c'est qu'en parlant avec toi, en sachant ce que tu penses, en te connaissant, j'ai l'impression que la théorie, au lieu de te servir, peut te nuire.

— Purée, presque but ! quel joli demi-tour ! se leva Vallejos en applaudissant.

— Dans ce sens, vois-tu ? poursuivit Mayta.

— Je ne vois rien, dit Vallejos. Me voilà taré, maintenant oui. Tu veux me dire d'oublier mon plan, que j'ai mal fait de t'offrir cette mitraillette ? Ou quoi, mon frère ? Buuut ! Il était temps. Bravo !

— En théorie, le spontanéisme révolutionnaire est mauvais, dit Mayta. S'il n'y a pas de doctrine, de connaissance scientifique, l'élan est gâché en gestes anarchiques. Mais toi tu as une résistance instinctive à te laisser emprisonner par la théorie. Peut-être as-tu raison, peut-être, grâce à cela, il ne t'arrivera pas la même chose qu'à nous...

— À qui ? demanda Vallejos, le regardant à nouveau.

— À nous qui, trop préoccupés d'être bien préparés doctrinairement, négligeons la pratique et...

Il se tut à cause du brouhaha dans les tribunes : des pétards éclataient et une pluie de confettis tombait sur le terrain. Tu avais fait une gaffe, Mayta.

— Tu ne m'as pas répondu, insista Vallejos

sans le regarder, en contemplant sa cigarette : était-ce un mouchard? — Tu as dit nous et j'ai dit qui. Pourquoi ne me réponds-tu pas, mon frère?

— Les révolutionnaires péruviens, les marxistes péruviens, martela Mayta en le scrutant : était-ce un agent dont la mission était de vérifier, de provoquer? — Nous en savons long comme ça sur le marxisme, le léninisme, le trotskisme. Mais nous ne savons pas comment atteindre les masses. Je me référais à cela.

— Je lui ai demandé si, au moins, il croyait en Dieu, si ses idées politiques étaient compatibles avec la foi chrétienne, dit Juanita.

— Je n'aurais pas dû te demander cela, mon frère, s'excusa Vallejos, penaud, tous deux noyés dans le torrent du public qui descendait les gradins du stade. Je le regrette, je ne veux pas que tu me dises quoi que ce soit.

— Que te dirai-je que tu ne saches pas? dit Mayta. Je suis heureux que nous soyons venus, quoique le match ait été mauvais. Il y avait des siècles que...

— Je veux te dire une chose, insista Vallejos en lui prenant le bras. Je comprends très bien que tu sois méfiant.

— Tu es fou, dit Mayta. Pourquoi me méfierais-je de toi?

— Parce que je suis militaire et que tu ne me connais pas assez, dit Vallejos. Je comprends que tu me caches certaines choses. Je ne veux rien savoir de ta vie politique, Mayta. Je suis droit de la tête aux pieds avec mes amis. Et toi, je te considère comme mon meilleur ami. Si je ne joue pas franc-jeu, tu as désormais entre les mains de quoi te venger, la surprise que je t'ai offerte...

— La révolution et la religion catholique sont incompatibles, affirma Mayta avec douceur. Il vaut mieux ne pas nous tromper, ma mère.

— Vous êtes sur une fausse piste et très en retard, se moqua Juanita. Croyez-vous que ça me choque d'entendre dire que la religion est l'opium du peuple ? Elle a dû l'être, elle l'était, en tout cas. Mais cela c'est fini. Tout change. La révolution c'est nous qui la ferons. Ne riez pas.

Était-elle déjà commencée, alors, au Pérou, l'époque des curés et des bonnes sœurs progressistes ? Juanita m'assure que oui, mais j'en doute un peu. En tout cas, c'était quelque chose de si prématuré, de si balbutiant qu'en toute logique Mayta n'avait pu le connaître. En aurait-il été heureux ? L'ex-enfant qui avait fait une grève de la faim pour ressembler aux miséreux aurait-il été satisfait que monseigneur Bambarén, l'évêque des bidonvilles, porte son fameux anneau avec les armes pontificales d'un côté et le marteau et la faucille de l'autre ? Que le père Gustavo Gutiérrez conçoive la théologie de la libération en expliquant que faire la révolution socialiste était le devoir des catholiques ? Que monseigneur Méndez Arceo conseille aux croyants d'aller à Cuba comme avant ils se rendaient à Lourdes? Oui, sans doute. Peut-être serait-il encore catholique, comme tant d'autres révolutionnaires au jour d'aujourd'hui. Donnait-il l'impression d'un homme dogmatique, aux idées rigides?

Juanita reste pensive, un moment.

— Oui, je crois que oui, un dogmatique, acquiesce-t-elle. Du moins n'était-il absolument pas souple pour ce qui est de la religion. Nous n'avons bavardé qu'un moment, peut-être n'ai-je pas bien compris quelle sorte d'homme c'était. J'ai beaucoup pensé à lui par la suite. Il est arrivé à avoir une très grande influence sur mon frère. Il a changé sa vie. Il l'a fait lire, quelque chose qu'il ne faisait presque pas auparavant. Des livres communistes, évidemment. J'ai essayé de le mettre en garde : te rends-tu compte qu'il te catéchise?

— Oui, je le sais, mais avec lui j'apprends beaucoup de choses, ma sœur.

— Mon frère fut un idéaliste et un révolté, avec un sens inné de la justice, ajouta Juanita. En Mayta il trouva un mentor, qui le manipulait à son gré.

— Autrement dit, d'après toi, c'est Mayta qui fut le responsable? lui demandé-je. Crois-tu qu'il a tout mis sur pied, qu'il a embarqué Vallejos dans l'histoire de Jauja?

— Non, parce que je ne sais même pas m'en

servir, hésita Mayta. Je t'avouerai quelque chose. Je n'ai jamais tiré de ma vie, pas même avec un revolver d'enfant. Pour en revenir à ce que nous disions, à notre amitié, je dois t'avertir d'une chose.

— Ne m'avertis de rien, je t'ai déjà demandé pardon de mes indiscrétions, dit Vallejos. Je préfère plutôt un de tes discours. Continuons avec le double pouvoir, cette façon de couper les pattes petit à petit à la bourgeoisie et à l'impérialisme.

— Et c'est que même l'amitié ne passe pas avant la révolution pour un révolutionnaire, mets-toi bien cela dans la tête et ne l'oublie pas, dit Mayta. La révolution d'abord. Ensuite le reste. C'est ce que j'ai tenté d'expliquer à ta sœur l'autre soir. Ses idées sont bonnes, elle va aussi loin qu'une catholique peut aller. Mais cela ne suffit pas. Si tu crois au ciel, à l'enfer, la situation d'ici passera toujours au second plan. Et il n'y aura ainsi jamais de révolution. J'ai confiance en toi et je te considère, aussi, comme un grand ami. Si je te cache quelque chose, si...

— Ça suffit, je t'ai déjà demandé pardon, pas un mot de plus, le fit taire Vallejos. Ainsi, donc, tu n'as jamais tiré ? Demain nous irons à Lurín, avec la surprise. Je te donnerai une leçon. Tirer à la mitraillette est plus facile que la théorie du double pouvoir.

— Évidemment, c'est ce qui dut arriver, dit Juanita. — Mais à sa façon de le dire il n'y a pas

107

autant d'assurance. — Mayta était un vieux politicien, un révolutionnaire professionnel. Mon
frère, un gosse impulsif que l'autre, pour des
questions d'âge, de culture, dominait.

— Je ne sais, je n'en suis pas sûr, lui rétorqué-je. Parfois je pense que ce fut le contraire.

— Quelle ânerie, intervient María. Comment
un gamin aurait-il pu embarquer un vieux renard
dans une folie pareille ?

— Précisément, ma mère. Mayta était un
révolutionnaire de l'ombre. Il avait passé sa vie
à conspirer, à combattre dans des groupuscules
comme celui où il milita. Et soudain, quand il
approchait de l'âge où d'autres prennent leur
retraite de militants, surgit quelqu'un qui, pour
la première fois, lui ouvrit les portes de l'action.
Pouvait-il y avoir de tentation plus grande pour
quelqu'un comme lui qu'on lui mît, un beau
jour, une mitraillette entre les mains ?

— Ça c'est un roman, dit Juanita avec un
sourire qui en même temps me dédouane pour
l'offense. Cela ne ressemble pas à l'histoire réelle,
en tout cas.

— Cela ne sera pas l'histoire réelle, mais
effectivement un roman, lui confirmé-je. Une
version très pâle, éloignée et, si tu veux, fausse.

— Alors pourquoi se donner tant de peine,
insinue-t-elle avec ironie, pourquoi essayer de
savoir ce qui s'est passé, pourquoi venir me
confesser de la sorte ? Pourquoi ne pas mentir
plutôt dès le départ ?

— Parce que je suis réaliste, dans mes romans je cherche toujours à mentir en connaissance de cause, lui expliqué-je. C'est ma méthode de travail. Et je crois, la seule façon d'écrire des histoires à partir de l'Histoire avec une majuscule.

— Je me demande si une seule fois on arrive à connaître l'Histoire avec une majuscule, m'interrompt María. Ou s'il n'y a pas là autant ou plus d'invention que dans les romans. Par exemple ce dont nous parlions. On a dit tant de choses sur les curés révolutionnaires, sur l'infiltration marxiste de l'Église... Et cependant personne ne pense à l'explication la plus simple.

— Laquelle?

— Le désespoir et la colère qui peuvent naître à force de côtoyer jour et nuit la faim, la maladie, l'impression d'impuissance devant tant d'injustice, dit Mayta toujours avec délicatesse, et la religieuse remarqua qu'il remuait à peine les lèvres. Surtout, se rendre compte que ceux qui peuvent faire quelque chose ne feront jamais rien. Les politiciens, les riches, ceux qui sont du côté du manche, ceux qui commandent.

— Mais, mais, perdre la foi pour cela? dit la sœur de Vallejos, émerveillée. Cela devrait plutôt la confirmer, devrait...

Mayta poursuivit, en durcissant le ton:

— Si forte soit la foi, il arrive un moment où l'on dit ça suffit. Il n'est pas possible que le remède contre tant d'iniquité soit la promesse de la vie éternelle. Ce fut ainsi, ma mère. En voyant que l'enfer était désormais dans les rues de Lima. Spécialement au Montón. Savez-vous ce qu'est le Montón ?

Un bidonville, parmi les tout premiers, ni pire ni plus misérable que celui où vivent Juanita et María. Les choses ont empiré beaucoup depuis cette confession de Mayta à la religieuse, les bidonvilles ont proliféré et à la misère et au chômage s'est ajoutée la tuerie. Est-ce vraiment ce spectacle du Montón qui, voici un demi-siècle, transforma le petit dévot qu'était Mayta en rebelle ? Le contact avec ce monde n'a pas eu le même effet, en tout cas, sur Juanita et María. Aucune des deux ne donne l'impression d'être désespérée ni résignée non plus, et autant que j'en puisse juger le contact permanent avec l'iniquité ne les a pas convaincues que le seul remède était la fusillade et les bombes. Elles étaient restées toutes deux religieuses, n'est-ce pas ? Les coups de feu se prolongeraient-ils en échos au désert de Lurín ?

— Non. — Vallejos visa, tira et le bruit fût moindre que ce que Mayta attendait. Ses mains transpiraient d'excitation. — Ils n'étaient pas pour moi, je t'ai menti. Ces petits livres, en réalité, je les emmène à Jauja pour les faire lire aux joséfins. J'ai confiance en toi, Mayta. Et je te raconte quelque chose que je ne raconterais pas même à la personne que j'aime le plus, c'est-à-dire ma sœur.

Et tout en parlant il lui mit la mitraillette entre

110

les mains. Il lui montra où appuyer, comment libérer le cran de sûreté, viser, appuyer sur la détente, charger et décharger.

— Tu fais mal, ces choses-là ne se racontent pas, le réprimanda Mayta, la voix altérée par la secousse ressentie au corps au moment de la rafale et en découvrant par la vibration de ses poignets que c'était lui qui tirait : au loin le sable s'étendait, jaunâtre, ocre, bleuté, indifférent. — Pour une question élémentaire de sécurité. Il ne s'agit pas de toi, mais des autres, ne comprends-tu pas ? Chacun a le droit de faire de sa vie ce qu'il veut. Mais pas de mettre en péril ses camarades, la révolution, seulement pour manifester sa confiance à un ami. Et si je travaillais pour la police ?

— Tu n'es pas capable de cela, tu ne pourrais même pas être mouchard, rit Vallejos. Comment tu as trouvé ? C'est facile, non ?

— Vraiment c'est très facile, acquiesça Mayta en palpant le canon de son arme et en se brûlant le bout des doigts. Ne me dis pas un mot de plus sur les joséfins. Je ne veux pas ces preuves d'amitié, mon couillon.

Une brise chaude s'était levée et les dunes alentour semblaient les bombarder de petits grains de sable. C'est vrai, le sous-lieutenant avait bien choisi l'endroit, qui pouvait entendre les coups de feu dans cette solitude ? Il ne devait pas croire qu'il savait tout. Le principal n'était

111

pas de charger, décharger, viser et tirer, mais de nettoyer l'arme, de savoir l'armer et la désarmer.

— Je te l'ai dit par intérêt, revint au sujet Vallejos en lui indiquant d'un geste qu'ils retournaient sur la route, car le vent de terre allait les étouffer. J'ai besoin de ton aide, mon frère. Ce sont des garçons du collège San José, là-bas à Jauja. Très jeunes, en troisième et seconde. On est devenus amis en jouant au football, sur le terrain de la prison. Ce sont les joséfins.

Ils avançaient parmi les sables, le visage contre le vent, les pieds enfoncés jusqu'aux chevilles dans la terre molle et Mayta, soudain, oublia sa classe de tir et son excitation précédente, intrigué par ce que le sous-lieutenant lui disait.

— Ne me raconte rien que tu puisses regretter, lui rappela-t-il, dévoré néanmoins de curiosité.

— Tais-toi, bordel! — Vallejos avait mis son mouchoir contre sa bouche pour se protéger du sable. — Avec les joséfins nous sommes passés du foot aux bières que nous buvons ensemble, puis les petites fêtes, le cinéma et beaucoup de discussions. Depuis que nous avons commencé à nous réunir, j'ai essayé de leur apprendre ce que tu m'apprends. Un professeur du collège San José m'aide. Il dit qu'il est socialiste, aussi.

— Tu leur donnes des cours de marxisme? lui demanda Mayta.

— Oui, tiens, la science véritable, gesticula Vallejos. Le contrepoison de ces connaissances idéalistes, métaphysiques qu'on leur fourre dans le crâne. Comme tu dirais, toi, mon frère, dans ton langage fleuri.

Voici un moment, quand il lui apprenait à tirer, c'était un athlète adroit, sûr de lui et autoritaire. Et maintenant un petit jeune homme timide, confus de lui raconter ce qu'il lui racontait. À travers la petite pluie de sable Mayta le regarda. Il imagina les femmes qui auraient baisé ces traits durs, mordu ces lèvres bien dessinées, qui se seraient tordues de plaisir sous le corps rude et musclé du sous-lieutenant.

— Sais-tu bien que tu me laisses bouche bée ? s'écria-t-il. Je croyais que mes cours de marxisme t'ennuyaient prodigieusement.

— Parfois oui, pour être franc, mais d'autres fois je suis aux anges, reconnut Vallejos. La révolution permanente, par exemple. C'est trop de choses à la fois. Aussi je leur ai fait un salmigondis dans la tête, aux joséfins. C'est pourquoi je te demande tellement de venir à Jauja. Allez, donne-moi un coup de main auprès d'eux. Ces petits gars sont de la dynamite pure, Mayta.

— Bien sûr que nous sommes toujours religieuses, quoique sans le déguisement désormais, sourit María. Nous avons un excédent de fonctions, pas de vœux. On nous libère de l'enseignement au collège et on nous laisse vivre et travailler ici. La congrégation nous aide autant qu'elle peut.

Juanita et María ont-elles l'impression d'ap-

porter une aide effective en vivant ici? Sûrement, sinon ce serait inexplicable qu'elles s'ex-
posent à pareil danger dans les circonstances
actuelles. Il ne se passe pas de jour sans qu'un
curé, une religieuse, une assistante sociale des
bidonvilles soit victime d'un attentat. Indépen-
damment de l'utilité ou de l'inutilité de leur
tâche, il est impossible de ne pas leur envier cette
foi qui leur donne la force de résister à cette horreur quotidienne. Je leur dis qu'en venant les
voir jusqu'ici j'ai eu l'impression de traverser
tous les cercles de l'enfer.

— Là-bas ce doit être encore pire, dit Juanita,
sans sourire.

— Tu n'avais jamais été dans ce village dans
ta jeunesse? intervient María.

— Non, je n'ai jamais été au Montón, répondit Juanita.

— Moi oui, de nombreuses fois, enfant, quand
j'étais très catholique, dit Mayta et elle remarqua
son air abstrait, lointain — nostalgique? — Avec
des garçons de l'Action catholique. Il y avait dans
ce bidonville une mission canadienne. Deux curés
et plusieurs laïques. Je me souviens d'un père
jeune, grand, rougeaud, qui était médecin. «Rien
de ce que j'ai appris ne sert», disait-il. Il ne pouvait supporter que les gosses meurent comme des
mouches, la quantité de tuberculeux, et que dans
les journaux il y eût des pages et des pages consa-
crées aux fêtes, banquets, mariages des riches.
J'avais quinze ans. Je retournais chez moi et la

114

nuit je ne pouvais prier. «Dieu n'écoute pas, pensais-je, il se bouche les oreilles pour ne pas entendre et les yeux pour ne pas voir ce qui se passe au Montón.» Jusqu'à ce qu'un jour je fusse convaincu. Pour lutter vraiment contre tout cela il fallait cesser de croire en Dieu, ma mère.

Juanita trouva que c'était tirer une conclusion absurde à partir de prémisses justes et elle le lui dit. Mais elle fut impressionnée par l'émotion qu'elle remarqua chez Mayta.

— Moi aussi j'ai eu bien des moments d'angoisse dans la vie au sujet de ma foi, dit-elle. Mais heureusement je n'ai pas encore eu l'idée jusqu'à maintenant de demander des comptes à Dieu.

— Nous ne parlons pas seulement de théorie, également de choses pratiques, poursuivit Vallejos. Ils marchaient sur la route, en direction de Lima, la mitraillette cachée dans le sac, essayant d'arrêter tous les camions et les bus.

— Des choses pratiques telles que la façon de préparer des cocktails Molotov, des pétards de dynamite et des bombes? se moqua de lui Mayta. Des choses pratiques telles que ton plan révolutionnaire de l'autre jour?

— Tout vient à son heure, mon frère, dit Vallejos, toujours sur un ton jovial. Des choses pratiques comme d'aller dans les communautés, voir de près les problèmes de la paysannerie. Et leurs solutions. Parce que ces Indiens ont commencé à bouger, à occuper les terres qu'ils réclamaient depuis des siècles.

115

— À les récupérer, tu veux dire, murmura Mayta. — Il le regardait avec curiosité, déconcerté, comme si, bien qu'il le vît depuis tant de semaines, il découvrait le véritable Vallejos. — Ces terres étaient à eux auparavant, n'oublie pas.

— Exact, je veux dire les récupérer, acquiesça le sous-lieutenant. Nous allons bavarder avec les paysans et les garçons voient que ces Indiens, sans l'aide d'aucun parti, commencent à briser leurs chaînes. Ainsi apprennent-ils comment la révolution arrivera dans ce pays. Le professeur Ubilluz m'aide un peu pour la théorie, mais toi tu m'aiderais bien mieux, mon frère. Viendras-tu à Jauja ?

— Tu me laisses bouche bée, dit Mayta.

— Ferme-la, tu vas t'étouffer avec tout ce sable, rit Vallejos. Regarde, ce taxi collectif va s'arrêter.

— Autrement dit tu as ton groupe et tout, répéta Mayta en se frottant les yeux irrités par le nuage de poussière. Un cercle d'étudiants marxistes. À Jauja ! Et tu as pris contact avec des bases paysannes. Autrement dit...

— Autrement dit, tandis que tu parles de la révolution, je la fais, lui tapota le dos le sous-lieutenant. Oui, bordel. Je suis un homme d'action. Et toi, un théoricien. Nous devons nous unir. La théorie et la pratique, mon vieux. Nous mettrons en marche ce peuple et personne ne l'arrêtera. Nous ferons de grandes choses. Tope

116

là, jure-moi que tu viendras à Jauja. Notre Pérou est formidable, mon frère !

On aurait dit un gamin exalté et heureux, avec son uniforme impeccable et sa mèche de Mohican. Mayta se sentit content d'être à nouveau avec lui. Ils s'assirent à une table du coin, commandèrent deux cafés au garçon et Mayta pensa alors que s'ils avaient eu le même âge et avaient été des enfants, ils auraient scellé leur amitié avec un pacte de sang.

— Maintenant il y a dans l'Église beaucoup de curés et de religieuses comme ce père canadien du Montón, dit la mère, sans se démonter. L'Église a connu la misère depuis toujours et, vous direz ce que vous voudrez, elle a fait ce qu'elle a pu pour la soulager. Mais maintenant c'est certain, elle a découvert que l'injustice n'est pas individuelle mais sociale. L'Église n'accepte plus désormais que très peu aient tout et la majorité rien. Nous savons que dans ces conditions, l'aide purement spirituelle n'est qu'une farce... Mais je vous écarte du sujet.

— Non, c'est notre sujet, l'encouragea Mayta. La misère, les millions de crève-la-faim du Pérou. Le seul sujet qui compte. Y a-t-il une solution ? Laquelle ? Qui la possède ? Dieu ? Non, ma mère. La révolution.

La nuit commence à tomber et quand je regarde ma montre je vois qu'il est près de quatre heures. J'aurais aimé entendre ce que Juanita entendit, entendre de la bouche de Mayta com-

117

ment il perdit la foi. Au cours de la conversation, des enfants passent parfois par la porte entrebâillée de la baraque : ils glissent la tête, épient, s'ennuient, s'en vont. Combien d'entre eux seront recrutés pour l'insurrection ? Mon condisciple me parla-t-il jamais de ses voyages au Montón pour aider les curés de la Mission canadienne ? Combien d'entre eux tueront ou mourront assassinés ? Juanita est allée un moment au dispensaire contigu pour voir s'il y a quelque chose de neuf. Y allait-il chaque après-midi, après les cours du collège salésien, ou seulement les dimanches ? Le dispensaire fonctionne de huit à neuf, avec deux médecins volontaires qui se relaient, et l'après-midi un infirmier et une infirmière viennent pour vacciner et les soins d'urgence. Mayta aidait-il le petit curé rougeaud, désespéré et colérique, à enterrer les enfants victimes du jeûne et des infections, et ses yeux s'emplissaient-ils de larmes, son petit cœur battait-il fort, son imagination fiévreuse d'adolescent croyant s'envolait-elle vers le ciel et demandait pourquoi, pourquoi permets-tu, Seigneur, que cela arrive ? Près du dispensaire, dans une baraque en bois, fonctionne l'Action communale. Avec le poste médical, c'est la raison de la présence de Juanita et María au bidonville. Était-ce ainsi la Mission canadienne où Mayta travaillait volontairement ? Y avait-il là aussi un avocat pour assister gratuitement les habitants sur des problèmes de lois et un technicien coopératif pour les conseiller sur la formation d'industries? Il y allait, plongeait dans cette misère, sa foi commençait à vaciller et, au collège, il ne nous disait pas un mot. Avec moi il continuait à parler des feuilletons et de la bonne idée que ce serait de faire un film sur *Le Comte de Monte-Cristo*. Pendant quelques années, me racontent-elles, Juanita et María travaillèrent à la mise en bouteilles de San Juan de Lurigancho. Mais depuis que l'usine a fait faillite, elles se consacrent exclusivement à l'Action communale ; leurs congrégations respectives leur allouent une petite mensualité qui leur permet de vivre. Pourquoi se confia-t-il ainsi à quelqu'un qu'il voyait pour la première fois? Parce que c'était une religieuse, parce qu'elle lui inspira de l'affection, parce que la nonne était la sœur de son nouvel ami, ou parce que, soudain, il avait eu un accès de mélancolie en se rappelant sa foi ardente de l'époque du collège salésien?

— Quand les attentats ont commencé, alors oui nous avons eu peur, dit María. Peur qu'ils ne flanquent une bombe ici et qu'ils ne détruisent tout. Mais tellement de temps a passé que nous n'y pensons plus. Nous avons eu de la chance. Bien que les uns et les autres aient répandu tant de sang dans le quartier, jusqu'à présent on nous a respectées.

— Êtes-vous très catholiques dans votre famille? demanda Mayta. N'avez-vous pas eu de problèmes pour... ?

— Ils le sont par tradition plus que par conviction, sourit la religieuse. Comme la plupart des gens. Bien sûr que j'en eus. Ils furent stupéfaits quand je leur appris que je voulais entrer dans les ordres. Pour ma mère ce fut la fin du monde, pour mon père comme si l'on m'enterrait vivante. Mais ils se sont maintenant habitués.

— Un fils dans l'armée et une fille au couvent, dit Mayta. C'était typique de toutes les familles aristocratiques au temps de la Colonie.

— Viens, viens, l'appela Vallejos depuis la table. Parle un peu aussi avec le reste de la famille et n'accapare pas ma sœur, nous ne la voyons jamais.

Toutes deux donnent des cours le matin à la petite école qui fonctionne à l'Action communale. Les dimanches, quand vient le curé pour dire la messe, le local tient lieu de chapelle. Ces derniers temps il ne vient pas souvent : on a lancé un pétard de dynamite dans sa paroisse qui lui a mis les nerfs en compote.

— Ce ne sont pas, semble-t-il, les escadrons de la liberté mais des vauriens du quartier pour rire à ses dépens, parce qu'ils le savent trouillard, dit María. Le pauvre n'a jamais fait de politique d'aucune sorte et sa seule faiblesse ce sont les bonbons. Avec la peur du pétard il a perdu plus de dix kilos.

— Tu trouves que je parle de lui avec une certaine rancœur, du ressentiment? — Juanita fait une moue curieuse et je vois que ce n'est pas une question en l'air ; c'est quelque chose qui doit la tourmenter depuis longtemps.

— Je n'ai rien remarqué de tel, lui dis-je. J'ai remarqué, cela oui, que tu évites d'appeler Mayta par son nom. Que tu tournes autour du pot au lieu de dire Mayta. Est-ce à cause de Jauja, parce que tu es sûre que ce fut lui qui poussa Vallejos ?

— Je n'en suis pas sûre, nie Juanita. Il est possible que mon frère ait eu aussi une part de responsabilité dans cette histoire. Mais, que je le veuille ou non, je lui garde, je m'en rends compte, un peu de rancœur. Pas à cause de Jauja. Parce qu'il l'a fait douter. Cette dernière fois où nous avons été ensemble je lui ai demandé : « Tu vas devenir athée comme ton ami Mayta, toi aussi ? » Il ne m'a pas répondu ce que j'attendais. Il a haussé les épaules :

— Peut-être bien, ma sœur, parce que la révolution passe avant tout.

— Le père Ernesto Cardenal disait aussi que la révolution passe avant tout, rappelle María. Elle ajoute que, sans savoir pourquoi, ce Père rougeaud de l'histoire de Mayta l'a fait penser à ce qu'a représenté pour elle la venue au Pérou d'Ivan Illich, d'abord, et ensuite d'Ernesto Cardenal.

— Oui, c'est vrai, qu'aurait dit Mayta cet après-midi où nous avons bavardé s'il avait su qu'à l'intérieur de l'Église on pouvait entendre

121

des choses comme ça, dit Juanita. Alors que je me croyais bardée contre tout, quand Ivan Illich est venu, j'en suis restée bouche bée. Était-ce un prêtre qui disait ces choses? Notre révolution pouvait-elle arriver jusque-là? Je n'étais plus silencieuse, alors.

— Mais avec Ivan Illich nous n'avions rien entendu, encore, enchaîne María, les yeux bleus pleins de malice. Il fallait entendre Ernesto Cardenal pour savoir ce qui était bon. Au collège, nous demandâmes plusieurs une autorisation spéciale pour aller l'entendre à l'Institut National de la Culture et au théâtre Pardo y Aliaga.

— Maintenant il est ministre, dans son pays, c'est devenu un grand personnage, n'est-ce pas? demande Juanita.

— Oui, j'irai à Jauja avec toi, lui promit Mayta à voix très basse. Mais, je t'en prie, de la discrétion. Surtout après ce que tu m'as raconté. Ce que tu fais avec ces garçons c'est de l'action subversive, camarade. Tu joues ta carrière et bien d'autres choses.

— Et c'est toi qui me dis cela? Toi qui me noies de propagande subversive chaque fois que nous nous voyons.

Tous deux finirent par rire et le garçon, qui leur apportait les cafés, leur demanda quelle blague c'était. «Une d'Otto et Fritz», dit le sous-lieutenant.

— La prochaine fois que tu viendras à Lima nous déterminerons à quelle date je peux me

rendre à Jauja, lui promit Mayta. Mais donne-
moi ta parole de ne pas souffler mot de ma venue
à ton groupe.

— Secrets, secrets, ta manie des secrets, protesta Vallejos. Oui, je sais bien, la sécurité c'est
vital. Mais il ne faut pas faire tant de manières,
mon frère. Tu veux que je t'en raconte une à
propos de secrets ? Eh bien ! Pepote, ce lourdaud
qui était à la soirée chez ta tante, il m'a chipé
Alci. J'ai été lui rendre visite et je l'ai trouvée
avec lui. Qui se tenaient la main. « Je te présente
mon amoureux », elle m'a dit. Et moi de tenir la
chandelle !

Cela ne semblait pas l'affecter, car il le racontait en riant. Non, il ne dirait rien aux joséfins
ni au professeur Ubilluz, il leur ferait la surprise.
Maintenant il lui fallait partir à toute hâte. Ils se
serrèrent la main et Mayta le vit sortir du tro-
quet, droit et solide dans son uniforme, sur
l'avenue España. Tandis qu'il le voyait s'éloigner, il pensa que c'était la troisième fois qu'ils
se retrouvaient dans ce petit bar. Était-ce prudent ? Le commandement militaire était à deux
pas et il ne serait pas étonnant que beaucoup de
clients soient des mouchards. Ainsi donc, il avait
constitué, pour son compte et à ses risques, un
cercle marxiste. Qui l'aurait dit ! Il cligna des
yeux et vit, là-bas, à trois mille et quelques
mètres d'altitude, leur visage adolescent et mon-
tagnard, leurs joues rouges, leurs cheveux plats
et leur ample cage thoracique. Il les vit courir

derrière un ballon, suants et excités. Le sous-lieutenant souriait au milieu d'eux, comme s'il avait le même âge, mais il était plus grand, plus souple, plus fort, plus adroit, bondissant, donnant des coups de pied, de tête, et à chaque saut, coup de pied ou de tête ses muscles se durcissaient. Le match terminé, il les vit regroupés dans une pièce en torchis au toit de zinc, par les fenêtres de laquelle on apercevait des nuages blancs s'enroulant sur des pics mauves. Ils écoutaient attentivement le sous-lieutenant qui, leur montrant le *Que faire ?* de Lénine, leur disait : «C'est de la dynamite pure, les gars.» Il ne rit pas. Il n'avait aucun désir de se moquer, de se dire ce qu'il avait dit de lui à ses camarades du POR(T) : «Il est très jeune, mais c'est une bonne pâte», «Il a de la valeur, bien qu'il lui reste encore à mûrir». Il ressentait en ce moment une grande estime pour Vallejos, quelque chose comme de l'envie pour sa jeunesse et son enthousiasme, et quelque chose de plus, d'intime et de chaleureux. À la prochaine réunion du comité central du POR(T) il demanderait une discussion à fond parce que le projet de Jauja avait maintenant une autre allure. Il allait se lever de la petite table du coin — l'addition, Vallejos l'avait réglée avant de s'en aller — quand il découvrit son pantalon gonflé par l'érection. Son visage, son corps lui brûla. Il se rendit compte qu'il tremblait de désir.

— Nous t'accompagnons, dit Juanita.

Nous bavardons un moment à la porte de la maison, sous le crépuscule qui va bientôt devenir nuit. Je leur dis que cela n'est pas nécessaire, j'ai laissé ma voiture à environ un kilomètre de là, pourquoi faire pareille trotte ?

— Ce n'est pas pour être aimables, dit María. Nous ne voulons pas qu'on t'agresse à nouveau.

— Ils n'ont plus rien à me voler maintenant, leur dis-je. Tout au plus la clé de la voiture et ce carnet. Les notes prises sont ce qui compte le moins. Ce qui ne reste pas dans la mémoire, en fait, ne sert pas au roman.

Mais il n'y a pas moyen de les en dissuader et elles viennent avec moi, au milieu de la pestilence et de la poussière du bidonville. Je me mets entre les deux et les appelle mes gardes du corps, tandis que nous avançons dans cette topographie ahurissante de baraques, taudis, échoppes, porcheries, gosses se vautrant, chiens hargneux. Tout le monde semble être à la porte des cahutes ou à déambuler dans les immondices, et l'on entend parler, dialogues, blagues, quelques gros mots. Parfois je trébuche sur un trou, une pierre, malgré mes précautions à marcher, mais María et Juanita avancent avec désinvolture, comme si elles connaissaient par cœur les obstacles.

— Les vols et les agressions sont pires que les crimes politiques, dit de nouveau Juanita. C'est la faute du chômage, de la drogue. Il y a toujours eu des voleurs par ici, bien entendu. Mais avant, ceux du quartier allaient voler ailleurs, les riches. À cause du désœuvrement, de la drogue, de la guerre, même le plus petit sens de solidarité a disparu d'ici. Maintenant les pauvres volent et tuent les pauvres.

C'est devenu un grand problème, disent-elles. Dès que la nuit tombe, pratiquement personne qui n'ait un couteau ou qui ne soit un assassin, un inconscient ou un ivrogne égaré, n'ose circuler au bidonville, car il sait qu'il sera agressé. Les voleurs pénètrent dans les maisons en plein jour et les agressions dégénèrent souvent en crimes sanglants. Le désespoir des gens n'a pas de limites, c'est pourquoi ces choses-là arrivent. Par exemple, ce pauvre diable que les habitants d'un bidonville voisin ont surpris essayant de violer une fillette et qu'ils ont arrosé d'essence et brûlé vif.

— Ne serait-ce qu'hier, on a découvert ici un laboratoire de cocaïne, dit María.

Que penserait Mayta de tout cela? En ce temps-là la drogue était pratiquement inexistante, un luxe de noctambules et de gens raffinés. Maintenant, en revanche... Ils ne peuvent pas avoir de médicaments au dispensaire, les entends-je dire. La nuit, ils les emportent où ils vivent et les dissimulent dans une cachette, sous une malle. Parce que chaque nuit ils se mettaient à voler les gouttes, les pastilles, les ampoules. Pas pour se soigner, le dispensaire servait à cela et les médicaments étaient gratuits. Pour se droguer. Ils croyaient que tout médicament était une drogue et ils prenaient tous ceux qu'ils trouvaient. Beaucoup de voleurs devaient se présenter le lendemain au dispensaire avec des diarrhées, des vomissements et des choses pires. Les gamins du quartier se droguaient avec des peaux de banane, avec des feuilles de datura, avec de la colle, tout ce qu'on peut imaginer. Que dirait Mayta de tout cela? Je ne le devine pas et, par ailleurs, je ne peux pas non plus me concentrer sur le souvenir de Mayta : son visage apparaît et disparaît comme un feu follet.

En atteignant les dépotoirs-porcheries, nous entendons fouiller les cochons. La pestilence devient dense et solide. J'insiste pour qu'elles rentrent, mais elles refusent. Cette zone des ordures, disent-elles, est la plus dangereuse. Est-ce que je ne peux me concentrer sur Mayta parce que, devant cette misère et ce malheur collectifs, son histoire se minimise et s'évapore, devient insubstantielle? Tout visage étranger est une cible tentante, dit María.

— C'est aussi le quartier rouge de la zone, ajoute Juanita. — Ou est-ce parce que, face à tant d'ignominie, ce n'est pas Mayta, mais la littérature qui apparaît vaine? — Assez pénible, non? Se prostituer pour vivre ça l'est. Mais, par-dessus le marché, venir le faire ici, au milieu des ordures et des cochons...

— L'explication c'est qu'elles n'ont pas de clients, fait remarquer María.

C'est là une mauvaise pensée. Si, comme le

père canadien de l'histoire de Mayta, je me laisse gagner moi aussi par le désespoir, je n'écrirai jamais ce roman. Cela n'aura aidé personne; pour éphémère et minime qu'il soit, un roman représente au moins quelque chose, tandis que le désespoir n'est rien. Se sentent-elles en sécurité à circuler la nuit dans ce quartier? Jusqu'à maintenant, grâce à Dieu, il ne leur est jamais rien arrivé. Pas même avec des ivrognes furieux qui auraient pu ne pas les reconnaître.

— Peut-être bien que nous sommes très laides et ne tentons personne, lance d'un éclat de rire María.

— Les deux médecins ont été agressés, dit Juanita. Cependant ils continuent à venir.

J'essaie de poursuivre la conversation, mais je me distrais, et je tente de revenir à Mayta, mais sans succès non plus, parce qu'à nouveau son image interfère avec celle du poète Ernesto Cardenal, tel qu'il était lorsqu'il vint à Lima — y a-t-il quinze ans? — et impressionna si fortement María. Je ne leur ai pas dit que moi aussi je suis allé l'entendre à l'Institut National de la Culture et au théâtre Pardo y Aliaga et que sur moi aussi il a fait une très forte impression. Ni que je regretterai toujours de l'avoir entendu car, depuis lors, je ne peux plus lire sa poésie qui me plaisait tant auparavant. N'est-ce pas injuste? Est-ce que les deux faits ont quelque chose à voir l'un avec l'autre? Probablement, d'une façon que je ne peux expliquer ni défendre. Mais cela existe puisque je l'éprouve. Il arriva déguisé en Che Guevara et il répondit, durant le colloque, à la démagogie de quelques provocateurs d'entre le public par plus de démagogie encore que celle qu'ils voulaient entendre. Il fit et dit tout ce qu'il fallait pour mériter l'approbation et les acclamations des plus récalcitrants : il n'y avait aucune différence entre le Royaume de Dieu et la société communiste : l'Église était devenue une putain mais grâce à la révolution elle redeviendrait pure, comme elle était en train de le devenir à Cuba maintenant ; le Vatican, cave de capitalistes qui avait toujours défendu les puissants, était maintenant au service du Pentagone ; le parti unique, à Cuba et en URSS, signifiait que l'élite servait de ferment à la masse, exactement comme le Christ voulait que l'Église le soit envers le peuple ; il était immoral de critiquer les camps de travaux forcés de l'URSS, car pouvait-on ajouter foi à la propagande capitaliste ? Et le coup de théâtre final, en brandissant les mains : depuis cette tribune il dénonçait devant le monde le récent cyclone sur le lac de Nicaragua comme étant le résultat d'expériences balistiques nord-américaines... Je conserve encore vive l'impression d'insincérité et d'histrionisme que me fit ce Nicaraguayen. Depuis lors, j'évite de connaître les écrivains qui me plaisent pour qu'il ne m'arrive pas avec eux la même chose qu'avec le poète Cardenal chez lequel, dès que je tente de le lire ou de le relire, s'élève du texte, comme un acide qui le dégrade, le souvenir du bouffon qui l'a écrit.

Nous sommes arrivés à la voiture. On a forcé la porte du côté du volant. Comme il n'y avait rien à prendre, le voleur a lacéré, furieux, le revêtement du siège et cette tache indique qu'il a aussi uriné dessus. Je dis à Juanita et à María qu'il m'a rendu service car il m'obligera à changer la housse des fauteuils qui était très vieille. Mais elles, affligées, effrayées, compatissent à mes désagréments.

IV

— Tôt ou tard, l'histoire devra être écrite, dit le sénateur en s'agitant sur son siège jusqu'à trouver une position confortable pour sa jambe estropiée. La véritable, pas le mythe. Mais ce n'est pas encore le moment.

Je lui avais demandé que notre conversation eût lieu dans un endroit tranquille, mais il voulut à toute force me faire venir au bar du Congrès. Comme je le craignais, à tout moment on nous interrompt : des collègues et des journalistes s'approchent, le saluent, papotent, lui posent des questions. Depuis l'attentat qui l'a rendu boiteux, c'est un des parlementaires les plus populaires. Nous parlons de façon entrecoupée, avec de longues parenthèses. Je lui explique une fois de plus que je ne prétends pas écrire la «véritable histoire» de Mayta. Seulement recueillir la plus grande quantité d'éléments et d'opinions sur lui, pour, ensuite, en ajoutant une dose copieuse d'invention à ces matériaux, construire quelque chose qui sera une version méconnais-

131

sable des événements passés. Ses petits yeux saillants et méfiants me scrutent sans sympathie.

— Au jour d'aujourd'hui, on ne doit rien faire qui affecte le grand processus d'unification de la gauche démocratique qui est en cours, la seule chose qui puisse sauver le Pérou dans les circonstances présentes, murmure-t-il. L'histoire de Mayta, bien qu'elle remonte à vingt-cinq ans, peut encore blesser certains.

C'est un homme mince qui parle avec désinvolture. Il est élégamment vêtu, avec des cheveux frisés, déjà blanchis en abondance, et un fume-cigarette aux lèvres. De temps en temps sa jambe blessée semble lui faire mal, parce qu'il la masse avec force. Il a un assez joli brin de plume pour un homme politique. C'est là la clé qui lui a ouvert les hautes sphères du régime militaire du général Velasco, dont il fut assesseur. Il a inventé une bonne partie des slogans qui ont valu à la dictature son auréole progressiste et il a été directeur d'un des quotidiens suspendus. Il a écrit quelques discours du général Velasco (on les reconnaissait à certains mots du jargon sociojuridique qui s'embrouillaient dans la bouche du dictateur) et il a représenté, avec un petit groupe, le secteur le plus radical du régime. Maintenant, le sénateur Campos est une personnalité modérée férocement attaquée par l'extrême gauche maoïste et trotskiste. Les guérilleros l'ont condamné à mort, ainsi que les escadrons de la liberté. Ces derniers — signe des temps absurdes que nous vivons

— assurent qu'il est le chef secret de la subversion. Il y a quelques mois, une bombe a fait voler en éclats sa voiture, blessant le chauffeur et estropiant sa jambe gauche, qui est maintenant raide. Qui avait lancé la bombe ? Nul ne le sait.

— Mais enfin, s'écrie-t-il soudain quand, pensant qu'il ne veut pas aborder même superficiellement l'histoire de Mayta, je suis sur le point de prendre congé, si vous avez déjà appris tant de choses, sachez aussi la principale : Mayta collabora avec les services de renseignement de l'armée et sûrement avec la CIA.

— Cela n'est pas certain, protesta Mayta.

— Ça l'est, répliqua Anatolio. Lénine et Trotski ont toujours condamné le terrorisme.

— L'action directe n'est pas du terrorisme, dit Mayta, mais purement et simplement l'action insurrectionnelle révolutionnaire. Si Lénine et Trotski ont condamné cela, je ne sais pas ce qu'ils ont fait toute leur vie. Sois-en convaincu, Anatolio, nous étions en train d'oublier l'important. Notre devoir est la révolution, la première tâche d'un marxiste. N'est-ce pas incroyable qu'un militaire nous le rappelle ?

— Conviens-tu du moins que Lénine et Trotski ont condamné le terrorisme ? opéra une retraite tactique Anatolio.

— Toutes proportions gardées, moi aussi je le condamne, acquiesça Mayta. Le terrorisme aveugle, coupé des masses, éloigne le peuple de l'avant-garde. Nous allons être quelque chose de différent : l'étincelle qui allume la mèche, la petite boule de neige qui devient avalanche.

— Tu te sens poète aujourd'hui, se mit à rire Anatolio, avec un rire qui semblait trop fort pour le minuscule réduit.

« Poète non, pensa-t-il. Plutôt enflammé, ragaillardi. » Et avec un optimisme qu'il n'avait pas éprouvé depuis des années. C'était comme si la masse de livres et de journaux accumulés autour de lui brûlait à feu tiède et enveloppant qui, sans l'embraser, maintenait son corps et son esprit en une espèce d'incandescence. Était-ce cela le bonheur ? La discussion au comité central du POR(T) avait été passionnante, la plus émouvante autant qu'il s'en souvienne depuis des années. Après la réunion, il s'était rendu à la placette du théâtre Segura, à l'agence France-Presse. Il y demeura près de quatre heures à traduire des dépêches. Malgré toute cette agitation, il se sentait frais et lucide. Son rapport sur le sous-lieutenant avait été approuvé, ainsi que sa proposition de prendre en considération le plan de Vallejos. « Base de travail, plan d'action, quel jargon », pensa-t-il. L'accord était, en vérité, simple et transcendant : faire la révolution, maintenant, une bonne fois. Dans son exposé, Mayta parla avec une conviction qui émut ses camarades : il le vit à leur expression, eux qui l'écoutèrent sans l'interrompre. Oui, c'était réalisable, à condition qu'une organisation révolutionnaire telle que le POR(T) la dirigeât de préférence à un garçon bien intentionné mais sans formation idéologique. Il cligna des yeux et l'image surgit, nette et convaincante : une petite avant-garde bien armée et équipée, jouissant d'un appui urbain et d'idées claires sur le but stratégique et la tactique à suivre, pouvait constituer le foyer à partir duquel la révolution irradierait sur le reste du pays, l'amadou et le silex qui déclencheraient l'incendie révolutionnaire. Les conditions objectives n'étaient-elles donc pas remplies depuis des temps immémoriaux dans un pays tel que le Pérou, avec ses contradictions de classe ? Ce noyau initial, moyennant d'audacieux coups de propagande armée, créerait les conditions subjectives pour gagner à l'action les secteurs ouvriers et paysans. Il fut ramené à la réalité par la figure d'Anatolio, se levant du coin de lit où il était assis.

— Je vais voir s'il n'y a plus la queue ou sinon je devrai faire caca dans mon pantalon, j'en peux plus.

Il était descendu deux fois et à la porte des deux cabinets il y avait toujours quelqu'un qui attendait. Il le vit sortir plié en deux et se tenant le ventre. Que c'était bien qu'Anatolio soit venu ce soir, que c'était bien qu'aujourd'hui, quand il se passait enfin quelque chose d'important, aujourd'hui où commençait quelque chose de nouveau, il y eût quelqu'un avec qui partager le tourbillon d'idées de sa tête. «Le parti a fait un saut qualitatif», pensa-t-il. Il était étendu sur son lit, le bras droit en guise d'oreiller. Le comité central du POR(T), après avoir approuvé l'idée de travailler avec Vallejos, désigna un groupe d'action — le camarade Jacinto, le camarade Anatolio et Mayta lui-même — chargé de préparer un calendrier des activités. Il fut décidé que Mayta se rendrait immédiatement à Jauja pour voir sur le terrain en quoi consistait la petite organisation de Vallejos et quelle sorte de contacts il avait avec les communautés de la vallée du Mantaro. Puis les deux autres membres du groupe d'action se rendraient aussi dans la sierra pour coordonner le travail. La séance du POR(T) s'acheva dans l'euphorie. Mayta resta dans le même état tandis qu'il traduisait des dépêches à l'agence France-Presse. Et il était toujours dans cet état-là en regagnant sa chambre du Jirón Zepita. À la porte de la ruelle l'attendait un visage juvénile, les dents brillant dans la semi-obscurité.

— Cela m'a tellement remué que je suis passé voir si nous pouvions discuter un moment, dit Anatolio. Es-tu très fatigué?

— Au contraire, montons, lui tapota le dos Mayta. Moi aussi je suis tout retourné. Parce que, comme dit Vallejitos, c'est de la dynamite pure.

Il y avait eu des rumeurs, des insinuations, des ragots et même un tract qui avait circulé sur le campus de San Marcos, l'accusant. D'être un agent infiltré? un traître? Il y avait même eu, ensuite, deux articles contenant des précisions inquiétantes sur les activités de Mayta.

— Un mouchard ? lui dis-je. Cependant, vous autres...

Le sénateur Campos lève la main et ne me laisse pas poursuivre :

— Nous étions trotskistes, comme Mayta, et ces attaques émanaient des moscovites, aussi n'y prêtâmes-nous pas attention au début, m'explique-t-il en haussant les épaules. Les membres du POR, on nous traitait chaque jour de pourritures de métèques. Entre trotskos et moscos on a toujours été à couteaux tirés. La philosophie du « ton pire ennemi est celui qui est le plus près, il faut en finir avec lui même en pactisant avec le diable ».

Il se tait parce qu'une fois de plus un journaliste s'approche de lui et lui demande si c'est vrai ce qu'un journal a publié, selon lequel, effrayé par les menaces contre sa vie, il se prépare à fuir à l'étranger en donnant pour prétexte qu'il doit se faire opérer à nouveau de la jambe. Le sénateur rit : « Pures calomnies. À moins de me tuer, les Péruviens en ont avec moi pour longtemps. » Le journaliste s'en va, enchanté. Nous commandons un autre café. « Je sais bien qu'ici au Congrès nous sommes des privilégiés, nous pouvons prendre plusieurs cafés par jour alors que c'est devenu pour les autres Péruviens un article de luxe. Mais cela ne durera pas longtemps. Le concessionnaire voit ses réserves s'épuiser. » Un moment durant il monologue sur les ravages de la guerre : le rationnement, l'insécurité, la psychose vécue par les gens ces jours-ci à la suite des rumeurs faisant état de l'entrée de troupes étrangères sur le territoire.

— Ce qu'il y a de sûr c'est que les camarades moscovites étaient particulièrement bien informés, revient-il soudain à ce qu'il disait. La dénonciation leur était venue d'en haut, certainement. Moscou, le KGB. C'est comme cela qu'ils avaient dû apprendre les duplicités de Mayta.

Il place une cigarette dans son fume-cigarette, l'allume, aspire, se frotte la jambe. Son visage s'assombrit, comme s'il se demandait s'il n'avait pas été trop loin dans ses révélations. Mon condisciple et lui furent militants ensemble, ils partagèrent rêves politiques, clandestinité, persécution. Comment peut-il me révéler qu'il fut un immonde cafard avec semblable indifférence ?

— Vous savez que Mayta entra et sortit de prison très souvent, secoue-t-il la cendre de sa cigarette dans la tasse de café vide. C'est là qu'on a dû lui faire ce chantage pour qu'il travaille avec eux. Certains, la prison les durcit, d'autres, elle les ramollit.

Il me regarde en mesurant l'effet de ses paroles. Je le sens tranquille, sûr de lui, avec cette expression aimable dont il ne se départit pas même dans les plus ardentes polémiques. Pourquoi déteste-t-il son ancien camarade ?

— Ces choses-là sont toujours difficiles à prouver.

Là-bas, en quelque moment de son passé, Mayta, méconnaissable sous des foulards crasseux, tend des carnets écrits à l'encre invisible qui contiennent des noms, des plans, des lieux, à un militaire mal à l'aise dans ses vêtements civils et à un étranger méfiant qui se trompe toujours avec les prépositions de la langue espagnole.

— Impossibles à prouver, me reprend-il. Et cependant, pour une fois, on put les prouver — il respire un bon coup et laisse tomber le couperet de la guillotine : — À l'époque du général Velasco nous avons découvert que la CIA dirigeait pratiquement nos services de renseignement. Plusieurs noms furent avancés. Parmi eux celui de Mayta. Et en faisant des recoupements, certains faits resurgirent. Son comportement fut suspect dès qu'il connut Vallejos.

— C'est une accusation terrible, lui dis-je. Espion de l'armée, agent de la CIA et en même temps...

— Espion, agent, voilà de bien grands mots, nuance-t-il. Informateur, instrument, victime, peut-être. Avez-vous parlé avec quelqu'un d'autre qui aurait connu Mayta à cette époque ?

— Avec Moisés Barbi Leyva. Comment se fait-il qu'il n'en ait jamais rien su ? Moisés fut mêlé à tous les préparatifs de l'expédition de Jauja, il vit même Mayta la veille de...

139

— Moisés est un homme qui sait beaucoup de choses, sourit le sénateur Campos.

Va-t-il me révéler qu'il est, lui aussi, un agent de la CIA ? Non, il ne formulerait jamais semblable accusation contre le directeur d'un centre qui lui a déjà publié deux livres de recherche sociopolitique, l'un d'eux avec un prologue de Barbi Leyva lui-même.

— Moisés est un homme prudent, avec certains intérêts à défendre, glisse-t-il, avec une dose modérée d'acidité. Il a adopté la philosophie du « ce qui est passé est passé ». Cela vaut mieux si l'on veut éviter des problèmes. Pour mon malheur, je ne suis pas comme lui. Je n'ai jamais su parler sans retenue. C'est parce que j'ai toujours dit ce que je pense que je me retrouve boiteux. Et cela peut m'apporter la mort à tout moment. Tout ce que j'ai gagné c'est de pouvoir regarder ma famille sans avoir honte.

Il reste un moment la tête basse, comme troublé de s'être laissé entraîner à pareille effusion autobiographique.

— Quelle opinion Moisés garde-t-il du Mayta d'alors ? me demande-t-il en regardant toujours la pointe de mes souliers.

— Celle d'un idéaliste un peu naïf, lui dis-je. Celle d'un homme impétueux, tourmenté, mais révolutionnaire de la tête aux pieds.

Il demeure pensif, au milieu de ses ronds de fumée.

— Je vous le disais : il vaut mieux ne pas soulever le couvercle de cette marmite pour que des odeurs ne s'en dégagent pas qui puissent asphyxier beaucoup de gens. — Il marque une petite pause, il sourit et exécute : — C'est Moisés qui présenta cette accusation d'agent infiltré la nuit où nous avons expulsé Mayta du POR(T).

J'en suis resté muet : dans le petit garage transformé en tribunal, un Moisés adolescent et tonnant finit son réquisitoire en brandissant une poignée de preuves irréfutables. Mouchard! Mouchard! Livide, recroquevillé sous l'affiche des idéologues, mon condisciple ne souffle mot. La petite porte s'ouvrit et Anatolio entra.

— J'ai cru que tu étais tombé dans le trou des cabinets, le félicita Mayta.

— Ouf! je respire mieux maintenant, rit Anatolio en fermant la porte. — Il avait mouillé ses cheveux, son visage et sa poitrine, et sa peau brillait de gouttelettes d'eau. Il avait sa chemise à la main et Mayta le vit l'étendre soigneusement aux pieds du lit. «Quel beau gosse!» pensa-t-il. Sur son torse svelte les os se dessinaient et la touffe de poils brillait sur sa poitrine. Ses bras étaient longs et harmonieux. Mayta l'avait vu pour la première fois quatre ans plus tôt, lors d'une conférence au syndicat de la construction civile. À tout moment un groupe de jeunes des Jeunesses Communistes l'interrompait, en récitant le couplet classique contre Trotski et le trotskisme : alliés de Hitler, agents de l'impérialisme, valets de Wall Street. Le plus agressif était

141

Anatolio, un jeune homme aux grands yeux et aux cheveux châtain foncé, assis au premier rang. Allait-il donner le signal pour l'attaquer? Malgré tout il y avait chez ce garçon quelque chose que Mayta jugea sympathique. Il eut un de ces pressentiments qu'il avait éprouvés d'autres fois, toujours déçus. Cette fois, ce fut le bon. Quand, en sortant du syndicat, les esprits un peu calmés, il s'approcha de lui pour lui proposer de prendre tous deux un café et «continuer à mettre au clair nos désaccords», le garçon ne se fit pas prier. Plus tard, devenu membre du POR(T), Anatolio avait coutume de lui dire : «Tu m'as fait un lavage de cerveau de jésuite, camarade.» C'était vrai, il avait opéré finement, avec astuce et affection. Il lui avait prêté des livres, des revues, il l'avait convaincu d'assister à un cercle d'études marxistes qu'il dirigeait, il l'avait invité à boire d'innombrables cafés en le persuadant que le trotskisme était le véritable marxisme, la révolution sans bureaucratie, despotisme ni corruption. Et maintenant il était là, jeune et gracieux, le torse nu, éclaboussé de gouttelettes, sous le faisceau poussiéreux de lumière de son cagibi, défroissant sa chemise. Il pensa : «Depuis que je me suis fourré là-dedans avec Vallejos je n'ai pas revu dans mon sommeil le visage d'Anatolio.» Il en était sûr : pas une seule fois. C'était une bonne chose qu'Anatolio fût dans le groupe d'action. C'était celui avec qui il s'entendait le mieux dans le parti et sur qui il avait le plus d'influence. Chaque fois qu'ils étaient convenus d'aller vendre *Voz Obrera* ou de distribuer des tracts place Unión, sur l'avenue Argentina, aux portes des usines, il ne se faisait jamais attendre, bien qu'habitant dans le quartier du Callao, sur le port.

— J'ai une de ces flemmes de m'en retourner à cette heure...

— Si l'inconfort ne te gêne pas, reste donc.

Tous les camarades du comité central du POR(T) avaient passé au moins une nuit dans cette petite chambre, et parfois plusieurs à la fois, les uns sur les autres.

— J'ai scrupule à te faire passer une mauvaise nuit, dit Anatolio. Tu devrais avoir un lit plus grand, pour des cas d'urgence.

Mayta lui sourit. Son corps, ravi, était devenu tendu. Il s'efforça de penser à Jauja. L'avait-on expulsé du parti après l'histoire de Jauja ?

— Avant, me corrige-t-il en observant ma surprise avec satisfaction. Immédiatement avant. Si je me rappelle bien, ils présentèrent la chose comme si Mayta avait renoncé au POR(T). Un pieux mensonge, pour ne pas montrer nos failles à l'ennemi. Mais il fut expulsé. Ensuite vint l'histoire de Jauja et alors on ne put rien savoir au juste. Vous souvenez-vous de la répression déclenchée contre nous ? Nous fûmes arrêtés pour certains, d'autres entrèrent en clandestinité. L'affaire de Mayta fut enterrée. C'est ainsi qu'on écrit l'histoire, mon ami. Au milieu de la confusion et de l'offensive réactionnaire provoquée par l'épisode de Jauja, Mayta et Vallejos devinrent des héros...

Il demeure pensif, soupesant les extravagances de l'histoire. Je le laisse réfléchir sans le presser, sûr qu'il n'a pas encore fini de me parler. Le patient Mayta, plein d'abnégation, transformé en monstre à double visage, tramant une conspiration très périlleuse pour tendre un piège à ses camarades ? C'est trop gros : impossible à justifier dans un roman qui n'adopte pas d'emblée l'irréalité du genre policier.

— Maintenant rien de cela n'a d'importance, ajoute le sénateur. Parce qu'ils ont échoué. Ils voulaient liquider pour toujours la gauche. Ils ont seulement réussi à l'annuler pour quelques années. Il y a eu Cuba et, en 1963, l'affaire Javier Heraud. En 1965 la guérilla du MIR et du FLN. Défaite sur défaite pour les thèses insurrectionnelles. Maintenant ils sont arrivés à leurs fins. Sauf que...

— Sauf que..., dis-je.

— Sauf que cela n'est plus la révolution, mais l'apocalypse. Quelqu'un a-t-il jamais imaginé que le Pérou pouvait vivre une hécatombe comme celle-ci ? — Il me regarde : Tout cela a définitivement enterré l'histoire de Mayta et Vallejos, dont je suis bien sûr qu'aujourd'hui personne, à part vous, ne se souvient. Enfin, quoi d'autre ?

— Vallejos, lui dis-je. Était-ce aussi un provocateur ?

Il tète son fume-cigarette et rejette une bouffée de fumée, en se tournant pour ne pas me souffler au visage.

— Sur Vallejos il n'y a pas de preuves. Ce fut peut-être un coup de poignard dans le dos de la part de Mayta, dit-il en refaisant son mouvement d'arabesque. C'est probable, non? Mayta était un vieux renard madré, et l'autre un petit jeune homme sans expérience. Mais je vous le répète, il n'y a pas de preuves.

Il parle toujours avec douceur, en saluant les gens qui entrent ou sortent.

— Vous savez que Mayta a passé sa vie à changer de parti, ajoute-t-il. Mais toujours à l'intérieur de la gauche. Était-ce seulement de l'inconstance ou de l'habileté? Moi-même, qui l'ai bien connu, je ne saurais le dire. Parce qu'il vous glissait entre les doigts comme une anguille, il n'y avait pas moyen de le connaître à fond. En tout cas, il fut avec les uns et les autres, à l'intérieur et près de toutes les organisations de gauche. Une trajectoire suspecte, ne trouvez-vous pas?

— Et tous ces séjours en prison? lui dis-je. La pénitentiaire, le Sexto, le Frontón?

— J'ai cru comprendre qu'ils ne durèrent jamais bien longtemps, insinue le sénateur. Dans ces nombreuses prisons, il n'a fait que passer. Et ce qu'il y a de sûr c'est qu'il figurait sur les registres des services de renseignement.

Il parle de façon égale, sans la moindre trace

d'animosité contre cet homme qu'il accuse de mentir jour et nuit, au long des années, dénonçant et poignardant dans le dos ceux qui avaient confiance en lui, et d'avoir organisé une insurrection seulement pour donner un prétexte qui justifiât une répression généralisée contre la gauche. Il le déteste de toutes ses forces, il n'y a aucun doute. Tout ce qu'il me dit et suggère contre Mayta doit venir de très loin, avoir été pensé et repensé, dit maintes et maintes fois durant ces vingt-cinq années. Y a-t-il une base certaine sur laquelle sa haine aurait bâti une montagne ? Tout cela est-il une farce pour avilir son souvenir chez ceux qui se souviennent encore de lui ? À quoi cette haine est-elle due ? Est-elle politique, personnelle, les deux à la fois ?

— Ce fut quelque chose de vraiment machiavélique, dit-il en retirant le mégot du fume-cigarette à l'aide d'une allumette et l'écrasant dans le cendrier. Au début nous avions des doutes, il nous semblait impossible qu'il eût préparé l'embuscade avec un tel raffinement. Une opération de main de maître.

— Est-ce que cela a un sens que les services de renseignement et la CIA aient organisé semblable complot ? je l'interromps. Pour liquider une organisation de sept membres ?

— Six, six, rit le sénateur Campos. N'oubliez pas que Mayta était l'un d'eux — mais il redevient sérieux aussitôt : — Le but de l'embuscade n'était pas le POR(T), mais toute la gauche. Une

146

opération préventive : couper à la racine toute tentative révolutionnaire au Pérou. Mais nous avons découvert le pot aux roses, la provocation avorta et n'eut pas le résultat qu'ils escomptaient. Infimes et tout, c'est nous, ceux du POR(T), qui avons libéré la gauche d'un bain de sang comme celui que connaît aujourd'hui le pays.

— De quelle façon le POR(T) a-t-il fait échouer l'embuscade ? je lui rétorque. L'épisode de Jauja a bien eu lieu, n'est-ce pas ?

— Nous l'avons fait échouer à quatre-vingt-dix pour cent, précise-t-il. Pour dix pour cent ils sont parvenus à leurs fins. Combien de prisonniers y eut-il ? Combien durent se cacher ? Nous fûmes traqués durant quatre ou cinq ans. Mais ils ne sont pas venus à bout de nous, comme ils se le proposaient.

— Le prix n'était-il pas très élevé ? lui dis-je. Parce que Mayta, Vallejos...

L'arabesque m'interrompt.

— Être provocateur et délateur est risqué, affirme-t-il avec sévérité. Ils ont échoué et l'ont payé cher, évidemment. N'en va-t-il pas ainsi, dans ce métier ? Par ailleurs, il y a une autre preuve. Faites le compte des survivants. Que sont-ils devenus ? Qu'ont-ils fait ensuite ? Que font-ils à cette heure ?

Apparemment, le sénateur Campos a perdu avec les années l'habitude de l'autocritique.

147

— J'ai toujours pensé que la révolution commencerait par la grève générale, dit Anatolio.

— Déviation sorélienne, tare anarchiste, se moqua Mayta. Ni Marx, ni Lénine, ni Trotski n'ont jamais dit que la grève générale était la seule méthode. As-tu oublié la Chine ? Quel fut l'instrument de Mao ? La grève ou la guerre révolutionnaire ? Rapproche-toi, tu vas tomber.

Anatolio s'écarta un peu de l'extrémité du lit.

— Si le plan fonctionne, les soldats et le peuple ne fraterniseront jamais au Pérou, dit-il. Ce sera une guerre sans merci.

— Nous devons briser les schémas, les formules creuses. — Mayta gardait une oreille attentive, parce que généralement à cette heure on entendait les petits bruits. Malgré son anxiété, il aurait préféré ne pas continuer à parler politique avec Anatolio. De quoi, alors ? De n'importe quoi, mais pas de ce militantisme qui établissait entre eux une solidarité abstraite, une fraternité impersonnelle. Il ajouta : Moi, il m'en coûte plus qu'à toi, parce que je suis plus vieux.

Ils tenaient à peine dans le lit étroit qui, au moindre mouvement, craquait. Ils étaient sans chemise ni chaussures, avec seulement leur pantalon. Ils avaient éteint la lumière et par la petite fenêtre en face entrait la clarté d'un lampadaire. Loin, de temps en temps, on entendait le hurlement lubrique d'une chatte en chaleur : c'était cela la nuit.

— Je vais t'avouer quelque chose, Anatolio,

dit Mayta. — Sur le dos, appuyé toujours sur son bras droit, il avait fumé tout un paquet en quelques heures. Malgré ces élancements dans la poitrine, il avait encore envie de fumer. L'angoisse l'étouffait. Il pensa : «Du calme, Mayta. Tu ne vas pas faire de conneries maintenant, non, Mayta?» — C'est le moment le plus important de ma vie. J'en suis sûr, Anatolio.

— Pour nous tous, dit le garçon, comme en écho. Le plus important dans la vie du parti. Et peut-être bien pour le Pérou.

— C'est différent dans ton cas, dit Mayta. Tu es très jeune. Comme Pallardi. Vous commencez votre vie de révolutionnaires et vous la commencez bien. Moi j'ai déjà dépassé les quarante ans.

— Est-ce que c'est vieux, cela? N'est-ce pas la seconde jeunesse?

— La première vieillesse, plutôt, murmura Mayta. Cela fait près de vingt-cinq ans que je suis là-dedans. Ces derniers mois, cette dernière année, surtout depuis que nous nous sommes divisés et restons réduits à sept, tout le temps je n'ai eu qu'un mot dans la tête : gaspillage.

Il y eut un silence, interrompu par les hurlements de la chatte.

— Moi aussi je suis parfois déprimé, entendit-il dire Anatolio. Quand les choses vont mal, c'est humain qu'on voie tout en noir. Mais chez toi cela m'étonne, Mayta. Parce que s'il y a

149

quelque chose que j'ai toujours admiré chez toi,
c'est l'optimisme.

Il faisait chaud et leurs avant-bras qui se frô-
laient étaient moites. Anatolio aussi restait sur le
dos et Mayta pouvait voir, dans la pénombre, ses
pieds nus, au bord du lit, tout près des siens. Il
pensa qu'à tout moment ils allaient se toucher.

— Comprends-moi bien, dit-il en dissimulant
son malaise. Je ne suis pas découragé pour avoir
voué ma vie à la révolution. Cela jamais, Anatolio. Chaque fois que je sors dans la rue et que
je vois dans quel pays je suis, je sais qu'il n'y a
rien de plus important. Mais pour avoir perdu
mon temps, pour avoir pris le mauvais chemin.

— Si tu me dis que tu en es revenu de Léon
Davidovitch et du trotskisme, je te tue, plaisanta
Anatolio. Ce n'est pas par plaisir que je me suis
envoyé tous ces bouquins.

Mais Mayta n'avait pas envie de plaisanter. Il
ressentait de l'exaltation et, en même temps, de
l'angoisse. Son cœur battait avec tant de force
qu'il se dit qu'Anatolio entendait peut-être ces
battements. La poussière accumulée au milieu
des livres, des papiers et des revues de son cagibi
lui chatouillait le nez. «Retiens-toi d'éternuer ou
tu mourras», pensa-t-il, absurdement.

— Nous avons perdu trop de temps, Anatolio. Dans des discussions byzantines, des mas-
turbations qui n'avaient rien à voir avec la
réalité. Séparés de la masse, coupés du peuple.
Quelle sorte de révolution allions-nous faire ? Tu

es très jeune. Mais moi je suis depuis de longues années dans la lutte et la révolution n'a pas avancé d'un millimètre. Cette nuit, pour la première fois, j'ai eu l'impression que nous avancions, que la révolution n'était pas un fantôme mais qu'elle était réelle et possible.

— Calme-toi, mon frère, lui dit Anatolio en tendant la main et en lui tapotant la jambe.

— Mayta se raidit comme si au lieu d'un frôlement affectueux sur la cuisse, on l'avait frappé.

— Aujourd'hui, à la réunion du comité, quand tu as défendu ta proposition de passer à l'action et de ne pas continuer à perdre son temps jusqu'à la saint-glinglin, tu as touché chez nous la corde sensible. Je ne t'ai jamais entendu parler aussi bien, Mayta. Cela te sortait des tripes. Je pensais : «Partons tout de suite à la sierra, qu'attendons-nous?» Les larmes me sortaient des yeux, je te jure.

Mayta s'écarta, en faisant un effort, et dans la pénombre il vit se dessiner sur le fond confus de l'étagère de livres le profil d'Anatolio, sa mèche bouclée, son front lisse, la blancheur de ses dents, ses lèvres entrouvertes.

— Nous allons commencer une autre vie, murmura-t-il. De la cave à l'air libre, des intrigues de garage et de café nous allons sortir pour travailler au milieu de la masse et frapper l'ennemi. Nous allons nous plonger dans le peuple, Anatolio.

Il se pencha sur l'autre côté et son visage frôla

l'épaule nue du jeune homme. Une odeur de peau humaine, dense, forte, élémentaire, pénétra son nez et lui tourna la tête. Ses genoux, repliés, frôlèrent la jambe d'Anatolio. Dans la pénombre, Mayta parvenait à peine à apercevoir son profil immobile. Avait-il les yeux ouverts ? Sa respiration soulevait synchroniquement sa poitrine. Lentement, il tendit sa main droite, humide et tremblante, et à tâtons toucha son pantalon :

— Laisse-moi te branler, murmura-t-il d'une voix agonisante en sentant que tout son corps était en feu. Laisse-moi, Anatolio.

— Et en dernier lieu, il y a un autre sujet que nous n'avons pas abordé, mais que nous devons envisager si nous voulons aller au fond des choses, soupire le sénateur Campos, chagriné, dirait-on. Vous savez que Mayta était homosexuel, évidemment.

— C'est quelque chose dont on accuse souvent les adversaires dans notre pays. Difficile à prouver, aussi. Est-ce que cela a un lien avec l'histoire de Jauja ?

— Oui, car c'est probablement par là qu'ils le tenaient, ajoute-t-il. Ils ont dû le mettre au pied du mur et le forcer à travailler pour eux. Son talon d'Achille. Il avait suffi qu'il cédât une seule fois. Que pouvait-il faire d'autre que continuer à collaborer ?

— Par Moisés j'ai su qu'il était marié.

— Toutes les tapettes se marient, sourit le

sénateur. C'est le déguisement le plus commode. Mais non seulement c'était une farce, ce mariage, mais aussi un désastre. Il dura fort peu.

La séance du Sénat ou celle des députés a commencé, parce qu'une rumeur croissante et un bruit de pupitres parviennent de la salle des actes et l'on entend des voix amplifiées par le micro. Le bar se vide. Le sénateur Campos murmure : «Nous allons interpeller le ministre. La chambre exigera de lui qu'il dise une bonne fois si des troupes étrangères ont pénétré sur le territoire.» Mais il ne se montre pas pressé. Il continue à parler sans perdre cette objectivité scientifique dont il drape sa haine.

— C'est peut-être là l'explication, réfléchit-il en jouant de son fume-cigarette. Peut-on avoir confiance en un homosexuel ? Un être incomplet, féminoïde, est poussé à toutes les faiblesses, même la trahison.

S'animant, gagné par le thème, il s'écarte de Mayta et des événements de Jauja et il m'explique que l'homosexualité est intimement liée à la division de classes et à la culture bourgeoise. Pourquoi, autrement, n'existe-t-il presque pas d'homosexuels dans les pays socialistes ? Cela n'est pas fortuit, cela n'est pas dû à ce que l'air de ces sociétés rend les gens vertueux. Dommage que ces pays aident la subversion. Parce qu'il y a dans ces sociétés beaucoup à imiter. Elles ont fait disparaître la culture de l'oisiveté, le vide animique, cette insécurité existentielle typique de la bourgeoisie qui doute même du sexe avec lequel elle est née. Une tapette n'est jamais nette, pardon pour la rime.

— N'as-tu pas honte ? l'entendit-il dire. Profiter que nous sommes amis, parce que je me trouve sous ton toit. N'as-tu pas honte, Mayta ?

Anatolio s'était redressé et était au bord du lit, les coudes sur les genoux, les mains jointes soutenant le menton. L'éclat huileux de la fenêtre tombait sur son dos et recouvrait d'un reflet vert sombre sa peau tendue où se dessinaient ses côtes.

— Oui, j'ai honte, murmura Mayta, qui faisait des efforts pour parler. Oublie ce qui s'est passé.

— J'ai cru que nous étions amis, dit le jeune homme, la voix brisée, lui tournant toujours le dos. — Il passait de la colère au mépris, puis de nouveau à la colère. — Quelle déception, merde ! Tu croyais que j'étais pédé ?

— Je sais bien que tu ne l'es pas, murmurat-il. — À la chaleur précédente avait succédé un froid qui le gelait jusqu'aux os : il tenta de penser à Vallejos, à Jauja, aux jours exaltants et purificateurs qui allaient venir. — Ne me fais pas me sentir plus mal que je me sens.

— Et comment crois-tu que je me sens, moi, merde ? hurla Anatolio. — Il bougea, le petit lit craqua et Mayta pensa que le jeune homme allait se mettre debout, enfiler sa chemise et sortir en claquant la porte. Mais le lit cessa de craquer et

la surface tendue de ce dos était toujours là. —
Tu as tout foutu en l'air, Mayta. Quel sauvage !
Tu as choisi le bon moment. Aujourd'hui, pré-
cisément aujourd'hui.

— Est-ce qu'il s'est passé quelque chose, par
hasard ? murmura Mayta. Ne fais pas l'enfant.
Tu parles comme si nous étions morts.

— Pour moi tu es mort cette nuit.

Là-dessus se firent entendre, au-dessus de
leur tête, les petits bruits : minces, multiples,
invisibles, répugnants, informes. Pendant quelques secondes cela ressembla à un tremblement,
les vieilles poutres du plafond vibraient et semblaient sur le point de s'effondrer sur eux.
Ensuite, aussi arbitrairement, les bruits disparurent. D'autres nuits Mayta en ressentait de
l'angoisse. Aujourd'hui il les écouta avec recon-
naissance. Il sentait Anatolio tendu et voyait sa
tête qui pointait en avant, écoutant s'ils revenaient : il avait oublié, il avait oublié. Et Mayta
pensa à ses voisins, dormant à trois, à quatre, à
huit, dans les petites chambres alignées en forme
de fer à cheval, indifférents aux ordures, aux
petits bruits du plafond. À ce moment il les
enviait.

— Des rats, balbutia-t-il. Dans les greniers. Il
y en a des tas. Ils courent, se disputent, puis se
calment. Ils ne peuvent pas entrer. Ne t'inquiète
pas.

— Je ne m'inquiète pas, dit Anatolio. — Et
après un moment : — Là où je vis, à Callao, il

155

y en a aussi. Mais par terre, dans la rue, dans les caves, dans... Pas au-dessus de la tête des gens.

— Au début c'était le cauchemar, dit Mayta.

— Il articulait mieux, recouvrant le contrôle de ses muscles, la faculté de respirer. — J'ai mis des pièges, des graines empoisonnées. Nous avons même obtenu une fois de la municipalité une désinfection. En vain. Ils disparaissent quelques jours puis reviennent.

— Ce qui est mieux que les pièges et le poison ce sont les chats, dit Anatolio. Tu devrais t'en dégotter un. Tout plutôt que cette symphonie au-dessus de ta tête, putain.

Comme si elle avait senti qu'on parlait d'elle, la chatte en chaleur poussa à nouveau ses miaulements obscènes, au loin. Mayta — le cœur chaviré — crut voir Anatolio sourire.

— Un groupe d'action se constitua au sein du POR(T) pour préparer avec Vallejos le coup de Jauja. Vous étiez l'un de ces membres, n'est-ce pas? Quelles étaient vos activités?

— Elles étaient réduites et certaines même comiques. — D'un geste ironique le sénateur dévalorise cet épisode lointain et le transforme en espièglerie. — Par exemple, nous avons passé une soirée à moudre du charbon et à acheter du salpêtre et du soufre pour fabriquer de la poudre. Nous n'en avons pas produit un milligramme, autant que je m'en souvienne.

Il hoche la tête, amusé, et il s'interrompt pour allumer une autre cigarette. Il rejette la fumée vers le haut en contemplant ses volutes. Même les garçons sont partis; le bar du Congrès semble plus grand. Là-bas, dans l'hémicycle, éclate une salve d'applaudissements. «J'espère que la Chambre fera jouer cartes sur table au ministre. Et nous saurons une bonne fois s'il y a des *marines* au Pérou», réfléchit-il à haute voix, en m'oubliant pour quelques secondes. «Et s'il est vrai que les Cubains sont prêts à nous envahir à la frontière bolivienne.»

— Au sein du groupe d'action nos soupçons furent bientôt confirmés, dit-il en revenant aussitôt à notre sujet. Auparavant nous l'avions déjà mis en observation, à son insu. Depuis le jour où, à brûle-pourpoint, il nous raconta qu'il avait fait la connaissance d'un militaire révolutionnaire, un sous-lieutenant qui allait entreprendre la révolution dans la sierra et que nous devions appuyer. Changez d'époque, transportez-vous en 1958. N'était-ce pas suspect? Mais c'est surtout ensuite, lorsque, malgré notre méfiance, il nous embarqua dans l'aventure de Jauja, alors là nous avons découvert le pot aux roses.

Ce ne sont pas les accusations contre Mayta et Vallejos qui me déconcertent, mais la méthode du sénateur, sinueuse à plaisir, insaissable tant elle est fuyante. Il parle avec une assurance imperturbable, au point qu'à l'entendre la duplicité de Mayta serait un axiome universellement reconnu. En même temps, en dépit de mes efforts, je ne parviens pas à lui tirer une seule preuve convaincante, seulement cette toile d'araignée de présomptions et d'hypothèses dont il m'enserre. «On dit aussi que les Cubains seraient déjà entrés et que ce sont eux qui opèrent à Cusco et Puno», s'écrie-t-il soudain, en détournant encore la conversation. «Nous le saurons maintenant.»

— Vous rappelez-vous certains faits qui vous amenèrent à le soupçonner? lui dis-je pour le faire revenir à notre sujet.

— D'innombrables, dit-il aussitôt, tout en faisant des ronds de fumée. Des faits qui, isolés, ne disent peut-être pas grand-chose, mais qui, lorsqu'on les met bout à bout, deviennent accablants.

— Avez-vous à l'esprit ne serait-ce qu'un exemple concret?

— Un beau jour il nous a proposé d'associer au projet insurrectionnel d'autres groupes politiques, dit le sénateur. À commencer par les staliniens. Il avait même fait des démarches dans ce sens, vous rendez-vous compte?

— Franchement non, je lui réponds. Tous les partis de gauche, communistes, maoïstes, trotskistes, ont accepté des années après l'idée d'une alliance, d'actions communes, et même de se fondre en un seul parti. Pourquoi suspecter alors quelque chose qui ensuite ne l'a pas été?

— Ensuite c'est vingt-cinq ans après, murmure-t-il. Voici un quart de siècle un trotskiste ne pouvait pas proposer du jour au lendemain

158

d'appeler les staliniens à collaborer. C'était alors comme si le Vatican avait proposé aux catholiques de se convertir à l'islam. Une telle proposition revenait à une trahison de soi. Mayta, les communistes lui vouaient une haine mortelle. Et lui les détestait, du moins en apparence. Imaginez-vous Trotski appelant à collaborer avec Staline ? — Il hoche la tête avec commisération. — Le jeu était clair.

— Je ne l'ai jamais cru, dit Anatolio. D'autres au parti, oui. Moi je t'ai toujours défendu en disant que c'étaient des calomnies.

— Si en parlant de cela tu vas oublier, eh bien ! parlons-en, murmura Mayta. Sinon, je préfère pas. C'est un sujet difficile, Anatolio, sur lequel je suis toujours troublé. Tant d'années dans l'obscurité, tâchant de comprendre.

— Veux-tu que je m'en aille ? demanda Anatolio. Je pars aussitôt.

Mais il ne bougea pas. Pourquoi Mayta ne pouvait-il s'empêcher de penser aux familles des autres piaules, entassés dans l'obscurité, parents, enfants, famille partageant matelas et couvertures, l'air vicié et la mauvaise odeur de la nuit ? Pourquoi les avait-il si présents à l'esprit justement à cette heure alors qu'il ne pensait jamais à eux ?

— Je ne veux pas que tu partes, dit-il. Je veux que tu oublies ce qui s'est passé et que nous n'en parlions plus.

Bringuebalante, impertinente, sans doute très

vieille et rapetassée de partout, une voiture passa dans la rue voisine en faisant vibrer les vitres.

— Je ne sais pas, dit Anatolio. Je ne sais si je pourrai l'oublier et faire que tout redevienne comme avant. Qu'est-ce qui t'a pris, Mayta ? Comment as-tu pu ?

— Je vais te le dire, puisque tu y tiens, s'entendit dire Mayta, surpris de sa propre résolution. — Il ferma les yeux et, craignant à nouveau que sa langue se mît à tout moment à lui désobéir, il ajouta : — J'étais content depuis la réunion du comité. C'est comme si l'on m'avait fait une transfusion de sang, l'idée de passer enfin à l'action. J'étais... eh bien ! tu as bien vu comment j'étais, Anatolio. C'est pour ça. L'excitation, l'enthousiasme. C'est mauvais, l'instinct aveugle la raison. J'ai senti le désir de te toucher, de te caresser. Bien souvent j'ai éprouvé cela depuis que je te connais. Mais je me suis toujours contenu et tu ne t'en apercevais même pas. Cette nuit je n'ai pas pu me retenir. Je sais bien que tu n'auras jamais envie de te laisser caresser. Tout ce que je peux obtenir de quelqu'un comme toi, Anatolio, c'est de me laisser le branler.

— Je devrais en informer le parti et demander qu'on t'expulse, Mayta.

— Et maintenant il va me falloir prendre congé, dit subitement le sénateur Campos en jetant un œil sur sa montre et tournant la tête en direction de la salle de séances. On doit discu-

160

ter du projet de loi abaissant le service militaire obligatoire à quinze ans. Des petits soldats de quinze ans, qu'en pensez-vous? Eh bien! parmi les autres il y a même des enfants du primaire...

Il se lève, je l'imite. Je le remercie du temps qu'il m'a consacré, quoique, lui avoué-je, je sois quelque peu frustré. Ces charges si sévères contre Mayta et son interprétation des événements de Jauja comme un simple piège ne me semblent pas très fondées. Il continue à sourire aimablement.

— Je ne sais si j'ai bien fait de vous parler avec autant de franchise, me dit-il. C'est mon défaut, je le sais bien. Encore plus dans ce cas où, pour des raisons politiques, il vaut mieux ne pas trop remuer les choses pour le moment. Mais enfin vous n'êtes pas historien, vous êtes romancier. Si vous m'aviez dit je vais écrire un essai, une interprétation sociopolitique, je serais resté muet. Une fiction c'est différent. Vous êtes libre de me croire ou pas, évidemment.

Je lui précise que tous les témoignages que j'obtiens, sûrs ou faux, me servent. A-t-il eu l'impression que j'allais écarter ses affirmations? Il se trompe; en réalité ce n'est pas tant la véracité des témoignages que j'utilise que leur pouvoir de suggestion et d'invention, leur couleur, leur force dramatique. Cela dit, j'ai bien l'impression qu'il en sait plus qu'il ne m'en a dit.

161

— Et pourtant j'ai parlé plus que je ne dois, me répond-il, sans s'étonner. Il y a des choses que je ne raconterais jamais, dût-on m'écorcher vif. Voyez-vous, mon ami, il faut laisser faire le temps et l'histoire.

Nous gagnons la porte de sortie. Les couloirs du Congrès sont très encombrés : délégations venues s'entretenir avec les parlementaires, femmes portant des dossiers, et sympathisants de partis politiques qui, encadrés par des individus avec un brassard, font la queue pour monter aux galeries de la Chambre des députés où le débat sur la nouvelle loi du service militaire promet d'être brûlant. Les forces de sécurité sont partout, gardes civils avec leur fusil, inspecteurs en civil à mitraillette, sans compter les gardes du corps des parlementaires — non autorisés à pénétrer dans la salle de séances — qui font les cent pas sans cacher le revolver qu'ils portent en son étui à hauteur de la taille ou enfoncé entre la chemise et le pantalon. La police procède à la fouille minutieuse de chaque personne qui traverse le vestibule, l'obligeant à ouvrir paquets et serviettes, à la recherche d'explosifs. Ces précautions n'ont pas empêché ces dernières semaines deux attentats à l'intérieur du Congrès, l'un d'eux fort sérieux : une charge de dynamite explosant dans la salle des sénateurs faisant finalement peu de victimes (deux morts et trois blessés). Le sénateur Campos boite, s'aidant d'une canne, et salue à droite et à gauche. Nous traversons ce hall grouillant de foule, d'armes et de controverse politique qui ressemble à un champ de mines. J'ai l'impression qu'il suffirait d'un incident infime pour que le Congrès explose comme une poudrière.

— Que c'est bon, un peu d'air frais, me dit le sénateur, à la porte. Ça fait je ne sais combien d'heures que je suis ici et l'air est vicié avec toute cette fumée. Bon, j'y ai mis mon grain de sable. Je fume beaucoup. Je devrai renoncer à la cigarette un de ces jours. En réalité, je me suis arrêté de fumer au moins une demi-douzaine de fois.

Il me prend familièrement le coude, mais c'est pour me parler à l'oreille :

— Au sujet de notre conversation, moi je ne vous ai rien dit. Ni sur Mayta ni sur Jauja. Jamais personne ne pourra m'accuser de contribuer, en ces moments, à la division de la gauche démocratique, en ressuscitant une polémique sur dès faits préhistoriques. Si vous mêliez mon nom à la chose, vous m'obligeriez à le démentir, continue-t-il comme en blaguant, mais nous savons l'un et l'autre que ce ton enjoué cache un avertissement. La gauche a décidé d'enterrer cet épisode et c'est ce qu'il y a de plus sensé présentement. L'occasion se présentera bien un jour de déballer notre linge sale.

— C'est parfaitement clair, monsieur le sénateur. Ne craignez rien.

— Si vous me faisiez dire quelque chose, je

163

me verrais contraint de vous attaquer en diffa-
mation, dit-il en me faisant un clin d'œil et en
touchant, comme par hasard, le côté volumineux de son veston, où il porte son revolver.
Mais la vérité, vous la connaissez désormais et
donc, sans me nommer, faites-en usage.

Il me tend une main cordiale avec un nouveau
clin d'œil malicieux : il a des doigts courts et
délicats qu'on a du mal à imaginer pressant la
détente d'une arme.

— As-tu quelquefois envié les bourgeois ? dit
Mayta.

— Pourquoi me demandes-tu cela ? s'étonna
Anatolio.

— Parce que moi qui les ai toujours mépri-
sés, je les envie un peu, dit Mayta. — Le ferait-
il rire ?

— Eh bien ! dis donc !

— Pouvoir prendre un bain tous les jours...

Mayta pensait que le garçon sourirait au moins,
mais il ne lui vit pas la moindre réaction. Il restait assis au bord du lit, légèrement de côté de
sorte qu'il pouvait voir maintenant son profil,
allongé, très sérieux, brun, osseux, pleinement
frappé par la clarté de la fenêtre. Il avait une
bouche aux lèvres larges, très prononcées, et ses
dents, grandes et blanches, semblaient resplen-
dir.

— Mayta.

— Oui, Anatolio.

164

— Crois-tu que nos rapports pourront être comme avant, après cette nuit ?

— Oui, tout à fait, dit Mayta. Il ne s'est rien passé, Anatolio. Est-ce que par hasard il est arrivé quelque chose ? Mets-toi bien ça dans la tête une bonne fois.

Très bref, feutré, le carrousel reprit au-dessus de leur tête, et le garçon se redressa, tendu.

— Je ne sais pas comment tu peux dormir avec ce bruit toutes les nuits.

— Je peux dormir avec ce bruit parce qu'il n'y a pas moyen de faire autrement, répliqua Mayta. Mais ce n'est pas vrai que l'homme s'habitue à tout, comme on dit. Je ne me suis pas habitué à ne pas pouvoir prendre de bain à ma guise. Et cela alors que j'ai déjà oublié quand est-ce que j'ai pris une douche pour la dernière fois. Je crois que c'était chez ma tante Josefa, à Surquillo, autrement dit il y a des siècles. Et pourtant c'est quelque chose que je regrette chaque jour. Quand je rentre fatigué et peux seulement faire là dans la cour une toilette de chat et monter dans ma chambre une cuvette d'eau pour me laver les pieds, je pense comme ce serait délicieux une douche, se mettre sous le jet et que l'eau emporte la crasse, les soucis. Dormir le corps tout frais... Quelle bonne vie que celle des bourgeois, Anatolio !

— N'y a-t-il pas un bain public tout près ?

— Il y en a un cinq rues plus loin, et c'est là que je vais une ou deux fois par semaine, reprit

165

Mayta. Mais je n'ai pas toujours de quoi. Prendre un bain coûte autant qu'un repas au restaurant universitaire. Je peux vivre sans me baigner mais pas sans manger. As-tu une douche chez toi ?

— Oui, dit Anatolio. Mais nous n'avons pas toujours de l'eau.

— Quelle chance ! bâilla Mayta. Tu vois bien, d'une certaine façon tu ressembles aux bourgeois.

Cette fois non plus Anatolio ne sourit pas. Ils restèrent silencieux et tranquilles, chacun dans la même attitude. Quoique l'obscurité fût la même, Mayta remarquait, de l'autre côté de la fenêtre, les signes précurseurs de l'aube : moteurs de voitures, quelques coups de klaxon, rumeur confuse, allées et venues. Était-il cinq heures, six heures ? Ils avaient passé toute la nuit éveillés. Il se sentait faible, comme après un gros effort ou en convalescence après une maladie.

— Dormons un moment, dit-il en se mettant sur le dos. — Il se couvrit les yeux de son avant-bras et se poussa le plus qu'il put pour lui faire de la place —. Il doit être très tard. Demain, ou plutôt aujourd'hui, nous devrons commencer à nous décarcasser.

Anatolio ne dit rien, mais au bout d'un moment Mayta le sentit bouger, il entendit craquer le lit et du coin de l'œil le vit s'étendre aussi sur le dos, à côté de lui, en ayant soin de ne pas le toucher.

— Mayta.

— Oui, Anatolio.

Le garçon ne dit rien, bien que Mayta attendît un bon moment. Il le sentait respirer anxieusement. Son corps, indocile, commençait à nouveau à s'échauffer.

— Dors un peu, répéta-t-il. Et demain il nous faudra penser seulement à Jauja, Anatolio.

— Tu peux me branler, si tu veux, l'entendit-il murmurer avec timidité. Et plus bas encore, craintif : Mais rien d'autre que ça, Mayta.

Le sénateur Anatolio Campos s'éloigne et je me retrouve en haut des escaliers de la Chambre, face au fleuve de gens, autobus, voitures, taxis, la circulation et le vacarme de la place Bolívar. Jusqu'à le perdre de vue dans l'avenue Abancay, je suis du regard un très vieil autocar, grisâtre et penchant à droite, dont le tuyau d'échappement, une cheminée à la hauteur du toit, laisse un sillage de fumée noire, et je vois des grappes humaines à ses portes, qui se tiennent miraculeusement, frôlant les voitures, les lampadaires, les piétons. C'est l'heure de la sortie du travail. À tous les coins de rue une affluence compacte de gens qui attendent bus et cars ; quand le véhicule arrive, ce ne sont autour que bourrades, bousculades, protestations et insultes. Ce sont des gens humbles et fatigués, hommes et femmes pour qui ce combat de rue pour grimper dans ces guimbardes infectes — où, lorsqu'ils réussissent à monter, ils sont une demi-heure, trois quarts d'heure debout, serrés, étouffés — est le lot quotidien. Et ces Péruviens-là sont, malgré leurs pauvres vêtements un peu ridicules, leurs jupes prétentieuses et leurs petites cravates crasseuses, des membres d'une minorité touchée au front par la déesse fortune, car, pour modeste et monotone que soit leur vie, ils ont du travail comme employés de bureau ou fonctionnaires, un petit salaire, la sécurité sociale et une garantie de retraite. De grands privilégiés si on les compare, par exemple, à ces métis nu-pieds que je vois traînant un chariot de bouteilles vides, crachant et évitant les voitures, ou à cette famille déguenillée, une femme sans âge, quatre gosses à la peau écaillée de crasse, qui, sur les marches du musée de l'Inquisition, tendent automatiquement la main dès qu'ils me voient approcher : «La charité, m'sieur», «Par pitié, siouplaît»...

Brusquement, au lieu de continuer en direction de la place San Martín, je décide d'entrer au musée de l'Inquisition. Voici bien longtemps que je n'y ai mis les pieds, peut-être depuis l'époque où j'ai vu mon condisciple Mayta pour la dernière fois. Tout en faisant la visite, je ne peux chasser de mon esprit son visage, comme si cette image d'homme prématurément vieilli et fatigué que j'ai vue en photo chez sa marraine était convoquée de façon irrésistible par le lieu que je visite. Quel est le lien ? Quel fil secret unit

la toute-puissante institution gardienne trois siècles durant de l'orthodoxie catholique au Pérou
et en Amérique du Sud, et l'obscur militant
révolutionnaire qui, voici vingt-cinq ans, pour
un moment bref comme un éclair, surgit à la
lumière?

Ce qui fut le palais de l'Inquisition est en
ruine, mais le plafond lambrissé d'acajou du
XVIIIe siècle est bien conservé, comme l'explique
une maîtresse appliquée à un groupe d'écoliers.
Le beau plafond : les inquisiteurs étaient gens de
goût. Presque tous les azulejos sévillans que les
dominicains avaient importés pour orner les
murs ont disparu. Le carrelage en brique fut également importé d'Espagne, mais, noirci, il en
devient méconnaissable. Je m'arrête un instant
à l'écusson de pierre qui siégea orgueilleusement
au fronton de ce palais, avec sa croix, son épée
et son laurier : il repose maintenant sur un chevalet disloqué.

Les inquisiteurs s'installèrent ici en 1584, après
avoir passé leurs quinze premières années face à
l'église de La Merced. Ils achetèrent le terrain à
don Sancho de Ribera, fils d'un des fondateurs
de Lima, pour une somme modique, et de là
ils veillèrent sur la pureté spirituelle de ce qui est
aujourd'hui le Pérou, l'Équateur, la Colombie,
le Venezuela, Panama, la Bolivie, l'Argentine,
le Chili et le Paraguay. Depuis cette salle d'au-
diences et cette robuste table dont le plateau est
d'une seule pièce et les pattes sont des monstres

marins, les inquisiteurs à l'habit blanc et leur armée de clercs, notaires, avocaillons, geôliers et bourreaux combattirent avec acharnement la sorcellerie, le satanisme, le judaïsme, le blasphème, la polygamie, le protestantisme, les perversions. «Toutes les hétérodoxies et tous les schismes», pensa-t-il. C'était une tâche ardue, rigoureuse, légaliste, maniaque que celle de ces inquisiteurs, parmi lesquels figurèrent (et avec lesquels collaborèrent) les plus illustres intellectuels du moment : avocats, théologiens, professeurs, orateurs sacrés, versificateurs, prosateurs. Il pensa : «Combien d'homosexuels furent-ils brûlés?» Une enquête pointilleuse qui noircissait d'innombrables pages d'un dossier soigneusement archivé précédait chaque condamnation et autodafé. Il pensa : «Combien de fous furent-ils torturés? Combien de simples d'esprit condamnés à la garrotte?» Des années passaient avant que le haut tribunal du Saint-Office rendît sa sentence depuis cette table ornée d'une tête de mort et d'encriers d'argent portant des figures en relief avec des épées, des croix et des poissons et l'inscription : «Moi, lumière de la vérité, je guide ta conscience et ta main. Si tu n'appliques pas la justice, tu signeras par ton verdict ta propre ruine.» Il pensa : «Combien de saints véritables, combien d'audacieux, combien de pauvres diables furent brûlés?»

Car ce qui guidait la conscience et la main des inquisiteurs ce n'était pas la lumière de la vérité mais la voix de la délation. Les dénonciateurs alimentaient toujours ces cachots et ces prisons souterraines, caves humides et profondes où le soleil n'atteint jamais et dont le condamné sortait infirme à jamais. Il pensa : « De toutes les façons tu aurais échoué ici, Mayta. Par ta manière d'être, de penser, d'aimer. » Le dénonciateur était protégé au maximum et son anonymat garanti, pour qu'il collaborât sans crainte des représailles. Voici, intacte, la porte du Secret, et Mayta, avec appréhension, glissa un œil par la petite rainure, se sentant cet accusateur qui, sans être vu de lui, reconnaissait d'un simple mouvement de tête l'accusé que son témoignage pouvait envoyer pour de nombreuses années en prison, priver de tous ses biens, condamner à une vie infamante ou faire brûler vif. Il en eut la chair de poule : comme il était facile de se débarrasser d'un ennemi ou d'un rival ! Il suffisait de venir dans cette petite pièce et, la main sur la Bible, porter témoignage. Anatolio aurait pu venir, l'épier par la rainure, acquiescer en le signalant et le vouer aux flammes.

À vrai dire on n'en brûla guère, explique un panneau à l'orthographe douteuse : trente-cinq en trois siècles. Ce n'est pas un chiffre accablant. Et sur les trente-cinq — piètre consolation — trente furent exécutés à la garrotte avant que le feu ne consume leur corps. Le premier à inaugurer ce grand spectacle de l'autodafé liménien n'eut pas cette chance : ce Français, Mateo

Salade, fut brûlé vif, parce qu'il passait son temps à des expériences chimiques que quelqu'un dénonça comme «manipulations sataniques». «Salado?» pensa-t-il. Est-ce lui qui avait donné son nom au péruvianisme *salado* pour désigner quelqu'un qui n'a pas de chance? Il pensa: «À partir de maintenant tu ne seras plus un révolutionnaire *salé*.»

Mais bien qu'il ne brûlât pas grand monde, le Saint-Office, en revanche, tortura sans limites. Après les dénonciateurs, la torture physique fut le pourvoyeur le plus diligent de victimes, de tout sexe, condition et état, aux autodafés. On voit ici exposé, comble de l'horreur, tout le matériel utilisé par l'Inquisition pour — le verbe parle de lui-même — «arracher la vérité» au suspect. Des mannequins permettent au visiteur de comprendre comment fonctionnait la «poulie» ou l'«estrapade», corde qui suspendait l'accusé à une poulie, les mains attachées derrière le dos et un poids de cent livres aux pieds. Ou comment celui-ci était étendu sur le «chevalet» où, au moyen de quatre tourniquets, on pouvait disloquer ses extrémités, une par une, ou toutes ensemble. La plus vulgaire des tortures était le cep qui entravait la tête de l'accusé tandis qu'il était fouetté; la plus imaginative était le «frontal» qui étreignait le front de l'accusé, question au raffinement et à la fantaisie surréalistes, avec son siège où le bourreau pouvait torturer, au moyen d'un système de fers et de menottes, les jambes, bras, avant-bras, le cou et la poitrine. La plus actuelle des tortures est celle du linge posé sur le nez ou enfoncé dans la bouche sur lequel on faisait couler de l'eau, ce qui empêchait l'accusé de respirer; et la plus spectaculaire, celle du brasero que l'on approchait des pieds du condamné, préalablement enduits de graisse pour qu'ils puissent rôtir. «Maintenant, pensa Mayta, on a l'électricité sur les testicules, les injections de penthotal, les bains dans des latrines pleines de merde, les brûlures à la cigarette.» Il n'y avait pas eu de progrès dans ce domaine.

Mais il fut encore plus ému — dix fois il pensa : «Que fais-tu là, Mayta, à perdre ton temps alors que tu as tant de choses plus urgentes à faire» — par la petite chambre des vêtements que, pendant des mois, des années, voire jusqu'à leur mort, devaient porter ceux qu'on accusait de judaïser, d'avoir pacte avec le démon, de se livrer à la sorcellerie ou de blasphémer et qui se «repentaient avec véhémence», abjuraient leurs péchés et promettaient de se racheter. Un cabinet de déguisements : au milieu de ces horreurs, voilà quelque chose qui semble un peu plus humain. Voici la «coroza» ou chapeau pointu et le san-benito ou tunique blanche, brodée de croix, serpents, diables et flammes, avec lesquels défilaient les condamnés jusqu'à la grand-place — en faisant obligatoirement halte à l'impasse de la Cruz où ils devaient s'agenouiller devant une croix dominicaine — pour être fouettés, ou qu'ils devaient revêtir jour et nuit tout le temps que durait la sentence. C'est cette dernière image surtout que je garde en mémoire quand, à la fin de la visite, je regagne la sortie : celle de ces condamnés qui retournaient à leurs occupations quotidiennes avec cet uniforme qui devait soulever horreur, peur panique, répulsion, nausée, sarcasmes, haine autour d'eux. Il imagina ce que durent être les journées, mois, années des gens vêtus ainsi, que tout le monde montrait du doigt et évitait, comme des chiens galeux et enragés. Il pensa : «C'est un musée qui en vaut la peine.» Instructif, fascinant. Condensée en quelques images et objets frappants, il y a là un ingrédient essentiel, invariable de l'histoire de ce pays, depuis ses temps les plus reculés : la violence. La morale et la physique, celle qui naît du fanatisme et de l'intransigeance, de l'idéologie, la corruption et la stupidité qui ont toujours accompagné le pouvoir parmi nous, et cette violence sale, minable, canaille, vindicative, intéressée qui est le parasite de l'autre. C'est bon de venir ici, dans ce musée, pour voir comment nous en sommes arrivés là, et pourquoi nous sommes comme nous sommes.

À la porte du musée de l'Inquisition, au moins une autre douzaine de vieux, hommes, femmes et enfants a rejoint la famille déguenillée et affamée. Ils forment une petite cour des miracles avec leurs croûtes, leurs haillons et leur crasse. En me voyant paraître ils tendent immédiatement leur main aux ongles noirs. La violence

174

derrière moi et devant moi la faim. Ici, sur ces marches, voilà résumé mon pays. Ici, se touchant, les deux faces de l'histoire du Pérou. Et je comprends pourquoi Mayta m'a accompagné obsessionnellement durant ma visite au musée.

Je vais presque au pas de course jusqu'à San Martín prendre un taxi, car il se fait tard et une demi-heure avant le couvre-feu toute circulation s'arrête. Je crains d'être surpris sur le parcours qui sépare l'avenue Grau de ma maison. Il y a peu de rues à parcourir, mais, quand le soir tombe, elles sont dangereuses. Que d'agressions n'y a-t-il pas eues et, ne serait-ce que la semaine passée, un viol ! C'était la femme de Luis Saldías, jeune marié, qui vit devant chez moi — il est ingénieur hydraulique —; sa voiture était tombée en panne et elle avait dû rentrer à pied depuis san Isidro. Presque à l'arrivée une patrouille l'avait arrêtée. C'étaient trois policiers : ils l'avaient fait monter dans leur voiture, l'avaient déshabillée — après l'avoir battue, parce qu'elle leur résistait — et avaient abusé d'elle. Puis ils l'avaient reconduite chez elle en lui disant «remercie-nous de ne pas t'avoir flinguée». C'est qu'ils ont ordre de le faire envers tous ceux qui enfreignent le couvre-feu. Luis Saldías me l'avait raconté, les yeux rouges de colère, en ajoutant que depuis il se réjouit chaque fois qu'on fait la peau d'un flic. Il dit qu'il s'en fout que les terroristes l'emportent, parce que «rien ne peut être pire que ce que nous vivons». Je sais qu'il se trompe, que tout peut encore être pire, qu'il n'y a pas de limite à la dégradation humaine, mais je respecte sa douleur et je me tais.

V

Pour prendre le train pour Jauja il faut acheter son billet la veille et se présenter à la gare de Desamparados à six heures du matin. On m'a dit que le train est toujours plein et, en effet, je dois prendre d'assaut le wagon. Mais j'ai la chance de trouver une place, alors que la plupart des usagers voyageront debout. Les wagons manquent de toilettes et quelques audacieux urinent depuis le marchepied, le train en marche. Quoique j'aie mangé un peu avant de quitter Lima, au bout de quelques heures j'ai faim. Il est impossible d'acheter quoi que ce soit aux arrêts de gare où le train laisse ou prend des voyageurs : Chosica, San Bartolomé, Matucana, San Mateo, Casapalca, La Oroya. Il y a vingt-cinq ans, les vendeurs ambulants assaillaient les voitures à chaque arrêt proposant fruits, limonades, sandwichs, gâteaux. Maintenant ils ne proposent que des sucreries et des infusions. Mais malgré toutes ses incommodités et sa lenteur, le voyage est plein de surprises, à commencer par

177

ce train qui s'élève du niveau de la mer jusqu'à cinq mille mètres pour traverser les Andes au col d'Anticona, au pied du mont Meiggs. Devant pareil spectacle, j'oublie les soldats en armes postés dans chaque voiture et la mitrailleuse sur le toit de la locomotive, en prévision des attaques. Comment ce train peut-il encore fonctionner? La route de la sierra centrale est continuellement ensevelie sous une pluie de rochers que les terroristes arrachent des flancs de montagne avec des explosifs, de sorte qu'elle est devenue quasiment inutilisable. Pourquoi ce train n'a-t-il pas encore sauté, pourquoi ces tunnels n'ont-ils pas été obstrués, ces ponts détruits? Peut-être leur convient-il, pour quelque mystérieux dessein stratégique, de conserver cette communication entre Lima et Junín. J'en suis heureux, le voyage à Jauja est essentiel pour reconstruire l'aventure de Mayta.

Les monts se succèdent, séparés parfois par des abîmes au fond desquels ronflent des fleuves torrentueux. Le tortillard traverse ponts et tunnels. Impossible de ne pas penser à la prouesse de l'ingénieur Meiggs qui construisit voici plus de quatre-vingts ans ces rails dans pareille géographie de gorges, glaciers et pics balayés par les tempêtes et sous la menace des alluvions. Pensait-il à l'odyssée de cet ingénieur, Mayta le révolutionnaire, en prenant ce train pour la première fois, un matin de février ou mars, vingt-cinq ans plus tôt? Il pensait à la souffrance, pour tendre ces rails, élever ces ponts et creuser ces tunnels, des milliers de cholos et d'Indiens qui, pour un salaire symbolique, parfois une poignée de mauvais maïs et un peu de coca, avaient sué douze heures par jour, piochant la pierre, creusant la roche, portant les traverses, nivelant le sol pour que le chemin de fer le plus haut du monde devienne une réalité. Combien d'entre eux avaient perdu doigts, mains, yeux, en dynamitant la cordillère ? Combien avaient péri dans ces précipices ou avaient été ensevelis sous les éboulis qui dévastaient les campements précaires où ils dormaient, les uns sur les autres, tremblants de froid, ivres de fatigue, abrutis de coca, réchauffés seulement par leur poncho et l'haleine de leurs compagnons ? Il commençait à sentir l'altitude : certaine difficulté à respirer, la pression du sang aux tempes, le cœur accéléré. En même temps il pouvait à peine dissimuler son excitation. Il avait envie de sourire, de siffler, de serrer les mains de tout le wagon. Il mourait d'impatience de retrouver Vallejitos.

— Je suis le professeur Ubilluz, me dit-il en me tendant la main sitôt passée la barrière de la gare de Jauja où, après une file d'attente interminable, deux policiers en civil me fouillent et examinent minutieusement le sac où j'ai mon pyjama. El Chato pour mes amis. Et si vous me permettez, vous et moi sommes déjà amis.

Je lui avais écrit pour lui annoncer ma visite,

et il est venu m'attendre. Autour de la gare il y a un déploiement militaire considérable : soldats en armes, chevaux de frise et barbelés, et dans la rue, allant et venant à pas de tortue, un char d'assaut. Nous nous mettons en marche. La situation est-elle très mauvaise ici ?

— Ces dernières semaines un peu plus calme, me dit Ubilluz. Au point qu'on a suspendu le couvre-feu. Nous pouvons maintenant aller regarder les étoiles. On était en train de l'oublier.

Il me raconte que voici un mois il y a eu une attaque massive des insurgés contre la caserne de Jauja. Une fusillade qui a duré toute la nuit et a laissé partout autour plein de cadavres. Qui puaient tellement et en si grand nombre qu'il a fallu les arroser d'essence et les brûler. Depuis, les rebelles n'ont entrepris aucune autre action importante dans la ville. En revanche les collines avoisinantes se hérissent chaque matin de drapeaux rouges marqués du marteau et de la faucille. Les patrouilles militaires les arrachent, chaque soir.

— Je vous ai retenu une chambre à l'auberge de Paca, ajoute-t-il. Un endroit très joli, vous verrez.

C'est un petit homme âgé et propret, engoncé dans un complet rayé toujours boutonné, une sorte de paquet agité. Avec une cravate au nœud millimétrique et des souliers qui ont dû franchir un bourbier. Il y a chez lui un soin vestimentaire typique de la sierra et son espagnol bien articulé laisse échapper, parfois, un peu de quichua. Nous trouvons un vieux taxi, près de la place. La ville n'a guère changé depuis mon dernier séjour. Du moins à première vue, la guerre n'a pas laissé beaucoup de traces. On ne voit ni tas d'ordures ni foules de mendiants. Les maisonnettes ont l'air propre et éternel, avec leurs portails archaïques et leurs grilles ciselées en fer forgé. Le professeur Ubilluz a passé trente ans à enseigner les sciences au collège national de San José. Quand il prit sa retraite — dans les moments où ce que nous considérions comme une simple algarade d'extrémistes commençait à prendre les proportions d'une guerre civile — une cérémonie fut célébrée en son honneur à laquelle assistèrent tous les ex-élèves qui avaient été ses disciples. En prononçant son discours, il pleura.

— Salut, mon frère, dit Vallejos.

— Salut, vieux, dit Mayta.

— Te voilà enfin, dit Vallejos.

— Oui, sourit Mayta. Enfin.

Ils se donnèrent l'accolade. Comment se fait-il que l'auberge de Paca soit encore ouverte ? Y a-t-il encore des touristes pour venir à Jauja ? Non, bien sûr que non. Que viendraient-ils faire ? Toutes les fêtes, même les fameux carnavals, ont disparu. Mais l'auberge reste ouverte pour y loger les fonctionnaires qui viennent de Lima et, parfois, les missions militaires. Il doit n'y en avoir aucune à cette heure, vu l'absence de surveillance des lieux. L'auberge n'a pas été repeinte depuis des siècles et elle donne une impression lamentable. Il n'y a ni réception ni gérant, seulement un gardien qui fait tout. Après avoir déposé mon bagage dans la petite chambre — pleine de toiles d'araignée — je vais m'asseoir sur la terrasse qui donne sur la lagune, où m'attend le professeur Ubilluz. Connaissait-il l'histoire de Paca? Il montre les eaux brillantes, le ciel multicolore, la ligne délicate des collines qui entourent les eaux : ceci, voici des centaines d'années, était un village aux habitants égoïstes. Le mendiant apparut par une matinée radieuse sous un ciel très pur. Il demanda l'aumône de maison en maison et partout les gens le chassaient vilainement, excitant les chiens contre lui. Mais dans une des dernières maisons il tomba sur une veuve charitable, qui vivait avec un petit garçon. Elle lui donna un peu à manger et lui adressa des paroles d'espoir. Alors le mendiant, resplendissant, dévoila à la femme charitable son visage véritable — celui de Jésus — et lui ordonna : « Quitte Paca avec ton fils, sur l'heure, en emportant tout ce que tu pourras prendre. Ne regarde plus vers ces lieux, quel que soit ce que tu entendras. » La veuve obéit et quitta Paca, mais tandis qu'elle gravissait la montagne elle entendit un fracas épouvantable, comme celui d'un gigantesque tambour, et la curiosité la fit se retourner. Elle réussit à voir l'effrayant éboulis de pierres et de boue qui ensevelissait Paca

182

et ses habitants, et les eaux qui transformaient en paisible lagune de canards, truites et poules d'eau ce qui avait été son village. Ni son fils ni elle ne virent ni n'entendirent davantage parce que les statues ne peuvent ni voir ni entendre. Mais les habitants de Jauja peuvent les voir, elle et son fils, au loin : deux formes pétrifiées épiant la lagune sur un point des collines où se rendent les processions afin d'avoir une pensée envers ces habitants châtiés par Dieu pour leur avarice et leur insensibilité et qui gisent ici-bas, dans ces eaux où coassent les grenouilles, cancanent les canards et où canotaient naguère les touristes.

— Que t'en semble, camarade ?

Mayta remarqua que Vallejos était aussi content et ému que lui. Ils se dirigèrent vers la pension où vivait le sous-lieutenant, rue Tarapaca. Comment s'était passé le voyage ? Très bien, et surtout impressionnant, il n'oublierait jamais le col Infiernillo. Sans cesser de parler, il observait les maisonnettes coloniales, la pureté de l'air, la belle allure des femmes. Te voilà à Jauja, Mayta. Mais il ne se sentait pas très bien :

— J'ai le mal des montagnes, je crois. Une impression très curieuse. Comme si j'allais m'évanouir.

— Mauvais début pour la révolution, se mit à rire Vallejos en lui prenant des mains sa valise : il portait un pantalon et une chemise kaki, des bottines à la semelle très épaisse et les cheveux coupés à ras. Ce qu'il te faut c'est un maté de coca, une bonne petite sieste et tu seras en forme. À huit heures nous nous réunirons chez le prof Ubilluz. Un gars extra, tu verras.

Il lui avait fait monter un lit de camp dans sa propre chambre, dans la pension où il habitait — des étages de pièces alignées autour d'une galerie à balustrades — et il prit congé de lui, en lui conseillant de dormir un peu pour se guérir du mal des montagnes. Il partit et Mayta vit une douche dans la salle de bains. «Je me doucherai en me couchant et en me levant tous les jours que je passerai à Jauja», pensa-t-il. Il ferait une provision de douches pour Lima. Il se coucha tout habillé, en ôtant seulement ses chaussures et il ferma les yeux. Mais il ne put dormir. Tu ne savais pas grand-chose de Jauja, Mayta. Quoi, par exemple? Des légendes plus que des choses vraies, comme l'explication biblique de la naissance de Paca. Elle faisait partie de la civilisation huanca, une des plus puissantes que l'Empire inca soumît, et pour cela les Xauxas s'allièrent à Pizarro, aux conquistadores et guerriers vindicatifs contre leurs anciens maîtres. Cette région avait dû être immensément riche — qui le penserait, en voyant la modestie du village! — durant les siècles coloniaux, quand le nom de Jauja était synonyme d'abondance. Il savait que ce petit bourg fut la première capitale du Pérou, désignée comme telle par Pizarro dans son parcours homérique de Cajamarca à Cusco, sur l'un de ces quatre chemins inca-

184

siques qui grimpaient et descendaient les Andes comme serpenteraient maintenant sur ces mêmes voies les colonnes révolutionnaires, et que ces mois où elle garda son titre de capitale furent peut-être les plus glorieux de son histoire. Eh bien ! une fois que Lima lui ravit son sceptre, Jauja, comme toutes les villes, gens et cultures des Andes, entra en un processus irrémédiable de déclin et soumission à ce nouveau centre dirigeant de la vie nationale, érigé dans le coin le plus insalubre de la côte à partir duquel, avec une continuité sans faille, il allait détourner à son profit toutes les énergies du pays.

Son cœur battait plus fort, il se sentait toujours barbouillé et le professeur Ubilluz, sur la toile de fond de la lagune, continue à parler. Je me distrais en me rappelant les images de cauchemar associées au nom de Jauja dans mon enfance. La ville des poitrinaires ! Parce que depuis le siècle passé y affluaient ces Péruviens victimes de cette alors terrifiante maladie, mythifiée par la littérature et le sadomasochisme romantiques, cette tuberculose pour laquelle le climat sec de Jauja était considéré comme un baume souverain. C'est là qu'accouraient, des quatre points cardinaux du pays, d'abord à dos de mule et par des chemins escarpés, puis par le chemin de fer haut perché de l'ingénieur Meiggs, tous les Péruviens qui se mettaient à cracher le sang et pouvaient se payer le voyage, avec des moyens suffisants pour assurer leur convalescence ou

agoniser dans les pavillons du sanatorium Olavegoya qui, sous l'effet de cette invasion sou-
tenue, s'accrut démesurément jusqu'à — à un
certain moment — se confondre avec la ville. Ce
nom qui depuis des siècles avait éveillé cupidité,
admiration, rêve de doublons d'or et de montagnes dorées, finit par signifier voiles du pou-
mon, accès de toux, crachats sanguinolents,
hémorragies, mort par consumption. «Jauja, nom
inconstant», pensa-t-il. Et se touchant la poitrine pour compter ses battements, il se rappela
sa marraine qui, dans leur maison de Surquillo,
ces jours où il faisait sa grève de la faim, le ser-
monnait, le doigt levé, avec sa grosse et bonne
figure : «Veux-tu que nous t'envoyions à Jauja,
petit imbécile?» Alicia et Zoilita l'affolaient chaque fois qu'elles l'entendaient se racler la gorge :
«Oh la la, cousin, te voilà avec ta petite toux,
tu ne vas pas tarder à aller à Jauja.» Que diraient
tante Josefa, Zoilita, Alicia quand elles sau-
raient ce qu'il était venu faire à Jauja à cette
heure? Plus tard, tandis que Vallejos le présen-
tait à Chato Ubilluz, un monsieur cérémonieux
qui inclina la tête en lui tendant la main, ainsi
qu'à une demi-douzaine de jeunes qui lui sem-
blèrent relever plutôt du cours primaire du collège San José, Mayta, le corps hérissé encore par
la sensation de froid de la douche, se dit soudain qu'à ces images une autre allait s'ajouter :
celle de Jauja, berceau de la révolution péruvienne. S'intégrerait-elle aussi aux mythes du

lieu ? Jauja-révolution, comme Jauja-or ou Jauja-tuberculose ? C'était là la maison du professeur Ubilluz et Mayta voyait, par une fenêtre embuée, des constructions de brique, des toits de tuile et de zinc, un bout de rue pavée et les hauts trottoirs pour les torrents — Vallejos le lui avait expliqué chemin faisant — constitués par les orages de janvier et février. Il pensa : « Jauja, berceau de la révolution socialiste du Pérou. » C'était dur à croire, cela semblait aussi irréel que la ville de l'or ou des poitrinaires. Je lui dis que, du moins à première vue, il semble y avoir à Jauja moins de misère et de faim qu'à Lima. Suis-je dans le vrai ? Au lieu de me répondre, prenant un air grave, le professeur Ubilluz ressuscite soudain, sur cette rive solitaire de la lagune, le sujet qui m'a amené sur sa terre :

— Vous avez dû entendre bien des mythes sur l'histoire de Vallejos, évidemment. Vous continuerez à les entendre ces jours-ci.

— Comme sur toutes les histoires, lui rétorqué-je. Quelque chose qu'on apprend, en essayant de reconstruire un événement à partir de témoignages, c'est justement que toutes les histoires sont des mythes, que toutes sont faites de mensonges.

Il me propose d'aller chez lui. Une charrette tirée par deux ânes se rend à la ville et le charretier accepte de nous prendre. Il nous laisse, une demi-heure après, devant la maisonnette d'Ubilluz, dans la neuvième rue du district

Alfonso Ugarte. Quasiment en face de la prison.
« Oui, me dit-il, avant que je ne le lui demande.
Le sous-lieutenant y était directeur, c'est là que
tout a commencé. » La prison occupe tout le pâté
de maisons du trottoir opposé et délimite le
district. C'est sur ce mur gris, à l'auvent de
tuiles, que prend fin la ville. Ensuite commence
la campagne : les terres ensemencées, les eucalyptus, les collines. Je vois, plus loin, des tranchées, des barbelés et, dispersés, des soldats qui
montent la garde. L'une des rumeurs persis-
tantes l'année passée fut que la guérilla prépa-
rait l'assaut de Jauja, dans l'intention d'en faire
la capitale du Pérou libérée. Mais des rumeurs
semblables n'ont-elles pas couru sur Arequipa,
Puno, Cusco, Trujillo, Cajamarca, voire Iquitos ? La prison et la maison du professeur
Ubilluz se trouvent dans un quartier au nom
religieux, aux résonances de martyre et d'expia-
tion : Cruz de Espinas — Croix des Épines.
C'est une demeure modeste, basse et sombre,
avec à l'intérieur une grande photo encadrée
d'un monsieur d'une autre époque — lavallière,
canotier, moustache gominée, col dur, gilet, bar-
biche méphistophélique —, portrait chatoyant
du père ou peut-être du grand-père du professeur, à en juger par la ressemblance. La pièce
comprend un divan recouvert d'un poncho aux
couleurs vives et des meubles composites, si usés
qu'ils sont près de s'effondrer. Sur une étagère
vitrée s'entassent des journaux en désordre. Des

mouches bourdonnent au-dessus de nos têtes et l'un des gosses du collège faisait circuler un plateau avec des tranches de fromage frais et des petits pains croustillants qui mirent l'eau à la bouche de Mayta. Je suis mort de faim et je demande au professeur où je pourrais acheter de quoi manger. «À cette heure c'est impossible, dit-il. À la nuit tombante peut-être trouverons-nous des pommes à l'eau dans un petit endroit que je connais. Cela dit, je peux toujours vous offrir un bon petit verre de pisco.»

— Sur mon amitié avec Vallejos on a dit les choses les plus absurdes, ajoute-t-il. Que nous nous étions connus à Lima, quand je faisais mon service militaire. Que nous avions commencé à conspirer alors et nous que nous avons continué à le faire ici, quand il fut nommé chef de la prison. De cela, la seule chose exacte, c'est que je suis rayé des cadres de l'armée. Mais quand j'étais en activité, Vallejos devait être un nourrisson... — Il rit, avec un petit rire forcé, et il s'écrie : — Tout cela est pure fantaisie ! Nous nous sommes connus ici, quelques jours après que Vallejos est arrivé pour occuper son poste. Je peux dire en toute honnêteté que je lui ai appris tout ce qu'il sait du marxisme. Parce que vous devez savoir — il baisse la voix, regarde autour de lui avec une certaine inquiétude, me montre des rayonnages vides — que j'ai eu la bibliothèque marxiste la plus complète de Jauja.

Une longue digression l'éloigne de Vallejos.

Bien que vieux et malade — on lui a enlevé un rein, il souffre d'hypertension et de varices qui sont pour lui un vrai martyre —, retiré de toute activité politique, les autorités, voici deux ans, au moment où les actions terroristes s'intensifièrent dans la province, brûlèrent tous ses livres et le retinrent prisonnier une semaine. Il subit les électrodes aux testicules, afin d'avouer une prétendue complicité avec la guérilla. Quelle complicité pouvait-il avoir avec ces gens-là qui, tout le monde le savait, l'avaient inscrit sur leur liste noire, pour d'infâmes calomnies ? Il se lève, ouvre un tiroir, en sort un petit papier et me le montre : « Tu es condamné à mort par le peuple, chien de traître. » Il hausse les épaules : il était vieux, sa vie n'avait pas d'importance. Qu'ils le tuent à leur guise. Il n'en avait cure : il vivait seul, sans même un bâton pour se défendre.

— Ainsi donc, vous avez donné des leçons de marxisme à Vallejos — j'en profite pour l'interrompre. Je croyais que cela avait été plutôt Mayta.

— Cette espèce de trotskiste ? — Il se retourne sur son siège, l'air dédaigneux. — Pauvre Mayta ! Il errait dans Jauja comme un somnambule, à cause du mal des montagnes...

C'était vrai. Il n'avait jamais senti pareille oppression sur les tempes et cet étourdissement du cœur, interrompu soudain par des pauses déconcertantes où il semblait cesser de battre. Mayta avait l'impression de se vider, comme si

ses os, ses muscles, ses veines soudain disparaissaient et un froid polaire glaçait ce grand creux
sous sa peau. Allait-il s'évanouir ? Allait-il mourir ? C'était un malaise diffus, sournois : il allait
et venait, il était au bord d'un précipice et la
menace de chute dans l'abîme ne se réalisait
jamais. Il lui semblait que tout le monde, dans
la petite chambre bondée de Chato Ubilluz, s'en
rendait compte. Plusieurs fumaient et un nuage
grisâtre, peuplé de mouches, déformait le visage
des jeunes garçons assis par terre qui, de temps
en temps, interrompaient de leurs questions le
monologue d'Ubilluz. Mayta avait perdu le fil :
il se trouvait près de Vallejos, sur un petit banc,
le dos appuyé contre l'étagère des livres, et bien
qu'il voulût écouter, il n'était attentif qu'à ses
veines, ses tempes, son cœur. Au mal d'altitude
s'ajoutait une impression de ridicule. « Es-tu le
révolutionnaire qui est venu faire passer un exa-
men à ces camarades ? » Il pensa : « Les trois mille
cinq cents mètres t'ont transformé en gringalet
souffrant de tachycardie. » Il entendait vaguement Ubilluz expliquer aux garçons — tâchait-
il de l'impressionner avec ces connaissances
confuses de marxisme ? — que la façon de faire
avancer la révolution consistait à interpréter correctement les contradictions sociales et les caractères assumés à chaque étape par la lutte des
classes. Il pensa : « Le nez de Cléopâtre. » Oui,
c'était cela : l'impondérable qui bouscule les lois
de l'histoire et change la science en poésie.

Quelle bêtise de n'avoir pas prévu ce qui saute aux yeux, à savoir qu'un homme qui se rend dans les Andes peut souffrir du mal de montagne, et de n'avoir pas acheté des cachets de coramine pour équilibrer la différence de pression atmosphérique sur son organisme. Vallejos lui demanda : « Te sens-tu bien ? » « Oui, parfaitement. » Il pensa : « Je suis venu à Jauja pour qu'un petit prof hâbleur qui marche à côté de ses pompes me donne une leçon de marxisme. » Maintenant Chato Ubilluz le désignait en lui souhaitant la bienvenue : c'était le camarade de Lima dont Vallejos leur avait parlé, quelqu'un doué d'une grande expérience révolutionnaire et syndicale. Il l'invita à parler et pria les garçons de lui poser des questions. Mayta sourit à une demi-douzaine de visages imberbes qui s'étaient retournés dans sa direction, avec curiosité et une certaine admiration. Il ouvrit la bouche :

— Le grand coupable, s'il s'agit de chercher des coupables, répète le professeur Ubilluz, le visage violacé. Il nous a trompés comme il a voulu. On supposait qu'il était l'intermédiaire avec les révolutionnaires de Lima, avec les syndicats, avec le parti, qu'il représentait des centaines de camarades. En réalité, il ne représentait personne et il n'était rien du tout. Une espèce de trotskiste, pour comble de malheur. Sa seule présence nous priva définitivement de l'appui éventuel du parti communiste. Nous étions bien naïfs, c'est la vérité. Je connaissais le marxisme, mais je ne savais rien de la force du parti ni des divisions de la gauche. Et Vallejos, bien entendu, encore moins que moi. Ainsi donc vous pensiez que le trotskiste Mayta endoctrinait le sous-lieutenant ? Absolument pas. C'est à peine s'ils se virent une ou deux fois lors des escapades de Vallejos à Lima. C'est dans cette petite pièce où vous êtes que le sous-lieutenant apprit la dialectique et le matérialisme historique.

Le professeur Ubilluz appartient à une vieille famille de Jauja qui comprend des sous-préfets, des maires et beaucoup d'avocats. (Le barreau est la profession de l'intérieur des terres par excellence et Jauja détient le record du nombre d'avocats par habitant.) C'étaient des gens à l'aise, car, me dit-il, plusieurs de ses parents ont réussi à gagner l'étranger : Mexico, Buenos Aires, Miami. Lui non, il restera ici jusqu'à la fin, malgré les menaces ou les dangers, et tant pis pour la chute. Non seulement parce qu'il n'aurait pas non plus les moyens de s'en aller, mais par esprit de contradiction, ce côté rebelle qui l'a conduit, tout jeune, à la différence de ses cousins, oncles et frères occupés par la terre, le commerce de l'épicerie ou l'exercice du Droit, à se consacrer à l'enseignement et à devenir le premier marxiste de la ville. Il l'a payé, ajoute-t-il : d'innombrables incarcérations, passages à tabac, vexations. Et pis encore, l'ingratitude de la gauche elle-même qui, maintenant qu'elle a grandi et se trouve près de prendre le pouvoir, oublie les pionniers comme lui, ceux qui ont creusé le sillon et semé les graines.

— Les véritables leçons de philosophie et d'histoire, celles que je ne pouvais donner au collège San José, je les ai dispensées dans cette petite pièce, s'écrie-t-il avec orgueil. Ma maison fut une université du peuple.

Il se tait, parce que nous entendons un bruit de ferraille et des cris militaires. Je m'avance pour épier à travers les rideaux : un tank traverse la rue, celui-là même que j'ai vu à la gare. Près de lui défile, sous le commandement d'un officier, une section de soldats. Ils disparaissent à l'angle de la prison.

— Ce ne fut donc pas Mayta qui complota tout cela? lui demandé-je de façon abrupte. Ce n'est pas lui qui a imaginé tous les détails de l'insurrection?

La surprise qui envahit son visage à demi violacé, couvert des points blancs de barbe, semble sincère. Comme s'il avait mal entendu ou ne savait pas de quoi je parle.

— Mayta, cette espèce de trotskiste, auteur et organisateur de l'insurrection? martèle-t-il de cette diction montagnarde qui ne laisse pas échapper la moindre inflexion des mots. En voilà une idée! Quand il est venu ici, tout était déjà machiné par Vallejos et moi. Il n'eut pas à mettre le bout du doigt jusqu'à la fin des choses. Je vais vous dire encore une chose. On ne l'informa des détails qu'au tout dernier moment.

— Par méfiance ? je l'interromps.

— Par précaution, dit le professeur Ubilluz.
Bon, si le mot vous plaît, par méfiance. Ce
n'est pas qu'on craignait qu'il ne vende la
mèche, mais qu'il ne fasse marche arrière. Avec
Vallejos nous avons décidé de le tenir à l'écart,
quand nous nous sommes rendu compte qu'il ne
représentait rien, qu'il était tout seul. Quoi
d'étonnant qu'à l'heure H le pauvre se mette à
reculer ? Il n'était pas d'ici, il ne supportait même
pas l'altitude. Il n'avait jamais tenu une arme.
Vallejos lui apprit à tirer, dans un terrain vague
de Lima. Vous parlez d'une recrue comme révolutionnaire ! Il paraît même qu'il était pédé.

Il rit, avec son petit rire forcé habituel, et je
suis sur le point de lui dire que, néanmoins,
contrairement à lui qui à l'heure H ne se trouvait pas où il devait être — pour une raison que
j'aimerais qu'il m'aide à comprendre —, Mayta,
malgré son mal des montagnes et bien qu'il ne
représentât personne, se trouva aux côtés de
Vallejos quand — l'expression est de lui — « les
patates commencèrent à brûler ». Je vais pour lui
dire que bien d'autres personnes m'ont dit de lui
ce qu'il dit de Mayta : qu'il fut le grand coupable, le traître, le déserteur. Mais naturellement je ne lui dis rien de cela. Je ne suis ici pour
contredire personne. Mon obligation est d'écouter, observer, comparer les versions, pétrir le
tout et imaginer. On entend à nouveau le fracas
de fer du tank et le pas vif des soldats.

Quand l'un des garçons dit «il est l'heure de partir», Mayta se sentit soulagé. Il allait un peu mieux, après avoir passé par des transes d'agonie : il répondait aux questions d'Ubilluz, de Vallejos, des gosses de San José, et en même temps il restait attentif au malaise qui lui tenaillait la tête et la poitrine et semblait faire bouillonner son sang. Avait-il bien répondu ? Du moins avait-il manifesté une sûreté qu'il était loin de ressentir, et en dissipant les doutes des garçons, il avait tâché de ne pas mentir tout en ne disant pas non plus des vérités capables de refroidir leur enthousiasme. Cela n'avait pas été facile. La classe ouvrière de Lima les appuierait-elle une fois éclatée l'action révolutionnaire ? Oui, quoique pas immédiatement. Au début elle se montrerait indécise, troublée, du fait de la désinformation de la presse et de la radio, des mensonges du pouvoir et des partis de la bourgeoisie, et elle se trouverait paralysée par la brutalité de la répression. Mais cette même répression finirait par lui ouvrir les yeux, par lui révéler ceux qui défendaient ses intérêts et ceux qui, outre qu'ils l'exploitaient, la trompaient. Parce que l'action révolutionnaire exacerberait la lutte de classes avec une rare violence. Les yeux écarquillés des garçons, leur immobilité attentive, touchaient Mayta. «Ils croient tout ce que tu leur dis.» Maintenant, tandis que les gosses lui disaient au revoir en lui tendant cérémonieusement la main, il se demanda quelle allait être, en vérité, l'attitude du prolétariat liménien au déclenchement de l'action. Indifférence ? Hostilité ? Dédain envers cette avantgarde qui se battait pour lui dans la sierra ? Assurément les syndicats étaient contrôlés par l'APRA, l'alliée du gouvernement de Prada, et l'ennemie de tout ce qui sentait même de loin le socialisme. Peut-être en irait-il différemment avec quelques rares syndicats tels que ceux de la construction civile, sur lesquels le parti communiste n'avait pas d'influence. Non, pas plus. Ils les accuseraient d'être des provocateurs, de faire le jeu du gouvernement, de lui servir sur un plateau le prétexte pour déclarer hors la loi le parti et déporter et emprisonner les progressistes. Il imagina les manchettes de *Unidad*, le texte des tracts qu'ils distribueraient, les articles dans *Voz Obrera* du POR rival. Oui, tout cela arriverait certainement dans la première étape. Mais, il n'en doutait pas, si l'insurrection arrivait à durer, à se développer, à saper ici et là le pouvoir bourgeois en l'obligeant à mettre bas son masque libéral et à montrer son visage sanglant, la classe ouvrière se secouerait de sa léthargie, des tromperies réformistes, de leurs leaders corrompus, de l'illusion qu'elle pouvait coexister avec cette classe-là, pour rejoindre la lutte.

— Bon, les poussins sont partis. — El Chato Ubilluz piocha sous le tas de livres, feuillets, revues et toiles d'araignée de son bureau, un flacon et des verres. — Et maintenant, buvons un coup.

— Comment as-tu trouvé les mômes? lui demanda Vallejos.

— Très enthousiastes, mais aussi très gosses, dit Mayta. Certains doivent avoir dans les quinze ans, pas vrai? Es-tu sûr qu'ils répondront?

— Tu n'as pas foi en la jeunesse, rit Vallejos. Bien sûr qu'ils répondront.

— Souviens-toi de González Prada, cita Chato Ubilluz en évoluant comme un gnome entre les rayonnages pour regagner son siège. Les vieux au trou et les jeunes sur la brèche.

— Et puis, chacun son rôle. — Vallejos frappa du poing la paume de sa main et Mayta pensa : «Je l'écoute et je ne peux douter, on dirait que tout va se plier à sa volonté, c'est un leader-né, un comité central à lui tout seul.» — Ces garçons, personne ne leur demandera de tirer. Ils seront des messagers.

— Les courriers de la révolution, les baptisa Chato Ubilluz. Je les connais depuis l'époque où ils allaient à quatre pattes, ils sont la crème de la jeunesse de San José.

— Ils se chargeront des communications, expliqua Vallejos en gesticulant. Ils assureront le contact entre la guérilla et la ville, de transmettre les consignes, d'apporter les vivres, les médicaments, ils s'occuperont de l'intendance. Précisément parce qu'ils sont si jeunes, ils peuvent passer inaperçus. Ils se déplacent comme chez

198

eux dans le maquis et les agglomérations de toute la province. Nous avons fait des excursions. Je les ai entraînés à de longues marches. Ils sont formidables.

Ils s'élançaient dans les précipices et retombaient sur leurs pieds, sans se faire de mal, comme s'ils avaient été en caoutchouc; ils traversaient les torrents comme des poissons agiles sans se faire absorber par les tourbillons ou écraser contre les rochers; ils supportaient la neige sans avoir froid et sur les sommets les plus élevés ils couraient et sautaient sans aucun trouble : les battements de son cœur s'étaient accélérés et la pression de son sang aux tempes était à nouveau intolérable. Allait-il le leur dire? Leur demander une infusion de coca, un médicament, quelque chose pour soulager son angoisse?

— Ceux qui prendront le fusil et feront le coup de feu avec nous, tu feras leur connaissance demain, à Ricran, dit Vallejos. Prépare-toi à escalader la puna, à connaître les lamas et l'ichu des Andes.

Au milieu de son malaise, Mayta remarqua le silence. Il venait de dehors, il était tangible, il surgissait chaque fois que Chato Ubilluz ou Vallejos se taisaient. Entre une question et une réponse, dans les pauses d'un monologue, cette absence de moteurs, d'avertisseurs, de freins, de bruits d'échappement, de pas et de cris semblait retentir. Ce silence devait recouvrir Jauja comme une nuit superposée à la nuit, c'était une présence épaisse dans la chambre et elle l'étourdissait. Si étrange était ce vide extérieur, ce manque de vie animale, mécanique ou humaine, là-bas dans les rues. Il ne se rappelait pas avoir rien éprouvé de semblable à Lima, pas même dans les prisons où il avait séjourné (le Sexto, le Panóptico, le Frontón), un silence aussi remarquable. Vallejos et Ubilluz, en le brisant, semblaient profaner quelque chose. Son malaise avait fléchi mais son inquiétude persistait car, il le savait, à tout moment pouvaient revenir l'étouffement, la tachycardie, l'oppression, le froid de glace. Chato leva son verre à sa santé et lui, en s'efforçant de sourire, porta le sien à ses lèvres : l'ardent breuvage le fit frissonner. « Que c'est absurde, pensa-t-il. À moins de trois cents kilomètres de Lima et c'est comme si tu étais un étranger dans un monde inconnu. Quel pays est-ce là qui, dès que tu te déplaces d'un lieu à un autre, te transforme en gringo, en martien. » Il fut honteux de ne pas connaître la sierra, de tout ignorer du monde paysan. Il prêta à nouveau attention à ce que Vallejos et Ubilluz disaient. Ils parlaient d'une communauté, sur le versant oriental, qui s'étendait dans la forêt vierge : Uchabamba.

— Où cela se trouve-t-il ?

— Pas très loin en kilomètres, dit le professeur Ubilluz. Tout près, si l'on regarde sur la carte. Mais aussi éloignée que la lune alors, si vous vouliez vous y rendre depuis Jauja. Des années plus tard, sous Belaúnde, on ouvrit une piste qui couvrait le quart du chemin. Auparavant il fallait y aller à quatre pattes, à travers la puna, les défilés et les ravins qui descendent vers la forêt.

Est-il encore possible de s'en approcher à cette heure ? Bien sûr que non : c'est devenu un champ de bataille depuis un an, au moins. Et d'après les bruits qui courent, un immense cimetière. On dit qu'il y est mort plus de gens que dans tout le reste du Pérou. Je ne pourrai, donc, pas visiter certains endroits clés de l'histoire, mon investigation restera tronquée. Par ailleurs, même si je parvenais à passer à travers les lignes militaires et les postes de guérilla, cela ne me servirait pas à grand-chose. À Jauja tout le monde assure que Chunan tout comme Ricran ont été rayés de la carte. Oui, oui : le professeur Ubilluz le sait de source sûre. Chunan, cela fait six mois, à peu près. C'était un bastion d'insurgés, ils y avaient même installé un canon antiaérien. C'est pourquoi l'aviation rasa Chunan au napalm et même les fourmis y moururent. À Ricran, il y eut aussi un massacre, voici près de deux mois. Une histoire qui n'a jamais été tirée au clair. Les gens du village avaient capturé un détachement de guérilleros et, d'après les uns, ils les lynchèrent eux-mêmes parce qu'ils mangeaient leurs récoltes et leur bétail, tandis que selon les autres, ils les livrèrent à l'armée qui les fusilla sur la grand-place, contre le mur de l'église. Ensuite,

il y eut une expédition punitive et les gars liqui-
dèrent par tirage au sort ceux de Ricran. Savais-
je comment se faisait le tirage au sort ? Un, deux,
trois, quatre, toi, dehors ! Tous ceux qui avaient
le numéro cinq furent taillés en pièces, lapidés
ou poignardés, là même sur la grand-place aussi.
Maintenant, Ricran n'existe pas non plus. Les
survivants se trouvent à Jauja, dans ce bidonville
d'immigrants qui a surgi au nord, ou errent dans
la forêt. Je ne dois pas me faire d'illusions. Le
professeur porte son verre aux lèvres et revient
là où nous en étions.

— Pour arriver jusqu'à Uchabamba il fallait
en avoir dans le pantalon, ne pas craindre ni la
neige ni les avalanches, dit-il. Pour des gens sans
les varices qu'a maintenant ce vieillard. J'étais
fort et robuste et j'y suis allé, une fois. Un spectacle inimaginable que de voir les Andes envahies par la forêt vierge, une végétation luxuriante,
des animaux, les vapeurs. Des ruines partout.
Uchabamba, tel est son nom. Vous ne vous rap-
pelez pas ? Purée ! Ces comuneros d'Uchabamba,
on en a parlé dans tout le Pérou.

Non, le nom ne me dit rien. Mais je me souviens très bien du phénomène évoqué par le
professeur Ubilluz, tandis que je réchauffe dans
ma main le petit verre de pisco qu'avec des
grands airs étonnés il vient de me servir (un
pisco qui s'appelle Le Démon des Andes, et date
de la belle époque, dit-il, quand on pouvait
acheter n'importe quoi dans les débits, avant ce

rationnement qui nous tue de faim et de soif). À la grande surprise du Pérou officiel, citadin, côtier, au milieu des années 50 on assista, en divers points de la sierra du Sud et du Centre, à des occupations de terres. Je me trouvais à Paris et avec un groupe de révolutionnaires de café nous suivions avidement ces nouvelles lointaines qui parvenaient succinctement jusqu'au journal *Le Monde*, et à partir desquelles notre imagination reconstruisait ce spectacle coloré : des communautés indigènes qui, là-bas dans les Andes, armées de bâtons, frondes, pierres, leurs vieillards, femmes, enfants et animaux en tête, se déplaçaient, à l'aube ou en plein milieu de la nuit, massivement, vers les terres limitrophes dont elles se sentaient, à juste titre, dépossédées par le seigneur féodal, ou par le père, le grand-père, l'aïeul ou par le fils de l'arrière-arrière-petit-fils du seigneur, et elles brisaient les bornes pour réintégrer ces terres à leurs domaines communaux, et elles marquaient les bêtes à leur propre nom, bâtissaient leurs maisons et le jour suivant commençaient à travailler ces nouvelles terres comme les leurs. «Est-ce là le commencement? nous disions-nous, bouche bée et euphoriques. Le volcan se réveille-t-il enfin?» Peut-être bien que oui, ce fut le commencement. Dans les bistrots de Paris, sous les marronniers bruissants, nous déduisions à partir des quatre lignes du *Monde* que ces invasions étaient l'œuvre de révolutionnaires, de nouveaux narod-

niks qui étaient venus aux champs pour persua-
der les Indiens d'entreprendre à leur compte et
à leurs risques et périls la réforme agraire que
depuis des années tous les gouvernements promettaient et n'appliquaient jamais. Nous sûmes
ensuite que ces prises n'étaient pas l'œuvre
d'agitateurs envoyés par le parti communiste
ni par les groupuscules trotskistes et n'avaient
même pas, à l'origine, de caractère politique,
mais étaient un mouvement spontané, entière-
ment surgi de la masse paysanne qui, aiguillon-
née par la situation immémoriale d'abus, de
faim de terre et, dans une certaine mesure, par
l'atmosphère échauffée de slogans et de procla-
mations de justice sociale qui s'était créée au
Pérou depuis l'effondrement de la dictature du
général Odría, avait décidé un beau jour de
passer à l'action. Uchabamba ? D'autres noms
de communautés qui s'étaient emparées de
terres et avaient été délogées en laissant sur le
terrain des morts et des blessés, ou qui avaient
réussi à conserver leur bien, traversent ma mémoire : Algolan, à Cerro de Pasco, celles de
Valle de la Convención, à Cusco. Mais Uchabamba, à Junín ?

— Oui, monsieur, dit Vallejos en s'exaltant,
heureux de le voir surpris. Des Indiens à la peau
claire et aux yeux bleus, plus gringos que toi et
moi.

— Les Incas les ont conquis d'abord et les ont
fait travailler sous la férule des Quipucamayocs

de Cusco, disserta Chato Ubilluz. Puis les Espagnols leur ont pris leurs meilleures terres et les ont fait monter travailler dans les mines. C'est-à-dire, mourir en peu de temps, les poumons perforés. Ceux qui sont restés à Uchabamba, ils les ont livrés en concession à une famille Peláez Rioja qui les a saignés durant trois siècles.

— Mais tu vois, ils n'ont pu en venir à bout, conclut Vallejos.

Ils avaient quitté la maison d'Ubilluz, pour faire un tour, et ils étaient assis sur un banc de la place d'Armes. Ils avaient au-dessus de leur tête une merveilleuse tranquillité et des milliers d'étoiles. Mayta oublia le froid et le mal des montagnes. Il était exalté. Il tâchait de se souvenir des grands soulèvements paysans du passé : Túpac Amaru, Juan Bustamente, Atusparia. Ainsi donc, au long des siècles, tandis qu'on les exploitait et les humiliait, les comuneros d'Uchabamba avaient continué à rêver aux terres qu'on leur avait prises et à prier pour les récupérer. D'abord, les serpents et les oiseaux. Puis, la Vierge Marie et les saints. Et enfin tous les tribunaux à leur portée, lors de procès toujours perdus. Mais maintenant, il y avait quelques mois, quelques semaines à peine, si ce qu'il avait entendu était vrai, ils avaient franchi le pas décisif et un beau soir brisé les clôtures de la Hacienda Aina pour envahir ces terres avec leurs cochons, leurs chiens, leurs ânes, leurs chevaux, en disant : «Nous voulons ce qui nous appar-

205

tient. » Voilà ce qui s'était passé, et toi, Mayta, tu ne le savais même pas ?

— Absolument pas, murmura Mayta en frottant ses bras horripilés de froid. Je n'en avais même pas entendu parler, on n'en avait rien su à Lima.

Il parlait en regardant le ciel, ébloui par les étoiles de cette voûte ténébreuse et étincelante, et par les images suscitées dans sa tête par ce qu'il apprenait. Ubilluz lui offrit une cigarette et le sous-lieutenant lui donna du feu.

— Comme je te le dis, affirma Vallejos. Ils se sont emparés de la Hacienda Aina et le gouvernement a dû envoyer la Garde Civile pour les déloger. Ce qu'elle a fait, à la fin, en leur tirant dessus. Plusieurs morts et blessés, naturellement. Mais la communauté n'a pas été domptée pour autant. Maintenant elle sait quel chemin elle doit suivre.

Une famille ou un groupe d'Indiens passa qui, à l'ombre de la place de Jauja, parut être à Mayta des fantômes : silencieux, furtifs, ils disparurent au coin de l'église en portant sur la tête quelque chose qui pouvait être des baquets.

— Ce n'est pas que les comuneros d'Uchabamba soient disposés à aller à la bataille, dit Chato Ubilluz. Ils sont déjà en train de batailler, ils ont déjà entrepris la révolution. Ce que nous allons faire c'est simplement la canaliser.

Le froid allait et venait, comme le mal des montagnes. Mayta tira une longue bouffée :

— Ce sont des informations de bonne source?

— Aussi bonnes que moi-même, rit Vallejos. J'y suis allé. Je l'ai vu de mes propres yeux.

— Nous sommes allés, le corrigea, en faisant sonner avec orgueil les s, Chato Ubilluz. Nous avons vu et nous avons parlé. Et nous avons tout mis au point.

Mayta ne sut que dire. Maintenant il en était sûr : Vallejos n'était pas le garçon inexpérimenté et impulsif qu'il avait cru au début, mais quelqu'un de beaucoup plus sérieux, solide et complexe, plus prévoyant et les pieds sur terre. Il avait agi bien davantage qu'il ne l'avait laissé entrevoir à Lima, il comptait sur plus de gens, son plan avait plus de ramifications qu'il ne l'avait jamais imaginé. Dommage qu'Anatolio ne soit pas venu. Pour échanger des idées, réfléchir, mettre de l'ordre à eux deux à cette foule de rêves et d'enthousiasmes qui le dévoraient. Quel dommage que tous les camarades du POR(T) ne soient pas là pour entendre, voir et savoir que ce n'était pas une chimère mais une réalité brûlante, une possibilité très proche ! Quoiqu'il ne fût pas encore dix heures du soir, les trois hommes semblaient les seuls habitants de Jauja.

— Te rends-tu compte que je n'exagérais pas quand je te disais que les Andes sont mûres? reprit en riant Vallejos. Tout comme je te l'ai dit et répété, mon frère : un volcan. Et nous le ferons exploser, bordel !

— Parce que, naturellement, nous n'allâmes pas à Uchabamba les mains vides. — Le professeur Ubilluz baisse à nouveau la voix et regarde autour de lui comme si cet épisode pouvait encore le compromettre. — Nous emportâmes trois mitraillettes et un grand nombre de mausers que le sous-lieutenant s'était procurés je ne sais où. Également des médicaments de secours. Tout était bien dissimulé, sous une toile imperméable.

Il se tait, pour déguster la boisson, et il murmure que pour les choses qu'il me raconte on pourrait nous fusiller en moins de deux.

— Vous voyez bien, ce ne fut pas aussi échevelé que tout le monde le crut, ajoute-t-il, une fois évanoui dans la nuit l'écho du passage métallique du tank : nous l'avions entendu passer devant la maison tout l'après-midi à intervalles fixes. Ce fut quelque chose de planifié sans romantisme, scientifiquement, et qui aurait pu aboutir, si Vallejos n'avait pas fait la bêtise d'avancer la date. Nous avions fait un travail de fourmis, un véritable filigrane. L'endroit n'était-il pas bien choisi ? Est-ce que les guérilleros ne sont pas à cette heure seigneurs et maîtres de cette région ? Même l'armée n'ose pas s'y risquer. Le Viêt-nam ou le Salvador à côté, c'est de la rigolade. À la vôtre !

Là-bas, un homme, un groupe d'hommes, un détachement, c'était une aiguille dans une meule de foin. Et sous le manteau d'étoiles brillantes,

Mayta la vit : la forêt épaisse, touffue, dense, hiéroglyphique, et il se vit, aux côtés de Vallejos et d'Ubilluz et d'une armée d'ombres, la parcourant sinueusement. Ce n'était pas la plaine amazonienne mais un bois ondulant, crête de jungle montagneuse, pentes, ravins, gorges, passages étroits, défilés, accidents de terrain idéals pour frapper et échapper, couper les voies de communication de l'ennemi, le faire tourner en rond, le tromper, l'affoler, lui tomber dessus où et quand il s'y attendait le moins, l'obliger à se disperser, à se diluer, à s'atomiser dans l'indescriptible labyrinthe. Sa barbe avait poussé, il était maigre, il y avait dans son regard une résolution indomptable et ses doigts avaient durci à force d'appuyer sur la détente, d'allumer la mèche et de jeter la dynamite. Le moindre symptôme de découragement disparaissait devant l'évidence que chaque jour apportait son lot de nouveaux militants, le front s'étendait, et que, là-bas, dans les villes, les ouvriers, domestiques, étudiants, employés et les pauvres comprenaient que la résolution se faisait pour eux et leur appartenait. Il sentit l'angoissant besoin d'avoir Anatolio tout près, de pouvoir parler avec lui toute la nuit. Il pensa : «Avec lui ce froid me quitterait.»

— Cela ne vous ferait rien, professeur, que nous parlions un peu plus de Mayta. En revenant à ce voyage, en mars 1958. Il vous connut ainsi que les joséfins, il sut que vous étiez en contact avec les comuneros d'Uchabamba et que c'était là que Vallejos pensait implanter la guérilla. Fit-il autre chose, sut-il autre chose, lors de cette première visite ?

Il me regarde avec ses petits yeux désenchantés tandis qu'il porte à ses lèvres son verre de pisco. Il claque la langue, satisfait. Comment fait-il pour le faire durer autant ? Il doit à peine absorber une goutte, à chaque fois. « Quand cette bouteille sera vide, je sais bien que je ne recommencerai jamais plus à boire, jusqu'à ma mort, murmure-t-il. Parce que cela deviendra de pire en pire. » Comme je n'ai pas bu depuis longtemps, le pisco m'est monté à la tête. Je suis désorienté et agité, comme devait se sentir Mayta avec son mal des montagnes.

— Le pauvre, il a connu ici la surprise de sa vie, dit-il enfin sur le ton méprisant qu'il emploie chaque fois qu'il l'évoque. — Est-ce une rancœur contre Mayta ou quelque chose de plus général et abstrait, une rancœur provinciale et montagnarde envers tout ce qui vient de Lima, de la capitale et du littoral ? — Il est venu ici avec son expérience de révolutionnaire qui a connu la prison, convaincu qu'il allait être le chef. Et voilà qu'il a trouvé que tout était fait et bien fait.

Il soupire, avec une expression chagrinée, à cause du pisco achevé, de sa jeunesse en allée, de ce gars de la côte à qui le sous-lieutenant et lui donnèrent une leçon, de la faim actuelle et l'incertitude où l'on vit. Dans le peu de temps qu'a duré notre conversation j'ai compris que c'est un homme contradictoire, difficile à comprendre. Parfois, il s'exalte et revendique son passé de révolutionnaire. Parfois, il pousse des exclamations du genre : «À tout moment les culs-terreux vont entrer, me juger et suspendre la petite pancarte "Chien de traître". Ou alors viendra un escadron de la liberté, ils couperont les couilles de mon cadavre et me les mettront dans la bouche. C'est ce qu'ils font ici — à Lima aussi ?» Parfois il s'irrite contre moi : «Comment pouvez-vous écrire des romans au milieu de cet absurde cauchemar ?» Reviendra-t-il à ce qui m'intéresse ? Oui, il le fait :

— Bien sûr que je peux vous dire tout ce qu'il a fait, dit, vu et entendu lors de ce premier voyage. Il était tout le temps collé à mes basques. Nous lui avons organisé deux réunions, l'une avec les gosses de San José, l'autre avec des camarades plus chevronnés. Des mineurs de La Oroya, de Casapalca, de Morococha. Des gens de Jauja qui étaient allés travailler dans les mines de la grande pieuvre impérialiste d'alors, la Cerro de Pasco Cooper Corporation. Ils revenaient pour les fêtes et quelques fins de semaine.

— Étaient-ils engagés eux aussi dans le projet ?

Vallejos et Ubilluz disaient que oui, mais Mayta n'aurait pas mis sa main au feu pour les mineurs. Ils étaient cinq, ils avaient bavardé le lendemain, également chez El Chato, près d'une couple d'heures. Il a trouvé la réunion magnifique et le contact avec tous très facile — sur-

211

tout avec Lorito, le plus politisé et cultivé —,
mais à aucun moment, ni celui-ci ni les autres
n'avaient dit qu'ils abandonneraient leur travail
et leur foyer pour prendre le fusil. En même
temps, Mayta n'aurait pas juré qu'ils ne le feraient
pas. «Ils sont sensés», pensa-t-il. C'étaient des
ouvriers, ils savaient ce qu'ils risquaient. Lui, ils
le voyaient pour la première fois. N'était-ce pas
logique qu'ils fissent preuve de prudence? Ils
semblaient de vieux amis d'Ubilluz. Du moins
l'un d'eux, à la bouche pleine de dents en or,
Lorito, avait-il milité à l'APRA. Il se proclamait
maintenant socialiste. Quand ils parlaient des
gringos de la Cerro de Pasco, c'étaient des anti-
impérialistes décidés; quand ils parlaient des
salaires, des accidents, des maladies contractées
dans les galeries, c'étaient des révolutionnaires
résolus. Mais toutes les fois que Mayta essaya de
préciser comment ils participeraient à l'insurrection, leurs réponses furent vagues. Quand ils
passaient du général au concret, leur décision
semblait fléchir.

— Nous allâmes aussi à Ricran, ajoute le professeur Ubilluz en lâchant petit à petit ses tré-
sors. C'est moi qui l'y conduisis, dans le camion
d'un neveu, parce que Vallejos avait dû rester
ce jour-là à la prison. Ricran, Ricran disparu.
Savez-vous combien de petits villages comme
Ricran ont été détruits dans cette guerre? Un
juge me racontait l'autre jour que, d'après un
colonel d'état-major, les statistiques secrètes des

forces armées ont déjà enregistré un demi-million de morts depuis le début des événements. Oui, je le conduisis à Ricran. Quatre heures de route de montagne et de cahots jusqu'à un havre à quatre mille cinq cents mètres. Cette pauvre espèce de trotskiste ! Il s'est mis à saigner du nez et à tremper son mouchoir. Il n'était pas fait pour l'altitude. Les précipices l'effrayaient. Il avait le vertige, je vous jure.

Il avait cru mourir, rouler dans l'abîme, voir son hémorragie nasale ne jamais cesser. Et cependant ce voyage de vingt-quatre heures dans le canton de Ricran, là-bas, dans un coude de la cordillère, fut la chose la plus stimulante de toutes celles qu'il fit à Jauja. Terre de condors, neige, ciel limpide, sommets aigus et ocre. Il avait pensé : « C'est incroyable qu'on puisse vivre à cette altitude, domestiquer ces montagnes, semer et cultiver ces versants, construire une civilisation sur de pareils déserts. » Les hommes que lui présenta Chato Ubilluz — une douzaine de paysans de petits lopins et d'artisans — étaient formidablement motivés. Il avait pu s'entendre avec eux car tous parlaient espagnol. Ils lui avaient posé de nombreuses questions et, enthousiasmé par leur détermination, il leur donna encore plus d'assurances qu'aux joséfins sur l'appui des secteurs progressistes de Lima. Que c'était encourageant de voir le naturel avec lequel ces hommes humbles, portant sandales pour certains, se référaient à la révolution. Comme quelque chose d'imminent, de concret, de décidé, d'irréversible. Il n'y eut pas le moindre euphémisme durant cette conversation : on parla d'armes, de cachés, et de leur participation aux actions dès le premier jour. Mais Mayta avait passé un moment difficile. Quelle aide leur accorderait l'URSS ? Il n'eut pas le courage de leur parler de la révolution trahie, de la bureaucratie stalinienne, de Trotski. Il sentit que les troubler maintenant avec pareil sujet serait imprudent. L'URSS et les pays socialistes les aideraient, mais après, quand la révolution péruvienne serait effective. Auparavant, elle lui accorderait seulement un appui moral, en paroles. Ainsi en irait-il de quelques progressistes liméniens. Ils prêteraient l'épaule seulement quand tout les pousserait à le faire. Mais ils y viendraient, car une fois entreprise la révolution serait irrésistible.

— Autrement dit et en fin de compte Ricran t'a laissé ébahi, dit Vallejos. Je le savais bien, mon frère.

Ils étaient devant la gare de chemin de fer, dans un petit restaurant aux tables couvertes de toile cirée et avec des petits rideaux de percale : El Jalapato. Depuis la table qu'ils occupaient, Mayta pouvait voir les monts, de l'autre côté de la barrière et des rails, devenir gris et noirs après avoir été ocre et dorés. Ils se trouvaient là depuis plusieurs heures, depuis le déjeuner. Le propriétaire avait reconnu Ubilluz et Vallejos et s'ap-

214

prochait à tout moment pour parler avec eux. Alors ils changeaient de sujet et Mayta posait des questions sur Jauja. Pourquoi s'appelait-il El Jalapato? Cela venait d'une coutume pratiquée lors des fêtes du 20 janvier dans le quartier de Yauyos : on dansait «la pandilla» et on suspendait un pato, un canard vivant dans la rue que les cavaliers et les danseurs essayaient de décapiter à la course, en lui arrachant la tête.

— Heureuse époque que celle où il y avait des canards à décapiter pour la fête du Jalapato, bougonne le professeur Ubilluz. Nous croyions avoir touché le fond. Pourtant il y avait des canards à la portée de n'importe quelle bourse et les gens de Jauja mangeaient deux fois par jour, ce que maintenant les enfants n'arrivent pas à croire. — Il soupire à nouveau —. C'était une jolie fête, plus joyeuse et arrosée même que le carnaval.

— Tout ce que nous demandons c'est que, quand nous passerons à l'action, le parti tienne ses engagements, dit Vallejos. Vous êtes révolutionnaires, n'est-ce pas? J'ai lu à l'envers et à l'endroit les numéros de *Voz Obrera* que tu m'as donnés. Dans chaque article on ne parle que de la révolution, à toutes les sauces. Bon, soyez donc conséquents avec ce que vous écrivez.

Mayta se sentit quelque peu mal à l'aise : c'était la première fois que Vallejos lui faisait savoir qu'il avait quelques doutes sur l'appui du POR(T). Il ne lui avait pas soufflé mot des débats internes autour de son projet et de sa personne.

— Le parti tiendra ses engagements. Mais j'ai besoin d'être sûr qu'il s'agit d'une action sérieuse, bien pensée et avec des chances de succès.

— Bon, ces jours-là cette espèce de trotskiste vit que cela n'avait rien de précipité ni de fou, revient au sujet le professeur Ubilluz. Il n'arrivait pas à se faire à l'idée que nous avions si bien préparé les choses.

— C'est sûr, c'est plus sérieux que je ne le pensais, dit Mayta en se tournant vers Vallejos. Sais-tu que tu m'as joliment trompé ? Tu avais monté un réseau insurrectionnel, avec paysans, ouvriers et étudiants. Je te tire mon chapeau, camarade.

À El Jalapato on donna de la lumière. Mayta vit des insectes bourdonnants commencer de s'écraser contre l'ampoule qui se balançait au bout d'un très long cordon.

— Moi aussi je devais prendre mes précautions, comme toi avec moi, dit le sous-lieutenant, parlant soudain avec cet aplomb qui, en apparaissant chez lui, le transformait en un autre homme. Je devais m'assurer aussi que je pouvais avoir confiance en toi.

— Tu as très bien appris la leçon, lui sourit Mayta. — Il fit une pause pour reprendre souffle. Aujourd'hui le mal des montagnes l'avait moins tourmenté ; il avait pu dormir quelques heures après deux jours d'insomnie. La sierra l'accep-

tait-elle enfin ? — Deux autres camarades, Anatolio et Jacinto, viendront la semaine prochaine.
Leur rapport sera décisif pour que le parti s'engage à fond. Je suis optimiste. Quand ils verront
ce que j'ai vu, ils penseront qu'il n'y a pas de
raison de faire marche arrière.

Ce fut ici, sans doute, lors de son premier
séjour à Jauja, que surgit dans la tête de Mayta
cette tentation, ce projet ou idée qui lui attira
tant de problèmes ? Leur en fit-il part à El
Jalapato ? Le leur exposa-t-il à voix basse, en
choisissant ses mots, pour ne pas les ébranler
par la révélation des divisions de cette gauche
qu'ils croyaient homogène ? Le professeur Ubilluz m'assure que non. « Quoique mon corps soit
maltraité par les années, ma mémoire est intacte. » Mayta ne l'informa jamais de son intention d'engager d'autres gens, groupes ou partis.
Alors est-ce seulement avec Vallejos qu'il parta-
gea cette idée ? En tout cas il est sûr qu'il avait
déjà décidé de cette initiative à Jauja, car Mayta
n'était pas un impulsif. S'il alla voir, à son retour
à Lima, Blacquer et probablement des gens de
l'autre POR, c'est parce qu'il avait bien souvent
tourné et retourné la chose dans sa tête, les jours
précédents, dans la sierra. Ce fut lors d'une de
ces nuits d'insomnie avec tachycardie, dans la
pension de la rue Tarapaca, tandis qu'il entendait dans les ténèbres la respiration tranquille de
son ami et l'alarme de son propre cœur. Ce qui
était en jeu, n'était-ce pas trop important pour

217

que seul le petit POR(T) prît en charge l'insurrection ? Il faisait froid et sous la couverture il
frissonna. La main sur la poitrine, il auscultait
ses battements. Le raisonnement était des plus
clairs. Les divisions à gauche étaient dues en
grande partie au manque d'action réelle, à la
tâche stérile : voilà ce qui la faisait se scinder et
se dévorer, plus encore que les controverses
idéologiques. Le combat de guérilla pouvait
modifier la situation et unir les révolutionnaires
purs et durs en leur montrant combien leurs différences étaient byzantines. Oui, l'action serait
le remède contre le sectarisme qui provenait de
l'impuissance politique. L'action briserait le
cercle vicieux, ouvrirait les yeux des camarades
adversaires. Il fallait être audacieux, se mettre à
la hauteur des circonstances. «Qu'importent le
pablisme et l'antipablisme quand la révolution
est en jeu, camarades ?» Il imagina, dans le froid
de la nuit de Jauja, la voûte constellée d'étoiles
et il pensa : «Cet air pur t'illumine, Mayta.» Il
abaissa la main de sa poitrine jusqu'à son sexe
et, en pensant à Anatolio, il commença à se
caresser.

— Ne leur dit-il pas que le plan était trop
important pour rester le monopole d'une frac-
tion trotskiste ? insisté-je. Qu'il allait tâcher
d'obtenir la collaboration de l'autre POR, voire
du parti communiste ?

— Bien sûr que non, répond aussitôt le professeur Ubilluz. Il ne nous dit rien de cela et il

essaya de nous cacher que la gauche était divisée et le POR(T) insignifiant. Il nous trompa délibérément et perfidement. Il nous parlait du parti. Le parti par ici et le parti par là. Moi j'entendais, évidemment, parti communiste, et je croyais que cela voulait dire des milliers d'ouvriers et d'étudiants.

On entend au loin une salve de coups de feu. Ou est-ce le tonnerre ? Cela recommence quelques secondes après, et nous sommes muets, attentifs. On entend, plus loin, une autre salve et le professeur murmure : « Ce sont des pétards de dynamite que les guérilleros font exploser dans les montagnes. Pour briser les nerfs des soldats de la caserne. Guerre psychologique. » Non : c'étaient des canards. Une bande survolait les touffes de roseaux, en caquetant. Ils étaient partis faire un tour et Mayta avait déjà son bagage à la main. Dans une petite heure il prendrait le train pour rentrer à Lima.

— Il y a place pour tout le monde, naturellement, dit Vallejos. Plus on est, mieux c'est. Il y aura assez d'armes pour ceux qui voudront s'en servir. Tout ce que je te demande c'est de faire vite.

Ils marchaient à la lisière de la ville et au loin des toits aux tuiles rouges renvoyaient la lumière. Le vent chantait dans les eucalyptus et les saules.

— Nous avons tout le temps qu'il faut, dit Mayta. Il n'y a pas de raison de précipiter les choses.

— Oui, il y en a, dit Vallejos sèchement. — Il se tourna pour le regarder et il y avait dans ses yeux une résolution aveugle. Mayta pensa : « Il y a autre chose, je vais savoir autre chose. » — Les deux principaux dirigeants d'Uchabamba, ceux qui ont mené l'invasion de la Hacienda Aina, sont ici.

— À Jauja ? dit Mayta. Et pourquoi ne me les as-tu pas présentés ? J'aurais voulu parler avec eux.

— Ils sont en prison et ils ne reçoivent pas de visite, sourit Vallejos. Prisonniers, oui.

Ils avaient été amenés par la patrouille de la garde civile chargée de réprimer l'invasion. Mais ce n'était pas certain qu'ils restassent ici bien longtemps. À tout moment l'ordre pouvait arriver de les transférer à Huancayo ou à Lima. Et tout le plan dépendait, en grande partie, d'eux. Eux seuls les conduiraient de Jauja à Uchabamba de façon rapide et sûre et ils garantiraient la collaboration des comuneros. Voyait-il maintenant pourquoi il y avait peu de temps ?

— Alejandro Condori et Zenón Gonzales, lui dis-je en en prononçant avant lui les noms qu'il est sur le point de me dire. — Ubilluz en reste la bouche ouverte. La lumière de l'ampoule a faibli tellement que nous sommes presque dans l'obscurité.

— Oui, c'est ainsi qu'ils s'appelaient, murmure-t-il. Vous êtes bien renseigné.

Suis-je bien renseigné ? Je crois que j'ai lu tout

ce qui s'est publié dans la presse sur cette histoire et parlé avec d'innombrables protagonistes et témoins. Mais plus j'avance dans mes recherches, moins j'en sais, c'est mon impression, sur ce qui s'est vraiment passé. Car à chaque fait nouveau surgissent plus de contradictions, conjectures, mystères, incompatibilités. Comment ces deux dirigeants paysans, d'une lointaine communauté de la région forestière de Junin, ont-ils abouti à la prison de Jauja ?

— Un hasard merveilleux, lui expliqua Vallejos. Et moi je n'y suis pour rien. C'était la prison qui leur revenait, parce que c'est ici que le juge doit ouvrir l'instruction. Ma sœur dirait que Dieu nous aide, vois-tu ?

— Étaient-ils engagés à vos côtés avant d'être faits prisonniers ?

— D'une façon générale, dit Ubilluz. Nous avions parlé avec eux durant notre voyage à Uchabamba et ils nous ont aidés à cacher les armes. Mais ils ne s'engagèrent vraiment qu'ici, durant le mois où ils furent incarcérés. Ils devinrent cul et chemise avec leur geôlier. C'est-à-dire le sous-lieutenant. Je comprends qu'il ne leur ait pas communiqué les détails avant l'éclatement de la chose.

Cette partie de l'histoire, la fin, met mal à l'aise le professeur Ubilluz, malgré le temps qui s'est écoulé depuis ; de cette partie-là il parle par ouï-dire, car son rôle y est contradictoire et discutable. Nous percevons une autre salve, au loin. «Peut-être bien qu'ils passent par les armes de soi-disant complices des terroristes», marmonne-t-il. C'est l'heure où ils vont les tirer de leur maison, en jeep ou en char, et les emmènent aux environs. Les cadavres apparaissent le lendemain sur les chemins. Et brusquement, sans aucune transition, il me demande : «Est-ce que cela a un sens d'écrire un roman dans l'état actuel où se trouve le Pérou, alors que tous les Péruviens sont en sursis ?» Cela a-t-il un sens ? Je lui dis que sans doute cela doit en avoir un, puisque je suis en train de l'écrire. Il y a quelque chose de déprimant chez le professeur Ubilluz : tout ce qu'il dit me laisse un goût de tristesse. C'est un préjugé, mais je ne peux me défaire de l'impression qu'il est toujours sur la défensive et que tout ce qu'il me raconte n'a d'autre but que de se justifier. Mais est-ce que par hasard tout le monde ne fait pas de même ? D'où naît ma méfiance ? De ce qu'il soit en vie ? De tous ces ragots et ces médisances que j'ai entendu colporter sur son compte ? Mais est-ce que je ne sais pas pertinemment que dans le champ des controverses politiques ce pays fut un grand dépotoir avant d'être le cimetière qu'il est devenu ? Est-ce que je ne connais pas les infamies innombrables que les adversaires peuvent s'attribuer réciproquement sans le moindre fondement ? Non, ce ne doit pas être cela qui me paraît si pitoyable chez lui, mais tout bonnement sa déchéance, son amertume, la quarantaine dans laquelle il vit.

— Ainsi donc, pour nous résumer, l'intervention de Mayta dans le plan d'action fut nulle, lui dis-je.

— Pour être justes, minime, me corrige-t-il en haussant les épaules. — Il bâille et son visage se couvre de rides. — Avec ou sans lui, le résultat aurait été le même. Nous l'avons accepté en le prenant pour un dirigeant politique et syndical d'un certain poids. Il nous fallait un appui ouvrier et révolutionnaire dans le reste du pays. Ce devait être le rôle de Mayta. Mais voilà, il ne représentait même pas son petit groupe du POR(T). Politiquement parlant, c'était un orphelin total.

«Un orphelin total.» L'expression continue de me tinter dans les oreilles quand je prends congé du professeur Ubilluz et sors dans les rues désertes de Jauja, en direction de l'auberge de Paca, sous un ciel luisant d'étoiles. Le professeur m'a dit que si je crains de faire ce long trajet à cette heure-là je peux dormir dans sa petite pièce. Mais je préfère m'en aller : j'ai un besoin urgent d'air et de solitude. J'ai besoin de calmer ma tête en feu et de mettre une certaine distance avec une personne dont la présence décourage mon travail. Les salves ont cessé et c'est comme s'il y avait eu un cessez-le-feu parce qu'on ne voit personne dans les rues. J'avance au milieu de la chaussée, en martelant mes pas, m'efforçant de me rendre visible pour que, si quelque patrouille surgit, elle ne croie pas que j'essaie de me cacher. Une luminosité descend du ciel, insolite pour quelqu'un qui vit à Lima où l'on ne voit presque jamais les étoiles ou alors on les entrevoit noyées de brume. Le froid coupe les lèvres. La faim que je ressentais dans la soirée m'a quitté. Un orphelin total. Voilà ce qu'il était devenu en militant dans des sectes de plus en plus petites et radicales, en quête d'une pureté ou d'une perfection idéologique qu'il ne réussit jamais à trouver, et sa qualité suprême d'orphelin consista à se lancer dans cette extraordinaire conspiration, pour entreprendre une guerre sur les hauteurs de Junín, avec un sous-lieutenant gardien de prison de vingt-deux ans et un professeur de collège national, tous deux sans aucun rapport avec la gauche péruvienne. C'était fascinant, oui. Il me fascinait encore une année après avoir effectué cette enquête, comme il m'avait fasciné ce jour où j'appris à Paris ce qui s'était passé à Jauja... La lumière poisseuse des lampadaires espacés enveloppe d'une mystérieuse pénombre les antiques façades des maisons, certaines avec d'immenses porches et marteaux de porte, des grilles en fer forgé et des balcons à jalousies, derrière lesquelles je devine des patios andalous peuplés d'arbres et de plantes grimpantes, une vie d'autrefois ordonnée et monotone et, maintenant, assurément saisie par la peur. Durant cette première visite à Jauja, pourtant, l'orphelin total dut se sentir exalté et heureux comme il ne l'avait jamais été. Il allait agir, l'insurrection avait pris un tour tangible : visages, lieux, dialogues, faits concrets. Comme si d'un coup toute sa vie de militant, de conspirateur, de persécuté et de prisonnier politique se trouvait justifiée, catapultée vers une réalité supérieure. De plus cela coïncidait avec la réalisation de ce qui voici une semaine lui semblait une affabulation délirante. N'avait-il pas rêvé ? Non, c'était sûr et concret comme la rébellion imminente : il avait tenu entre ses bras le garçon qu'il désirait en secret depuis tant d'années. Il l'avait fait jouir et avait joui avec lui, il l'avait senti gémir sous ses caresses. Il sentit une démangeaison dans ses testicules, une promesse d'érection et il pensa : « Es-tu devenu fou ? Ici ? En pleine gare ? Ici, devant Vallejitos ? » Il pensa : « C'est le bonheur. Tu ne t'es jamais senti comme ça, camarade. » Il n'y a rien d'ouvert et je me rappelle, d'un voyage précédent, il y a des années, avant tout cela, les petites boutiques immémoriales de Jauja au crépuscule, éclairées par des lampes à pétrole : commerces de vêtements, de cierges, salons de coiffure, boulangeries, horlogeries, chapelleries. Et aussi je me souviens qu'on pouvait voir aux balcons, parfois, des rangs de lapins séchant à l'air libre. La faim revient, d'un coup, et l'eau me monte à la bouche. Je pense à Mayta : excité, heureux, il s'apprêtait à retourner à Lima, sûr que ses camarades du POR(T) approuveraient le plan d'action sans réserve. Il pensa : « Je verrai Anatolio, nous passerons la nuit à bavarder, je lui raconterai tout, nous rirons, il m'aidera à éveiller leur enthousiasme. Et ensuite... » Il règne un silence paisible, castillan, altéré parfois par le cri d'un oiseau nocturne, invisible sous les auvents de tuiles. Me voilà à la sortie du bourg. Ce fut là, c'est ici qu'ils le firent, dans ces ruelles si tranquilles et intemporelles alors, sur cette place aux belles proportions qui voici vingt-cinq ans comportait un saule pleureur et une circonférence de cyprès. Ici, dans ce pays où il leur aurait été difficile d'imaginer que cela pouvait aller de mal en pis, que la famine, les massacres et le risque de désintégration arriveraient aux extrêmes actuels. Ici, avant de retourner à Lima, quand ils se disaient au revoir à la gare, l'orphelin total apprit au sous-lieutenant impulsif que, pour donner plus d'élan au déclenchement de la rébellion, il convenait de penser à des actions de propagande armée.

— Et qu'est-ce que c'est ? dit Vallejos.

Le train était à quai, les gens montaient en se bousculant. Ils parlaient près du marchepied, profitant des dernières minutes.

— Traduit en langage clair, prêcher par l'exemple, dit Mayta. Des actions qui éduquent la masse, s'impriment dans son imagination, lui donnent des idées, lui montrent leur force. Un acte de propagande armée vaut plus que des centaines d'exemplaires de *Voz Obrera*.

226

Ils parlaient à voix basse, mais il n'y avait pas de danger que dans la bousculade et l'assaut des wagons, on les entendît.

— Veux-tu une meilleure propagande armée que d'occuper la prison de Jauja et de s'emparer des armes ? Meilleure que prendre le commissariat et le poste de garde civile ?

— Oui, je veux plus que cela, dit Mayta.

Prendre ces lieux était un acte militaire, belligérant, cela ressemblait un peu à un coup de force militaire avec un sous-lieutenant à sa tête. Ce n'était pas suffisamment explicite du point de vue idéologique. Il fallait profiter au maximum de ces premières heures. Presse et radio informeraient inlassablement. Tout ce qu'ils feraient durant ces premières heures serait divulgué, répercuté et resterait gravé dans la mémoire du peuple. Il fallait bien en profiter, mener à bien des actes qui auraient un poids symbolique, dont le message révolutionnaire parviendrait aux militants, aux étudiants, aux intellectuels, aux ouvriers et paysans.

— Sais-tu une chose ? dit Vallejos. Je crois que tu as raison.

— L'important est de savoir sur combien de temps nous pouvons compter.

— Plusieurs heures. En coupant le téléphone et le télégraphe et en rendant la radio inutilisable, la seule manière c'est que quelqu'un aille à Huancayo donner l'alerte. Le temps d'aller et venir et de mobiliser la police, ça nous laisse environ cinq heures.

— Plus qu'il n'en faut, donc, pour quelques actions didactiques, dit Mayta. Qui montreront aux masses que notre mouvement est contre le pouvoir bourgeois, l'impérialisme et le capitalisme.

— Tu nous fais un discours, rit Vallejos en l'embrassant. Monte, monte. Et maintenant que tu rentres n'oublie pas la surprise que je t'ai offerte. Tu vas en avoir besoin.

« Le plan était parfait », dit plusieurs fois au cours de notre conversation le professeur Ubilluz. Qu'est-ce qui clocha alors, professeur ? Il fut modifié, précipité, improvisé. Par qui fut-il modifié et précipité ? « Je ne saurais le dire avec précision. Par Vallejos, naturellement. Mais, peut-être, sous l'influence de cette espèce de trotskiste. Je mourrai sans le savoir vraiment. » Avec un doute, dit-il, qui a empoisonné sa vie, qui l'empoisonne encore, plus même que ces infâmes calomnies contre lui, plus encore que de figurer sur la liste noire des guérilleros. J'ai parcouru la moitié du trajet vers l'auberge sans rencontrer de patrouille, de char, d'homme ni de bête : seuls des cris d'oiseaux invisibles. Les étoiles et la lune laissent voir la campagne douillette et bleutée, les champs de culture, des eucalyptus et les monts, les petites maisons sur les côtés de la route, hermétiquement closes comme celles de la ville. Les eaux de la lagune,

une nuit comme celle-là, doivent être dignes d'être vues. Quand j'arriverai à l'auberge, je sortirai pour les voir. La promenade m'a rendu mon enthousiasme pour mon livre. Je me rendrai sur la terrasse et l'embarcadère, aucune balle perdue ou délibérée ne viendra m'interrompre. Et je penserai, je me rappellerai et j'imaginerai jusqu'à ce que, avant que ne se lève le jour, je finisse de donner forme à cet épisode de l'histoire de Mayta. Le sifflet retentit et le train s'ébranla.

VI

— Ce fut la visite la plus terrifiante que j'aie eue de ma vie, dit Blacquer. Je n'en croyais pas mes yeux, voulant et ne voulant pas le reconnaître. C'était bien lui?

— Oui, c'est moi, dit Mayta vivement. Je peux entrer? C'est urgent.

— Tu te rends compte! Un trotskiste chez moi. — Blacquer sourit en se rappelant le frisson de ce matin-là lorsqu'il vit surgir semblable apparition. — Je crains que toi et moi n'ayons rien à nous dire, Mayta.

— C'est important, c'est urgent, cela dépasse nos dissensions. — «Il parlait avec véhémence, il semblait ne pas avoir dormi ni s'être lavé, et il était des plus agités.» — Tu as peur que je te compromette? Soit, allons où tu voudras.

— Nous nous sommes vus trois fois, ajoute Blacquer. Les deux premières, avant cette réunion du POR(T) où il fut expulsé pour trahison. C'est-à-dire, pour m'avoir rencontré. Moi, un stalinien.

Il sourit à nouveau, de ses dents tachées de tabac, et derrière ces gros verres de myope il m'examine un moment, de mauvaise grâce. Nous sommes au café Haïti de Miraflores, à peine remis des dégâts de l'attentat : ses fenêtres sont encore dépourvues de vitres et le comptoir tout comme le sol restent abîmés et noircis. Mais ici, dans la rue, ça ne se remarque pas. Autour de nous tout le monde parle de la même chose, comme si les clients de la vingtaine de tables participaient à une seule conversation : est-ce vrai que les troupes cubaines ont franchi la frontière de la Bolivie ? Que depuis trois jours les rebelles et les «volontaires» cubains et boliviens qui les appuient font reculer l'armée et que la junte a averti les États-Unis que s'ils n'intervenaient pas les insurgés prendraient Arequipa en quelques jours et pourraient y proclamer la république socialiste du Pérou ? Mais Blacquer et moi évitons ces grands événements et parlons de cet épisode minime et oublié d'il y a un quart de siècle autour duquel tourne mon roman.

— Je l'étais vraiment, ajoute-t-il au bout d'un moment. Comme tout le monde à cette époque. Est-ce que tu ne l'étais pas, toi ? Ne te laissais-tu pas émouvoir par l'hagiographie de Staline faite par Barbusse ? Ne savais-tu pas par cœur le poème de Neruda en son hommage ? N'avais-tu pas une affiche avec le dessin qu'en avait fait Picasso ? N'as-tu pas pleuré quand il est mort ?

Blacquer avait été mon premier professeur de

marxisme, voici trente-cinq ans, dans un cercle d'étude clandestin organisé par la Jeunesse Communiste, dans une maisonnette de Pueblo Libre. C'était alors un stalinien, assurément, une machine programmée pour répéter des communiqués, un automate qui parlait par stéréotypes. Maintenant c'est un homme vieilli qui vivote en faisant des travaux d'imprimerie. Milite-t-il encore ? Peut-être, mais comme un affilié à la remorque qui n'arrivera jamais à grimper dans la hiérarchie : la preuve c'est qu'il est ici, avec moi, s'affichant en plein jour, quoique la journée soit grisâtre et le ciel lourd couleur de cendres semble un mauvais présage, bien accordé aux rumeurs sur l'internationalisation définitive du conflit au Sud. Personne ne le poursuit, alors que même les moindres dirigeants du parti communiste — ou de tout autre parti d'extrême gauche — sont cachés, emprisonnés ou morts. Je connais seulement par ouï-dire son histoire confuse et je n'ai pas l'intention de chercher à la vérifier pour le moment. (Si ce que l'on dit est vrai et la guerre se généralise j'aurai à peine le temps de terminer mon roman ; si la guerre arrive jusqu'aux rues de Lima et pénètre dans ma maison je doute même que cela soit possible.) Ce qui m'intéresse c'est son témoignage sur ces trois réunions qu'ils ont eues voici vingt-cinq ans — eux, les antipodes, l'eau et l'huile, les frères ennemis, le stalinien et le trotskiste — à la veille de l'insurrection de Jauja. Mais j'ai toujours été intrigué par Blacquer qui, ces jours où Mayta, de retour à Jauja, faisait les derniers préparatifs avant l'heure H, semblait irrésistiblement destiné à arriver au comité central, voire à la direction du parti communiste, alors qu'il est maintenant un moins que rien. C'est quelque chose qui lui arriva dans un pays d'Europe centrale, la Hongrie ou la Tchécoslovaquie, où il fut envoyé à une école des cadres du parti, et où il se vit mêlé à une sale histoire. D'après les accusations qui circulèrent *sotto voce* — comme d'habitude : activité fractionnelle, ultra-individualisme, orgueil petit-bourgeois, indiscipline, sabotage de la ligne du parti — il était impossible de savoir ce qu'il avait dit ou fait pour mériter l'excommunication. Avait-il commis le crime superlatif : critiquer l'URSS ? S'il l'avait fait, pourquoi l'avait-il critiquée ? Ce qu'il y a de sûr c'est qu'il fut expulsé plusieurs années, vivant dans les très tristes limbes de la purge communiste — rien de plus orphelin qu'un militant expulsé du parti, pas même un curé qui jette son froc aux orties —, s'abîmant dans tous les sens, jusqu'à ce qu'il pût, semble-t-il, rentrer au bercail, en faisant, je suppose, l'habituelle auto-critique. Cela ne lui servit pas à grand-chose, à en juger par ce qu'il est devenu depuis. Que je sache le parti l'occupa à corriger les épreuves de *Unidad* et de quelques feuillets et tracts, jusqu'à ce que, au moment où l'insurrection prit les proportions qu'elle a prise, les communistes fussent mis hors la loi, pourchassés ou assassinés par les escadrons de la liberté. Mais c'est peu probable que l'homme déchu et inutile qu'il est devenu, sauf quelque erreur ou bêtise monumentale, on vienne l'arrêter ou le tuer. Le souvenir acide du passé doit en avoir fini avec ses illusions. Chaque fois que je l'ai vu, ces dernières années — toujours en groupe, c'est la première fois en deux ou trois lustres que nous bavardons seul à seul —, il m'a donné l'impression d'être un être amer et sans curiosité.

— Mayta ne fut pas expulsé du POR(T), le rectifié-je. Il démissionna. Lors de la dernière séance, précisément. Sa lettre de démission fut publiée dans *Voz Obrera(T)*. J'ai la coupure de presse.

— On l'expulsa, me reprend-il à son tour, avec assurance. Je connais cette séance des trotskistes comme si j'y avais assisté. C'est Mayta lui-même qui me l'a racontée, la dernière fois que nous nous sommes vus. La troisième. Je vais commander un autre café, si cela ne te dérange pas.

On ne peut commander que du café et de la limonade, et de plus les biscuits à l'eau sont rationnés. Il semble même qu'on ne doive pas servir plus d'une tasse de café par consommateur. Mais c'est une disposition que personne ne respecte. Les gens sont très excités, aux tables voisines tout le monde parle à haute voix. Je me distrais malgré moi en écoutant un jeune homme à lunettes : aux Affaires étrangères on calcule que les internationalistes cubains et boliviens qui ont franchi la frontière «sont plusieurs milliers». La fille qui est avec lui ouvre les yeux : «Fidel Castro a-t-il aussi franchi la frontière?» «Il est trop vieux maintenant pour ce genre de balades», la déçoit le garçon. Les gosses déguenillés et pieds nus de la Diagonal se précipitent comme un essaim sur chaque auto qui va stationner, proposant de la laver, d'en prendre soin, de nettoyer les vitres. D'autres rôdent entre les tables s'offrant à astiquer les chaussures des clients du Haïti, à les faire briller comme des miroirs. (On dit que la bombe, ici, ce sont des gosses comme eux qui l'ont mise.) Et il y a aussi des grappes de femmes à l'assaut des piétons et des chauffeurs — ceux-ci, en profitant de l'arrêt au rouge — pour leur proposer des cigarettes de contrebande. Dans la terrible pénurie où vit le pays, la seule chose qui ne manque pas ce sont les cigarettes. Pourquoi ne fait-on pas la contrebande, aussi, des conserves, des biscuits, de quoi tuer la faim avec laquelle nous nous couchons et nous nous levons?

— C'est de cela qu'il s'agit, dit Mayta en haletant. — Il avait parlé tranquillement, avec ordre et clarté, sans être interrompu par Blacquer. Il avait dit tout ce qu'il voulait lui dire. Avait-il bien ou mal fait? Il ne le savait pas et ne s'en souciait pas : c'était comme si le rêve de sa

235

nuit d'insomnie lui était tombé sur la tête. — Tu vois, j'avais raison de frapper à ta porte.

Blacquer demeura silencieux, le regardant, avec sa cigarette qui se consumait entre ses doigts maigres et jaunis. Sa petite chambre était hybride — bureau, salle à manger, salon —, bourrée de meubles, chaises, quelques livres, et le papier verdâtre des murs était taché d'humidité. Tandis qu'il parlait, Mayta avait entendu, dans les combles, une voix de femme et les pleurs d'un enfant. Blacquer était si immobile que, n'étaient ses yeux myopes fixés sur lui, il l'aurait cru endormi. Ce quartier de Jesús María était tranquille, sans circulation.

— Comme provocation contre le parti, ça ne peut pas être plus gros, dit-il enfin de sa voix sans inflexions. — La cendre de sa cigarette tomba par terre et Blacquer l'écrasa du pied. — Je croyais les trotskistes plus fins dans leurs pièges. Tu aurais pu t'épargner cette visite, Mayta.

Il n'était pas surpris : Blacquer avait dit, grosso modo, ce qu'il devait dire. Il lui donna raison en son for intérieur : un militant devait se méfier et Blacquer était un bon militant, il le savait depuis qu'ils avaient été en prison ensemble. Avant de répondre, il alluma une cigarette et bâilla. En haut, l'enfant se remit à pleurer. La femme le calmait d'une voix douce.

— Rappelle-toi que je ne viens rien demander à ton parti. Seulement t'informer. C'est au-

236

dessus de nos différences. Cela concerne tous les révolutionnaires.

— Même les staliniens qui ont trahi la révolution d'Octobre? murmura Blacquer.

— Même les staliniens qui ont trahi la révolution d'Octobre, acquiesça Mayta, et changeant de ton : J'ai réfléchi toute la nuit avant de faire cette démarche. Je me méfie de toi autant que toi de moi. Tu ne t'en rends pas compte? Crois-tu que je ne sache pas ce que je risque? Je mets entre tes mains et celles de ton parti une arme terrible. Et cependant je suis ici. Ne parle pas de provocation, tu n'en penses pas un mot. Réfléchis un peu.

C'est une des choses que je comprends le moins dans cette histoire, l'épisode le plus étrange. N'était-il pas absurde de révéler les détails d'une insurrection à un ennemi politique que, pour comble, on n'allait pas associer par un pacte, une action conjointe, à qui on n'allait pas demander une aide concrète? Quel sens tout cela avait-il? «Ce matin, à cette espèce de radio, Révolution, on a dit que les drapeaux rouges flottaient depuis hier soir sur Puno et qu'avant demain ils flotteront sur Arequipa et Cusco», dit quelqu'un. «Fariboles», répond un autre.

— Quand il est venu me voir, je pensais aussi que ça n'avait pas de sens, acquiesce Blacquer. J'ai cru d'abord qu'il s'agissait d'un piège. Ou qu'il s'était fourré dans quelque chose dont il se repentait et qu'il voulait se défiler en créant des complications et des difficultés... Ensuite, à la lumière de ce qui s'est passé, tout me sembla très clair.

— La seule chose qui soit claire c'est le coup de poignard dans le dos, rugit le camarade Pallardi. Mendier l'appui des staliniens pour cette aventure ce n'est pas de l'indiscipline. C'est purement et simplement de la trahison.

— Je te l'expliquerai encore, s'il le faut, l'interrompit Mayta sans se démonter. — Il était assis sur une pile d'exemplaires de *Voz Obrera* et il appuyait son dos sur l'affiche avec le visage de Trotski. En quelques secondes une tension électrique avait envahi le garage enfumé du Jirón Zorritos. — Mais auparavant, camarade, dis-moi une chose. Te réfères-tu à la révolution quand tu parles d'aventure ?

Blacquer savoure son café lavasse avec lenteur et se passe la pointe de la langue sur ses lèvres gercées. Il ferme à demi les yeux et demeure silencieux, comme s'il réfléchissait sur le dialogue qui nous parvient d'une table voisine : « Si la nouvelle est vraie, demain ou après-demain la guerre arrivera à Lima. » « Le crois-tu, Pacho ? Qu'est-ce que ça va être, la guerre ? » Sur la fin de l'après-midi la circulation devient plus dense. La Diagonal est embouteillée. Les gosses qui mendient et les vendeuses de cigarettes ont augmenté aussi. « Je suis heureux que les Cubains et les Boliviens soient entrés, s'écrie un râleur. Maintenant les "marines" de l'Équateur n'auront plus besoin de motifs d'intervention. Si ça se trouve, ils sont déjà à Piura, à Chiclayo. Qu'ils tuent tous ceux qu'il faut tuer et qu'ils mettent un terme à cette chienlit, nom de nom! » Je l'entends à peine parce que, en réalité, à ce moment, ses conjectures sanglantes ont à mes yeux moins de vie que ces deux réunions, dans ce Lima moins animé, avec moins de gueux et de trafiquants, où les choses qui se passent maintenant semblaient impossibles : Mayta allant partager ses secrets de conspirateur avec son ennemi stalinien, Mayta se battant avec ses camarades lors de la dernière séance du comité central du POR(T).

— Venir me voir est la seule chose sensée qu'il fit au milieu de la folie où il s'était fourré, ajoute Blacquer. — Il a retiré ses lunettes pour les nettoyer et il a l'air aveugle. — Si la guérilla s'affirmait, ils allaient avoir besoin d'un appui urbain. Des réseaux pour leur envoyer des médicaments et de l'information, qui puissent cacher et soigner les blessés, recruter de nouveaux combattants. Des réseaux qui auraient été une caisse de résonance des actions de l'avant-garde. Qui allait constituer ces réseaux? La vingtaine de trotskistes qu'il y avait au Pérou?

— En réalité, nous ne sommes que sept, lui précisé-je.

Blacquer l'avait-il entendu? Son immobilité était celle d'une statue, à nouveau. Avançant la tête, sentant qu'il transpirait, quêtant les mots que la fatigue et les préoccupations m'escamotaient, entendant de temps en temps, dans ces combles inconnus, l'enfant et la femme, je le lui expliquai à nouveau. Personne ne demandait aux militants du parti communiste de prendre le maquis — j'avais pris la précaution de ne mentionner ni Vallejos, ni Jauja, ni aucune date — ni de renoncer à leurs thèses, idées, préjugés, dogmes ou ce qu'on voudra. Seulement qu'ils soient informés et sur leurs gardes. Bientôt surgirait une situation où ils se verraient dans l'alternative de mettre en pratique leurs convictions ou de les abjurer, ils devraient bientôt démontrer aux masses s'ils voulaient vraiment l'effondrement du système d'exploitation, de classes, spéculateur et féodal, et son remplacement par un régime ouvrier et paysan révolutionnaire, ou si tout ce qu'ils disaient n'était que pure rhétorique pour végéter à l'ombre du puissant allié qui les parrainait en espérant qu'un jour, d'aventure, la révolution tombe sur le Pérou comme un cadeau du ciel.

— Quand tu nous attaques, c'est tout à fait toi, dit Blacquer. Que viens-tu demander? Précise un peu.

— Soyez prêts, voilà tout. — Je pensai : « Ma voix va-t-elle se briser? » Je n'avais jamais éprouvé une telle fatigue; je devais faire un gros effort pour articuler chaque syllabe. En haut, le bébé éclata à nouveau en pleurs et cris. — Parce que lorsque nous agirons, il y aura un contrecoup féroce. Et vous n'échapperez pas à la répression, bien entendu.

— Bien entendu, marmotta Blacquer. Si ce que tu me dis n'est pas une histoire, le gouvernement, la presse et tout le monde diront que c'est nous qui en avons eu l'idée et l'avons exécuté, avec l'or et sur les ordres de Moscou. N'est-ce pas ?

— Il est probable qu'il en sera ainsi, acquiesçai-je. — Le bébé pleurait de plus en plus fort à m'en étourdir. — Mais, vous voilà prévenus. Vous pouvez prendre des précautions. De plus...

Je restai la bouche ouverte, sans avoir le courage d'achever, et pour la première fois depuis le début de la conversation avec Blacquer, j'hésitai. Mon visage était en sueur, les pupilles dilatées et mes mains tremblaient. Aventure et trahison ?

— Ce sont les mots qui conviennent et j'y souscris, dit le camarade Carlos, sèchement. Le camarade Pallardi n'a rien dit d'autre que la vérité.

— Concentre-toi sur Vallejos, maintenant, le sermonna le secrétaire général. Nous sommes convenus de discuter d'abord de Jauja. L'entrevue du camarade Mayta avec Blacquer, ensuite.

— Correct, rétorqua le camarade Carlos et Mayta pensa : «Ils me tournent tous le dos.» — Un sous-lieutenant qui projette une révolution comme un putsch, sans appui syndical, sans participation des masses. Comment appeler cela autrement qu'une aventure ?

— Nous pourrions l'appeler bêtise, provocation ou pitrerie, intervint le camarade Medardo. — Il regarda Mayta sans miséricorde et il ajouta, d'un ton lapidaire : — Le parti ne peut aller au sacrifice pour quelque chose qui n'a pas la moindre chance.

Mayta sentit la pile d'exemplaires de *Voz Obrera* sur laquelle il était assis commencer à pencher et à fléchir et il pensa combien il serait ridicule de glisser et de tomber sur les fesses. Il regarda en douce ses camarades et comprit pourquoi, à son arrivée, ils l'avaient salué de façon aussi distante et pourquoi à cette séance il ne manquait personne. Tout le monde était-il contre lui ? Même ceux du comité d'action ? Anatolio aussi était-il contre ? Au lieu d'être déçu, il eut envie de vomir.

— De plus, quoi ? m'encouragea à poursuivre Blacquer.

— Les fusils, dis-je avec un filet de voix. Nous en avons plus qu'il nous en faut. Si le parti communiste veut se défendre, à l'heure où commencera la fusillade, nous lui fournissons des armes. Et, bien sûr, gratuitement.

Je vis Blacquer, après quelques secondes, allumer sa énième cigarette de la matinée. Mais l'allumette s'éteignit deux fois et en tirant la première bouffée il s'étrangla. « Cette fois te voilà convaincu que la chose est sérieuse. » Je le vis se lever, rejetant la fumée par la bouche et les narines, s'approcher de la pièce à côté et crier : «Emmène-le faire un tour. À force de pleurer il nous empêche de parler.» Il n'y eut pas de réponse, mais sur-le-champ l'enfant se tut. Blacquer se rassit, se calma et me regarda.

— Je ne sais si c'est une embuscade, Mayta, marmonna-t-il. Mais je sais une chose. Tu es devenu fou. Crois-tu vraiment que le parti ferait, en aucune façon, cause commune avec les trotskistes ?

— Avec la révolution, pas avec les trotskistes, lui rétorquai-je. Oui, je le crois. C'est pour ça que je suis venu te trouver.

— Une aventure petite-bourgeoise, pour être plus exacts, dit Anatolio et par le seul fait qu'il bégayait je sus ce qu'il allait ajouter. — Je sus qu'il avait appris par cœur ce qu'il débitait. — Les masses n'ont pas été invitées et n'apparaissent nullement dans ce plan. D'un autre côté, quelle garantie y a-t-il que les comuneros d'Uchabamba se soulèvent, si nous parvenons jusque là-bas ? Aucune. Qui de nous a vu ces dirigeants emprisonnés ? Personne. Qui va diriger cela ? Nous autres ? Non. Un sous-lieutenant à l'esprit putschiste et aventurier de la pire espèce. Quel rôle nous offre-t-on ? D'être le fourgon de queue, la chair à canon. — C'est alors qu'il se tourna et eut le courage de me regarder dans les yeux : — Mon devoir est de dire ce que je pense, camarade.

«Ce n'était pas ce que tu pensais hier soir», lui répliquai-je, mentalement. Ou peut-être que si et son attitude, la veille, avait-elle été un simulacre pour me dérouter. Soigneusement, afin de faire quelque chose qui m'occupât et me calmât, j'égalisai les journaux sur lesquels j'étais assis et les appuyai de nouveau contre le mur. C'était désormais évident : il y avait eu une réunion préalable au cours de laquelle le comité central du POR(T) avait décidé ce qui se passait maintenant. Anatolio avait dû y assister. Je sentis un goût amer dans ma bouche, un malaise dans mon corps. La farce était trop grosse. N'avions-nous pas parlé et parlé la nuit passée, dans la chambre du Jirón Zepita? N'avions-nous pas revu le plan d'action? Iras-tu dire au revoir à quelqu'un avant de prendre le maquis? Seulement à ma mère : Que vas-tu lui dire? J'ai obtenu une bourse pour Mexico, je t'écrirai chaque semaine, ma petite maman. Y avait-il en lui de l'hésitation, de la gêne, des doutes, des contradictions? Pas l'ombre de cela, il semblait sûr et très sincère. Nous étions couchés dans l'obscurité, le petit lit grinçait, chaque fois qu'on entendait les cavalcades au grenier son corps, collé au mien, tressaillait. Cette soudaine vibration me révélait, l'espace d'un moment, des bouts de peau inédite d'Anatolio et je l'attendais avidement. Ma bouche écrasée sur la sienne je lui dis, soudain : «Je ne veux pas que tu meures jamais.» Et un moment après : «As-tu pensé que

244

tu peux mourir?» D'une voix que le désir rendait pâteuse et langoureuse, il me répondit aussitôt : «Bien sûr que j'y ai pensé. Je m'en fous.» Triste et en équilibre sur la pile de *Voz Obrera* qui menaçait encore de s'effondrer, je pensai : «En réalité, tu ne t'en fous pas.»

— J'ai cru que c'était de l'affectation, qu'il avait des problèmes psychologiques, j'ai cru que... — Blacquer se tait parce que la fille de la table voisine est partie d'un petit rire strident. — Cela arrivait parfois chez les camarades, comme chez les militaires de se prendre un jour pour Napoléon. J'ai pensé : ce matin, en se réveillant, il s'est pris pour Lénine arrivant à la gare de Finlande.

Il se tait à nouveau, à cause des éclats de rire de la jeune fille. À l'autre table, un monsieur donne ses instructions à tue-tête : remplir les baignoires, lavabos, seaux, bidons, en mettre dans toutes les chambres et les coins, même si c'est de l'eau de mer. Si les rouges entrent, les États-Unis bombarderont et les incendies seront plus graves que les bombes. C'est la priorité, croyez-moi : de l'eau sous la main pour éteindre le feu dès qu'il se déclenchera.

— Mais, bien que ça eût l'air tellement fantastique et absurde c'était vrai, continue Blacquer. Tout était vrai. Ils avaient des fusils en quantité. Le sous-lieutenant avait fait disparaître des armes, dans une armurerie de l'armée, ici à Lima. Il les avait planquées quelque part. Sais-

245

tu qu'il avait offert une mitraillette à Mayta,
non? Cela venait de ce butin, apparemment.
L'idée de se soulever devait être une obsession
chez Vallejos depuis l'époque où il était élève-
officier. Il n'était pas fou, sa proposition était
sincère. Stupide mais sincère.

Un simulacre de sourire dénude à nouveau ses
dents tachées. D'un geste brusque il écarte un
gosse qui essaie de lui cirer les chaussures :

— Ils n'avaient pas à qui les donner, il leur
manquait des mains pour ces fusils, se moque-
t-il.

— Quelle fut la réaction du parti?

— Personne n'y attacha d'importance, personne ne le prit au sérieux, personne n'en crut
un mot. Pas plus des fusils que de la guérilla.
L'été 1958, des mois avant que les barbudos
entrent à La Havane, qui allait croire à ces choses?
Le parti réagit comme c'était logique. Il faut
trancher dans le vif avec ce sale trotskiste qui
doit avoir une idée derrière la tête. Et naturellement je tranchai.

Une dame accuse le monsieur des seaux d'ignorance. Contre les bombes il n'y a qu'à se recom-
mander à Dieu! Des seaux d'eau contre le
bombardement! Vous confondez la guerre et le
carnaval, espèce de con! «Dommage que vous
ne soyez pas un homme, je vous aurais cassé la
gueule», rugit le monsieur, et le compagnon de
la dame s'interpose galamment : «J'en suis un,

246

cassez-la-moi. » Ils sont tout prêts à en venir aux mains.

— Piège ou folie, peu importe, nous ne voulons pas en savoir davantage, dit Blacquer. Et te voir non plus.

— Je m'y attendais. Vous êtes ce que vous êtes et vous le resterez encore longtemps.

On sépare les deux hommes et, aussi vite qu'ils s'étaient enflammés, les esprits se calment. La jeune fille dit : « Ne vous battez pas, en ces moments nous devons rester unis. » Un bossu lui regarde les jambes.

— Ce fut un rude coup pour lui. — Blacquer chasse un autre cireur qui, agenouillé, tente de lui prendre le soulier. — Pour venir me voir, il dut se faire violence, briser bien des inhibitions. Il n'y a pas de doute, il avait réussi à se convaincre que l'insurrection pouvait abattre les montagnes qui nous séparaient. Une grande naïveté, pour sûr.

Il jette son mégot et aussitôt une guenille crasseuse s'élance, le ramasse et tente avidement de le sucer, d'en tirer une dernière bouffée. Était-il ainsi au moment de l'incroyable démarche auprès de Blacquer ? Angoissé de la sorte quand je me rendis compte que l'heure H arrivait et que nous étions une poignée à nous soulever sans pouvoir compter sur le moindre appui dans la ville ?

— Il lui manquait encore le coup de grâce, ajoute Blacquer. Qu'on l'expulse du parti comme traître.

C'était ce qu'avait dit Jacinto Zevallos, le secrétaire général, littéralement cela, et ce qui le troubla le plus lors de cette séance où il avait déjà entendu tant de phrases hostiles, c'est de l'entendre dire par le vieux, l'ouvrier, la relique trotskiste du Pérou. Plus pénible encore que la volte-face d'Anatolio. Parce qu'il avait du respect et de la tendresse pour le vieux Zevallos. Le secrétaire général parlait avec indignation et personne ne bougeait :

— Oui, camarade, demander la collaboration du stalinisme créole pour ce projet, dans notre dos et au nom du parti, c'est plus qu'une activité fractionnelle. C'est de la trahison. Tes explications aggravent ton cas ; au lieu de reconnaître ton erreur tu as fait ton apologie. Je dois demander ton départ du parti, Mayta.

Quelles explications leur donnai-je ? Quoique aucun de ceux qui assistèrent à cette séance n'admette qu'elle eût lieu, je sens invinciblement la nécessité de croire qu'elle se passa exactement telle que me le rapporte Blacquer. Que puis-je leur dire pour justifier ma visite au super-ennemi ? Dans la perspective de ce qui arriva, cela ne semble pas aussi incommensurable. Les «rouges» qui peuvent entrer à Lima demain ou après-demain appartiennent à un vaste spectre de marxistes qui comprend, combattant apparemment sous un seul drapeau, des staliniens, des trotskistes et des maoïstes. La révolution était trop importante, sérieuse et difficile pour

248

être le monopole de personne, le privilège d'une organisation, quoique celle-ci eût interprété plus correctement que d'autres la réalité péruvienne. La révolution n'était possible que si tous les révolutionnaires, faisant abstraction de leurs querelles mais sans renoncer, dans un premier temps, à leurs propres conceptions, s'unissaient en une action concrète contre l'ennemi de classe. Mal attifé, quadragénaire, suant, surexcité et battant des paupières, il essayait de leur vendre ce jouet merveilleux qui avait changé sa vie et qui, il en était sûr, pouvait changer aussi la leur et celle de toute la gauche : l'action, l'action purificatrice, libératrice, rédemptrice, absolutoire. Elle limerait les aspérités et rivalités, les différences byzantines, elle abolirait les inimitiés mesquines nées de l'égoïsme et de la complaisance envers soi, elle dissoudrait les groupes et les chapelles en un courant indestructible qui entraînerait tous les révolutionnaires, camarades. C'est pour cela que j'étais allé parler avec Blacquer. Non pas pour lui révéler quelque élément clé, car aucun nom, date ni lieu n'était sorti de ma bouche, ni pour compromettre le POR(T), car la première chose que j'avais fait remarquer à Blacquer c'est que je parlais à titre personnel et qu'aucun accord ultérieur ne devrait être conclu de parti à parti. J'étais allé le voir sans demander d'autorisation pour gagner du temps, camarades. N'étais-je pas sur le point de partir à Jauja ? J'étais allé tout simplement l'avertir que la révolution allait commencer, afin qu'ils tirent les conclusions nécessaires, si tant est qu'ils étaient, comme ils disaient, révolutionnaires et marxistes. Pour qu'ils soient prêts à entrer dans la lutte. Parce que la réaction se défendrait, frapperait comme une bête traquée et pour parer aux morsures et coups de griffes il fallait s'organiser en front commun... M'écoutèrent-ils jusqu'au bout ? Me firent-ils taire ? M'expulsèrent-ils en m'insultant et me battant du garage du Jirón Zorritos ?

— Ils le laissèrent parler plusieurs fois, m'assure Blacquer. La tension était grande, on mit en avant des sujets personnels, Mayta et Joaquín en vinrent presque aux mains. Puis, après avoir voté contre lui, l'avoir tué et achevé, ils le levèrent du sol où ils l'avaient jeté comme un chiffon sale, et ils lui ouvrirent la porte. Un mélodrame trotskiste. Cette dernière séance du POR(T) te servira beaucoup, je suppose.

— Oui, je suppose. Mais je ne comprends pas bien. Pourquoi Moisés, Anatolio, Pallardi, Joaquín nient catégoriquement qu'elle ait eu lieu ? Sur bien des points leurs versions s'opposent, mais elles coïncident sur ceci : la démission de Mayta leur arriva par la poste, il renonça de sa propre initiative en partant pour Jauja, une fois que le POR(T) décida de ne pas prendre part à l'insurrection. Mauvaise mémoire collective ?

— Mauvaise conscience collective, murmure Blacquer. Mayta ne put pas inventer cette séance.

Il est venu me la raconter quelques heures après qu'elle eut lieu. Ce fut le coup de grâce et sans doute en sont-ils gênés. Parce que, au milieu de cette accumulation de charges contre lui, tout fut déballé, même son talon d'Achille. Tu t'imagines, le niveau?

— Vous pourriez dire à plus juste titre que c'est la fin du monde, mon ami, s'écrie un consommateur dérouté. — La fille se met à rire, sottement, joyeusement, et les petits mendiants nous laissent un moment en paix en allant donner des coups de pied sur une boîte de conserve, au milieu des piétons.

— Cela aussi, il te le raconta? m'étonnai-je. C'est un sujet qu'il n'abordait jamais, même avec ses meilleurs amis. Pourquoi t'a-t-il recherché en cet instant? Je ne le comprends pas.

— Au début, moi non plus, maintenant je crois que oui, dit Blacquer. C'était un révolutionnaire à cent pour cent, ne l'oublie pas. Le POR(T) l'avait expulsé. Cela, peut-être, pouvait expliquer que nous reconsidérions notre refus. Peut-être alors prendrions-nous au sérieux son plan insurrectionnel.

— En réalité nous aurions dû l'expulser depuis longtemps, affirma le camarade Joaquín, et il se retourna pour regarder Mayta de telle façon que je pensai: «Pourquoi me déteste-t-il?» Je vais te le dire sans détours, comme marxiste et révolutionnaire. Moi je ne suis pas surpris par ce que tu as fait, cette intrigue, cette

251

façon d'aller parler en cachette avec ce flic stalinien de Blacquer. Tu n'es pas un homme droit parce que, tout simplement, tu n'es pas un homme, Mayta.

— Les questions personnelles ne sont pas autorisées, l'interrompit le secrétaire général.

Ce que Joaquín avait dit le prit tant au dépourvu que Mayta ne sut que dire : si ce n'est hausser les épaules. Pourquoi étais-je tellement surpris ? N'était-ce pas quelque chose dont je redoutais toujours, dans un repli secret de l'esprit, qu'il surgît dans tous les débats, brutal coup bas qui me couperait le souffle et le réduirait à l'impuissance pour le reste de la discussion ? Une crampe dans tout le corps, le voilà assis sur son tas de journaux et, éprouvant une bouffée solaire, effrayé, je pensai : « Anatolio va se mettre debout et avouer qu'hier soir nous avons couché ensemble. » Que dire ? Que faire ?

— Ce n'est pas personnel, cela a un rapport avec ce qui s'est passé, rétorqua le camarade Joaquín et, au milieu de ma peur et de mon trouble, Mayta sut qu'en effet il le détestait : lui avait-il fait quelque chose, un jour, assez grave et blessant pour justifier pareille vengeance ? Cette façon de procéder, tortueuse, capricieuse, d'aller à la recherche de notre ennemi, c'est quelque chose de féminin, camarades. On ne l'a jamais dit ici eu égard au respect que Mayta n'a pas eu envers nous. Peut-on être un révolutionnaire loyal et un inverti ? Voilà la vraie question, camarades.

« Pourquoi dit-il inverti et pas tapette ? pensai-je, absurdement. Le mot juste n'est-il pas tapette ? » Se ressaisissant, il leva la main, indiquant au camarade Jacinto qu'il voulait parler.

— Est-ce sûr que c'est Mayta lui-même qui leur a raconté qu'il était allé te voir ?

— Sûr, acquiesce Blacquer. Il était convaincu d'avoir agi correctement. Il a voulu faire approuver une motion. À savoir qu'une fois partis à Jauja ceux qui devaient y aller, ceux qui resteraient à Lima tenteraient à nouveau de trouver un accord avec nous. Ce fut sa grande gaffe. Les trotskistes, qui ne savaient pas comment se défiler de Jauja, à quoi ils n'avaient jamais cru, entraînés qu'ils étaient par Mayta, virent là un prétexte parfait. Pour se défaire de l'engagement et, par-dessus le marché, se défaire de lui. Autrement dit, pour se diviser une fois de plus. Cela a toujours été le sport favori des trotskistes : se purger, se diviser, se fractionner, s'expulser.

Il rit, en me montrant ses dents nicotinisées.

— Les questions personnelles n'ont rien à voir, les questions de sexe, de famille, de personne n'ont rien à voir, répétai-je sans pouvoir écarter mon regard de la nuque d'Anatolio qui, assis sur l'un des petits bancs de ferme, regardait obstinément par terre. Aussi ne vais-je pas répondre à cette provocation. Aussi je ne te répondrai pas comme tu le mérites, Joaquín.

— Il n'est pas permis de personnaliser, les menaces ne sont pas permises, éleva la voix le secrétaire général.

— L'es-tu ou ne l'es-tu pas, Mayta ? entendit-il dire le camarade Joaquín qui s'était retourné vers lui. — Je remarquai qu'il serrait les poings, qu'il était prêt à se défendre ou à attaquer. — Du moins, aie la franchise de ton vice.

— Les dialogues ne sont pas permis, insista le secrétaire général. Et si vous voulez vous battre, allez dehors.

— Tu as raison, camarade, dit Mayta en regardant Jacinto Zevallos. Ni dialogues ni coups de poing, que rien ne nous éloigne du sujet. Ce débat ne tourne pas sur le sexe. Nous en discuterons une autre fois, si le camarade Joaquín le croit important. Revenons à l'ordre du jour. Qu'on ne m'interrompe pas, du moins.

Il avait retrouvé son aplomb, et en effet on le laissa parler, mais tandis qu'il parlait, il se disait au fond de lui que cela ne servirait pas à grand-chose : ils avaient décidé, et dans mon dos assurément, de se délier de l'insurrection et aucun argument ne les ferait changer d'avis. Mon pessimisme n'affleura pas dans mes propos. Je leur répétai avec passion tous les arguments que je leur avais déjà donnés, ces raisons qui, même maintenant, en dépit des revers et des contrariétés, continuaient de me sembler, en les entendant dire, irréfutables. Les conditions objectives n'étaient-elles pas remplies ? Les victimes de la grande propriété, du caciquisme, de l'exploitation capitaliste et impérialiste n'étaient-elles pas un potentiel révolutionnaire ? Eh bien ! donc les conditions subjectives, l'avant-garde les créerait avec des actions de propagande armée, en frappant l'ennemi dans des opérations pédagogiques qui mobiliseraient les masses et les incorporeraient graduellement à l'action. Les exemples n'abondaient-ils pas ? L'Indochine, l'Algérie, Cuba nous montraient bien qu'une avant-garde décidée pouvait entreprendre la révolution. Il était faux de penser que Jauja fût une aventure petite-bourgeoise. C'était une action bien planifiée et elle reposait sur une infrastructure minime mais suffisante. Elle serait couronnée de succès si nous remplissions tous notre rôle. Il n'était pas certain, non plus, que le POR(T) serait à la remorque : il aurait la direction idéologique et Vallejos seulement la militaire. Il fallait un critère ample, généreux, marxiste, trotskiste, non sectaire, camarades. Ici à Lima, oui, l'appui était faible. C'est pour cela qu'il fallait être disposés à collaborer avec d'autres forces de gauche, car la lutte serait longue, difficile et...

— Il y a une motion demandant l'expulsion de Mayta et c'est de cela qu'on débat, rappela le camarade Pallardi.

— N'étions-nous pas convenus que nous ne devions plus nous voir ? dit Blacquer en lui barrant l'accès de sa maison.

— C'est trop long à raconter, répliqua Mayta.

Je ne peux plus te compromettre. Parce que je suis venu parler avec toi, on m'a expulsé du POR(T).

— Et parce que je l'ai reçu, on m'a expulsé, moi, dit Blacquer sur son petit ton désagréable. Dix ans après.

— Tes problèmes avec le parti ont-ils été provoqués par ces conversations ?

Nous avons quitté le Haïti et nous traversons le parc de Miraflores, en direction de l'angle de la rue Larco où Blacquer prendra son bus. Une masse épaisse déambule parmi les vendeurs de babioles répandues par terre, qui se prennent aux jambes des passants. L'effervescence provoquée par l'invasion est générale, notre conversation est parsemée de cris qui la commentent : « Cubains », « Boliviens », « bombardements », « marines », « guerre », « rouges ».

— Non, ce n'est pas vrai, m'explique Blacquer. Mes problèmes ont commencé quand j'ai entrepris de mettre en question la ligne de la direction. Mais on m'a sanctionné pour des raisons qui, en apparence, n'avaient rien à voir avec mes critiques. Parmi bien d'autres charges, on a fait état de mon prétendu rapprochement du trotskisme. On a dit que j'avais proposé au parti un plan d'action conjointe avec les trotskistes. Toujours la même chose : disqualifier moralement le critique, de façon que tout ce qui vienne de lui soit, par là même, pure ordure.

Personne ne nous a gagnés en ce domaine, jamais.

— Autrement dit tu fus aussi victime des événements de Jauja, lui dis-je.

— En quelque sorte. — Il me regarde à nouveau, avec son vieux visage parcheminé et ses cheveux rares qu'humanise un demi-sourire. — Il existait d'autres preuves de ma collusion avec les trotskistes, mais celles-là, ils ne les connaissaient pas. Car j'ai hérité des livres de Mayta, quand il partit au maquis.

— Je n'ai personne à qui les laisser, dis-je d'un ton badin. Me voici sans camarades. Mieux vaut toi que les mouchards. Prends-le ainsi, pour ne pas avoir de scrupules. Garde mes papiers et cultive-toi.

— Il y avait une grande quantité de merde trotskiste, que je lus en cachette, comme nous lisions Vargas Vila au collège, rit Blacquer. En cachette, oui. J'arrachai des livres la page où Mayta avait mis ses initiales, pour qu'il n'y ait pas de trace du crime.

Il rit à nouveau. On voit des gens massés la tête en avant, tâchant d'entendre un bulletin d'informations sur la radio portative qu'un passant tient en l'air. Nous pouvons percevoir la fin d'un communiqué : la Junte de Restauration Nationale dénonce devant la communauté des nations l'invasion du territoire de la patrie par des forces cubano-boliviano-soviétiques qui, depuis ce matin, ont violé le sol sacré du Pérou en trois points de la frontière, dans le département de Puno. À huit heures du soir, la Junte s'adressera au pays par la radio et la télévision afin de l'informer de cette agression inouïe qui a galvanisé les Péruviens, unis maintenant comme un seul poing pour la défense de... C'était donc vrai, ils sont entrés. C'est sûr, alors, que les «marines» viendront aussi, depuis leurs bases en Équateur, s'ils ne l'ont déjà fait. Nous reprenons notre route, au milieu des gens surpris ou effrayés par les nouvelles.

— Quel que soit celui qui gagne, moi je serai perdant, dit soudain Blacquer, plus ennuyé qu'alarmé. Si ce sont les «marines», parce que je dois figurer sur leurs listes comme un vieil agent du communisme international. Et si ce sont les rebelles, comme révisionniste, social-impérialiste et ex-traître à la cause. Je ne suivrai pas le conseil du gars du Haïti. Je ne mettrai pas des seaux d'eau dans ma chambre. Pour moi, les incendies peuvent être la solution.

À l'arrêt, en face de La Tiendecita Blanca, il y a une telle queue qu'il devra attendre bien longtemps avant de pouvoir grimper dans son bus. Durant les années qu'il passa dans les limbes des expulsés, me dit-il, il comprit mieux le Mayta de ce jour-là. Je l'écoute mais je m'éloigne de lui, en réfléchissant. Que les événements de Jauja servent, des années après, quoique indirectement, à contribuer à déloger Blacquer de l'antre de nullité où il a vécu, voilà qui constitue une preuve de plus des ramifications mystérieuses et imprévisibles de pareils accidents, cette trame complexe de causes et d'effets qui constitue l'histoire humaine. Apparemment, il n'a pas de rancune envers Mayta et ses visites intempestives. Il semblerait même qu'avec le temps il se soit pris d'estime pour lui.

— Personne ne s'abstient, tu peux compter les mains, dit Jacinto Zevallos. Unanimité, Mayta. Tu n'appartiens plus au POR(T). C'est toi seul qui t'es expulsé.

Il régnait un silence sépulcral et personne ne bougeait. Devait-il s'en aller? Devait-il parler? Laisser les portes ouvertes ou les agonir d'insultes?

— Voici dix minutes nous savions tous les deux que nous étions des ennemis jurés, vociféra Blacquer en se plantant furieusement devant la chaise de Mayta. Et tu agis maintenant comme si nous étions des camarades de toute la vie. C'est grotesque!

— Ne partez pas, dit doucement le camarade Medardo. Je demande à reconsidérer la chose, camarades.

— Nous sommes dans des tranchées différentes, mais nous sommes tous deux des révolutionnaires, dit Mayta. Et nous nous ressemblons pour quelque chose d'autre : pour toi comme pour moi les questions personnelles sont subordonnées aux politiques. Alors cesse de jurer et bavardons.

Reconsidérer la chose? Tous les regards se tournèrent vers le camarade Medardo. Il y avait tant de fumée que, depuis sa place, près de la pile de numéros de *Voz Obrera*, Mayta voyait les visages estompés.

— Était-il désespéré, accablé, sentant que la terre s'ouvrait sous lui?

— Il était confiant, serein, voire optimiste, ou alors il le feignait parfaitement, fait non de la tête Blacquer. Il voulait me prouver que l'expulsion ne l'avait pas entamé. C'était peut-être bien vrai. As-tu connu ces hommes qui découvrent, devenus vieux, le sexe ou la religion? Ils deviennent ardents, avides, infatigables. Il était comme cela. Il avait découvert l'action et ressemblait à un enfant. Il donnait une impression ridicule, comme ces vieux qui essaient de danser du moderne. En même temps il était difficile de ne pas l'envier d'une certaine façon.

— Nous avons été ennemis pour des raisons idéologiques, pour ces mêmes raisons nous pouvons être maintenant amis, lui sourit Mayta. L'amitié et l'inimitié, entre nous, est un problème purement tactique.

— Vas-tu faire ton autocritique et demander ton inscription au parti? finit par éclater de rire Blacquer.

Le révolutionnaire chevronné, déclinant, qui un beau jour découvre l'action et s'y jette dedans sans réfléchir, impatient, espérant que les combats, les marches et les attentats le dédomma-

geront en quelques semaines ou quelques mois
d'années d'impuissance : tel est le Mayta de ces
jours-là, celui que je perçois le mieux parmi tous
les Mayta. L'amitié, l'amour étaient-ils pour lui
quelque chose qu'il administrait politiquement ?
Non : c'étaient là des paroles pour gagner à lui
Blacquer. S'il avait gouverné ainsi ses sentiments et ses instincts, il n'aurait pas mené la
double vie qui fut la sienne, celle du militant
clandestin voué à la tâche absorbante de changer le monde et celle du pestiféré qui, la nuit
venue, cherchait la compagnie des minets. Il
était indubitablement capable d'en venir aux
grands moyens, la preuve en est cette ultime tentative d'obtenir l'impossible, l'adhésion de ses
ennemis jurés à une rébellion incertaine. Deux,
trois bus passent sans que Blacquer puisse y
monter. Nous décidons de redescendre l'avenue
Larco, peut-être par Benavides sera-ce plus
facile.

— Cela ne va profiter, que je sache, à personne si ce n'est à la réaction. Et en revanche
cela portera tort au parti, expliqua délicatement
le camarade Medardo. Nos ennemis vont se
frotter les mains, même ceux de l'autre POR.
Les voilà, diront-ils, qui se déchirent une fois de
plus dans des luttes intestines. Ne m'interromps
pas, Joaquín, je ne vais pas demander un acte de
pardon chrétien ni rien qui y ressemble. Je vais
expliquer ce que j'entends par reconsidérer la
chose.

L'atmosphère du garage du Jirón Zorritos s'était détendue ; la fumée était si épaisse que les yeux de Mayta lui brûlaient. Il remarqua qu'on écoutait Moisés avec une sorte de soulagement qui se lisait sur les visages comme si, surpris de l'avoir défait si facilement, ils étaient reconnaissants que quelqu'un leur propose quelque alibi pour sortir de là la conscience tranquille.

— Le camarade Mayta a déjà été sanctionné. Il le sait et nous le savons, ajoutait le camarade Medardo. Il ne va pas revenir au POR(T), ni maintenant ni dans les circonstances présentes. Mais, camarades, il l'a dit. Les plans de Vallejos sont toujours valables. Le soulèvement va se produire avec ou sans nous. Cela, que nous le voulions ou non, va nous affecter.

Où Moisés voulait-il en venir ? Mayta fut surpris qu'il se référât à lui en l'appelant encore «camarade». Il se douta de ses intentions et, en un instant, l'abattement et la colère qu'il avait ressentis en voyant se lever tous les bras votant la motion se dissipèrent : il fallait saisir la chance au vol.

— Le trotskisme n'entre pas dans la guérilla, dit-il. Le POR(T) a décidé à l'unanimité de nous tourner le dos. L'autre POR n'est même pas au courant de l'affaire. Le plan est sérieux, solide. Tu ne le vois pas ? Le parti communiste a devant lui la grande chance de remplir le vide.

— De mettre la tête sur le billot, tu parles d'un privilège ! grogna Blacquer. Prends ce café et, si tu veux, raconte-moi tes amours tragiques avec les trotskistes. Mais de l'insurrection pas un mot, Mayta.

— Ne vous décidez pas maintenant, ni même dans une semaine, prenez tout votre temps, poursuivit Mayta sans y prêter attention. L'obstacle principal pour vous c'était le POR(T). Il n'existe plus. L'insurrection est maintenant, uniquement, celle d'un groupe ouvrier et paysan de révolutionnaires indépendants.

— Révolutionnaire indépendant, toi? souligna Blacquer.

— Achète le prochain numéro de *Voz Obrera(T)* et tu en seras convaincu, dit Mayta. Voilà ce que je suis devenu : un révolutionnaire sans parti. Vois-tu? C'est une chance unique pour vous. De diriger, d'être à la tête.

— C'est la démission que tu as lue, dit Blacquer. — Il ôte ses lunettes pour souffler dessus et les nettoyer avec son mouchoir. — Un simulacre. Nul ne croyait à cette démission, ni celui qui la signait ni ceux qui la publièrent. Pourquoi, alors? Pour tromper les lecteurs? Quels lecteurs? Est-ce que par hasard *Voz Obrera(T)* avait un seul lecteur en dehors des, combien disais-tu? sept? des sept trotskistes? C'est comme cela qu'on écrit l'histoire, camarade.

Toutes les boutiques de l'avenue Larco sont fermées, bien qu'il soit de bonne heure. Est-ce la nouvelle de l'invasion dans le Sud qui en est responsable? Dans ce quartier il y a moins de

gens que sur la Diagonal ou dans le Parc. Et
même les grandes foules de mendiants qui d'habitude pullulent par ici, entre les voitures, sont
clairsemées. Sur le mur de la mairie on peut lire
une immense inscription à la peinture rouge —
« La victoire de la guerre populaire est proche » — avec le marteau et la faucille. Elle n'était
pas là quand je suis passé par ici voici trois
heures. Un commando a-t-il pu s'approcher
avec ses pots et ses pinceaux et la peindre au nez
et à la barbe des policiers ? Mais je me rends
compte qu'il n'y a pas de policiers à la porte de
l'édifice.

— Qu'il évite au moins de faire plus de mal
au parti, donnons-lui cette chance, poursuivit
prudemment le camarade Medardo. Qu'il démis-
sionne. Nous publierons sa démission dans *Voz
Obrera(T)*. Il restera ainsi une preuve que le
parti n'est pas responsable de ce qu'il pourra
aller faire à Jauja. Reconsidération dans ce sens,
camarades.

Mayta vit plusieurs membres du comité central du POR(T) hocher la tête, en approuvant.
La proposition de Moisés/Medardo avait des
chances d'être acceptée. Il réfléchit, il fit un
bilan rapide des avantages et des inconvénients.
Oui, c'était le moindre mal. Il leva la main : pouvait-il parler ?

À Benavides il y a autant de gens à attendre
le bus qu'à La Tiendecita Blanca. Blacquer
hausse les épaules : patience. Je lui dis que je res-

terai avec lui jusqu'à ce qu'il monte. Ici, oui, bien des gens parlent de l'invasion.

— Avec le temps, j'en suis venu à penser qu'il n'était pas aussi fou, dit Blacquer. Si le foyer de la rébellion avait duré, les choses auraient pu se passer selon les calculs de Mayta. Si l'insurrection avait pris, le parti se serait vu obligé d'entrer dans le jeu, d'essayer de prendre le contrôle. Comme il en a été avec celle-ci. Qui se souvient que les deux premières années nous étions contre? Et maintenant nous nous en disputons la direction avec les maoïstes, non? Mais le camarade Chronos ne pardonne pas. Il a fait ses calculs vingt-cinq ans avant le temps.

Intrigué par sa façon de parler du parti, je lui demande si finalement il fut réintégré ou pas. Il me répond mystérieusement : «Seulement à moitié.» Une femme portant un enfant dans les bras qui semblait nous écouter nous interrompt subitement : «Est-ce vrai que les Russes sont entrés? Qu'est-ce qu'on leur a fait? Que va-t-il arriver à ma fille, maintenant?» La fille crie, aussi. «Calmez-vous, il ne va rien se passer, ce ne sont que des bobards», la console Blacquer, en même temps qu'il fait des signes à un bus archicomble qui passe sans s'arrêter. Au milieu d'un climat qui n'était certainement pas celui qui régnait une minute avant, le secrétaire général murmura que la proposition du camarade Medardo était raisonnable, qu'elle éviterait que les divisionnistes de l'autre POR n'en profitent.

Il le regarda : il n'y avait pas d'inconvénient à ce que l'intéressé se prononce. «Tu as la parole, Mayta.»

— Nous bavardâmes un bon moment. Malgré ce qu'on lui avait fait, il devint euphorique en parlant de l'insurrection, dit Blacquer, allumant une cigarette. J'appris que c'était une question de jours, mais je ne savais pas où. Je n'aurais jamais imaginé qu'il s'agissait de Jauja. Je pensais à Cusco où, en ce temps-là, on s'était emparé de terres. Mais une révolution à la prison de Jauja, qui aurait pu l'imaginer ?

J'entends, à nouveau, son petit rire acerbe. Sans nous concerter, nous nous remettons en route, en direction de l'arrêt du 28 de Julio. Les heures passent et il est là, en sueur, les vêtements froissés et sales, avec des cernes violacés et ses cheveux frisés en désordre, assis au bord de la chaise, dans le pauvre petit salon bondé de Blacquer : il parle, gesticule, souligne ses verbes avec des gestes péremptoires et il y a dans ses yeux une conviction irréductible. «Vont-ils refuser d'entrer dans l'histoire, de faire l'histoire?» reproche-t-il à Blacquer.

— Tout dans cette affaire fut contradictoire, entends-je dire ce dernier une demi-rue après. Car le POR(T) lui-même qui expulsa Mayta parce qu'il voulait les mêler à l'histoire de Jauja, se lança, peu après, dans une aventure encore plus stérile : l'expropriation des banques.

Est-ce l'entrée de Fidel Castro à La Havane,

survenue entre-temps, qui transforma le prudent POR(T) qui s'était défilé de la conspiration de Mayta en l'organisme belliqueux qui se mit à dévaliser les banques de la bourgeoisie ? Ils attaquèrent précisément cette agence du Banco Internacional que nous venons de passer — au cours de l'opération Joaquín fut pris — et, peu de jours après, la banque Wiese de la Victoria, où tomba Pallardi. Ces deux actions désintégrèrent le POR(T). Ou y eut-il, aussi, un peu de mauvaise conscience, un désir de démontrer que, bien qu'ils eussent tourné le dos à Mayta et à Vallejos, ils étaient capables de jouer le tout pour le tout ?

— Ni remords ni rien qui y ressemble, dit Blacquer. Ce fut Cuba. La révolution cubaine eut raison des inhibitions. Elle tua le sur-moi qui nous ordonnait de nous résigner à ce que « les conditions ne soient pas remplies », à ce que la révolution soit une conspiration interminable. Avec l'entrée de Fidel à La Havane, la révolution sembla se mettre à la portée de tous ceux qui avaient l'audace de se battre.

— Si ce n'est pas toi, mon propriétaire ira les vendre à La Parada, insista Mayta. Tu peux passer les prendre à partir de lundi. Il n'y en a pas tant, non plus.

— C'est bon, je garderai tes livres, consentit Blacquer. Disons que je te les garderai, en attendant.

À l'arrêt de la rue 28 de Julio la même dense

267

file d'attente se retrouve. Un homme portant chapeau écoute son transistor où, observé avec anxiété par l'assistance, il cherche une station qui donne des nouvelles. Il ne la trouve pas : toutes les stations retransmettent de la musique. J'attends, en compagnie de Blacquer, près d'une demi-heure, et dans ce laps de temps deux bus passent, archibondés, sans s'arrêter. Alors je prends congé de lui, car je veux arriver chez moi à temps pour entendre le message de la junte sur l'invasion. À l'angle de Manco Cápac je me retourne, Blacquer est toujours là, reconnaissable, avec sa silhouette minable et son air perdu, au bord du trottoir, comme s'il ne savait que faire, où aller. Mayta avait dû être ainsi ce jour-là, après la mémorable séance. Et pourtant Blacquer m'assure qu'après l'avoir fait hériter de ses livres et lui avoir indiqué où il cacherait la clé de sa chambre, il avait pris congé de lui débordant d'optimisme. «Il s'était accru avec le châtiment», dit-il. Sans doute est-ce exact : sa capacité de résistance, son audace avaient augmenté avec les contrariétés.

Quoique toutes les boutiques soient fermées, dans cette partie de l'avenue Larco les trottoirs sont encore envahis par des vendeurs de paysages andins, portraits, caricatures, objets d'artisanat et babioles. J'esquive les couvertures couvertes de bracelets et de colliers que gardent des garçons chevelus et des filles en sari, et une odeur d'encens pénètre mes narines. Dans cette enclave d'esthètes et de mystiques des rues on ne perçoit nulle alarme, ni même de curiosité envers les événements du Sud. On dirait qu'ils ne savent même pas que la guerre a pris, ces dernières heures, une tournure beaucoup plus grave et qu'elle peut à tout moment leur tomber dessus. Au coin d'Ocharan j'entends aboyer un chien, bruit étrange qui semble venir du passé, car depuis le début de la famine les chiens domestiques ont disparu des rues. Comment se sentait Mayta ce matin-là, après la longue nuit commencée au garage du Jirón Zorritos, avec son expulsion du POR(T) et l'accord ultérieur pour la déguiser en démission, et qui finit sur cette conversation chez Blacquer que les circonstances avaient transformé en son confident et son consolateur? Accablé de sommeil, de faim et de fatigue, mais animé des mêmes intentions qu'à son retour de Jauja et de la même conviction qu'il avait bien agi. On ne l'avait pas expulsé pour avoir vu Blacquer; ils avaient décidé de faire marche arrière bien avant. Leur prétendue colère, les accusations de traîtrise avaient été un stratagème pour empêcher d'entrée de jeu toute possibilité de revenir sur ce qui avait été décidé. Avait-ce été la peur de combattre? Non, cela avait été, plutôt, le pessimisme, l'aboulie, l'incapacité psychologique de briser la routine et de passer à l'action réelle. Il avait pris un bus, il voyageait debout, se tenant à la poignée, écrasé par deux Noires avec leurs paniers. Ne connaissait-il pas cette attitude ? « Est-ce que ce n'était pas la tienne pendant tant d'années ? » Ils n'avaient pas foi dans les masses par leur manque de contact avec elles, ils doutaient de la révolution et de leurs propres idées parce que la vie d'intrigues entre les sectes les avait atrophiés pour l'action. Une des Noires se mit à rire en le regardant, et il se rendit compte qu'il parlait seul. Il rit aussi. Dans ces conditions il valait mieux qu'ils s'abstiennent, ils auraient été un poids mort. Oui, ils feraient défaut, ici à Lima ils n'auraient plus d'appui urbain. Mais au fur et à mesure que la lutte entraînerait des adhésions, une organisation d'appui surgirait, ici et partout. Les camarades du POR(T), en voyant le prestige de l'avant-garde et l'incorporation des masses, regretteraient leurs hésitations. Les cocos aussi. L'accord avec Blacquer était une bombe à retardement, quand ils verraient le ruisselet devenir torrent, ils se souviendraient alors que la porte était ouverte et qu'on les attendait. Ils viendraient, ils se plieraient. Il était si absorbé dans ses pensées qu'il ne descendit pas à l'angle de chez lui mais deux rues plus loin.

Il atteignit l'impasse épuisé. Dans la cour il y avait une longue file de femmes avec des seaux, protestant parce que la première s'éternisait au robinet. Il entra dans sa chambre et s'étendit sur son lit sans même ôter ses chaussures. Il n'avait pas le courage de descendre et de faire la queue. Mais comme cela aurait été bon, maintenant, de plonger ses pieds fatigués dans une cuvette d'eau fraîche. Il ferma les yeux et, luttant contre le sommeil, il chercha les mots pour la lettre qu'il devait porter, ce soir, à Jacinto pour l'inclure dans le numéro de *Voz Obrera(T)* déjà à la composition à l'imprimerie. C'est un numéro d'à peine quatre pages, un seul pli, si jaune qu'en le prenant — installé devant le poste de télé où, bien qu'il soit huit heures, les généraux de la junte n'apparaissent pas encore — j'ai l'impression qu'il va se défaire entre mes mains. La démission ne figure pas en première page, divisée en deux longs articles et un petit entrefilet. L'éditorial, en caractères gras, remplit la colonne de gauche : « Le fascisme ne passera pas ! » Il évoque les incidents de la sierra centrale, à la suite d'une grève dans deux centres miniers de la Cerro de Pasco Cooper Corporation. En délogeant les grévistes, la police en avait blessé plusieurs et, semble-t-il, l'un d'eux était mort. Ce n'est pas quelque chose de fortuit, mais une partie du plan d'intimidation et de démobilisation de la classe ouvrière, élaboré par la police, l'armée et la réaction en accord avec les projets du Pentagone et de la CIA pour l'Amérique latine. De quoi s'agit-il, en définitive ? Des marches militaires sont diffusées et aux images de la bannière et l'écu succèdent, à la télé, des bustes et portraits d'hommes illustres. Cela va-t-il commencer, enfin ? Freiner l'avance chaque jour plus impétueuse et irrépressible, des masses ouvrières vers le socialisme. Ces méthodes ne peuvent surprendre qui a retenu les leçons de l'histoire : elles furent employées par Mussolini en Italie, Hitler en Allemagne et maintenant Washington les applique en Amérique latine. Mais elles seront infructueuses et elles produiront, à l'inverse, un ferment prometteur, car comme l'écrivit Léon Trotski, pour la classe ouvrière les coups de la répression sont comme l'émondage des plantes. Les voilà enfin, maintenant : le marin, l'aviateur, le militaire, et derrière eux les aides de camp, les ministres, les commandants des garnisons et des corps militaires de la région de Lima. Les visages sombres semblent confirmer les pires rumeurs. L'éditorial de *Voz Obrera(T)* s'achève sur l'exhortation aux ouvriers, paysans, étudiants et secteurs progressistes d'avoir à serrer les rangs contre la conjuration nazie-fasciste. Ils chantent l'hymne national.

L'autre article est consacré à Ceylan. C'est vrai qu'à cette époque le trotskisme réussit à prendre là-bas. Le texte affirme qu'il constitue la seconde force au parlement et la première dans les syndicats cinghalais. À en juger par les temps des verbes il est traduit du français — peut-être par Mayta ? Les noms, à commencer par celui de madame Bandaranaike, le Premier ministre, sont difficiles à retenir. C'est fini, ils ont achevé l'hymne et le militaire s'avance, porte-parole habituel de la junte. Curieusement, au lieu de se perdre comme d'habitude dans la rhétorique patriotique ampoulée, il va droit au fait. Sa voix est moins martiale, plus tremblante. Trois colonnes militaires de Cubains et de Boliviens ont pénétré profondément dans le territoire national, appuyées par des avions de guerre qui depuis hier soir bombardent des cibles civiles dans les départements de Puno, Cusco et Arequipa, en violation ouverte de toutes les lois et accords internationaux, provoquant de nombreuses victimes et d'incalculables dommages, dans la ville même de Puno où les bombardements ont détruit une partie de l'hôpital de la sécurité sociale, causant un nombre encore indéterminé de morts. La description des désastres lui prend plusieurs minutes. Dira-t-il si les «marines» ont traversé la frontière de l'Équateur? Le petit entrefilet annonce que, très bientôt, le POR(T) tiendra enfin, dans les locaux du syndicat de la construction civile, sa séance ajournée sur : «La révolution trahie : une interprétation trotskiste de l'Union soviétique.» Pour trouver la démission il faut tourner la page. Dans un coin, sous un long article, «Installons des soviets dans les casernes!», sans manchette ni intertitres : «Démission au POR(T).» Le militaire affirme, maintenant, que les troupes péruviennes, bien qu'elles combattent dans des conditions d'infériorité numérique et logistique, résistent héroïquement à l'invasion criminelle du terrorisme-communisme international, avec l'ap-

273

pui décidé de la population civile. La junte, en vertu du décret suprême, a rappelé ce soir trois nouvelles classes de réservistes. Dira-t-il si les avions nord-américains bombardent déjà les envahisseurs?

Camarade Secrétaire Général
du POR(T)
E.V.

Camarade :

J'ai l'honneur de vous informer par la présente de ma démission irrévocable des rangs du Parti Ouvrier Révolutionnaire (Trotskiste) où je milite depuis plus de dix ans. Ma décision obéit à des motifs personnels. Je désire recouvrer mon indépendance et pouvoir agir sous mon absolue responsabilité sans que ce que je puisse dire ou faire compromette en rien le parti. J'ai besoin de ma liberté d'action dans ces moments où notre pays se débat dans la vieille alternative entre révolution et réaction.

Que je m'écarte du POR(T) par ma propre volonté ne signifie pas que je rompe avec les idées qui ont montré la voie du socialisme révolutionnaire aux ouvriers du monde. Je veux, camarade, réaffirmer encore et toujours ma foi dans le prolétariat péruvien, ma conviction que la révolution sera une réalité et brisera définitivement les chaînes de l'exploitation et l'obscurantisme qui pèsent depuis des siècles sur notre peuple et que le processus de libération sera mené à bien à la lumière de la théorie conçue par

Marx et Engels et matérialisée par Lénine et Trotski,
en vigueur et plus forte que jamais.

Je désire que ma démission soit publiée dans Voz
Obrera(T) afin que l'opinion publique en soit infor-
mée.

Révolutionnairement,

A. MAYTA AVENDAÑO

Il l'a dit seulement à la fin, très rapidement,
avec moins de fermeté, comme s'il n'en était pas
sûr : au nom du peuple péruvien qui se bat glo-
rieusement pour la défense de la civilisation
occidentale et chrétienne du monde libre contre
les assauts de l'athéisme collectiviste et totali-
taire, la junte a sollicité et obtenu du gouvernement des États-Unis l'envoi de troupes d'appui
et de matériel logistique pour repousser l'invasion communiste russo-cubano-bolivienne qui
prétend asservir notre patrie. Autrement dit,
c'est certain. Désormais la guerre a cessé d'être
péruvienne, le Pérou n'est qu'une scène de plus
du conflit que se livrent les grandes puissances,
directement et à travers leurs satellites et alliés.
Quel qu'en soit le vainqueur, il est sûr que des
centaines de milliers, voire des millions de personnes mourront et que, s'il survit, le Pérou
demeurera désintégré et exsangue. Il avait tellement sommeil qu'il n'avait pas la force d'éteindre sa télé. Son malaise fut éclairci lorsqu'il se
retourna : Anatolio le tenait en joue avec un

revolver. Il ne ressentit pas de peur mais de la peine : le retard que cela allait provoquer! Et Vallejos? Les délais devaient être respectés au millimètre et, c'était tout à fait clair, Anatolio ne se proposait pas de le tuer mais de l'empêcher de se rendre à Jauja. Il fit quelques pas résolus en direction du garçon, pour lui faire entendre raison, mais Anatolio tendit le bras avec énergie et Mayta vit qu'il allait presser sur la détente. Il leva les bras en pensant : «Mourir sans avoir combattu.» Il éprouvait une tristesse poignante, il ne serait plus avec eux, là-bas au Calvaire, quand l'Épiphanie commencerait. «Pourquoi fais-tu cela, Anatolio?» Sa voix lui déplut : le véritable révolutionnaire est logique et froid, pas un sentimental. «Parce que tu es une pédale», dit Anatolio de la voix tranquille, posée, énergique et du ton irréfutable qu'il aurait voulu avoir en cet instant. «Parce que tu es une tapette et cela se paie», confirma en avançant sa tête olivâtre aux oreilles pointues le secrétaire général. «Parce que tu es une pédale et que c'est dégoûtant», ajouta en surgissant par-dessus l'épaule du camarade Jacinto le camarade Moisés/Medardo. Tout le comité central du POR(T) était là, l'un derrière l'autre et tous armés de revolvers. Il avait été jugé, condamné et ils allaient l'exécuter. Non pour indiscipline, erreur, trahison mais, quelle mesquinerie! quelle connerie! pour avoir glissé sa langue comme un stylet vipérin entre les dents d'Anatolio. Perdant toute retenue, il se mit à appeler à grands cris Vallejos, Ubilluz, Lorito, les paysans de Ricran, les joséfins : «Tirez-moi de ce piège, camarades.» Le dos trempé il se réveilla; sur le bord du lit, Anatolio le regardait.

— On ne comprenait pas ce que tu disais, l'entendit-il murmurer.

— Que fais-tu ici? bégaya Mayta, sans sortir tout à fait de son cauchemar.

— Je suis venu, dit Anatolio qui le regardait sans sourciller, une petite lueur intrigante dans les pupilles. Es-tu fâché contre moi?

— Tu as un beau culot, murmura Mayta sans bouger. — Il sentait sa bouche amère et ses yeux chassieux, la peau hérissée de peur. — Tu es vraiment cynique, Anatolio.

— C'est toi qui m'as initié, dit le garçon doucement en le regardant toujours droit dans les yeux, avec une expression indéfinissable qui irritait Mayta et le poussait au remords. — Un bourdon se mit à voleter autour de la lumière.

— Moi je t'ai appris à agir en homme, pas à être hypocrite, dit Mayta en faisant un effort pour contenir sa colère. — «Calme-toi, ne l'insulte pas, ne le frappe pas, ne discute pas. Vide-le d'ici.»

— Cette histoire de Jauja est une folie. Nous en avons discuté et nous avons tous été d'accord pour t'en empêcher, dit Anatolio sans remuer, avec une certaine véhémence. Personne ne voulait t'expulser. Pourquoi es-tu allé voir Blacquer? Personne ne t'aurait expulsé.

277

— Je ne vais pas discuter avec toi, dit Mayta. Tout cela c'est désormais de l'histoire ancienne. Allez, va-t'en.

Mais le garçon ne bougea pas ni ne cessa de le regarder de cette manière où entraient de la provocation et une certaine moquerie.

— Nous ne sommes plus ni camarades ni amis, dit Mayta. Que veux-tu, merde ?

— Que tu me la suces, dit le garçon, lentement, en le regardant dans les yeux et en touchant son genou de ses cinq doigts.

VII

— Que fais-tu là, Mayta? s'écria Adelaida. Pourquoi es-tu venu?

Le château Rospigliosi se trouve à la limite des quartiers de Lince et Santa Beatriz, maintenant indifférenciables. Mais quand Mayta épousa Adelaida, il y avait entre eux une lutte de classes. Lince fut toujours un quartier modeste, de classe moyenne voire de prolétariat, aux maisonnettes étroites et ternes, maisons de rapport et impasses, trottoirs crevassés et jardinets en broussailles. Santa Beatriz, en revanche, fut un quartier prétentieux où des familles aisées bâtirent des demeures de style «colonial», «sévillan» ou «néo-gothique», comme ce monument d'extravagance qu'est le château Rospigliosi, avec ses créneaux et ses ogives en ciment armé. Les habitants de Lince regardaient avec ressentiment et envie ceux de Santa Beatriz, parce que ceux-ci, à leur tour, les regardaient par-dessus l'épaule en les rabaissant.

— Je voudrais bavarder un moment avec toi,

dit Mayta. Et si cela ne te dérange pas, voir mon fils.

Maintenant Santa Beatriz et Lince sont pareils ; le premier a décliné et le second s'est amélioré jusqu'à se trouver en un point intermédiaire : quartier informe, d'employés et de commerçants, ni riches ni très pauvres, mais avec des problèmes pour boucler les fins de mois. Cette médiocrité grisâtre semble bien représentée par le mari d'Adelaida, don Juan Zárate, fonctionnaire aux Postes et Télégraphes avec de longues années de service. Sa photo se trouve près de la petite fenêtre sans rideaux par laquelle je peux observer le château Rospigliosi : comme y fonctionne maintenant une dépendance de l'armée de l'Air, il est entouré de barbelés et de sacs de sable, au-dessus desquels apparaissent casques et fusils de sentinelles. L'une de ces patrouilles m'a arrêté lorsque je suis venu ici et m'a fouillé des pieds à la tête avant de me laisser passer. Les aviateurs étaient très nerveux, le doigt sur la détente. Ce n'est pas sans raison, étant donné les événements. Sur la photo, don Juan Zárate est en complet et cravate, sérieux, et l'expression d'Adelaida, à son bras, n'est pas moins sévère.

— C'est à l'époque de notre mariage, à Cañete. On était allés passer trois jours chez un frère de Juan. J'étais enceinte de sept mois. Ça se voit à peine, n'est-ce pas ?

En effet, nul ne se douterait d'une grossesse

aussi avancée. La photo doit avoir près de trente ans. Elle est extraordinairement bien conservée, celle qui fut, pour peu de temps, la femme de mon condisciple chez les salésiens.

— Enceinte de Mayta, ajoute Adelaida.

Je l'écoute avec attention et l'observe. Je ne me remets pas de ma surprise en la voyant lorsque je suis entré dans l'obscure maisonnette. Je n'avais parlé avec elle qu'au téléphone et je n'aurais jamais imaginé que cette voix âpre fût celle d'une femme encore attirante, malgré son âge. Elle a des cheveux gris ondulés qui lui tombent sur les épaules et un visage aux traits doux, parmi lesquels se détachent des lèvres charnues et des yeux profonds. Elle croise les jambes : lisses, galbées, longues, fermes. Quand elle fut la femme de Mayta, ce devait être une beauté.

— Encore heureux que tu te souviennes de ton fils, s'écria Adelaida.

— Je me souviens toujours de lui, répliqua Mayta. Ce n'est pas parce que je ne le vois pas que je ne pense pas à lui. Nous avons fait un pacte et je m'y tiens.

Mais il y a en elle quelque chose de désolé, de l'abattement, une expression vaincue. Et une stupéfiante indifférence : elle n'a pas l'air de se soucier que les insurgés se soient emparés de Cusco et y aient instauré un gouvernement, pas plus que des fusillades indéchiffrables de la nuit passée dans les rues de Lima, ni de savoir si oui ou non des centaines de «marines» ont débarqué dans les dernières heures sur la base de La Joya, à Arequipa, pour renforcer l'armée qui, semble-t-il, s'était effondrée sur tout le front sud. Elle n'a même pas mentionné une fois les événements qui tiennent en haleine tout Lima et qui — en dépit du triomphe que représente pour moi de bavarder avec elle — me distraient par des images récurrentes d'une mer de drapeaux rouges, éruption de fusils et cris de victoire dans les rues de Cusco.

— Inutile de t'y tenir quand tu oses te présenter chez moi, dit Adelaida en secouant une frange de cheveux de son front. Ignores-tu les histoires que tu peux me causer avec mon mari ?

Tandis que je l'entends me raconter que son mariage avec Juan Zárate dut être avancé pour que l'enfant de Mayta naisse avec un autre nom et un autre père, dans un foyer constitué, je me répète que je ne dois pas me distraire : j'ai si peu de temps devant moi. C'est au prix de ma constance si je suis là ; c'est l'entrevue qui m'a demandé le plus de peine. Adelaida avait refusé maintes fois de me recevoir et, la troisième ou quatrième fois, elle avait raccroché le téléphone. Il avait fallu insister, prier, lui jurer que ni son nom, ni celui de Juan Zárate, ni celui de son fils n'apparaîtraient jamais dans ce que j'écrirais et, finalement, lui proposer, puisqu'il s'agissait de travail — me raconter sa vie avec Mayta et son dernier entretien, quelques heures avant qu'il ne parte à Jauja — une rétribution pour le temps que je lui ferais perdre. Elle m'a accordé une heure de conversation pour deux cent mille sols. Elle taira ce qui lui semblera «trop privé».

— Il s'agit d'une circonstance particulière, insista Mayta. Je m'en irai aussitôt, je te jure.

— J'ai cru qu'il avait besoin de se cacher et qu'il ne savait où aller, dit Adelaida. Comme toujours. Parce que, depuis que je l'ai connu jusqu'à ce que nous nous séparions, il a vécu en se sentant toujours poursuivi. Avec ou sans raison. Et plein de secrets, même pour moi.

Arriva-t-elle à l'aimer? Elle ne pouvait avoir d'autre raison pour rester avec lui. Comment l'avait-elle connu? Lors d'une tombola, sur la place Sucre. Elle avait joué le 17 et lui qui se trouvait à côté le 15. La roue s'était immobilisée sur le 15. «Mon Dieu, quelle chance! C'est l'ours en peluche», s'écria Adelaida. Et son voisin : «Je peux te l'offrir. Me permets-tu de t'en faire cadeau? Présentons-nous. Moi je m'appelle Mayta.»

— Bon, entre, je préfère que la concierge d'en face ne me voie pas avec toi dans la rue, lui ouvrit enfin la porte Adelaida. Seulement cinq minutes, je t'en prie. S'il te découvre ici, Juan sera très très fâché. Tu m'as suffisamment donné de maux de tête dans ma vie.

À son agitation, sa nervosité, son excitation, n'avait-elle pas soupçonné que cette visite insolite se justifiait parce qu'il était à la veille de faire quelque chose d'extraordinaire? Pas le moins du monde. Parce que en outre elle ne l'avait pas trouvé nerveux ni excité. Comme toujours, sans plus : tranquille, mal habillé, un peu plus maigre. Quand ils furent plus en confiance, Mayta lui avait avoué que leur rencontre à cette tombola n'avait pas été fortuite : il l'avait vue, suivie, avait tourné autour en cherchant à lier conversation avec elle.

— Il m'avait fait croire qu'il était tombé amoureux de moi au premier coup d'œil, ajoute Adelaida d'un ton sarcastique. — Chaque fois qu'elle le nomme quelque chose en elle s'aigrit. Malgré les années, la blessure reste vive. — Une grande farce, je suis tombée dans le panneau comme une cruche. Il n'avait jamais été amoureux de moi. Et égoïste comme il l'était, il ne s'est même pas rendu compte du mal qu'il me faisait.

Mayta jeta un regard autour de lui : une mer de drapeaux rouges, de poings dressés, une forêt de fusils et dix mille gorges éraillées à force de crier. Il lui sembla incompréhensible d'être ici, dans la maison d'Adelaida et qu'entre ces fauteuils recouverts de plastique et ces murs à la peinture écaillée vécût un enfant qui, quoiqu'il portât un autre nom, était son fils. Je sentis un profond malaise. Avais-je bien fait de venir ? Cette visite n'était-elle pas encore sentimentale, sans signification ni but ? Adelaida ne pouvait-elle pas lui trouver quelque chose de bizarre ? Ce

qu'ils chantaient était-ce l'*Internationale* en quichua ?

— Je pars en voyage et je ne sais pas quand je
reviendrai au Pérou, lui expliqua Mayta en s'as-
seyant sur le bras du fauteuil le plus proche. Je ne
voudrais pas partir sans le connaître. Est-ce que
cela te gênerait que je le voie un moment ?

— Bien sûr que ça me gênerait beaucoup,
l'interrompit Adelaida avec brusquerie. Il ne
porte pas ton nom, Juan est le seul père qu'il
connaît. Tu ne sais donc pas ce qu'il m'en a
coûté de lui trouver un foyer normal et un père
pour de bon ? Tu ne vas pas me flanquer tout
cela par terre maintenant.

— Je ne veux rien flanquer par terre, dit
Mayta. J'ai toujours respecté notre accord. Simplement, je veux le connaître. Je ne lui dirai pas
qui je suis et, si tu veux, je ne lui parlerai même
pas.

Il ne lui dit pas un mot de ses véritables
activités les premières fois ; seulement qu'il
gagnait sa vie comme journaliste. On ne pouvait
pas dire qu'il fût beau gosse, avec sa façon de
marcher comme sur des œufs, avec ses dents
écartées, ni qu'il eût une bonne situation à en
juger d'après ses vêtements. Mais malgré tout
quelque chose lui plut chez lui. Quoi, qu'est-ce
qui lui plut chez le révolutionnaire à la jolie
employée du Banco de Crédito de Lince ? Les
aviateurs de garde au château Rospigliosi sont
très nerveux, assurément : ils se précipitent sur

chaque passant pour lui demander ses papiers et le fouiller méticuleusement. S'est-il produit quelque chose d'autre ? Savent-ils quelque chose qui n'a pas été dit encore à la radio ? Une jeune fille avec des paniers qui ne se laissait pas faire, ils viennent de lui donner un coup de crosse.

— À son contact je sentais que j'apprenais des choses, dit Adelaida. Non pas qu'il fût un savant. Seulement il me parlait de sujets que n'abordaient pas mes autres prétendants. Comme je n'y entendais rien, j'étais comme le petit oiseau devant la vipère.

Elle fut aussi impressionnée qu'il fût respectueux, décontracté, maître de soi, avec de la personnalité. Il lui disait des choses qui la flattaient. Pourquoi ne l'embrassait-il pas ? Un jour il l'emmena rendre visite à une tante dans le quartier de Surquillo, la seule parente de Mayta qu'elle connaîtrait. Madame Josefa leur avait préparé un goûter avec des petits gâteaux et avait traité Adelaida affectueusement. Ils étaient là à bavarder et soudain doña Josefa dut sortir. Ils restèrent dans le petit salon, écoutant la radio, et Adelaida pensa : « Maintenant. » Mayta était près d'elle, dans le fauteuil, et elle qui attendait. Mais il n'essaya pas de lui prendre la main et elle se dit : « Il est très amoureux de moi. » La fille aux paniers a dû se résigner à être fouillée. Alors, ils la laissent passer. Quand elle passe devant la fenêtre je vois qu'elle remue les lèvres, qu'elle les insulte.

— Je te prie de ne pas insister, dit Adelaida. De plus, il est à l'école. Pourquoi, dans quel but ? S'il devine quelque chose, ce serait terrible.

— En voyant ma tête découvrira-t-il miraculeusement que je suis son père ? se moqua Mayta.

— J'ai peur, il me semble que c'est tenter le sort, balbutia Adelaida.

En effet, sa voix et son visage étaient rongés d'appréhension. Il ne devait pas insister davantage. N'était-ce pas un mauvais signe, cet élan sentimental pour voir un fils dont il se souvenait à peine ? Il perdait de précieuses minutes, c'était imprudent d'être venu. Il pouvait tomber sur Juan Zárate, et alors c'était l'incident ; le scandale, peut-être, si petit fût-il, aurait des répercussions négatives sur son plan. « Lève-toi, dis-lui au revoir. » Mais il restait collé au bras du fauteuil.

— Juan était chef de service à la poste ici à Lince, dit Adelaida. Il venait me voir entrer au travail, en sortir, il me suivait, m'invitait, me proposait le mariage chaque semaine. Il supportait mes rebuffades, sans se tenir pour vaincu.

— C'est lui qui proposa de donner son nom à l'enfant ?

— C'est la condition que je mis pour nous marier. — Je jette un regard sur la photo de Cañete et je comprends maintenant que la belle employée se soit mariée avec ce fonctionnaire de la poste, moche et plus âgé qu'elle. Le fils de

Mayta doit aller sur ses trente ans. A-t-il eu la vie normale que voulait sa mère? Que pense-t-il de ce qui se passe? A-t-il pris parti pour les rebelles et internationalistes ou pour l'armée et les «marines»? Ou, comme sa mère, pense-t-il que c'est bonnet blanc et blanc bonnet? — Et, sans m'avoir embrassée, la cinquième ou la sixième fois que nous sommes sortis il m'a fait la grande surprise.

— Que me dirais-tu si un jour je te proposais de nous marier?

— Attendons ce jour et tu le sauras, fit-elle, coquette.

— Je te le propose, dit Mayta. Veux-tu te marier avec moi, Adelaida?

— Il ne m'avait même pas donné un baiser, répète-t-elle en hochant la tête. Et il me le proposa, tel quel. Et tel quel, je l'acceptai. J'ai eu ce que j'ai cherché, je ne peux rejeter la faute sur personne.

— Preuve que vous étiez amoureuse.

— Ce n'est pas que je mourais d'envie de me marier, affirme-t-elle en faisant ce geste que je lui ai vu faire plusieurs fois, rejetant en arrière ses cheveux. J'étais jeune, assez mignonne, les partis ne me manquaient pas. Juan Zárate n'était pas le seul. Et j'acceptai celui qui n'avait rien à soi, le révolutionnaire, celui qui en plus était ce qu'il était. N'est-ce pas être cruche?

— C'est bon, je ne le verrai pas, murmura Mayta. — Mais il ne se leva pas pour autant du fauteuil. — Parle-moi de lui, au moins. Et de toi. Es-tu contente de ton mariage ?

— Plus qu'avec toi, dit Adelaida, avec résignation et une certaine mélancolie. Je vis tranquille, sans penser aux mouchards qui pourraient venir tout mettre sens dessus dessous et emmener mon mari. Avec Juan je sais que nous mangerons chaque jour et qu'on ne nous flanquera pas dehors pour n'avoir pas réglé notre loyer.

— À ta façon de le dire, tu ne sembles pas aussi heureuse, murmura Mayta. — N'était-ce pas absurde, en ce moment précis, semblable conversation ? Ne devait-il pas être plutôt en train d'acheter des médicaments, de récupérer son argent à l'agence France-Presse, de faire sa valise ?

— Je ne le suis pas, dit Adelaida : depuis qu'il avait consenti à ne pas voir l'enfant elle se montrait plus hospitalière. Juan m'a fait renoncer à mon travail à la banque. Si j'avais continué à travailler, nous vivrions mieux et je verrais des gens, la rue. Ici je passe ma vie à balayer, laver et faire la cuisine. Il n'y a pas de quoi se sentir très heureuse.

— En effet, dit Mayta en jetant un œil sur le petit salon. Et encore, comparée à des millions d'autres, tu vis très bien, Adelaida.

— Tu vas me parler de politique ? se hérissat-elle. Alors fous le camp. À cause de toi j'en suis venue à détester la politique par-dessus tout.

Ils se marièrent au bout de trois semaines, civilement, à la mairie de Lince. Elle connut alors le véritable Mayta : sous le ciel très pur et sur les toits de tuiles rouges de Cusco flottent des centaines, des milliers de drapeaux rouges, et les vieilles façades de ses églises et palais, les antiques pierres de ses rues sont rougies du sang des récents combats. Au début elle ne comprit pas bien cette histoire du POR. Elle savait qu'il y avait au Pérou un parti, l'APRA, que le général Odría avait mis hors la loi et qui, à l'avènement de Prada, redevint licite. Mais un parti appelé POR? Des manifestations rugissantes, des coups de feu en l'air, des discours frénétiques proclament le début d'une autre ère, l'avènement de l'homme nouveau. L'exécution des traîtres, mouchards, bourreaux, collaborateurs du vieil ordre a-t-elle commencé sur la belle place d'Armes où les autorités de la vice-royauté avaient écartelé Túpac Amaru? Mayta le lui expliqua à demi-mots : le Parti Ouvrier Révolutionnaire était encore petit.

— Je n'y attachai pas d'importance, je croyais à un jeu, dit-elle en écartant les cheveux de son visage. Mais il ne s'était pas écoulé un mois qu'une nuit, alors que j'étais seule, on frappa à la porte. J'ouvris, c'étaient deux inspecteurs. Sous prétexte de faire une fouille ils emportèrent même un sac de riz que j'avais à la cuisine. Ce fut le début du cauchemar.

Elle voyait à peine son mari et ne savait jamais

s'il se trouvait en réunion, à l'imprimerie ou en train de se cacher. La vie de Mayta n'était pas l'agence France-Presse, il n'y allait que pour quelques heures et gagnait une misère ; ils n'en auraient jamais eu assez si elle n'avait pas continué à travailler à la banque. Elle s'aperçut très tôt que la seule chose qui comptait pour Mayta c'était la politique. Parfois il venait à la maison avec ces types et ils restaient à discuter à n'en plus finir. Alors le POR est donc communiste ? lui demanda-t-elle. « Nous sommes les véritables communistes », lui dit-il. Avec qui t'es-tu mariée ? commença-t-elle à se demander.

— Je croyais que Juan Zárate t'aimait et qu'il se décarcassait pour te rendre heureuse.

— Il m'aimait avant que tu n'apparaisses, murmura-t-elle. Et il devait m'aimer quand il accepta de donner son nom à ton fils. Mais une fois fait il s'est mis à me manifester de la rancœur.

La traitait-il mal, alors ? Non, il la traitait bien, mais en lui faisant sentir qu'il avait été généreux. Avec le gosse, en revanche, il était bon, il se souciait de son éducation. Que fais-tu ici, Mayta ? Perdre tes dernières heures à Lima en parlant de cela ? Mais une inertie l'empêchait de partir. Que lors de cette ultime conversation, quand Mayta avait déjà un pied dans Jauja, ils aient parlé de problèmes conjugaux, voilà qui me déçoit. J'espérais, pour cette dernière conversation, quelque chose de spectaculaire, de drama-

tique, qui aurait jeté une lumière contrastée sur
ce que sentait et rêvait Mayta à la veille du soulèvement. Mais, d'après ce que j'entends, je vois
que vous avez parlé sur vous plus que sur lui.
Pardonnez mon interruption, continuons. Ainsi
donc ses activités politiques vous faisaient souffrir.

— J'ai souffert davantage qu'il soit pédéraste,
répond-elle. — Elle rougit et poursuit. — Plus
encore, je découvris qu'il s'était marié avec moi
pour dissimuler qu'il l'était.

Une révélation dramatique, enfin. Et cependant mon attention reste scindée entre Adelaida
et les drapeaux, le sang, les exécutions et l'euphorie des insurgés et internationalistes à Cusco.
Est-ce que Lima sera ainsi dans quelques semaines ? Dans le taxi qui me menait à Lince, le
chauffeur affirma que l'armée, depuis hier soir,
fusillait sur la place publique, à Villa el Salvador,
Comas, Ciudad del Niño et d'autres quartiers
neufs, de prétendus terroristes. Lima revivrait-
elle les lynchages et massacres du temps où les
Chiliens l'investirent durant la guerre du Pacifique ? J'entends à nouveau, nettement, la conférence d'un historien à Londres, rapportant le
témoignage du consul anglais de l'époque : tandis que les volontaires péruviens se faisaient
tailler en pièces en résistant à l'assaut chilien à
Chorrillos et Miraflores, la populace de Lima
assassinait les Chinois des tavernes en les pendant, les poignardant et les brûlant sur la voie

publique, en les accusant de complicité avec l'ennemi, puis elle mettait à sac les demeures des gens fortunés, des gens qui, terrorisés, depuis les légations diplomatiques où ils s'étaient réfugiés, appelaient de leurs vœux l'entrée de l'envahisseur qu'ils redoutaient moins, découvraient-ils en ce moment, que ces masses déchaînées d'Indiens, de métis, de mulâtres et de Noirs qui s'étaient emparés de la ville. Quelque chose comme cela se produirait-il maintenant ? Les foules affamées mettront-elles à sac les demeures de San Isidro, Las Casuarinas, Miraflores, Chacarilla tandis que les derniers vestiges de l'armée se défont devant l'offensive finale des rebelles ? Verra-t-on la prise d'assaut des ambassades et des consulats tandis que généraux, amiraux, fonctionnaires, ministres grimpent dans des avions, des bateaux, avec tous leurs bijoux, dollars, titres déterrés de leurs cachettes, précipitamment ? Lima flambera-t-elle comme flambe en ce moment l'ancienne capitale des Incas ?

— Apparemment vous ne lui avez pas pardonné non plus cela, lui dis-je.

— Je m'en souviens et mon sang se glace, admet Adelaida.

Cette fois ? Cette nuit ou, plutôt, à l'aube. Elle entendit freiner l'auto, patiner les pneus devant la maison et, comme elle vivait dans la crainte de la police, elle sauta de son lit pour épier. Par la fenêtre elle vit l'auto : dans la clarté bleuâtre du petit matin descendaient la silhouette sans

293

visage de Mayta et, par l'autre côté, le chauffeur. Elle regagnait son lit quand quelque chose — d'étrange, insolite, difficile à expliquer, à définir — la prévint et la troubla. Elle garda son visage collé à la vitre. Parce que l'autre avait fait un mouvement pour prendre congé de Mayta qui ne lui sembla pas normal, s'agissant de son mari. Entre noceurs, chahuteurs, ivrognes ces plaisanteries pouvaient passer. Mais Mayta n'était pas du genre folâtre. Et alors? Le type, comme pour dire au revoir, lui avait saisi la braguette. La braguette. Il la tenait encore et Mayta, au lieu de lui faire lâcher prise — ôte tes doigts de là, espèce de soûlot! —, se laissa aller contre lui. Il l'embrassait. Ils s'embrassaient. Sur le visage, sur la bouche. «C'est une femme», pensa-t-elle, pria-t-elle qu'elle fût, sentant que ses mains et ses jambes tremblaient. Une femme en veste et pantalon? La clarté brumeuse ne lui permettait pas de voir nettement qui son mari embrassait, contre qui il se frottait, dans cette ruelle déserte, mais il n'y avait pas de doute, par sa corpulence, son allure, sa tête, ses cheveux, c'était un homme. Elle fut sur le point de sortir, à demi nue comme elle l'était, pour leur crier : «Bande de pédés, pédés.» Mais quelques secondes plus tard, quand le couple se sépara et Mayta avança vers la maison, elle fit celle qui dormait. Dans l'obscurité, morte de honte, elle l'entendit entrer. Elle priait pour qu'il fût dans un état tel qu'elle pourrait se dire qu'il ne savait pas ce qu'il faisait ni avec qui il était. Mais, bien entendu, il n'avait pas bu, est-ce que par hasard il buvait jamais ? Elle le vit se déshabiller dans l'ombre, rester en slip en guise de pyjama et se glisser à ses côtés, en prenant soin de ne pas la réveiller. Alors Adelaida eut envie de vomir.

— Je ne sais pour combien de temps, répliqua Mayta, comme si la question l'avait pris au dépourvu. Cela dépendra de la tournure des événements. Je veux changer de vie. Je ne sais même pas si je reviendrai au Pérou.

— Vas-tu renoncer à la politique ? lui demanda Adelaida, surprise.

— D'une certaine façon, dit-il. Je m'en vais pour quelque chose que tu n'arrêtais pas de me rabâcher. J'ai fini par te donner raison.

— Dommage que ce soit si tard, dit-elle.

— Mieux vaut tard que jamais, sourit Mayta. — Il avait soif, comme s'il avait mangé du poisson. Qu'attends-tu pour t'en aller ?

Adelaida avait cette expression fâchée qu'il se rappelait et les avions apparurent, si inattendus et si rapides dans le ciel que la foule ne put même pas comprendre jusqu'à ce que — bruyantes, mortifères, cataclysmiques — éclatèrent les premières bombes. Toits, murs, clochers de Cusco s'effondrèrent, il plut des gravats, des pierres, des tuiles, des briques qui criblèrent les gens qui couraient et s'écrasaient, provoquant parmi eux autant de morts que les rafales de mitraille des avions rasants. Au milieu des cris, des balles, des rugissements, ceux qui avaient un fusil tiraient vers le ciel sale de fumée.

— Vous avez été la seule personne à qui Mayta a dit au revoir, lui assuré-je. Il ne l'a même pas fait pour sa tante Josefa. N'avez-vous pas trouvé bizarre cette visite, après des années ?

— Il m'a dit qu'il partait pour l'étranger, qu'il voulait avoir des nouvelles de son fils, répond Adelaida. Mais, bien sûr, j'ai tout compris par la suite, en lisant les journaux.

Dehors une soudaine agitation se manifeste à la porte du château Rospigliosi, comme si, derrière les barbelés et les sacs de sable, la surveillance était renforcée. Là-bas, même l'horreur des bombardements n'a pu empêcher les abus : les bandes audacieuses des évadés des commissariats et de la prison mettent à sac les boutiques du centre. Les commandants rebelles font fusiller sur place quiconque est surpris en train de piller. Les oiseaux de proie tracent des cercles autour des cadavres des fusillés, bientôt indifférenciables des victimes du bombardement. Cela sent la poudre, la charogne et le roussi.

— Profites-en alors pour te faire soigner, murmura Adelaida, d'une voix si basse que je l'entendis à peine. Mais ses paroles me firent l'effet cinglant d'un coup de fouet.

— Je ne suis pas malade, balbutia Mayta. Parle-moi du petit avant que je ne parte.

— Oui, tu l'es, insista Adelaida en cherchant son regard. T'es-tu fait soigner, peut-être ?

— Ce n'est pas une maladie, Adelaida, bégayai-je. — J'avais les mains moites et la gorge sèche.

— Chez toi, oui, dit-elle. — Et Mayta pensa que quelque chose avait ressuscité chez elle sa rancœur d'alors. C'était ta faute : que faisais-tu là, pourquoi ne partais-tu pas ? — Chez d'autres c'est de la dégénérescence, mais toi tu n'es pas un vicieux. Je le sais, j'en ai parlé avec ce médecin. Il a dit que ça pouvait se guérir mais tu n'as pas voulu te soumettre aux électrochocs. Je t'ai proposé d'obtenir un prêt à la banque pour le traitement mais tu n'as pas voulu. Maintenant que les années ont passé, dis-moi la vérité. Pourquoi n'as-tu pas voulu ? Avais-tu peur ?

— Les électrochocs ne servent pas à cela, murmurai-je. N'en parlons plus. Donne-moi plutôt un verre d'eau.

Ne peut-on penser, madame, que son mariage avec elle aurait été son « traitement » ? Ne s'était-il pas marié avec elle en pensant que la compagnie d'une femme jeune et attirante le « guérirait » ?

— C'est ce qu'il a voulu me faire croire, quand nous en avons enfin parlé, murmure Adelaida en triturant sa frange de cheveux. Mensonge, évidemment. S'il avait voulu guérir, il aurait fait l'effort. Il s'est marié pour dissimuler. Surtout devant ses petits amis révolutionnaires. J'ai été l'écran qui cachait ses cochonneries.

— Si vous ne voulez pas, ne répondez pas à

ma question, lui dis-je. La vie sexuelle entre vous était-elle normale ?

Elle ne semble pas se troubler : comme il y a tant de morts et qu'il n'est pas possible de les enterrer, les commandants rebelles les font arroser de n'importe quel liquide inflammable et brûler. Il faut éviter que les restes putréfiés éparpillés dans la ville ne propagent des infections. L'air est si épais et vicié qu'on peut à peine respirer. Adelaida décroise ses jambes, se met à l'aise, me toise ; dehors, c'est le vacarme : une autochenille s'est immobilisée devant les barbelés et les sentinelles sont plus nombreuses. Les choses ont dû empirer ; on dirait qu'on s'apprête à quelque chose. Comme si elle avait lu dans ma pensée Adelaida dit : «Si on les attaque, c'est nous qui recevrons les balles en premier.» La crépitation des bûchers où brûlent les cadavres ne fait pas taire les cris irascibles, affolés des parents et amis qui essaient d'empêcher la crémation, exigeant une sépulture chrétienne pour les victimes. Au milieu de la fumée, la pestilence, la peur et la désolation, quelques-uns essaient de ravir les cadavres aux révolutionnaires. D'une confrérie, église ou couvent sort une procession. Elle avance, fantomatique, psalmodiant des prières et des oraisons, au milieu de la mort et de la ruine qu'est devenu Cusco.

— Je ne savais pas ce qu'étaient des relations normales ni anormales, murmure-t-elle en écartant ses cheveux d'un geste rituel. Je ne pouvais

298

pas comparer. En ce temps-là, on ne parlait pas de cela avec ses amies. Si bien que j'ai cru qu'elles étaient normales.

Mais elles ne l'étaient pas. Ils vivaient ensemble et, de temps en temps, ils faisaient l'amour. Ce qui voulait dire, certaines nuits, se caresser, s'embrasser, finir rapidement et s'endormir. Quelque chose de superficiel, de routinier, d'hygiénique, quelque chose qui — elle s'en était rendu compte par la suite — était incomplet, au-dessous de ses besoins et de ses désirs. Non qu'elle n'aimât pas que Mayta eût pour elle des délicatesses, comme d'éteindre toujours la lumière avant. Mais elle avait l'impression qu'il était pressé, inquiet, effrayé, la pensée ailleurs, tandis qu'il la caressait. Était-il ailleurs ? Oui : en se demandant à quel moment ce désir, à force d'être ravivé et exaspéré par des imaginations et des souvenirs, avait réveillé son sexe, il commençait à céder, à décliner, à l'enfoncer dans ce puits d'angoisse dont il essayait de sortir en balbutiant des explications stupides qu'Adelaida, heureusement, semblait accepter. Sa pensée allait vers d'autres nuits, soirées ou petits matins où son désir ne déclinait pas, se renforçait plutôt et durait si ses mains et sa bouche s'activaient, au lieu d'Adelaida, sur l'un de ces petits minets qu'avec beaucoup d'hésitation et de remords il osait aller chercher parfois à Porvenir ou aux docks de Callao. En vérité ils faisaient l'amour une fois sur deux ou sur trois, et

299

Adelaida ne savait comment lui demander de ne pas finir si vite. Ensuite, quand elle eut plus confiance, elle s'enhardit. Le priant, l'implorant de ne pas s'écarter d'elle, épuisé, rassasié, justement quand elle commençait à éprouver un chatouillement, un vertige, une ivresse. La plupart des fois elle ne parvenait même pas à cela, parce que Mayta semblait soudain se repentir. Et elle était si cruche que jusqu'à cette fameuse nuit elle s'était tourmentée en se demandant : est-ce ma faute ? suis-je frigide ? ne sais-je pas l'exciter ?

— Offre-moi un autre verre d'eau, dit Mayta. Et cette fois je pars vraiment, Adelaida.

Elle se leva et lorsqu'elle revint au petit salon elle apportait, en outre, une poignée de photos. Elle les lui tendit sans un mot. L'enfant nouveau-né ; à quelques mois, emmailloté, dans les bras de Juan Zárate ; pour son anniversaire devant le gâteau avec deux bougies ; en pantalon court et souliers, regardant le photographe au garde-à-vous. Je les examinai une fois et encore une fois, s'examinant soi-même en même temps qu'il scrutait les traits, les attitudes, les gestes, les vêtements de ce fils qu'il n'avait jamais vu et qu'il ne verrait pas non plus à l'avenir : se rappellerait-il ces images demain, à Jauja ? M'en souviendrais-je, m'accompagneraient-elles, me donneraient-elles le courage de marcher sur les hauts plateaux, dans la forêt, au cours des attaques et des embuscades ? Qu'éprouvait-il en les voyant ? Éprouverait-il, quand il se les rappellerait, que la lutte, les sacrifices, les morts, c'était à cause de lui, pour lui? Maintenant même, éprouvait-il de la tendresse, du remords, de l'angoisse, de l'amour? Non; seulement de la curiosité, un sentiment de gratitude envers Adelaida qui lui avait montré ces photos. Aurait-ce été là la raison qui l'avait amené à cette maison avant de partir pour Jauja? Ou aurait-ce été, plus que de connaître son fils, vérifier si Adelaida avait toujours pour lui la même rancœur à cause de ce qui était sans nul doute l'épine de sa vie?

— Je ne le sais pas, dit Adelaida. S'il est venu pour ça, il en est reparti en sachant qu'en dépit des années je ne lui avais pas pardonné d'avoir ruiné ma vie.

— Malgré ce que vous saviez, vous êtes restée longtemps avec lui. Et vous êtes même tombée enceinte.

— Pure inertie, murmure-t-elle. Lorsque je me suis retrouvée enceinte, cela m'a donné la force d'en finir avec cette farce.

Elle s'en doutait depuis des semaines, parce qu'elle n'avait jamais autant de retard dans ses règles. Le jour où on lui remit les résultats de l'analyse, elle se mit à pleurer, d'émotion. Immédiatement l'idée la saisit qu'un jour son fils ou sa fille saurait ce qu'elle savait. Les dernières semaines, précisément, ils avaient eu de nombreuses discussions au sujet du traitement par électrochocs.

— Ce ne fut pas par peur, dit-il tout bas en

la regardant. C'est que je ne voulais pas guérir, Adelaida.

De sorte qu'en cette ultime entrevue vous avez abordé ce sujet tabou, madame. Oui, et Mayta s'était même montré plus franc que lorsqu'ils vivaient ensemble. La procession attirait la foule des rues par où elle passait, hommes et femmes somnambules d'épouvante, enfants et vieillards hagards d'avoir vu parents, fils, frères, petits-enfants, blessés par les éclats d'obus ou écrasés sous les éboulis et carbonisés sur les bûchers prophylactiques. Serpentant, éplorée et psalmodiant, pressée dans les ruelles en ruine de Cusco, elle sembla consoler, réconcilier les survivants. Soudain, en débouchant sur ce qui avait été la placette du Rey, elle tomba nez à nez sur une manifestation décidée d'activistes et combattants armés de fusils et de drapeaux rouges qui tâchaient de redonner courage au peuple et de ne pas le laisser succomber à la démoralisation. Pluie de cris, de pierres et de balles, et un épouvantable ululement.

— Si cela ne va pas contre tes principes, je te demanderais d'avorter, dit Mayta, comme s'il avait eu sa phrase toute prête. Les raisons ? elles sont multiples. La vie que je mène, que nous menons. Peut-on élever un enfant avec ce genre de vie ? Ce que je fais exige un dévouement total. On ne peut pas se mettre pareil fardeau sur le dos. Enfin, à condition que cela n'aille pas contre tes principes. Sinon, eh bien! nous l'assumerons.

Elle ne pleura pas et ils n'eurent pas de discussion. «Je ne sais pas, je verrai bien, je vais y réfléchir.» Et à ce même instant, elle sut ce qu'elle devait faire, de façon absolument claire et catégorique.

— Alors tu m'as menti, sourit Adelaida avec un petit air triomphant. Quand tu me disais que cela te faisait honte, que tu te sentais une ordure, que c'était le malheur de ta vie. Je suis heureuse qu'à la fin tu le reconnaisses devant moi.

— Cela me faisait et me fait honte, et je me sens parfois une ordure, dit Mayta. — Les joues me brûlaient et ma langue était râpeuse, mais je ne regrettais pas de parler de cela. — Cela continue d'être un malheur dans ma vie.

— Alors, pourquoi ne voulais-tu pas te soigner? répéta Adelaida.

— Je veux être ce que je suis, bégayai-je. Je suis révolutionnaire, j'ai les pieds plats, je suis aussi pédéraste. Je ne veux pas cesser de l'être. C'est difficile à t'expliquer. Dans cette société il y a des règles, des préjugés, et tout ce qui ne s'y ajuste pas semble anormal, un délit ou une maladie. Mais c'est que la société est pourrie, pleine d'idées stupides. C'est pourquoi il faut une révolution, vois-tu?

— Et pourtant lui-même m'avait dit qu'en URSS on l'aurait mis dans un asile d'aliénés et en Chine fusillé, ainsi qu'ils le font avec les homosexuels, me dit Adelaida. C'est pour ça que tu veux faire la révolution?

L'engagement, entre la poussière des décombres, la fumée des incinérations, les prières des croyants, les hurlements des blessés, le désespoir des rescapés, dura à peine quelques secondes, car soudain aux autres bruits se superposa une fois de plus celui des moteurs rugissants. Avant que ceux qui en vinssent aux mains, aux injures, s'envoyassent des cailloux, eussent le temps de comprendre, il plut sur Cusco encore plus de bombes et de mitraille.

— C'est pour cela que je veux faire une *autre* révolution, murmura Mayta en passant sa langue sur ses lèvres desséchées : il mourait de soif mais n'osait pas demander un troisième verre d'eau. Pas une révolution à moitié, mais la véritable, l'intégrale. Une qui supprime toutes les injustices et où personne, sous aucun prétexte, ne ressente la honte d'être ce qu'il est.

— Et cette révolution, tu vas la faire toi et tes petits amis du POR? partit à rire Adelaida.

— Je vais devoir la faire moi tout seul, lui sourit Mayta. Je ne fais plus partie du POR. J'ai démissionné hier soir.

Elle se réveilla le lendemain et l'idée était dans sa tête, affinée durant son sommeil. Elle la caressa, la tourna et la retourna tandis qu'elle s'habillait, attendait le bus et était bringuebalée sur le trajet du Banco de Crédito de Lince, la mûrit tout en établissant les comptes de la caisse

304

sur son minuscule bureau. Au milieu de la matinée, elle demanda l'autorisation de se rendre à
la Poste. Juan Zárate était là, derrière les vitres
dépolies. Elle s'arrangea pour qu'il la vît et,
quand il la salua, elle lui répondit par un sourire
en technicolor. Juan Zárate, naturellement, ôta
ses lunettes, resserra le nœud de sa cravate et
sortit en courant lui serrer la main. Le désordre
est total : les rues éventrées ont de plus en plus
de morts, de nouvelles maisons s'effondrent et
celles qui sont encore debout sont mises à sac.
Rares sont ceux qui, parmi ceux qui gémissent,
pleurent, volent, agonisent ou recherchent leurs
morts, semblent entendre les ordres diffusés aux
carrefours par quelques patrouilles rebelles : « La
consigne est d'abandonner la ville, camarades,
d'abandonner la ville, d'abandonner la ville. »

— Je suis étonnée d'avoir eu cette audace, dit
Adelaida, en observant la photo de sa lune de
miel.

Ainsi donc, lors de cette intime entrevue, dans
ce petit salon, Mayta parla à celle qui avait été
sa femme de choses intimes et idéales : la révolution véritable, l'intégrale, celle qui supprime-
rait toutes les injustices sans en infliger de
nouvelles. Ainsi donc, malgré les revers et les
contrariétés de dernière heure, il se sentait,
comme me l'assura Blacquer, euphorique, et
même lyrique.

— Espérons que la nôtre montre le chemin

aux autres. Oui, Adelaida. Espérons que le Pérou donne l'exemple au monde.

— Mieux vaut la franchise, aussi vais-je vous parler — Adelaida ne pouvait croire qu'elle était capable de cette assurance et de cette audace, qu'en même temps qu'elle disait ces choses elle était capable de sourire, de faire des manières et de secouer ses cheveux de façon que l'administrateur des Postes de Lince la regardât extasié. — Vous vouliez à la folie vous marier avec moi, n'est-ce pas, Juan ?

— Tu l'as dit, ma petite Adelaida — Juan Zárate se pencha sur la table du bistrot Dupetit-Thouars où ils prenaient un rafraîchissement. — Fou de toi et beaucoup plus encore.

— Regardez-moi bien, Juan, et répondez-moi sincèrement. Est-ce que je vous plais autant qu'il y a des années ?

— Tu me plais davantage, avala sa salive l'administrateur des Postes de Lince. Tu es encore plus belle, ma petite Adelaida.

— Alors, si vous voulez, vous pouvez m'épouser. — Sa voix n'avait pas fléchi et elle ne fléchit pas non plus à cet instant. — Je ne veux pas vous tromper, Juan. Je ne suis pas amoureuse de vous. Mais j'essaierai de vous aimer, de me plier à vos goûts, je vous respecterai et ferai mon possible pour être une bonne épouse.

Juan Zárate la regardait en battant des paupières ; dans sa main, le verre se mit à trembler.

— Parles-tu sérieusement, Adelaidita? articula-t-il à la fin.

— Je parle sérieusement. — Et elle n'hésita pas non plus cette fois : — Je ne vous demande qu'une chose. Que vous donniez votre nom à l'enfant que j'attends.

— Donne-moi un autre verre d'eau, dit Mayta. J'ai encore soif, je ne sais pas ce qui m'arrive.

— Tu as prononcé un discours, dit-elle en se levant. — Elle poursuivit de sa cuisine : — Tu n'as rien changé. Tu es pire, plutôt. Maintenant tu ne veux pas faire une révolution seulement pour les pauvres mais aussi pour les pédérastes. Je te jure que tu me fais rigoler, Mayta.

« Une révolution aussi pour les pédérastes », pensai-je. « Oui, aussi pour les pauvres pédés. » Il ne ressentait pas la moindre colère de l'éclat de rire d'Adelaida : au milieu de la fumée et de la pestilence, on voyait des files de gens qui fuyaient la ville détruite, trébuchant sur les décombres, se bouchant le nez et la bouche. Parmi les ruines il ne restait que les morts, les blessés, les grands vieillards et les petits enfants. Et des pillards qui, défiant l'asphyxie, le feu, les bombes sporadiques, pénétraient dans les maisons encore debout à la recherche d'argent et de nourriture.

— Et il accepta, conclus-je. Don Juan Zárate devait vous aimer beaucoup, madame.

— Nous nous mariâmes à l'église, tandis que

je divorçais de Mayta, soupire Adelaida, regardant la photographie de Cañete. Le divorce tarda deux ans. Après quoi, nous nous mariâmes aussi civilement.

Comment Mayta avait-il pris cette histoire ? Sans surprise, sûrement avec soulagement. Il avait fait le simulacre de lui dire qu'il était très préoccupé qu'elle se mariât de cette façon, sans le moindre sentiment.

— N'est-ce pas ce que tu as fait avec moi ? Avec la différence que toi tu m'as trompée alors que moi, j'ai tout dit à Juan.

— Mais tu t'es trompée dans tes calculs, dit Mayta. — Il venait de boire le verre d'eau et se sentait gonflé. — Te rappelles-tu que je te l'avais dit ? Dès le début je t'avais prévenu que...

— Ne te lance pas dans un autre discours, l'interrompit Adelaida.

Elle se tait, tambourine sur le bras de son fauteuil, et je peux lire sur son visage qu'elle se demande si l'heure est écoulée. Mais je consulte ma montre, il manque quinze minutes. Là-dessus, on entend des fusillades : une isolée, deux autres, une rafale. Dans un même mouvement, Adelaida et moi regardons par la petite fenêtre : les sentinelles ont disparu, elles sont certainement tapies derrière les barbelés et les sacs de sable. Mais à gauche une patrouille d'aviateurs avance vers le château Rospigliosi sans manifester d'inquiétude. C'est vrai que les fusillades semblaient assez lointaines. Des échanges de tir dans les bidonvilles ? Les combats ont-ils commencé dans les faubourgs de Lima ?

— Cela a marché, vraiment ? — reprends-je la conversation. Elle écarte les yeux de la fenêtre et me regarde : à l'air alarmé qu'elle avait eu en entendant les coups de feu a succédé, une fois de plus, cette expression aigre qu'elle semble avoir habituellement. — Pour l'enfant.

— Cela a marché jusqu'à ce qu'il apprenne que Juan n'était pas son père, dit-elle. — Elle garde les lèvres séparées, tremblantes, et ses yeux, qui me regardent fixement, commencent à briller.

— Bon, cela ne concerne pas mon histoire, il n'est pas nécessaire que nous parlions de votre fils, m'excusé-je. Revenons à Mayta, plutôt.

— Je ne vais prononcer aucun autre discours, la tranquillisa-t-il. — Il but la dernière gorgée du verre : et si une telle soif était le signe de la fièvre, Mayta ? — Je vais être franc avec toi, Adelaida. Avant de partir, je voulais avoir des nouvelles de mon fils, mais aussi de toi. Cela ne m'a pas fait du bien de venir. J'espérais te trouver contente, tranquille. Et en revanche, je te vois pleine de rancœur contre moi et contre tout le monde.

— Si cela peut te consoler, j'ai moins de rancœur envers toi qu'envers moi-même. Parce que j'ai bien cherché tout ce qui m'est arrivé dans la vie.

Au loin on entend éclater de nouvelles fusillades. Depuis les vallées, les pentes, les pics et les hauts plateaux alentour, la vision de Cusco n'est que fumée et cris.

— Ce n'est pas Juan mais moi qui le lui dis, murmure-t-elle de façon entrecoupée. Juan ne me le pardonne pas. Il a toujours aimé Juancito comme son fils.

Et elle me raconte la vieille histoire qui doit empoisonner ses jours et ses nuits, une histoire où se mêlent la religion, la jalousie et le dépit. Juancito préféra dès l'enfance son père postiche à sa mère, il fut davantage collé à lui qu'à elle, peut-être parce que, de façon obscure, il flairait que par la faute d'Adelaida il y avait un grand mensonge dans sa vie.

— Cela veut-il dire que ton mari le conduit à la messe chaque dimanche ? réfléchit à voix haute Mayta. — La mémoire me restitua, en un tourbillon, les prières, cantiques, communions et confessions de l'enfance, la collection d'images multicolores que je rangeais comme des objets précieux dans mon cahier de devoirs. — Bon, en cela du moins, il a quelque chose de commun avec moi. À son âge, j'allais quotidiennement à la messe.

— Juan est très catholique, dit Adelaida. Catholique, apostolique, romain et dévot, dit-il en se moquant. Mais c'est la pure vérité. Et il veut que Juancito soit pareil, évidemment.

— Évidemment, acquiesça Mayta. Mais il pensait, par association, à ces garçons du collège

310

San José de Jauja qui avaient écouté avec tant d'attention et presque de ravissement tout ce qu'il leur avait dit sur le marxisme et la révolution. Il les vit : ils imprimaient, sur des ronéos cachées sous des caisses et des bidons, les communiqués que leur adressait le commandement en chef, ils distribuaient des tracts à l'entrée des usines, des collèges, sur les marchés et aux cinémas. Il les vit se multipliant comme les pains de l'Évangile, recrutant chaque jour des dizaines de garçons aussi humbles et dévoués qu'eux, allant et venant par des raccourcis dangereux et des glaciers de la Cordillère, esquivant les barrages et les patrouilles de l'armée, se glissant la nuit comme des chats sur les toits des bâtiments publics et au sommet des collines pour y planter des drapeaux rouges frappés du marteau et de la faucille, et je les vis arriver suants, souriants, formidables, aux campements éloignés avec des médicaments, des informations, des vêtements et des vivres dont la guérilla avait grand besoin. Son fils était l'un d'eux. Ils étaient très jeunes, de quatorze, quinze et seize ans. Grâce à eux la guérilla pouvait être sûre de triompher. «À l'assaut du ciel», pensai-je. Nous descendrons le ciel du ciel, nous l'installerons sur la terre, ciel et terre se confondaient à cette heure crépusculaire ; les nuages cendrés du haut rencontraient les nuages de cendres qu'exhalaient les incendies. Et ces petits points noirs, volatils, innombrables qui accouraient des quatre points

311

cardinaux vers Cusco? Ce n'étaient pas des cendres mais des oiseaux carnassiers, voraces et affamés qui, poussés par la faim, défiant la fumée et les flammes, piquaient sur les proies désirables. Sur les hauteurs, les survivants, parents, blessés, combattants, internationalistes, pouvaient, avec un minimum d'imagination, entendre la trituration avide, les coups de bec fiévreux, les battements d'ailes abjects, et sentir l'épouvantable puanteur.

— Autrement dit...? la poussé-je à continuer.
— Maintenant on entend tirer à tout moment, toujours au loin, mais ni Adelaida ni moi ne voulons à nouveau épier la rue.

— Autrement dit le sujet n'était jamais abordé devant Juancito, continue-t-elle. — Je l'écoute et m'efforce de m'intéresser à son récit, mais je continue à voir et à sentir la boucherie.

C'était un sujet tabou, au fond de sa relation matrimoniale, qui la décapait comme un acide lent. Juan Zárate aimait l'enfant, mais il n'avait pas pardonné à Adelaida ce pacte, le prix qu'elle lui avait fait payer pour l'épouser. L'histoire prit une tournure inattendue le jour où Juancito — il avait achevé ses études au collège et était entré en faculté de pharmacie — avait découvert que son père avait une maîtresse. Don Juan Zárate une maîtresse? Oui, et dans une garçonnière. Adelaida n'avait pas ressenti de jalousie mais plutôt une envie de rire en pensant que son petit vieux qui traînait les pieds et avait la vue basse pouvait s'octroyer une maîtresse. Cela la faisait mourir de rire. Une femme est jalouse quand elle aime et elle n'avait jamais aimé Juan Zárate, elle l'avait plutôt supporté avec stoïcisme. Elle était seulement irritée qu'avec la misère qu'il gagnait il pût entretenir deux ménages...

— Mais en revanche mon fils fut hors de lui, fou de rage, ajoute-t-elle en état d'hypnose. Il en perdit le sommeil et la joie, il se consuma. Que son père eût une maîtresse lui parut la fin du monde. Était-ce parce qu'il avait été élevé si dévotement ? Chez un petit enfant j'aurais compris cette angoisse. Mais chez un petit homme de vingt ans, qui connaît déjà les choses de la vie, comment peut-on la comprendre ?

— C'est pour vous que le garçon souffrait, lui dis-je.

— C'était pour la religion, insiste Adelaida. Juan l'avait éduqué ainsi, dévot à battre toujours sa poitrine. Il devint fou. Il n'acceptait pas que son père, qui lui avait appris à être un catholique pur et dur, fût un hypocrite. Il disait ces choses et il avait déjà vingt ans.

Elle se tait parce que cette fois les coups de feu se sont rapprochés. Je regarde par la fenêtre : cela ne doit pas être vraiment inquiétant à en juger d'après la tranquillité des sentinelles, en haut des barbelés. Ils regardent vers le sud, comme si la fusillade provenait de San Isidro ou de Miraflores.

— Peut-être cela lui venait-il de Mayta, lui dis-je. Enfant, il était comme cela : un croyant dur comme fer, convaincu qu'on devait agir avec droiture à tout moment. Il n'acceptait pas les compromis. Rien ne l'irritait tant que quelqu'un crût une chose et en fît une autre. Ne vous a-t-il pas raconté la grève de la faim qu'il entreprit pour ressembler aux pauvres ? Les gens comme ça ne sont généralement pas heureux dans la vie, madame.

— Je l'ai vu tellement souffrir que j'ai pensé que ça l'aiderait si je lui disais la vérité, murmura Adelaida, le visage altéré. Moi aussi j'étais devenue folle, non ?

— Oui, je pars, mais avant je te demande une faveur, dit Mayta et, à peine fut-il debout, il regretta de n'être pas parti plus tôt. Ne dis à personne que tu m'as vu. Sous aucun prétexte.

Elle, ces secrets, précautions, méfiances, craintes n'avaient jamais fini de la convaincre, elle n'avait jamais pu les prendre au sérieux, bien que, tout le temps qu'elle vécut avec lui, elle vît bien souvent la police venir à la maison le chercher. Cela lui avait toujours fait l'effet d'un jeu de vieux qui font les enfants, un délire de persécution, quelque chose qui empoisonne l'existence. Comment peut-on profiter de la vie si l'on vit avec l'idée d'une conjuration universelle contre les mouchards, l'armée, l'APRA, les capi-

talistes, les staliniens, les impérialistes, etc., etc. ?
Les paroles de Mayta lui rappelèrent le cauchemar que cela avait été d'entendre attention, ne
le répète pas, ne le dis pas, on ne doit pas savoir,
personne ne peut..., plusieurs fois par jour. Mais
elle ne discuta pas : très bien, elle n'en dirait
rien. Mayta acquiesça et, avec un demi-sourire,
lui disant adieu, il s'éloigna à la hâte, avec sa
petite démarche d'homme qui a des ampoules
sous la plante des pieds.

— Il ne pleura pas, il ne fit aucun drame,
ajoute Adelaida en regardant dans le vide. Il me
posa peu de questions, comme par simple curiosité. Comment était Mayta ? Pourquoi avions-
nous divorcé ? Et rien d'autre. Il sembla se
tranquilliser, au point que je pensai : « Cela ne
servira pas à grand-chose de le lui avoir dit. »

Mais le lendemain le garçon avait disparu. Dix
ans étaient passés et Adelaida ne l'avait pas revu.
Sa voix s'étrangle et je la vois se frotter les mains
comme si elle voulait s'arracher la peau.

— Est-ce que c'est agir en catholique, ça ?
murmure-t-elle. Rompre pour toujours avec sa
mère pour ce qui, dans le pire des cas, ne peut
être qu'une erreur. Tout ce que j'ai fait, n'était-
ce pas pour lui, par hasard ?

Ils avaient même averti la police pour le rechercher, quoique le garçon fût presque majeur. Je
suis peiné de la voir si tourmentée et je comprends
qu'elle ait mis cet épisode aussi sur le compte de
Mayta, mais en même temps je me sens dégagé

315

de sa douleur, proche de Mayta, le suivant dans les rues de Lince jusqu'à l'avenue Arequipa, en quête d'un taxi. Avait-il le cœur serré à cause de l'aigreur de la visite à son ex-femme et la frustration de ne pas avoir vu ce fils qu'il ne verrait certainement plus jamais ? Était-il démoralisé, abattu ? Il était euphorique, plein d'énergie, impatient, calculant mentalement le temps qui lui restait à Lima. Il savait surmonter les revers au moyen d'un élan émotif, tirer de ses erreurs des forces pour la tâche qui l'attendait. Autrefois, cette occupation simple, précise, quotidienne, artisanale, qui le tirait de son abattement et de l'autocompassion, consistait à peindre des murs, l'imprimerie de Cocharcas, distribuer des tracts sur l'avenue Argentina et la place Dos de Mayo, corriger des épreuves, traduire pour *Voz Obrera* un article français. Maintenant c'était la révolution, en chair et en os et dans toute l'extension du mot, la réelle, la véritable, celle qui allait commencer d'un instant à l'autre. Il pensa : « Celle que tu vas commencer. » Allait-il perdre son temps à se torturer les méninges avec des tracas domestiques ? Il fouilla ses poches, tira la liste, relut les choses à acheter. Aurait-il le solde de son compte à l'agence France-Presse ?

— Les premiers jours, je pensais qu'il s'était donné la mort, dit Adelaida en se frottant furieusement les mains. Et que je devrais me tuer moi aussi pour payer sa mort.

On ne sut rien de lui pendant des semaines et

des mois, jusqu'à ce qu'un jour Juan Zárate reçût une lettre. Sereine, mesurée, bien pesée. Il le remerciait de ce qu'il avait fait pour lui, il lui disait souhaiter récompenser sa générosité. Il s'excusait d'être parti si brusquement, mais il avait pensé qu'il valait mieux éviter une explication difficile pour tous les deux. Il ne devait pas s'inquiéter pour lui. Est-il tout en haut dans la montagne que la nuit commence à effacer ? Est-ce un des hommes qui bondit, va, vient et retourne parmi les survivants — la mitraillette à l'épaule, le revolver à la ceinture — essayant de mettre de l'ordre dans ce chaos ?

— La lettre venait de Pucallpa, dit Adelaida. Et il ne parlait pas de moi une seule fois.

Oui, voilà son compte, en billets, pas en chèque : quarante-trois mille sols. Son cœur bondit. Il avait calculé trente-cinq mille sols tout au plus. C'était la première bonne chose qui lui arrivait ces jours-ci : huit mille sols en plus. Il épuiserait la liste et il lui en resterait encore. Naturellement il ne prit pas congé des rédacteurs de l'agence France-Presse. Quand le directeur lui demanda s'il pouvait effectuer un remplacement le dimanche suivant, il répondit qu'il partait pour Chiclayo. Il sortit à la hâte et ragaillardi, en direction de l'avenue Abáncay. Il n'avait jamais eu de patience pour aller faire des courses, mais cette fois il fit plusieurs boutiques pour acheter le meilleur blue-jean couleur kaki, résistant au climat rude, au terrain âpre et à l'action énergique. Il en acheta deux, dans des magasins différents, et ensuite, à un vendeur ambulant sur le trottoir, une paire de bottes. Le vendeur lui prêta son petit banc, appuyé contre les murs de la Bibliothèque nationale, pour les essayer. Il entra dans une pharmacie du Jirón Lampa. Il fut sur le point de tirer sa liste et de la donner au pharmacien, mais il se retint, en se répétant, comme des milliers de fois dans sa vie : « On n'est jamais assez prudent. » Il décida d'acheter dans plusieurs pharmacies des pansements, les désinfectants, les coagulants pour les blessures, les sulfamides et le reste des articles de premiers secours que lui avait dictés Vallejos.

— Et depuis lors vous ne vous êtes pas revus ?

— Je ne l'ai pas vu, moi, dit Adelaida.

Juan Zárate, oui. De temps en temps il venait à Lima, depuis Pucallpa ou Yurimaguas, où il travaillait dans une scierie, et ils déjeunaient ensemble. Mais depuis le début des événements — les attentats, les séquestrations, les bombes, la guerre — il a cessé d'écrire et de venir : ou bien il était mort ou bien c'était l'un d'eux. La nuit est tombée et les survivants se sont allongés les uns sur les autres, pour résister au froid dans les ténèbres de Cusco. La foule, en rêve, délire en écoutant avions et bombes fantomatiques qui multiplient ceux du jour. Mais le fils de Mayta ne dort pas : dans la petite grotte du commandement en chef, il discute, tâche de faire prévaloir son point de vue. Les gens doivent revenir à Cusco sitôt dissipés les miasmes des incendies et entreprendre la reconstruction. Il y a des commandants d'un autre avis : ils seront là des cibles trop faciles pour de nouveaux bombardements et des massacres comme ceux qui aujourd'hui démobilisent les masses. Il est préférable que les gens restent en rase campagne, éparpillées dans des districts, hameaux et campements moins vulnérables aux attaques aériennes. Le fils de Mayta réplique, argumente, hausse le ton et, dans l'éclat du petit foyer, son vidage brille tanné, couturé de cicatrices, grave. Il ne s'est pas défait de la mitraillette à son épaule ni de son revolver à la ceinture. La cigarette entre ses doigts s'est éteinte et il ne le sait pas. Sa voix est celle d'un homme qui a surmonté toutes les pénuries — le froid, la faim, la fatigue, la fuite, la terreur, le crime — et sûr de la victoire inévitable et imminente. Jusqu'à présent il ne s'est pas trompé et tout confirme à ses yeux qu'à l'avenir il ne se trompera pas non plus.

— Les rares fois qu'il venait, il cherchait Juan et ils sortaient ensemble, répète Adelaida. Moi il ne m'a jamais cherchée, ni appelée, ni permis à Juan d'aborder ne serait-ce que la possibilité de me voir. Pouvez-vous comprendre pareille rancœur, une haine semblable ? Au début je lui ai écrit plusieurs fois. Ensuite j'ai fini par me résigner.

— L'heure est maintenant passée, lui rappelé-je.

Il a pris le paquet, a remis le reçu et est sorti. Avec les sulfamides et le mercurochrome de la dernière pharmacie il avait épuisé sa liste. Les paquets étaient volumineux, lourds, et en arrivant dans sa petite chambre du Jirón Zepita les bras lui faisaient mal. Sa valise était prête : les chandails, les chemises et, au milieu, soigneusement protégée, la mitraillette, cadeau de Vallejos. Il rangea les médicaments et jeta un œil aux livres en désordre. Blacquer viendrait-il les prendre ? Il sortit, cacha la clé entre deux lames du parquet du palier. S'il ne venait pas, le propriétaire irait les vendre pour se payer du loyer. Qu'est-ce que cela pouvait lui faire, maintenant ! Il prit un taxi, jusqu'au parc universitaire. Que pouvaient lui faire sa chambre, ses livres, Adelaida, son fils, ses ex-camarades, maintenant ? Que pouvait lui faire Lima, maintenant ? Son cœur s'agitait tandis que le chauffeur installait sa valise sur la galerie. Le taxi collectif partirait pour Jauja dans quelques minutes. Il pensa : « C'est un voyage sans retour, Mayta. »

Je me lève, je lui remets l'argent, je la remercie, elle me raccompagne jusqu'à la porte et la ferme dès que j'en ai franchi le seuil. Je trouve étrange, dans l'après-midi qui décline, la façade trompeuse du château Rospigliosi. Une fois de plus je dois me soumettre à la fouille des aviateurs. Ils me laissent passer. Tandis que j'avance, au milieu des maisons hermétiquement closes, devant et derrière, à droite et à gauche, ce ne sont plus seulement des coups de feu que j'entends. Également des explosions de grenades, des coups de canon.

VIII

On dirait un personnage d'Arcimboldo : son nez est une carotte sarmenteuse, ses joues deux coings, son menton une grosse patate pleine d'yeux et son cou une grappe de raisins à demi égrenée. Sa laideur est si impudique qu'elle est sympathique ; on dirait que Don Ezequiel la pare de ces cheveux graisseux qui pendent en franges sur ses épaules. Son corps semble encore plus flasque fourré dans un pantalon tout plissé et un chandail raccommodé. Seule une de ses chaussures a un lacet ; il menace de perdre l'autre à chaque pas. Et pourtant, ce n'est pas un mendiant mais le propriétaire de la Boutique de Meubles et Articles pour le Foyer, sur la place d'Armes de Jauja, près du collège d'El Carmen et de l'église des mères franciscaines. Les mauvaises langues disent qu'en dépit des apparences c'est le commerçant le plus riche de la ville. Pourquoi n'a-t-il pas fui, comme d'autres ? Les insurgés l'ont enlevé voici quelques mois et la rumeur publique a dit qu'il avait payé une forte rançon; depuis il n'est plus inquiété parce que, à ce qu'on dit, il paie «l'impôt révolutionnaire».

— Je sais bien qui vous envoie, je sais que c'est ce fils de pute de Chato Ubilluz, me stoppe-t-il net dès qu'il me voit pénétrer dans sa boutique. Vous êtes venu pour rien, je ne sais rien, je n'ai rien vu et je n'ai pas été compromis dans cette connerie de merde. Nous n'avons rien à nous dire. Je sais bien que vous écrivez sur Vallejos. Ne me mêlez pas à cette affaire ou alors vous en assumerez les conséquences. Je vous le dis sans me fâcher, pour que tout soit clair dans votre petite tête.

En réalité, il me le dit le regard enflammé d'indignation. Il crie de telle sorte qu'une des patrouilles qui contrôlent la place s'approche pour demander ce qui se passe. Non, rien. Quand elle est partie, je fais mon numéro habituel : il n'y a pas de raison de vous inquiéter, don Ezequiel, je ne songe pas à vous nommer, pas une seule fois. On ne trouvera pas non plus dans mon histoire le sous-lieutenant Vallejos ni Mayta ni aucun des protagonistes et personne ne pourra identifier en elle ce qui s'est réellement passé.

— Et alors pourquoi diable êtes-vous venu à Jauja ? me rétorque-t-il en gesticulant avec ses doigts crochus. Pourquoi diable posez-vous toutes ces questions dans les rues et les places publiques sur ce qui s'est passé ? Pourquoi tous ces commérages de merde ?

— Pour mentir en connaissance de cause, dis-je pour la centième fois de l'année. Laissez-moi au moins vous l'expliquer, don Ezequiel. Cela ne vous prendra même pas deux minutes. Me permettez-vous ? Puis-je entrer ?

La lumière qui baigne l'air de Jauja est celle de l'aube : neuve, balbutiante, noirâtre et, se détachant, le profil de la cathédrale, les balcons alentour, le petit jardin grillagé et les arbres du centre de la place, se font et se défont. La brise coupante met la chair de poule. Étaient-ce les nerfs ? Était-ce la peur ? Il n'était ni nerveux ni effrayé, à peine légèrement anxieux, non de ce qui allait arriver mais à cause de la maudite altitude qui, à chaque instant, lui rappelait son cœur. Il avait dormi quelques heures, en dépit du froid qui se glissait par les vitres brisées, en dépit des fauteuils du salon de coiffure qui n'étaient pas le lit idéal. Un cocorico l'avait réveillé à cinq heures du matin et la première chose à laquelle il avait pensé, avant d'ouvrir les yeux, fut : « Enfin aujourd'hui. » Il se leva, s'étira dans l'obscurité et, heurtant les objets, se dirigea vers la cuvette pleine d'eau. Le liquide glacé le réveilla tout à fait. Il s'était endormi habillé et n'eut qu'à chausser ses bottes, boucler sa valise et attendre. Il s'assit sur l'une des chaises où Ezequiel rasait ses clients et, fermant les yeux, il se rappela les instructions. Il était confiant, serein, et, sans cette impression d'étouffer il se serait senti heureux. Quelques moments après il entendit ouvrir la porte. Il vit, dans l'éclat d'une lanterne, Ezequiel. Il lui apportait du café chaud dans une gamelle.

— Tu as dormi bien mal à l'aise, n'est-ce pas?

— J'ai fort bien dormi, dit Mayta. Il est déjà cinq heures et demie?

— Presque, murmura Ezequiel. Sors par-derrière et ne fais pas de bruit.

— Merci pour l'hospitalité, prit congé Mayta. Bonne chance.

— Malchance, plutôt. Mon tort fut d'être trop bon, trop con. — Son nez se gonfle et d'innombrables petites veines lie-de-vin ressortent; son regard bouillonne, frénétique. — Mon tort fut d'avoir pitié d'un étranger que je ne connaissais pas et de le laisser dormir une seule nuit dans mon salon de coiffure. Et qui m'a fait gober ce bobard que le pauvre n'avait pas de toit et m'a demandé de lui donner l'hospitalité? Qui sinon ce fils de pute de Chato Ubilluz!

— Vingt-cinq ans ont passé, don Ezequiel, tenté-je de le calmer. C'est de la vieille histoire, plus personne ne s'en souvient. Ne vous fâchez pas ainsi.

— Je me fâche parce que, non content de me faire ce qu'il m'a fait, maintenant ce chien dit partout que je me suis vendu aux terroristes. Il veut que l'armée me passe par les armes et se libérer ainsi de mon existence, écume don Ezequiel. Je me fâche parce que le cerveau de cette

325

connerie, il ne lui est rien arrivé, alors que moi qui ne savais rien ni ne comprenais rien, on m'a jeté en prison, on m'a brisé les côtes, on m'a fait pisser le sang à coups de pied dans les reins et les couilles.

— Mais vous êtes sorti de prison et avez recommencé, et maintenant vous êtes un homme que tout Jauja envie, don Ezequiel. Ne vous mettez pas dans cet état, oubliez.

— Je ne peux pas oublier si vous venez me taper sur les nerfs pour que je vous raconte des choses que je ne sais pas, rugit-il en gesticulant comme s'il allait me griffer. C'est pas ça le plus drôle de l'histoire ? Celui qui en savait le moins a été le seul qu'on a fait chier.

Il longea le corridor, s'assura qu'il n'y avait personne dans la rue, ouvrit, sortit et ferma derrière lui la petite porte dérobée du salon de coiffure. Il n'y avait âme qui vive sur la place et la faible clarté lui permettait à peine de voir où il mettait les pieds. Il se rendit à la banque. Ceux de Ricran n'étaient pas arrivés. Il s'assit, plaça sa valise entre ses pieds, se protégea la bouche en soulevant le col roulé de son chandail et il enfonça les mains dans ses poches. Il devait être une machine. C'est quelque chose qu'il se rappelait des classes de préparation militaire : un automate lucide, qui ne retarde ni n'avance, et surtout qui ne doute jamais, un combattant qui applique le programme avec la précision d'une horloge. Si tous agissaient de même, l'épreuve la plus difficile, celle d'aujourd'hui, serait franchie. La seconde serait plus facile et, accomplissant l'une et l'autre, la victoire serait un jour en vue. Il entendait des coqs invisibles ; derrière, entre les plantes du jardinet, un crapaud coassait. Étaient-ils en retard ? Le camion de Ricran stationnerait sur la place de Santa Isabel, où convergeaient les véhicules qui apportaient des produits pour le marché. De là, répartis en groupes, ils gagneraient leurs emplacements. Il ne savait même pas le nom des deux camarades qui le rejoindraient pour aller à la prison, et ensuite à la compagnie de téléphones. « C'est la saint quoi aujourd'hui ? — Saint Edmond Dantès. » Sous le chandail qui recouvrait la moitié de son visage, il sourit : il avait eu l'idée de ce mot de passe en se souvenant du *Comte de Monte-Cristo*. Là-dessus arriva le garçon de San José, ponctuel. Il s'appelait Felicio Tapia et était en uniforme — pantalon et chemise kaki, calot de même couleur, un chandail gris et des livres sous le bras. « Ils vont nous aider à commencer la révolution et ils rentreront au collège », pensa-t-il. « Nous devons nous presser pour qu'ils ne loupent pas le premier cours. » Chacun des groupes comprenait un collégien comme messager, pour le cas où il aurait à transmettre quelque chose d'imprévu. Une fois que chaque groupe entreprendrait la retraite, le joséfin devait retrouver sa vie normale.

— Ceux de Ricran sont en retard, dit Mayta. Le passage de la Cordillère ne sera-t-il pas fermé?

Le gosse observa les nuages.

— Non, il n'a pas plu.

Il était improbable qu'un orage ou une avalanche fermât la circulation à cette époque. Si cela se produisait, il était prévu que les gens de Ricran passent par les montagnes jusqu'à Quero. Le joséfin regardait Mayta avec admiration. Il était très jeune, avec des dents de lapin et un léger duvet.

— Tes compagnons sont-ils aussi ponctuels que toi?

— Roberto est déjà à l'angle de l'orphelinat et Melquiades, je l'ai vu se diriger vers Santa Isabel.

Le jour se levait très vite et Mayta regretta de ne pas avoir vérifié une dernière fois sa mitraillette. Il la portait dans sa valise et il ne cessait d'y penser. Il l'avait graissée la veille, dans le salon de coiffure, et avant de se mettre à dormir, il avait ouvert et fermé la sûreté, vérifiant le chargeur. Une nouvelle vérification était-elle bien nécessaire? La place était maintenant plus animée. Des femmes passaient, la mantille sur la tête, en direction de la cathédrale, et, de temps en temps, une camionnette ou un camion circulait chargé de caisses ou de tonneaux. Il était six heures moins cinq. Il se leva et saisit sa valise.

— Cours à Santa Isabel et, si le camion est

arrivé, tu dis à ceux de mon groupe de se rendre droit à la prison. À six heures et demie je leur ouvrirai la porte. Compris?

— Je suis assez libre pour vous le dire et je vous le dis tel quel : le responsable de toute l'affaire ce ne fut pas Vallejos ni l'étranger mais Ubilluz. — Don Ezequiel se gratte les touffes de poil de sa nuque avec ses ongles noirs et il souffle comme un bœuf : — De ce qui s'est passé et de ce qui ne s'est pas passé ce matin-là. Vous perdez votre temps à tirer des ragots de Pierre et de Paul. Il suffit de parler avec lui. Cette ordure est le seul qui connaît dans tous ses détails toute la merde de l'histoire.

Une radio à plein volume éteint sa voix. Une émission en anglais destinée aux «marines» et aviateurs nord-américains, pour lesquels on a réquisitionné le Groupe Scolaire San José.

— Ça y est, c'est reparti, la sale radio des gringos, putain de leur mère! rugit don Ezequiel en se bouchant les oreilles.

Je lui dis que j'ai été surpris de ne pas voir jusqu'à maintenant des «marines» dans les rues, puisque toutes les patrouilles aux coins des rues sont des gendarmes et des soldats péruviens.

— Ils doivent cuver leur vin ou se reposer après avoir tant baisé, brame-t-il, enragé. Ils ont corrompu tout Jauja, ils ont transformé en putes même les bonnes sœurs. Comment s'en étonner si nous mourons tous de faim ici et eux ont des dollars? On dit que même l'eau, ils l'amènent en avion. Ce n'est pas vrai qu'avec leur fric ils aident le commerce local. Pas un seul n'est entré m'acheter quelque chose, par exemple. Ils dépensent seulement en cocaïne, et alors là à n'importe quel prix. C'est de la blague qu'ils soient venus se battre contre les communistes. Ils sont venus pour se shooter et s'envoyer les filles de Jauja. Il y a même des Noirs parmi eux, putain de merde.

Quoique je sois attentif aux coups de sang de don Ezequiel, je ne me distrais pas un instant de Mayta, ce matin d'il y a un quart de siècle, dans cette ville de Jauja sans révolutionnaires ni « marines », cheminant au point du jour dans la rue Alfonso Ugarte avec sa valise et sa mitraillette. Était-il inquiet du retard du camion ? Sûrement. Même s'il avait prévu la possibilité d'un retard, cette première contrariété devait provoquer chez lui une certaine inquiétude, alors même que le plan n'avait pas commencé à se matérialiser. Un plan qu'au milieu de la toile d'araignée des tergiversations et des affabulations je crois identifier assez bien jusqu'au moment où les révolutionnaires, vers le milieu de la matinée, devaient sortir de Jauja en direction du pont de Molinos. À partir de là je me perds dans les versions contradictoires. J'ai chaque fois plus la certitude que seul un noyau infime — peut-être seulement Vallejos et Ubilluz, peut-être seulement Mayta et eux, peut-être seulement le sous-lieutenant — savait exactement *tout* ce qu'ils feraient; cette décision de laisser dans l'ignorance le reste leur a terriblement nui. À quoi pensait Mayta dans le dernier tronçon de la rue Alfonso Ugarte, quand il voyait déjà, à main gauche, les murs de brique et les auvents de tuiles de la prison? Qu'à main droite, derrière les rideaux de la maison d'Ubilluz, Chato et ses camarades de La Oroya, Casapalca et Morococha, plantés là depuis la veille ou depuis des heures, le verraient peut-être passer. Devait-il les avertir que le camion était en retard? Non, il ne devait modifier sous aucun prétexte les instructions. Par ailleurs, en le voyant seul ils auraient compris que le camion n'était pas arrivé. S'il arrivait dans la demi-heure qui suivait, ceux de Ricran pourraient lancer les actions. Et sinon, ils les retrouveraient à Quero, où les retardataires devaient se rendre. Il atteignit la façade de pierre de la prison et, comme le sous-lieutenant l'avait dit, il n'y avait pas de sentinelle en faction. La porte rouillée s'ouvrit et Vallejos apparut. Un doigt sur les lèvres, il prit Mayta par le bras et le fit entrer en fermant le portail après avoir vérifié que personne ne l'accompagnait. D'un geste il lui signifia d'avoir à entrer dans le Poste de commandement et il disparut. Mayta observa le vestibule ouvert avec ses colonnes, la porte devant lui qui indiquait Poste de Police, et la petite cour aux griottiers à longues feuilles fines, couvertes de grappes. Dans la pièce où il se trouvait il y avait un blason, un tableau noir, un bureau, une chaise et une petite fenêtre par les vitres sales de laquelle il devinait la rue. Il gardait sa valise à la main, sans savoir que faire, quand Vallejos revint.

— Je voulais m'assurer que personne ne t'avait vu, dit-il à voix basse. Le camion n'est pas arrivé ?

— Apparemment non. J'ai envoyé Felicio l'attendre et dire à mon groupe d'avoir à se présenter ici à six heures et demie. Les gars de Ricran nous feront-ils défaut ?

— Pas de problème, dit Vallejos. Cache-toi là et attends, sans faire de bruit.

Le calme et l'assurance du sous-lieutenant remontèrent le moral de Mayta. Vallejos portait un pantalon et des bottes de commando ainsi qu'un pull noir à col roulé au lieu de la chemise kaki. Il entra dans le poste de commandement et la pièce lui parut être comme un grand cabinet de toilette avec ses murs blancs. Ce meuble devait abriter les armes, et les fusils devaient être disposés sur ces râteliers. En fermant la porte il demeura dans une semi-obscurité. Il s'efforça d'ouvrir sa valise parce que la serrure s'était bloquée. Il en retira la mitraillette et fourra dans ses poches les chargeurs. Aussi brusquement qu'elle avait fait irruption, la radio s'éteignit. Qu'était devenu le camion de Ricran ?

— Il était arrivé de bonne heure, à Santa Isabel, où il devait s'arrêter — don Ezequiel se met à rire et c'est comme si le poison jaillissait de ses

332

yeux, sa bouche et ses oreilles. — Et quand l'action de la prison commença, il était déjà parti. Et pas à Quero, où on supposait qu'il devait aller, mais à Lima. Et sans emmener les communistes ni les armes volées. Rien de cela. Que transportait le camion ? Des fèves ! Oui, putain, comme je vous le dis. Le camion de la révolution, au moment où la révolution démarrait, partit pour Lima avec un chargement de fèves. Vous ne me demandez pas à qui appartenait ce chargement de fèves ?

— Je ne vous le demande pas parce que vous allez me dire qu'il appartenait à Chato Ubilluz, lui dis-je.

Don Ezequiel part d'un autre éclat de rire monstrueux :

— Vous ne me demandez pas qui le conduisait ? — Il lève ses mains sales et, comme s'il donnait des coups de poing, il désigne la place : — Je l'ai vu passer, je l'ai reconnu, ce traître. Je l'ai vu, accroché au volant, avec sa petite casquette bleue de pédé. J'ai vu les sacs de fèves. Que se passe-t-il, merde ? Qu'allait-il se passer ! Cette espèce de salaud venait de nous entuber, Vallejos, l'étranger et moi.

— Dites-moi une seule chose encore et je vous laisse en paix, don Ezequiel. Pourquoi n'êtes-vous pas parti aussi ce matin-là ? Pourquoi êtes-vous resté bien tranquillement dans votre salon de coiffure ? Pourquoi, au moins, ne vous êtes-vous pas caché ?

Sa tête de fruit me jette un regard horrible pendant plusieurs secondes, avec une fureur morose. Je le vois fureter dans son nez, s'acharner sur les poils de sa nuque. Quand il me répond, il se sent encore obligé de mentir :

— Pourquoi merde allais-je me cacher puisque je n'étais en rien compromis ? Pourquoi merde ?

— Don Ezequiel, don Ezequiel, le grondé-je. Vingt-cinq ans se sont écoulés, le Pérou s'effondre, les gens ne pensent qu'à échapper à une guerre qui n'est même plus entre nous, vous et moi pouvons mourir dans le prochain attentat ou échange de feux, qui peut attacher d'importance désormais à ce qui s'est passé ce jour-là ? Dites-moi la vérité, aidez-moi à finir mon histoire avant que nous soyons vous et moi dévorés aussi par cette folle violence, ce chaos homicide qu'est devenu notre pays. Vous deviez aider à couper le téléphone et à retenir des taxis, en prétextant un barbecue à Molinos. Rappelez-vous à quelle heure vous deviez vous rendre à la compagnie des téléphones ? Cinq minutes après l'ouverture. Les taxis devaient attendre à l'angle d'Alfonso Ugarte et La Mar, où le groupe de Mayta s'en emparerait. Mais vous n'avez pas retenu les taxis ni n'êtes allé à la compagnie des téléphones, et le joséfin qui est venu vous trouver pour vous demander ce qui se passait, vous lui avez répondu : «Il ne se passe rien, tout est foutu, cours au collège et oublie que tu me connais.» Ce joséfin c'est Telésforo Salinas, le directeur des Sports de la province, don Ezequiel.

— Chapelet de mensonges! Infamies d'Ubilluz! rugit-il, grenat de contrariété. Je n'ai rien su et je ne devais ni me cacher ni fuir. Allez-vous-en, disparaissez! Sale calomniateur! Concierge de merde!

Dans le réduit ténébreux où il se trouvait, la mitraillette à la main, Mayta n'entendait aucun bruit. Il ne voyait rien non plus, sauf deux rais de lumière par les jointures de la porte. Mais il n'avait pas de peine à deviner, avec précision, qu'à cet instant Vallejos entrait au dortoir des quatorze gardes et les réveillait d'une voix de stentor : «Garde à vous!» «Nettoyage de mausers!» Car le commandant armurier de Huancayo venait de l'aviser qu'il les passerait en revue tôt ce matin. «Faites gaffe, je veux du travail soigné à l'extérieur comme à l'intérieur du canon du fusil, gare à vous s'il y en a un de faussé et vous me le laissez passer.» Car le sous-lieutenant Vallejos ne voulait pas se faire taper sur les doigts par le commandant armurier. Les fusils en bon état et les munitions de chaque garde républicain — quatre-vingt-dix cartouches — seraient portés au Poste de police. «En rangs dans la cour!» Alors viendrait son tour. La machine était maintenant en marche, les pièces fonctionnaient, ça c'est de l'action, c'en était. Les gars de Ricran étaient-ils arrivés? Il guettait par les fentes, attendant de voir les silhouettes des gardes portant leurs mausers et munitions dans la petite pièce en face, l'un derrière l'autre, et parmi eux Antolín Torres.

C'est un garde républicain à la retraite qui vit dans la rue Manco Cápac, à mi-chemin entre la prison et la boutique de Don Ezequiel. Pour éviter que l'ex-coiffeur ne m'allonge un coup de poing ou n'ait une attaque d'apoplexie, j'ai dû partir. Assis sur un banc de la majestueuse place de Jauja — enlaidie maintenant par les chevaux de frise installés par la municipalité et la sous-préfecture — je pense à Antolín Torres. J'ai bavardé avec lui ce matin. C'est un homme heureux depuis que les «marines» l'ont engagé comme guide et traducteur (il parle l'espagnol aussi bien que le quichua). Avant il possédait un petit lopin à la campagne, mais la guerre l'a détruit et il mourait de faim jusqu'à l'arrivée des gringos. Son travail consiste à accompagner les patrouilles qui font des rondes dans les environs. Il sait que ce travail peut lui coûter la tête ; les gens du pays pour beaucoup lui tournent le dos et la façade de sa maison est couverte de graffitis : «Traître», «Condamné à mort par la justice révolutionnaire.» D'après ce que m'a dit Antolín et les gros mots de don Ezequiel, les relations entre les «marines» et les habitants de Jauja sont mauvaises ou médiocres. Même les gens hostiles aux insurgés éprouvent un ressentiment contre ces étrangers qu'ils ne comprennent pas et, surtout, qui mangent, fument et ne souffrent d'aucune privation dans une ville où même les anciens riches connaissent la pénurie. Sexagénaire au cou de taureau et au ventre proéminent, natif de Cangallo dans la province d'Ayacucho mais ayant passé toute sa vie à Jauja, Antolín Torres use d'un castillan savoureux, truffé de mots quichuas. « Qu'ils me tuent, donc, les communistes, m'a-t-il dit. Mais alors ils me tueront le ventre plein, la peau bien tendue et fumant des blondes. » C'est un conteur qui sait ménager ses effets avec des pauses et des exclamations. Ce jour-là, voici vingt-cinq ans, il devait prendre son service à huit heures, remplacer comme sentinelle à la porte de la garde Huáscar Toledo. Mais Huáscar n'était pas dans la guérite, il se trouvait à l'intérieur du poste, avec les autres, en train de graisser le mauser pour la visite du commandant armurier. Le sous-lieutenant les pressait et Antolin Torres flaira quelque chose.

— Mais pourquoi, monsieur Torres ? Qu'est-ce que ça avait de bizarre une revue d'armement ?

— Ce qui était bizarre c'est que le sous-lieutenant ait sa mitraillette à l'épaule. Pourquoi donc était-il armé ? Et pourquoi donc devions-nous laisser nos mausers au Poste de police ? C'est très bizarre, mon sergent. Depuis quand donc faut-il qu'un garde se sépare de son mauser pour la revue ? Ne pense pas tant, Antolín, c'est très mauvais pour l'avancement, me dit le

337

sergent. J'obéis, je nettoyai mon mauser et le laissai au Poste, avec mes quatre-vingt-dix cartouches. Et j'allai me mettre en rang dans la cour. Mais en flairant le mauvais coup. Pas ce qui allait se passer, non. Quelque chose en relation avec les prisonniers, plutôt. Il y en avait environ cinquante dans les cachots. Une tentative d'évasion, je ne sais pas, quelque chose.

«Maintenant.» Mayta poussa la porte. À force d'être immobile il avait des fourmis dans les jambes. Son cœur était un tambour battant la chamade et il avait l'impression de quelque chose de définitif, d'irréversible quand il bondit avec sa mitraillette pleine de graisse dans la cour de la prison, devant les gardes sur les rangs, et il se planta devant le Poste de police. Il dit ce qu'il avait à dire :

— J'espère que personne ne m'obligera à tirer, parce que je ne voudrais tuer personne.

Vallejos mettait en joue aussi avec sa mitraillette ses subordonnés. Les yeux chassieux des quatorze gardes allaient du sous-lieutenant à Mayta, de Mayta au sous-lieutenant, sans comprendre : sommes-nous réveillés ou est-ce que nous rêvons ? Est-ce la vérité ou un cauchemar ?

— Et alors le sous-lieutenant leur parla, n'est-ce pas, monsieur Torres ? Rappelez-vous ce qu'il leur dit ?

— Je ne veux pas vous compromettre, je deviens rebelle, révolutionnaire et socialiste, mime et gesticule Antolín Torres et sa pomme

338

d'Adam monte et descend le long de son cou, débridée. Si quelqu'un veut me suivre de sa propre volonté, qu'il vienne. Je fais tout cela pour les pauvres, pour le peuple qui souffre et parce que nos chefs nous ont trahis. Et vous, sergent-major, avec ma solde de quinzaine vous achèterez de la bière dimanche pour tout le personnel. Tandis que le sous-lieutenant discourait, l'autre ennemi, celui qui était venu de Lima, nous tenait en respect avec sa mitraillette, nous barrant la route de nos armes. On était faits comme des bleus, donc. Nos supérieurs, ensuite, nous mirent deux semaines aux arrêts de rigueur.

Mayta l'avait entendu sans suivre ce que Vallejos leur disait, si grande était son excitation. «Comme une machine, comme un soldat.» Le sous-lieutenant poussa les gardes vers leur chambrée et ils obéirent docilement, encore sans comprendre. Il vit que le sous-lieutenant, après les avoir enfermés, mettait la chaîne à la chambrée. Puis, avec des mouvements rapides, précis, la mitraillette dans la main gauche, il courut avec une grande clé dans l'autre main ouvrir une porte à barreaux. Étaient-ils là, ceux d'Uchabamba? Ils avaient dû entendre et voir ce qui venait de se passer. En revanche, les autres prisonniers, dans les cellules derrière la cour aux griottiers, étaient trop loin. Depuis le Poste de police où il se trouvait, il vit surgir deux hommes derrière Vallejos. C'étaient eux, bien sûr, les camarades dont jusqu'ici il ne connaissait que le nom. Lequel était Condori et lequel Zenón Gonzales? Avant qu'il le sût, éclata une discussion entre Vallejos et le plus jeune, un blondinet aux cheveux longs. Quoiqu'on eût dit à Mayta que les paysans de la zone orientale avaient souvent la peau et les cheveux clairs, il fut troublé : les agitateurs indiens qui avaient pris d'assaut la Hacienda Aina ressemblaient à deux petits gringos. L'un d'eux portait des sandales.

— Tu ne vas pas reculer, bordel de merde? entendit-il dire Vallejos approchant son visage de l'un d'eux. Maintenant que tout est commencé, maintenant qu'on est dans le feu de l'action, tu ne vas pas reculer, hein?

— Je ne recule pas, marmonna celui-ci en se repliant. C'est que... c'est que...

— C'est que tu es un jaune, Zenón, cria Vallejos. Tant pis pour toi. Retourne à ta cellule. Qu'on te juge, qu'on te coffre, crève dans les geôles du Frontón. Je ne sais pas ce qui me retient de te rentrer dans le chou, merde !

— Attends, arrête, on va parler sans se disputer, dit Condori en s'interposant. — C'était celui qui portait les sandales et Mayta fut heureux de découvrir là quelqu'un qui pouvait être de son âge. — Ne t'énerve pas, Vallejos. Laisse-moi seul un instant avec Zenón.

Le sous-lieutenant en trois enjambées vint se placer près de Mayta.

— Il a baissé son froc, dit-il, maintenant sans

la fureur antérieure, seulement avec déception. Hier soir il était d'accord. Maintenant il me sort qu'il a des doutes, qu'il préfère rester ici et qu'il verra après. C'est ce qui s'appelle chier dans son froc, n'en doute pas.

Quels doutes ont poussé le jeune dirigeant d'Uchabamba à provoquer cet incident ? A-t-il pensé, sur le seuil de la rébellion, qu'ils étaient trop peu nombreux ? A-t-il douté qu'ils puissent, Condori et lui, entraîner le reste de la communauté dans l'insurrection ? A-t-il eu l'intuition de la défaite ? Ou simplement hésita-t-il devant la perspective d'avoir à tuer et d'être tué ?

Le dialogue entre Condori et Gonzales se passait à voix basse. Mayta entendait des mots épars et, parfois, il les voyait gesticuler. À un moment, Condori saisit son compagnon par le bras. Il devait avoir un certain ascendant sur celui-ci qui, quoique tenant tête, gardait une attitude respectueuse. Un moment après, tous deux s'approchèrent.

— Ça y est, Vallejos, dit Condori. Ça y est. Tout est réglé. Il ne s'est rien passé.

— C'est bon, Zenón, lui tendit la main Vallejos. Excuse-moi de m'être mis en colère. Sans rancune ?

Le jeune acquiesça. En lui serrant la main, Vallejos répéta : « Sans rancune et que tout soit pour le Pérou, Zenón. » À son visage, Gonzales semblait plus résigné que convaincu. Vallejos se tourna vers Mayta :

341

— Chargez les armes dans les taxis. Je vais voir les prisonniers.

Il s'éloigna du côté des griottiers et Mayta courut à l'entrée. Par la petite lucarne de surveillance au portail il observa la rue. Au lieu des taxis, d'Ubilluz et des mineurs de La Oroya, il vit un petit groupe de collégiens du San José, avec à leur tête Cordero Espinoza, le brigadier.

— Que faites-vous là? les interpella-t-il. Pourquoi n'êtes-vous pas à vos postes?

— Parce qu'il n'y avait personne à son poste, parce qu'ils avaient tous disparu, dit Cordero Espinoza dans un bâillement qui refroidit son sourire. Parce que nous nous sommes fatigués d'attendre. Il n'y avait personne à qui servir de messagers. Moi je devais avoir le Commissariat. J'y suis allé de bonne heure et rien. Au bout d'un moment, Hernando Huasasquiche est venu me dire que le professeur Ubilluz n'était pas chez lui ni nulle part. Et qu'on l'avait vu conduire son camion sur la route. Peu après nous avons appris que ceux de Ricran s'étaient évaporés dans la nature, que ceux de La Oroya n'étaient pas venus ou s'en étaient retournés. La débandade générale! Nous nous sommes retrouvés sur la place, la mine allongée, trop tard pour retourner en classe. On nous avait joué un mauvais tour, on nous avait fait jouer dans un mauvais feuilleton. Là-dessus apparut Felicio Tapia qui nous dit que le Liménien, pour sa part, s'était rendu à la prison, après avoir attendu en vain les gars

342

de Ricran. Aussi nous sommes allés à la prison pour voir ce qui se passait. Vallejos et Mayta avaient enfermé les gardes, capturé les fusils et libéré Condori et Gonzales. Vous imaginez une situation plus ridicule?

Le docteur Cordero Espinoza n'avait pas tort. Comment ne pas la qualifier de ridicule? Ils ont pris le contrôle de la prison, ils ont quatorze fusils et mille deux cents balles. Mais les voilà sans révolutionnaires parce que pas un seul des trente ou quarante conjurés n'est apparu. Est-ce ce que pensa Mayta en guettant par la lucarne et voyant seulement sept enfants en uniforme?

— Aucun n'est venu? Personne? Personne?

— Nous sommes venus, nous, dit le gosse au crâne à moitié rasé, et Mayta, encore sous le choc, se rappela ce qu'Ubilluz avait dit de lui en le lui présentant : «Cordero Espinoza, brigadier d'année, premier de sa classe, une forte tête.» — Mais les autres, on dirait qu'ils ont foutu le camp.

Stupéfaction, rage, intuition de la catastrophe l'accablèrent-elles? Ou plutôt la tranquille confirmation de quelque chose de flou que, sans l'identifier tout à fait, il redoutait dans son for intérieur depuis ce matin, en ne voyant pas arriver sur la place les hommes de Ricran, ou peut-être même avant, depuis qu'à Lima ses camarades du POR(T) avaient décidé de s'écarter, ou depuis qu'il avait compris que sa démarche auprès de Blacquer en vue d'associer

343

le parti communiste au soulèvement était inutile ? Depuis l'un de ces moments, sans se le dire ni le savoir clairement, attendait-il pourtant ce coup de grâce ? La révolution ne commencerait-elle même pas ? Mais elle a déjà commencé, Mayta, est-ce que tu ne te rends pas compte qu'elle a déjà commencé ?

— C'est pourquoi nous sommes là, c'est pour cela que nous sommes venus, s'écria Cordero Espinoza. Est-ce qu'on ne peut pas les remplacer, nous ?

Mayta vit que les joséfins s'étaient regroupés autour de leur brigadier et hochaient la tête, acquiesçant et appuyant ce qu'il venait de dire. Tout ce qu'il réussit à penser c'est que ce petit groupe de collégiens à la porte de la prison pouvait attirer l'attention de quelque passant ou d'un habitant du quartier.

— J'ai eu l'idée de nous proposer comme volontaires à cet instant, là même, sans m'être consulté avec mes compagnons, se rappelle le docteur Cordero Espinoza. J'en ai eu l'idée soudaine, en voyant la tête que faisait ce pauvre Mayta en apprenant la défection des autres.

Nous sommes dans son bureau de la rue Junín, une artère où prolifèrent les cabinets d'avocat. Le barreau est une profession typique de Jauja, quoique ces derniers temps la guerre et les catastrophes aient entamé l'activité juridique locale. Jusqu'à il y a peu, dans toute famille de cette ville un ou deux rejetons venaient au monde un dossier d'avocaillon sous le bras. Faire des procès est un sport partagé par toutes les classes sociales en province, aussi populaire que le football et le carnaval. Dans la foule d'avocats de Jauja, l'ancien brigadier et élève exemplaire du collège San José — où, jusqu'à ce que les cours soient suspendus à cause de la guerre, deux fois par semaine il faisait un cours d'économie politique — continue d'être une vedette. Il s'agit d'un homme désinvolte et amène. Son bureau croule sous les diplômes de congrès auxquels il a assisté, les distinctions qu'il a remportées comme conseiller, président du Lion's club de Jauja, président du comité pour la route orientale et plusieurs autres fonctions civiques. C'est, parmi toutes les personnes avec lesquelles j'ai parlé, celle qui évoque avec le plus de distance, de précision et de détachement, voire d'objectivité, ces événements. L'élégance de son étude contraste avec le couloir de l'entrée où il y a un trou dans le sol et un demi-mur effondré. En me faisant passer, il me dit en me les signalant : « Ça c'est un pétard des bouseux. Je l'ai laissé tel quel pour me rappeler les précautions que je dois prendre chaque jour si je veux conserver la tête sur les épaules. » Avec le même esprit léger il me raconta, ensuite, que dans l'attentat contre son domicile les bouseux avaient été plus efficaces : toute sa maison brûla sous l'effet de deux charges de dynamite. « Ils ont tué ma cuisinière, une vieille femme de

345

soixante ans. Ma femme et mes enfants, fort heureusement, se trouvaient déjà loin de Jauja. » Ils vivent à Lima et sont sur le point de partir pour l'étranger. C'est ce qu'il fera lui aussi, dès qu'il aura liquidé ses affaires. Parce que, dit-il, au train où vont les choses, ça n'a pas de sens de risquer sa peau. La sécurité à Jauja ne s'est-elle pas améliorée avec l'arrivée des « marines » ? Elle a empiré, plutôt. Parce que la rancœur que provoque chez les gens la présence de troupes étrangères fait que beaucoup aident, en agissant ou en s'abstenant d'agir — en les cachant, en leur fournissant des alibis ; en se taisant — les bouseux. « On dit que quelque chose de semblable se passe entre les guérilleros péruviens et les internationalistes cubains et boliviens. Qu'il y a des affrontements entre eux, des morts. Le nationalisme est plus fort que toute autre idéologie, semble-t-il. » Je ne peux m'empêcher de sentir de la sympathie pour l'ancien brigadier du collège : il dit toutes ces choses avec naturel, sans une once de sensiblerie ni d'arrogance, et même avec un certain humour.

— Dès qu'ils m'entendirent les proposer comme volontaires, ils furent tous enthousiastes, poursuit-il. À vrai dire, nous étions tous les sept comme cul et chemise. Quel jeu d'enfants comparé à ce qui se passe aujourd'hui non ?

— Oui, oui, nous les remplacerons.

— Ouvre-nous la porte, laisse-nous entrer, oui, nous le pourrons.

— Oui, Mayta, nous le pourrons, oui!

— Nous sommes des révolutionnaires et nous les remplaçons.

Mayta les voyait, les écoutait, et sa tête était un volcan, un abîme.

— Quel âge avez-vous?

— Huasasquiche et moi, dix-sept, dit Cordero Espinoza. Les autres, quinze ou seize. Une chance. On ne put nous juger, nous n'avions pas de responsabilité légale. On nous envoya devant le juge pour enfants, où les choses ne furent pas aussi sérieuses. N'est-ce pas paradoxal que moi qui fus un pionnier de la lutte armée au Pérou, je sois devenu maintenant la cible des bouseux?

Il hausse les épaules.

— Je suppose qu'à ce moment-là, pour Mayta et Vallejos il n'y avait plus moyen de faire marche arrière, lui dis-je.

— Oui, il y avait moyen. Vallejos aurait pu faire sortir les gardes du dortoir où il les avait enfermés et les agonir d'injures : «Vous avez démontré que vous êtes des nullités, des véritables femmelettes, en cas d'attaque de la prison par des éléments subversifs. Aucun n'a été à la hauteur de l'épreuve que je vous ai fait passer, bande de cons.» — Le docteur Cordero Espinoza m'offre une cigarette et, avant d'allumer la sienne, il la place dans un fume-cigarette. — Ils auraient gobé ce bobard, j'en suis sûr. Ils auraient pu aussi nous envoyer au collège, remettre au cachot Gonzales et Condari, et s'enfuir. Ils auraient pu encore le faire, à ce moment-là. Mais bien entendu, ils n'en firent rien. Ni Mayta ni Vallejos n'étaient gens à lâcher prise. Dans ce sens, bien que l'un fût quadragénaire et l'autre âgé d'une vingtaine d'années, ils étaient plus gamins que nous.

Autrement dit, Mayta fut le premier à accepter cette proposition romantique et échevelée. Son silence, son hésitation, sa perplexité durèrent quelques secondes. Il se décida d'un coup. Il ouvrit le portail, dit « vite, vite » aux joséfins et tandis qu'ils envahissaient la cour, il jeta un œil dans la rue : elle était vide de circulation et de gens, les maisons fermées. Il retrouva ses forces, son sang circulait dans ses veines, il n'y avait pas de raison de désespérer. Après le dernier garçon, il ferma le portail. Ils étaient là : sept gueules d'ange, avides de gloire et exaltées. Condari et Gonzales avaient maintenant chacun un mauser à la main et regardaient les gamins, intrigués. Vallejos apparut, derrière les griottiers, après avoir inspecté les prisonniers. Mayta vint à sa rencontre :

— Ubilluz et les autres ne sont pas venus. Mais nous avons des volontaires pour prendre leurs places.

Vallejos fut-il frappé de saisissement ? Mayta vit-il son visage se décomposer en rictus ? Vit-il le jeune sous-lieutenant s'efforcer d'afficher la sérénité ? L'entendit-il dire, à mi-voix, en frôlant son visage : «Ubilluz n'est pas venu? Ezequiel non plus? El Lorito non plus?»

— Nous ne pouvons pas reculer, camarade, le secoua par le bras Mayta. Je te l'ai appris, je t'ai averti que cela arriverait : l'action opère sa sélection. À cette heure, il n'y a plus moyen de reculer. Nous ne pouvons pas. Accepte les garçons. Ils se sont rodés en venant ici. Ce sont des révolutionnaires, quelle autre preuve veux-tu? Allons-nous faire marche arrière, mon frère?

Il se convainquait tout en parlant et, comme une seconde voix, se répétait la conjuration contre la lucidité : «Comme une machine, comme un soldat.» Vallejos, muet, le scrutait, doutant? essayant de confirmer si ce qu'il disait était ce qu'il pensait? Mais quand Mayta se tut, le sous-lieutenant était à nouveau ce faisceau de nerfs contrôlés et aux décisions instantanées. Il s'approcha des joséfins qui avaient écouté leur dialogue.

— Je suis heureux que cela soit arrivé, leur dit-il en se mêlant à eux. Je suis heureux parce que grâce à cela je sais qu'il y a des braves comme vous. Bienvenue dans la lutte, les gars. Je veux vous serrer la main à chacun.

En réalité il se mit à les embrasser, à les serrer contre sa poitrine. Mayta se trouva au milieu du groupe, donnant et recevant des accolades et, dans la confusion, il voyait aussi Zenón Gonzales et Condori. Une profonde émotion le saisit. Il avait un nœud dans la gorge. Plusieurs garçons pleuraient et les larmes coulaient sur leur visage joyeux tandis qu'ils embrassaient le sous-lieutenant, Mayta, Gonzales, Condori, ou s'embrassaient entre eux. «Vive la révolution», cria l'un et un autre «Vive le socialisme». Vallejos les fit taire.

— Je ne me suis probablement jamais senti aussi heureux qu'à cet instant, dit le docteur Cordero Espinoza. C'était beau, toute cette ingénuité, tout cet idéalisme. On avait l'impression que la moustache, la barbe nous avaient poussé, et que nous étions devenus plus grands et plus forts. Savez-vous qu'aucun de nous n'avait probablement mis les pieds au bordel? Moi, en tout cas, j'étais vierge. Et il me semblait que j'avais perdu ma virginité.

— L'un d'entre vous sait-il se servir d'une arme?

— En préparation militaire on nous a donné quelquefois des cours de tir. Peut-être l'un de nous avait-il tenu une carabine. Mais nous remédiâmes à cette déficience sur-le-champ. Car la première chose à laquelle pensa Vallejos après toutes ces accolades fut de nous apprendre ce qu'était un mauser.

Tandis que le sous-lieutenant donnait aux joséfins un cours de maniement d'arme, Mayta expliqua à Condori et Zenón Gonzales ce qui s'était passé. Ils ne protestèrent pas en apprenant qu'apparemment ils ne comptaient plus sur personne; ils ne s'indignèrent pas de savoir que les révolutionnaires pouvaient être seulement ce petit groupe d'imberbes et eux. Ils l'écoutèrent sérieux, sans poser aucune question. Vallejos ordonna à deux garçons de trouver des taxis. Felicio Tapia et Huasasquiche partirent ventre à terre. Alors Vallejos réunit Mayta et les paysans. Il avait restructuré le plan d'action. Divisés en deux groupes, ils s'empareraient du commissariat et du poste de la garde civile. Mayta écoutait et, du coin de l'œil, il observait les réactions des hommes de la communauté indienne. Gonzales allait-il dire : «Tu vois que j'avais raison de douter»? Non, il ne dit rien ; le fusil à la main, il écoutait le sous-lieutenant, impénétrable.

— Voilà les taxis ! cria Perico Temoche, depuis le portail.

— Je n'ai jamais été vraiment chauffeur de taxi, m'assure monsieur Onaka, en me montrant d'un geste mélancolique les étagères vides de sa boutique qui étaient d'ordinaire pleines d'articles comestibles et domestiques. J'ai toujours été gérant et propriétaire de ce magasin. Et vous ne le croirez pas, c'était le mieux achalandé de Junin.

L'amertume tord son visage jaune. Monsieur Onaka a été une victime de prédilection des rebelles qui ont saccagé une quantité de fois sa boutique. «Huit, me précise-t-il. La dernière fois voici trois semaines, malgré la présence des "marines". Alors, gringos ou pas, c'est toujours le même merdier. Ils se sont présentés à six, masqués, ils ont fermé la porte et dit : Où caches-tu les vivres, espèce de chien ? Cachés ? Cherchez et emportez ce que vous trouverez. Par votre faute je suis nu comme un ver. Ils ne trouvèrent rien, naturellement. Vous ne voulez pas emporter ma femme, plutôt ? C'est la seule chose que vous m'avez laissée. Je n'ai plus peur de vous, vous voyez ? Je leur ai dit, la dernière fois : Pourquoi ne me tuez-vous pas ? Faites-vous plaisir, finissez-en avec ce vieillard auquel vous avez empoisonné l'existence. Nous ne gaspillons pas la poudre en tirant des oiseaux de proie, m'a dit l'un d'eux. Et tout cela à six heures du soir, avec la police, les soldats et les "marines" dans les rues de Jauja. N'est-ce pas la preuve qu'ils sont tous à mettre dans le même sac ? » Il souffle, reprend sa respiration et jette un regard à son épouse qui, penchée sur le comptoir, essaie de lire le journal en collant les pages sur ses yeux. Tous deux sont très très vieux.

— Comme elle suffisait pour servir les clients, je faisais en plus des courses de taxi avec ma Ford, continue monsieur Onaka. Telle fut la malchance qui me fit croiser le chemin de Vallejos. Par sa faute j'abîmai ma bagnole et je dus dépenser une fortune en réparations. Par sa faute j'ai écopé d'un coup de matraque qui m'a ouvert cette arcade sourcilière et j'ai été jeté en prison, le temps qu'ils fassent les vérifications nécessaires et découvrent que je n'étais pas complice mais victime.

Nous sommes dans un coin de sa boutique ruinée, debout chacun d'un côté du comptoir. À l'autre bout, madame Onaka écarte la vue de son journal chaque fois qu'entre un client pour acheter des bougies ou des cigarettes, la seule chose qui semble abonder dans ce magasin. Les Onaka sont d'origine japonaise — petit-fils et petite-fille d'immigrants — mais à Jauja on les appelle « les Chinois », confusion qui laisse indifférent monsieur Onaka. À la différence de maître Cordero Espinoza, il ne prend pas ses misères avec humour et philosophie. On le sent démoralisé, fâché et en voulant à tout le monde. Cordero Espinoza et lui sont les seules personnes, parmi les dizaines avec lesquelles j'ai parlé à Jauja, qui attaquent ouvertement les « bouseux ». Les autres, même ceux qui ont été victimes d'attentats, gardent un mutisme total sur les révolutionnaires.

— Je venais d'ouvrir ma boutique quand je vois arriver le petit des Tapia, ceux de la rue Villareal. Une course urgente, monsieur Onaka. Il faut conduire à l'hôpital une femme malade. J'ai pris la voiture, le petit Tapia s'est assis à mes côtés et ce comédien me disait : « Dépêchez-vous, la dame va mourir. » Devant la prison il y avait un autre taxi, qui chargeait des fusils. J'ai stationné derrière. J'ai demandé au sous-lieutenant Vallejos : Où est la femme qui s'est évanouie ? Il ne m'a même pas répondu. Là-dessus, l'autre, celui de Lima, Mayta, n'est-ce pas ? m'a braqué sa mitraillette sur la poitrine : Obéissez si vous ne voulez pas qu'il vous arrive des bricoles. J'ai senti que je faisais caca, sauf votre respect. J'étais mort de peur. Bon, c'étaient les premiers que je voyais. Quel idiot j'étais. J'avais alors suffisamment d'argent. J'aurais pu partir avec ma femme. Nous aurions connu une vieillesse tranquille.

Condori, Mayta, Felicio Tapia, Cordero Espinoza et Teófilo Puertas montèrent dans l'auto après avoir chargé la moitié des munitions et des fusils. Mayta ordonna à Onaka de démarrer : « À la moindre tentative d'attirer l'attention, je tire. » Il était sur la banquette arrière et il avait la bouche totalement sèche. Mais ses mains transpiraient. Serrés à ses côtés, le brigadier et Puertas s'étaient assis sur les fusils. Devant, avec Felicio Tapia, se trouvait Condori.

— Je ne sais pas comment je n'ai pas eu d'accident, comment je n'ai écrasé personne, marmotte la bouche édentée d'Onaka. Je croyais que c'étaient des voleurs, des assassins, évadés de prison. Mais comment le sous-lieutenant pouvait-il être avec eux ? Que pouvaient faire avec des assassins le petit des Tapia et le fils de ce monsieur comme il faut, maître Cordero ? Ils me parlèrent de la révolution et de je ne sais quoi. Qu'est-ce que c'est ? Comment ça se mange ? Ils me firent les conduire jusqu'au poste de la garde civile, dans le quartier Manco Cápac. Là l'homme de Lima, Condori et le petit Tapia sont descendus. Ils ont laissé les deux autres pour me surveiller et Mayta leur a dit : S'il essaie de vous échapper, tuez-le. Par la suite, les gosses ont juré que c'était du théâtre, qu'ils n'auraient jamais tiré. Mais maintenant nous savons que les enfants aussi tuent avec des haches, des pierres et des couteaux, non ? Enfin, maintenant nous savons bien des choses que personne ne connaissait alors. Calmez-vous, les enfants, vous n'allez pas tirer, vous me connaissez, je ne ferais pas de mal à une mouche, je vous ai fait crédit bien souvent. Pourquoi me faire ça à moi ? Et puis, que va-t-il se passer là-dedans ? Qu'ont-ils été faire au poste ? La révolution socialiste, monsieur Onaka, m'a dit Corderito, celui à qui l'on a brûlé la maison et quasiment dynamité le cabinet. La révolution socialiste ! Quoi ? Qu'est-ce que c'est ? Je crois que j'entendais ce mot pour la première fois. C'est là que j'ai appris que quatre vieux et sept collégiens avaient choisi ma pauvre Ford pour faire une révolution socialiste, putain de merde !

Il n'y avait pas de sentinelle en faction devant le poste et Mayta fit un signe à Condori et Felicio Tapia : il entrerait le premier, les autres devaient le couvrir. Condori semblait tranquille mais Tapia était très pâle et Mayta vit ses mains violacées par la force avec laquelle il serrait son fusil. Il entra dans la pièce courbé et sa mitraillette la culasse à l'arrière, en criant :

— Haut les mains ou je fais feu !

Dans la pièce à moitié obscure il y avait un homme en chemisette et caleçon et son apparition le surprit en un bâillement qui se figea en expression stupide. Il le regarda et ce n'est que lorsqu'il vit surgir, derrière Mayta, Condori et Felicio Tapia, le tenant en joue avec leur fusil, qu'il leva les bras.

— Surveillez-le, dit Mayta qui s'élança au fond. Il traversa un étroit couloir qui donnait sur une cour en terre : deux gardes, en pantalon et bottes d'uniforme mais sans chemise, se lavaient le visage et les bras dans une cuvette d'eau savonneuse. L'un d'eux lui sourit, le prenant pour un collègue.

— Haut les mains ou je fais feu ! dit Mayta, cette fois sans crier. Haut les mains, nom de dieu !

Ils obéirent et l'un d'eux, dans la brusquerie de mouvement, fit tomber la cuvette à terre. L'eau assombrit la terre. « Quel chahut, putain », protesta une voix somnolente. Combien y en avait-il à l'intérieur ? Condori était près de lui et Mayta lui murmura : « Emmène ceux-là », sans quitter des yeux la pièce d'où était venue la protestation. Il traversa la petite cour à la hâte, le corps ramassé, il passa sous une plante grimpante et, au seuil de la pièce, il s'arrêta net, contenant le « haut les mains ! » qu'il allait pousser. C'était le dortoir. Il y avait deux rangées de lits superposés collés contre le mur, et sur trois d'entre eux, des individus couchés, deux en train de dormir et le troisième de fumer, sur le dos. Un poste à piles, à côté de lui, diffusait un rythme de huayno. En voyant Mayta l'homme s'étrangla et se leva d'un bond, en regardant fixement la mitraillette.

— J'ai cru que c'était une blague, balbutia-t-il en jetant sa cigarette et en levant ses mains à sa tête.

— Réveille ceux-là, dit Mayta en désignant les dormeurs. Ne m'oblige pas à tirer, je ne veux pas te tuer.

Sans lui tourner le dos ni quitter l'arme des yeux, le garde se déplaça de côté, comme un crabe, vers ses compagnons. Il les secoua des deux mains :

— Réveillez-vous, réveillez-vous, je ne sais pas ce qui se passe.

— Je m'attendais à une fusillade, un grand bruit. Voir Mayta, Condori et le petit Tapia couverts de sang et les gardes, dans la bagarre, me tirer dessus en me prenant pour un assaillant, dit monsieur Onaka. Mais il n'y eut pas un seul coup de feu. Avant de savoir ce qui se passait à l'intérieur, je vis arriver le taxi avec Vallejos. Il s'était déjà emparé du commissariat du Jirón Bolívar et avait mis en cellule le lieutenant Dongo et trois agents. Je demandai à ces morveux : Tout va bien ? Nous ne savons pas. Je le priai : Laissez-moi m'en aller, mon lieutenant, ma femme est bien malade. N'ayez pas peur, monsieur Onaka, nous avons besoin de vous parce que aucun de nous ne sait conduire. Vous vous rendez compte la taille de la connerie : ils allaient faire la révolution et ils ne savaient même pas conduire une bagnole.

Quand Vallejos et Zenón Gonzales entrèrent au poste, Mayta, Condori et Tapia venaient d'enfermer les gardes au dortoir, attachés à leur lit. Les fusils et les revolvers étaient alignés à l'entrée.

— Il n'y a eu aucun problème, dit Mayta, soulagé de les voir arriver. Et au commissariat ?

— Aucun, répondit Vallejos. Très bien, je vous félicite. Nous avons, donc, dix fusils de mieux.

— Ce sont les bras qui vont nous manquer, dit Mayta.

— Ils ne manqueront pas, répliqua le sous-lieutenant, tandis qu'il inspectait les nouveaux mausers. À Uchabamba il y en a plus qu'il n'en faut, n'est-ce pas, Condori ?

C'était incroyable que tout se déroulât aussi facilement, Mayta.

— Ils entassèrent d'autres fusils encore dans ma Ford, soupire monsieur Onaka. Ils m'ordonnèrent : À la compagnie des téléphones, et qu'est-ce que je pouvais faire d'autre ?

— En arrivant à mon travail je vis deux voitures et je reconnus dans l'une d'elles le Chinois

358

de l'épicerie, cet Onaka, ce voleur, dit madame Adriana Tello, une toute petite vieille ridée à la voix ferme et aux mains noueuses. Il avait un tel air que j'ai pensé il s'est levé du pied gauche ou c'est un Chinois névrosé. Dès qu'ils m'ont vue, des types sont descendus et sont entrés avec moi dans le bureau. Pourquoi en aurais-je été alarmée ? À cette époque il n'y avait même pas de vols à Jauja, encore moins de révolutions, alors ? Attendez, ce n'est pas l'heure encore. Mais, comme s'ils avaient entendu pleuvoir, ils bondirent derrière le guichet et l'un d'eux renversa la table d'Asuntita Asis, que Dieu repose son âme. Qu'est-ce que c'est ? Que faites-vous ? Que voulez-vous ? Saboter le téléphone et le télégraphe. Saperlipopette, j'ai perdu ma place. Voilà, je vous jure, ce que j'ai pensé alors. Je ne sais pas comment j'ai le cœur à rire avec ce qui se passe maintenant. Vous avez vu le sans-gêne de ces gringos qui sont venus, soi-disant pour nous aider ? Ils ne savent pas parler chrétien, ils se baladent avec leurs fusils et ils pénètrent dans les maisons, quelle impudence ! Comme si nous étions leur colonie. Il n'y a plus de patriotes dans notre Pérou quand nous devons subir cette humiliation.

En voyant Mayta et Vallejos ouvrir à coups de pied la cabine de la téléphoniste ; se mettre à briser le standard avec la crosse de leur mitraillette et en arracher les cordons, Mme Adriana Tello essaya de gagner la rue. Mais Condori et

Zenón Gonzales la ceinturèrent tandis que le sous-lieutenant et Mayta achevaient le sabotage.

— Maintenant nous sommes tranquilles, dit Vallejos. Avec les gardes en prison et le téléphone coupé, il n'y a pas de danger immédiat. Il n'est pas nécessaire de se séparer.

— Nos gens seront-ils à Quero avec les chevaux? pensa Mayta à voix haute.

Vallejos haussa les épaules : à qui pouvait-on se fier maintenant?

— Aux paysans, murmura Mayta en signalant Condori et Zenón Gonzales qui, sur un geste du sous-lieutenant, avaient relâché la femme, qui sortit épouvantée dans la rue. Si nous arrivons à Uchabamba, je suis sûr qu'ils ne nous claqueront pas entre les doigts.

— Bien sûr que nous y arriverons, sourit Vallejos. Bien sûr qu'ils seront là.

Ils iraient à pied jusqu'à la place, camarade. Vallejos ordonna à Gualberto Bravo et Perico Temoche de diriger les taxis à l'angle de la place d'Armes et de la rue Bolognesi. Ce serait le point de réunion. Il prit la tête des restants et donna un ordre qui fit frémir de plaisir Mayta : «En avant... marche!» Ils devaient former un groupe étrange, imprévisible, déconcertant ces quatre adultes et cinq collégiens armés qui battaient le pavé des rues en direction de la place d'Armes. Ils devaient attirer les regards, immobiliser les gens sur les trottoirs, les faire sortir aux fenêtres et sur le pas de leur porte. Que pensait Jauja en les voyant passer?

— J'étais en train de me raser, parce que alors je me levais assez tard, dit Don Joaquín Zamudio, ex-chapelier, ex-commerçant et maintenant vendeur de billets de loterie sous les arcades de Jauja. Je les ai vus de ma chambre et j'ai pensé qu'ils répétaient pour la fête nationale. Si tôt? Je me suis penché et j'ai demandé : Qu'est-ce que c'est ce défilé? Le sous-lieutenant, au lieu de me répondre, a crié : «Vive la révolution.» Tous ont repris en chœur : «Vive la révolution.» Quelle révolution? leur ai-je demandé en croyant qu'il s'agissait d'un jeu. Et Corderito m'a répondu : «Celle que nous faisons ici, la socialiste.» J'ai appris ensuite qu'ils allaient de ce pas dévaliser deux banques.

Ils débouchèrent sur la place d'Armes et Mayta vit peu de passants. Ils se retournaient pour les observer, avec indifférence. Un groupe d'Indiens, avec leurs ponchos et leurs ballots, assis sur un banc, remuèrent la tête, les suivirent du regard. Il n'y avait pas de gens pour faire de manifestation encore. C'était ridicule d'aller au pas, ce n'étaient pas des révolutionnaires mais des scouts. Vallejos avait donné l'exemple, pourtant, et les joséfins, Condori et Gonzales l'imitaient, si bien qu'il n'y avait qu'à marcher en cadence. Mayta ressentait une impression ambiguë, à la fois exaltation et angoisse, parce que, malgré les policiers neutralisés, les armes en leur pouvoir, le téléphone et le télégraphe coupés, le petit groupe qu'ils formaient n'était-il pas aussi vulnérable ? Pouvait-on entreprendre une révolution comme cela ? Il serra les dents. Oui, on le pouvait. Il le fallait.

— Ils sont entrés par la porte principale, en chantant, pas moins, dit Don Ernesto Durán Huarcaya, ex-directeur du Banco Internacional et aujourd'hui atteint d'un cancer incurable, sur son lit à la clinique Olavegoya. Je les ai vus de la fenêtre et j'ai pensé qu'ils n'allaient même pas au pas, qu'ils marchaient bien mal. Ensuite, comme ils se dirigeaient droit sur la banque, je me suis dit qu'on venait encore nous taper sous prétexte de kermesse, défilé ou représentation. J'ai été tiré de ma curiosité sur-le-champ parce que dès leur entrée ils nous ont mis en joue et Vallejos a crié : « On est là pour prendre l'argent qui appartient au peuple et non aux impérialistes. » Ah ! ça, je ne le supporte pas. Moi tout seul, je leur tiens tête un par un.

— Il s'est mis à quatre pattes sous son bureau, dit Adelita Campos, retraitée de la banque et vendeuse de tisanes. Très macho pour nous engueuler lorsqu'on arrivait en retard ou pour mettre la main au panier quand l'une de nous passait à sa portée. Mais quand il a vu les fusils, hop ! à quatre pattes sous son bureau, sans nulle honte. Si le directeur faisait cela, qu'est-ce qu'on pouvait faire, nous les employés ? Nous étions épouvantés, naturellement. Plus par les gosses

362

que par les vieux. Parce qu'ils gueulaient comme des putois «Vive le Pérou», «Vive la révolution» et ils étaient tellement excités qu'ils auraient pu tirer malgré eux. Celui qui a eu une idée de génie c'est le caissier, le vieux Rojas. Qu'a-t-il pu devenir? Je suppose qu'il est mort, ou peut-être l'a-t-on tué, parce que au train où vont les choses à Jauja les gens ne meurent plus, ici, on les tue. Et l'on ne sait jamais qui.

— Quand je les ai vus s'approcher de mon guichet j'ai ouvert la caisse de gauche, dit le vieux Rojas, ex-caissier de banque, sur son grabat d'agonie à l'asile des vieillards de Jauja. J'avais là les dépôts du matin et le numéraire pour les opérations courantes et la monnaie, peu de chose. J'ai mis les bras en l'air et j'ai prié: «Pourvu qu'ils mordent à l'hameçon, Sainte Mère.» Ils ont mordu. Ils ont été droit à la caisse ouverte et ils ont pris ce qu'il y avait: cinquante mille sols environ. Maintenant ce n'est rien, à cette époque ce n'était pas mal, mais une goutte d'eau à côté de ce que contenait la caisse de droite: près d'un million de sols qui n'avaient pas encore été transférés au coffre-fort. C'étaient des apprentis, pas comme ceux qui sont venus après. Chut, chut! ne répétez pas ce que j'ai dit, monsieur.

— C'est tout?

— Oui, oui, tout, trembla le caissier. Il est très tôt, il n'y a pas encore de mouvement.

— Cet argent n'est pas pour nous mais pour

la révolution, l'interrompit Mayta. — Il s'adressa aux visages effrayés, incrédules, tendus des employés : — Pour le peuple, pour les hommes et les femmes qui en ont sué. Ce n'est pas un vol, c'est une expropriation. Vous n'avez pas à avoir peur. Les ennemis du peuple ce sont les banquiers, l'oligarchie, l'impérialisme. Vous aussi, vous êtes exploités par eux.

— Oui, bien sûr, trembla le caissier. Tout ce que vous dites est vrai, monsieur.

En sortant sur la place, les gosses poussèrent de nouveaux vivats. Mayta qui avait emporté l'argent s'approcha de Vallejos : allons d'abord au Banco Regional, il n'y a pas encore assez de gens pour le meeting. Il voyait de rares passants qui les regardaient avec curiosité, sans s'approcher.

— Mais au pas de gymnastique, acquiesça Vallejos, avant qu'on nous ferme la porte au nez.

Il se mit à courir et tous l'imitèrent, s'alignant dans le même ordre qu'à leur arrivée. En quelques secondes la course annula chez Mayta la capacité de penser. L'étouffement, la pression aux temps, son malaise revinrent, bien qu'ils n'allassent pas très vite, mais comme pour s'échauffer avant un match. Quand, deux rues plus loin, ils s'arrêtèrent aux portes du Banco Regional, des petites étoiles silencieuses flottaient autour de sa tête et sa bouche pendait grande ouverte. Tu ne peux pas t'évanouir maintenant, Mayta. Il entra avec le groupe et, comme en rêve, appuyé aux guichets, voyant l'effroi sur le visage de la femme qu'il avait devant, il entendit Vallejos expliquer : « Ceci est une action révolutionnaire, nous venons récupérer l'argent volé au peuple. » Quelqu'un protesta. Vallejos lui donna une bourrade et le gifla. Il devait aider, s'agiter, mais il ne le fit pas car il savait que, s'il laissait son appui, il s'effondrerait. Les deux coudes au guichet, tenant en joue avec sa mitraillette le groupe d'employés — les uns criaient, d'autres semblaient sur le point d'aller défendre celui qui avait protesté — il vit Condori et Zenón Gonzales ceinturer l'homme du grand bureau que Vallejos avait frappé. Le sous-lieutenant le menaçait de sa mitraillette. L'homme consentit enfin à ouvrir le coffre-fort qu'il avait près de son bureau. Quand Condori acheva de fourrer l'argent dans la sacoche, Mayta commençait à mieux respirer. Tu aurais dû venir une semaine plus tôt pour habituer ton corps à l'altitude, tu ne sais pas faire les choses.

— Tu te sens mal ? lui demanda Vallejos, en sortant.

— Un peu de mal des montagnes à cause de la course. Tenons notre meeting avec ceux qu'il y aura. Il faut le faire.

— Vive la révolution ! cria, euphorique, un gosse.

— Vivat ! rugirent les autres joséfins. L'un d'eux pointa son mauser au ciel et tira un coup de fusil. Le premier de la journée. Les quatre autres l'imitèrent. Ils envahirent la place en criant Vive la révolution, en tirant en l'air et en criant aux gens de s'approcher.

— Tout le monde vous a dit que le meeting n'eut pas lieu, parce que personne ne voulait l'entendre. Ils appelaient les gens qui passaient par la place, sous les arcades, au carrefour et personne ne répondait, dit Anthero Huillmo, ex-photographe ambulant et maintenant aveugle qui vend des neuvaines, des images pieuses et des chapelets de huit heures du matin à huit heures du soir à la porte de la cathédrale. Même les camionneurs, ils les suppliaient « Arrêtez-vous », « Descendez », « Venez », mais eux accéléraient, méfiants. Le meeting eut lieu, néanmoins. J'y étais, j'ai vu et entendu. Cette époque-là c'était avant la grenade lacrymogène qui, par la volonté du Seigneur, m'a brûlé le visage. Maintenant je n'aurais pas pu, mais en ce temps-là oui, je l'ai vu. Vraiment ce fut un meeting pour moi tout seul.

Était-ce le premier indice que les calculs n'étaient pas seulement faux quant aux conjurés eux-mêmes mais, aussi, quant au peuple de Jauja ? La fonction du meeting, en son principe, était très claire : informer l'homme de la rue des actions de demain, lui expliquer leur sens historique et social de lutte des classes, lui montrer la décision qui les animait, peut-être distribuer une partie de l'argent entre les plus pauvres. Mais là, devant le kiosque où Mayta était juché, il n'y avait qu'un photographe ambulant, le petit groupe d'Indiens pétrifiés sur un banc qui évitaient de les regarder et les cinq joséfins. Ils appelaient en vain des mains et de la voix les groupes de curieux à l'angle de la cathédrale et du collège d'El Carmen. Si les joséfins faisaient montre d'aller vers eux, ils fuyaient en courant. Les coups de feu les avaient-ils effrayés ? La nouvelle s'était maintenant répandue et ils craignaient, peut-être, de se voir compromis ou de voir, à tout moment, surgir la police. Est-ce que cela avait un sens de continuer ? Mettant ses mains autour de sa bouche en porte-voix, Mayta cria :

— Nous nous sommes soulevés contre l'ordre bourgeois, pour que le peuple brise ses chaînes ! Pour en finir avec l'exploitation des masses ! Pour distribuer la terre à ceux qui la travaillent ! Pour mettre fin au pillage impérialiste de notre pays !

— Inutile de gaspiller ton souffle, ils sont très loin et ils ne t'entendent pas, dit Vallejos en sautant du mur du kiosque. Nous perdons notre temps.

Mayta obéit et se mit à marcher à ses côtés, en direction de l'angle de la rue Bolognesi où attendaient les taxis surveillés par Gualberto Bravo et Perico Temoche. Bon, le meeting n'avait pas eu lieu mais, du moins, il ne souffrait plus du mal des montagnes. Arriveraient-ils à Quero ? Y seraient-ils, ceux qui devaient les attendre

367

avec chevaux et mules? Comme s'il y avait eu de la télépathie entre eux deux, il entendit Vallejos dire :

— Si les gars de Ricran ne sont pas à Quero, il n'y a pas de problème non plus. Là-bas il y a plus de montures qu'il n'en faut. C'est une communauté d'éleveurs.

— Alors, nous les leur achèterons, dit Mayta en touchant la sacoche qu'il tenait dans sa main droite. — Il se tourna vers Condori qui allait derrière lui. Comment est le chemin pour Uchabamba?

— Quand il n'y a pas de pluies, facile, répondit Condori. Je l'ai fait mille fois. C'est pénible seulement la nuit, à cause du froid. Mais dès qu'on atteint la forêt, c'est dans la poche.

Gualberto Bravo et Perico Temoche, qui étaient assis près des chauffeurs des taxis, descendirent pour les accueillir. Malheureux de ne pas les avoir accompagnés aux banques, ils disaient : «Racontez, racontez.» Mais Vallejos donna l'ordre de partir aussitôt.

— Ne se séparer sous aucun prétexte, dit le sous-lieutenant en s'approchant de Mayta qui, avec Condori et les trois joséfins, était déjà dans le taxi de monsieur Onaka. Il n'est pas nécessaire d'aller très vite. À Molinos, donc.

Il s'éloigna vers l'autre taxi et Mayta pensa : «Nous arriverons à Quero, nous chargerons les mausers sur les mules, nous traverserons la Cordillère, nous descendrons dans la forêt et à

Uchabamba les comuneros nous recevrront les bras ouverts. Nous les armerons et ce sera notre première base.» Il fallait être optimiste. Malgré les désertions, malgré la défection aussi des gars de Ricran à Quero, il ne pouvait douter. Tout n'avait-il pas si bien réussi ce matin?

— C'est ce que nous croyions, dit le colonel Felicio Tapia, médecin militaire, marié et père de quatre enfants, un handicapé et un autre, militaire, blessé en service commandé dans la région d'Azangaro; il est de passage à Jauja, car il visite continuellement les antennes sanitaires de toute la région de Junín. — Que les gardes et le lieutenant que nous avions enfermés tarderaient à sortir et que, comme les communications étaient coupées, ils devraient aller à Huancayo pour chercher du renfort. Cinq ou six heures au moins. D'ici là nous serions déjà dans la descente à la forêt. Qui allait nous retrouver? La zone était très bien choisie par Vallejos. C'est la région où il nous a été le plus difficile d'opérer. Idéale pour les embuscades. Les rouges sont là, dans leurs caches, et la seule façon c'est de bombarder aveuglément, de tout raser, ou d'aller les dénicher à la baïonnette, en sacrifiant beaucoup d'hommes. Si vous saviez combien d'hommes nous avons perdus seulement dans cette zone, vous en seriez stupéfait. Bon, je suppose que désormais personne n'est stupéfait de rien au Pérou. Où en étions-nous? Oui, c'est ce que nous croyions. Mais le lieutenant Dongo sortit de sa cellule sur-le-champ. Il alla aux Télé-phones et vit tout saboté. Il s'élança à la gare et là, le télégraphe était en bon état de marche. Il télégraphia et le bus avec les policiers partit de Huancayo alors même que nous sortions de Jauja. Au lieu de cinq, nous avions tout au plus deux petites heures d'avance. Quelle stupidité. Parce que saboter le télégraphe des chemins de fer, ça n'était qu'une question de secondes.

— Pourquoi ne l'avez-vous pas fait, alors ?

Il hausse les épaules et respire par la bouche et le nez. C'est un homme prématurément vieilli, aux moustaches tachées de nicotine, à la respi-ration difficile. Nous discutons dans l'infirmerie de la caserne de Jauja et, de temps en temps, le colonel Tapia jette un œil sur la salle pleine de malades et de blessés parmi lesquels circulent des infirmières.

— Savez-vous que je ne le sais pas ? Le sous-développement, je suppose. À l'origine dans notre plan, auquel une quarantaine de personnes allaient participer, je crois, sans nous compter, nous les joséfins, un groupe devait s'emparer de la gare. Je crois me le rappeler, du moins. Ensuite, dans le feu de l'action et le changement de plan, Vallejos a dû l'oublier. Ou peut-être que personne ne se souvenait qu'il y avait un télé-graphe à la gare. Le fait est que nous sommes partis bien tranquilles en croyant que nous avions tout le temps devant nous.

En réalité, pas très tranquilles. Quand monsieur Onaka (gémissant qu'il ne pouvait pas aller jusqu'à Molinos parce que sa femme était malade et qu'il n'y avait pas assez d'essence dans son réservoir) venait de démarrer, il se produisit l'incident du bijoutier. Mayta le vit surgir, subitement, en soufflant comme un taureau furieux, sur le pas de sa porte vitrée où on lisait en lettres gothiques : «Horlogerie et Bijouterie de Pedro Bautista Lozada.» C'était un homme âgé, mince, portant lunettes, le visage rouge d'indignation et une carabine à la main. Il mit sa mitraillette en position, mais eut assez de sang-froid pour ne pas tirer, car l'homme, quoiqu'il rugît comme un énergumène, ne les visait même pas. Il agitait sa carabine comme une canne :

— Communistes de merde, vous ne me faites pas peur, titubait-il au bord du trottoir, ses lunettes bringuebalant sur son nez. Communistes de merde ! Descendez si vous avez des couilles, nom de dieu !

— Continuez, ne vous arrêtez pas, ordonna Mayta au chauffeur en lui donnant un coup sur l'épaule. Heureusement que personne ne flanqua une rafale à ce vieux ronchon.

— Tout le monde dit que vous étiez l'être le plus pacifique du monde, Don Pedro, une personne qui ne s'en prenait jamais à personne. Qu'est-ce qui vous a pris ce matin-là de sortir insulter les révolutionnaires ?

— Je ne sais pas ce qui m'a pris, nasille de sa

bouche baveuse, édentée, sous sa couverture de vigogne, dans le fauteuil de sa bijouterie où il a passé plus de quarante ans, depuis qu'il est arrivé à Jauja, Don Pedro Bautista Lozada. Ou plutôt j'ai été pris de rage. Je les ai vus pénétrer au Banco Internacional et emporter l'argent dans une sacoche. Ça ne me gênait pas. Ensuite je les ai entendus pousser des vivats communistes et tirer. Sans penser que les balles perdues pouvaient causer des malheurs. Qu'est-ce que c'était que ce cirque? Alors j'ai pris ma carabine, celle que je tiens entre mes jambes à cause des mauvaises visites. Ensuite, j'ai découvert qu'elle n'était même pas chargée.

La poussière, le bric-à-brac, le désordre et l'incroyable vieillesse du personnage me rappellent un film que j'ai vu, enfant : *Le Magicien d'Oz*. Le visage de Don Pedro est un raisin sec et ses sourcils sont immenses et frisés. Il m'a raconté qu'il vit seul et qu'il se fait lui-même sa cuisine, car ses principes lui interdisent d'avoir des domestiques.

— Dites-moi encore quelque chose, Don Pedro. Quand les policiers de Huancayo sont arrivés et le lieutenant Dongo s'est mis à chercher des guides pour aller sur les traces des rebelles, vous avez refusé. Vous n'étiez donc pas aussi furieux contre eux? Ou est-ce que vous ne connaissiez pas les montagnes de Jauja?

— Je les connaissais mieux que personne, comme un bon chasseur de gibier que j'ai été, bave-t-il et nasille-t-il en nettoyant la sérosité qui s'écoule de ses yeux. Mais bien que je n'aime pas les communistes, j'aime encore moins les flics. Je parle du passé, car à mon âge même mes goûts ne sont plus très clairs, mon ami. Il ne me reste plus que quelques montres et cette bave qui coule de ma bouche par manque de dents. Je suis anarchiste et je mourrai dans ma foi. Si quelqu'un franchit ce seuil avec de mauvaises intentions, qu'il soit bouseux ou mouchard, cette carabine fera feu. À bas le communisme, merde. À mort la police.

Les taxis, collés l'un à l'autre, passèrent par la place Santa Isabel, où ils auraient dû transborder au camion de Ricran les armes capturées à la prison, au commissariat et au poste de la garde civile. Mais personne ne regrettait le changement, autour de Mayta, dans l'étroite auto où ils pouvaient à peine remuer. Les joséfins ne cessaient de se donner l'accolade et de pousser des vivats. Condori les observait, dans une attitude réservée, sans participer à leur enthousiasme. Mayta demeurait silencieux. Mais cette joie, cette excitation le touchaient. Dans l'autre taxi une scène identique se passait probablement. En même temps il était attentif à la nervosité du chauffeur, préoccupé par la maladresse de sa conduite. L'auto faisait des embardées et cahotait, monsieur Onaka se mettait dans toutes les ornières, cognait toutes les pierres et semblait décidé à écraser tous les chiens, ânes, chevaux ou personnes qui auraient traversé la route. Était-ce peur ou tactique? Les préparait-il à ce qui arriva? Quand l'auto, à quelques centaines de mètres à peine de Jauja, sortit soudain de la piste et s'écrasa contre un muret de pierres collé au bas-côté en projetant les passagers les uns contre les autres et contre les portières et les fenêtres, les cinq hommes crurent que monsieur Onaka l'avait fait exprès. Ils le secouèrent et l'insultèrent, et Condori lui donna un coup de poing qui lui ouvrit l'arcade sourcilière. Onaka pleurnichait qu'il avait heurté le mur sans le vouloir. En sortant de la voiture, Mayta sentit un parfum d'eucalyptus. Une brise fraîche l'apportait des montagnes voisines. Le taxi de Vallejos s'approchait en marche arrière, soulevant un nuage de poussière rougeâtre.

— La plaisanterie nous a fait perdre un quart d'heure, davantage peut-être, dit Juan Rosas, sous-traitant, camionneur et propriétaire d'un petit lopin de fèves et de patates, en convalescence d'une opération de la hernie chez son gendre, au centre de Jauja. En attendant une autre bagnole pour remplacer celle du Chinois. Il ne passait même pas un âne. Une vraie malchance, car sur cette route il y avait toujours des camions qui allaient à Molinos, Quero ou Buena Vista. Ce jour-là, rien. Mayta dit à Vallejos : «Avance donc avec ton groupe — auquel j'appartenais, moi — et procure-toi les chevaux.» Parce que désormais personne ne croyait qu'à

Quero les gars de Ricran nous attendraient. Vallejos ne voulut pas. Si bien qu'on resta là. À la fin une camionnette apparut. Assez neuve, le réservoir plein, les roues chaussées de neuf. Heureusement. On l'a fait stopper, il y a eu une discussion, le chauffeur ne voulait pas, nous avons dû lui faire peur. Finalement, on s'en est emparé. Le sous-lieutenant, Condori et Gonzales se sont assis devant. Mayta a grimpé derrière, avec les gosses, c'est-à-dire nous, et tous les mausers. L'attente nous avait inquiétés, mais dès qu'on a redémarré, à nouveau on s'est mis à chanter.

La camionnette bondissait sur la piste pleine d'ornières et les joséfins, les cheveux en broussaille et le poing en l'air, criaient Vivent le Pérou et la révolution socialiste. Mayta était assis contre la cabine, les regardant. Et soudain il eut cette idée :

— Pourquoi pas *L'Internationale*, camarades ?

Les petits visages, blanchis par la poussière du chemin, acquiescèrent et plusieurs dirent : «Oui, oui, chantons-la.» Aussitôt il comprit : aucun de nous ne connaissait les paroles ni n'avait jamais entendu *L'Internationale*. Ils étaient donc là, sous le ciel de la sierra très limpide, avec leur uniforme froissé, le regardant et se regardant, chacun attendant que l'autre commençât à chanter. Il sentit un élan de tendresse pour ces sept petits. Il leur manquait quelques années pour être des hommes mais déjà ils avaient pris leur grade de révolutionnaires. Ils risquaient tout avec cette merveilleuse inconscience de leurs quinze, seize ou dix-sept ans, bien qu'ils manquassent d'expérience politique et de toute formation idéologique. Ne valaient-ils pas mieux, assurément, que les révolutionnaires chevronnés du POR(T) qui étaient restés là-bas à Lima, ou que ce pédant professeur Ubilluz et ses troupes ouvrières et paysannes volatilisées ce matin même ? Oui, car ils avaient choisi l'action. Il eut envie de les embrasser.

— Je vais vous apprendre les paroles, dit-il en se mettant debout dans la cahotante camionnette. Chantons, chantez avec moi. Debout les damnés de la terre...

Ainsi, braillards, exaltés, chantant faux, morts de rire à cause des erreurs et des couacs, saluant le poing gauche en l'air, acclamant la révolution, le socialisme et le Pérou, les virent passer les muletiers et paysans de la périphérie de Jauja, et les rares voyageurs qui se rendaient à la ville au milieu des cascades et des buissons d'agaves, le long de cette gorge rocheuse et humide qui descend de Quero à la capitale de la province. Ils essayèrent de chanter *L'Internationale* un bon moment, mais, par la faute de la mauvaise oreille de Mayta, ils ne pouvaient retenir l'air. À la fin ils renoncèrent. Ils finirent par entonner l'hymne national et l'hymne du collège San José de Jauja. C'est ainsi qu'ils atteignirent le pont de Molinos. La camionnette ne freina pas. Mayta la fit s'arrêter en frappant sur le toit de la cabine.

— Qu'y a-t-il? dit Vallejos en sortant la tête par la portière entrouverte.

— Ne devait-on pas faire sauter ce pont?

Le sous-lieutenant fit un geste comique :

— Avec les mains? La dynamite c'est Ubilluz qui l'a.

Mayta se rappelait que, dans toutes les conversations, Vallejos avait insisté sur la nécessité de faire sauter le pont; car alors les policiers devraient monter à Quero à pied ou à cheval, ce qui aurait constitué un avantage de plus.

— Ne t'en fais pas, le tranquillisa Vallejos. On a plus de temps qu'il n'en faut. Continuez à chanter, cela égaie notre voyage.

La camionnette redémarra et les sept joséfins reprirent leurs hymnes et leurs blagues. Mais Mayta n'y prit plus part. Il s'assit sur le toit de la cabine et, tandis qu'il voyait défiler le paysage aux grands arbres, il entendait la rumeur des cascades et le gazouillis des chardonnerets et il sentait l'air pur oxygéner ses poumons. L'altitude ne l'incommodait pas. Bercé par la joie de ces adolescents, il se mit à rêvasser. À quoi ressemblerait le Pérou dans quelques années? À une ruche laborieuse dont l'atmosphère refléterait, à l'échelle nationale, celle de cette camionnette baignée dans l'idéalisme de ces jeunes gens. Ainsi, tout comme eux, se sentiraient les paysans, maîtres alors de leurs terres, et les ouvriers, maîtres alors de leurs usines, et les fonctionnaires, conscients de servir maintenant toute la communauté et non l'impérialisme, les millionnaires, les caciques ou les partis locaux. Les discriminations et l'exploitation abolies, les bases de l'égalité étant jetées par l'abolition de l'héritage, par le remplacement de l'armée de classe par les milices populaires, par la nationalisation des collèges privés et l'expropriation de toutes les entreprises, banques, commerces et immeubles, des millions de Péruviens sentiraient que cette fois ils progressaient, et d'abord les plus pauvres. Les charges principales seraient exercées par les plus courageux, talentueux et révolutionnaires et non par les plus riches et les plus pistonnés, et chaque jour serait un peu plus comblé l'abîme qui avait séparé les prolétaires des bourgeois, les Blancs des Indiens, des Noirs et des Asiatiques, les riverains des montagnards et des forestiers, ceux qui parlent espagnol de ceux qui parlent quichua, et tous, sauf l'infime petit groupe qui se serait enfui aux États-Unis ou serait mort en défendant ses privilèges, participeraient au grand effort productif pour développer le pays et en finir avec l'analphabétisme et le centralisme asphyxiant. Les brumes de la religion se dissiperaient avec l'essor systématique de la science. Les conseils ouvriers et paysans empêcheraient, au niveau des usines, des fermes collectives et des ministères, la croissance démesurée et la mainmise consécutive d'une bureaucratie qui figerait la révolution et la confisquerait à son profit. Que ferait-il dans cette nouvelle société, lui, s'il était encore vivant? Il n'accepterait aucune charge importante, ni ministère, ni commandement militaire, ni poste diplomatique. Tout au plus une responsabilité politique, à la base, peut-être à la campagne, une ferme collective des Andes ou quelque projet de colonisation en Amazonie. Les préjugés sociaux, moraux, sexuels commenceraient à s'estomper, et personne, dans cette fourmilière de travail et de foi en l'avenir que serait le Pérou, ne s'offusquerait de le voir vivre avec Anatolio — car ils se seraient réconciliés — ni ne se soucierait que seul à seul, à l'abri des regards, avec la discrétion nécessaire, ils s'aiment et jouissent l'un de l'autre. Il se toucha, en douce, la braguette avec la crosse de son arme. C'était beau, non, Mayta? Oui, bien beau. Mais que cela semblait loin...

IX

La communauté de Quero est l'une des plus anciennes de la région de Junín et, tout comme il y a vingt-cinq ans, tout comme il y a des siècles, elle cultive la pomme de terre, la patate, la fève et la coca, et elle fait paître ses troupeaux sur des cimes auxquelles on accède depuis Jauja par un sentier abrupt. Si les pluies n'embourbent pas le chemin, le voyage dure un couple d'heures. Les ornières font de la camionnette une mule sauvage, mais elles sont compensées par le paysage : un ravin étroit, ceint de montagnes jumelles, parallèle à un fleuve écumant et torrentiel qui s'appelle d'abord Molinos puis, une fois près du village, Quero. Des quinguales à la cime feuillue et aux feuilles rendues encore plus vertes par l'humidité du jour faufilent la route jusqu'au petit bourg allongé où nous entrons au milieu de la matinée.

J'ai entendu à Jauja des versions contradictoires sur ce que je trouverais à Quero. Il s'agit d'un secteur directement affecté par la guerre et qui a connu, ces dernières années, des attentats continuels, des exécutions et des opérations d'envergure autant de la part des rebelles que de la contre-guérilla. Selon les uns, Quero était au pouvoir des révolutionnaires, qui avaient fortifié la place. Selon d'autres, l'armée y avait installé une compagnie d'artillerie et, même, un camp d'entraînement avec des conseillers nord-américains. Quelqu'un m'avait assuré qu'on ne me permettrait jamais d'entrer à Quero car l'armée l'utilise comme camp de concentration et centre de torture. «C'est là qu'on conduit les prisonniers de toute la vallée du Mantaro pour les faire parler en appliquant les méthodes les plus raffinées et de là on les emmène en hélicoptères qui, après avoir tout tiré d'eux, les précipitent vivants au-dessus de la forêt, pour servir de leçon aux rouges qui, calculent-ils, sont en bas et regardent.» Affabulations. Il n'y a à Quero trace d'insurgés ni de soldats. Je ne suis pas surpris non plus de ce nouveau démenti des rumeurs par la réalité : c'est une preuve de plus que l'information, dans ce pays, a cessé d'être quelque chose d'objectif pour devenir pure fantaisie, aussi bien dans la presse, à la radio et la télé que dans la bouche des gens. «Informer» c'est maintenant, entre nous, interpréter la réalité selon les désirs, les craintes ou les convenances, quelque chose qui aspire à remplacer la méconnaissance de ce qui se passe, et que, dans notre for intérieur, nous acceptons comme irrémédiable et définitif. Puisqu'il est impossible de savoir ce qui se passe vraiment, les Péruviens mentent, inventent, rêvent, se réfugient dans l'illusion. De la façon la plus inattendue, la vie de ce pays où si peu de gens lisent est devenue essentiellement littéraire. Le vrai Quero, celui où je me trouve maintenant, ne correspond pas aux sornettes que j'ai entendues. On n'aperçoit nulle part ni la guerre ni les combattants de l'un ou l'autre bord. Pourquoi le village est-il désert? Je supposais que tous les hommes en âge de combattre avaient été enrôlés par l'armée ou par la guérilla, mais on n'aperçoit pas même des vieillards ni des enfants. Ils doivent se trouver aux travaux des champs ou chez eux; tout étranger qui arrive ici doit les effrayer. Tandis que je longe la petite église construite en 1946, avec son clocher en pierre et son toit de tuiles, ainsi que le kiosque de la place encadré de cyprès et d'eucalyptus, j'ai l'impression d'un village fantôme. Était-ce l'image de Quero ce matin où étaient arrivés les révolutionnaires?

— Il y avait un soleil radieux et la placette était pleine de gens occupés au travail communal, m'assure don Eugenio Fernández Cristóbal, en montrant de sa canne le ciel chargé de nuages cendrés. J'étais ici, sur ce kiosque. Ils sont apparus par ce coin de rue. À cette heure, plus ou moins.

Don Eugenio était juge de paix à Quero à cette époque. Maintenant il est en retraite. Ce qui est extraordinaire c'est qu'après ces événements où il fut compromis jusqu'au cou — du moins depuis que Vallejos, Mayta, Condori, Zenón Gonzales et leur cortège de sept enfants arrivèrent ici — il reprit ses fonctions judiciaires et vécut plusieurs années encore à Quero, jusqu'à l'âge de la retraite. Il habite maintenant aux environs de Jauja. Malgré les rumeurs apocalyptiques sur la région, il ne s'est pas fait prier pour m'accompagner. «J'ai toujours aimé l'aventure», m'a-t-il dit. Il ne se fait pas prier non plus pour rapporter ses souvenirs de ce jour-là, le plus important de sa longue existence. Il répond à mes questions rapidement et avec une totale assurance, même pour des détails insignifiants. Il n'hésite jamais, ni ne se contredit, il ne laisse rien en suspens non plus qui pourrait éveiller des doutes sur sa mémoire. Ce n'est pas une mince prouesse pour un octogénaire qui, en outre, je n'en ai pas le moindre doute, me cache bien des faits ou tergiverse. Quelle fut sa participation exacte dans l'affaire? Nul ne le sait vraiment. Le sait-il lui-même ou la version qu'il a forgée a-t-elle achevé de le convaincre aussi?

— Je n'y ai pas pris garde, parce que ce n'était pas rare de voir arriver à Quero des camionnettes avec des gens de Jauja. Ils s'arrêtèrent tout juste là, près de la maison de Tadeo Canchis. Ils demandèrent où ils pouvaient manger. Ils étaient très affamés.

— Et vous n'avez pas remarqué qu'ils étaient

armés, don Eugenio? Et qu'outre le fusil que chacun d'eux portait, leur camionnette était bourrée d'armes?

— Je leur ai demandé s'ils allaient à la chasse, me répond don Eugenio. Parce que ce n'était pas la bonne époque pour chasser le gibier.

— Nous allons faire des exercices de tir, monsieur, lui aurait dit Vallejos. Là-bas, sur les hautes plaines.

— Est-ce que ce n'était pas tout à fait normal que des garçons du collège San José viennent faire des manœuvres? se demande don Eugenio. Ne suivaient-ils pas des cours de préparation militaire? Et est-ce que le sous-lieutenant n'était pas un militaire? L'explication me semblad des plus satisfaisantes.

— Veux-tu que je te dise une chose? Jusqu'ici je n'avais pas perdu espoir.

— L'espoir que les gars de Ricran nous attendent avec leurs chevaux? sourit Vallejos.

— Et aussi Chato Ubilluz et les mineurs, avoua Mayta. Oui, je n'avais pas perdu espoir.

Il scrutait encore et toujours la verte place de Quero, comme s'il avait voulu, à force de volonté, matérialiser les absents. Il avait le sourcil froncé et sa bouche tremblait. Un peu plus loin, Condori et Zenón Gonzales bavardaient avec un groupe de comuneros. Les joséfins restaient près de la camionnette, surveillant les mausers.

— Ils nous ont poignardés dans le dos, voilà, ajouta-t-il d'une voix à peine audible.

— À moins qu'un contretemps ne les ait retardés en chemin, dit le juge de paix.

— Il n'y a eu aucun contretemps, ils ne sont pas ici parce qu'ils n'ont pas voulu, dit Mayta. Il n'y avait plus rien à espérer. Pourquoi perdre du temps en nous lamentant. Ils ne sont pas venus, un point c'est tout, qu'est-ce que cela fait ?

— Voilà qui me plaît, lui tapa dans le dos Vallejos. Il vaut mieux être seuls que mal accompagnés, nom de Dieu.

Mayta fit un effort. Il fallait surmonter ce découragement. Mettre la main à la pâte, trouver des bêtes, acheter des provisions, continuer. Seulement une idée en tête, Mayta : traverser la Cordillère et atteindre Uchabamba. Là-bas, en sûreté, ils pourraient renforcer leurs cadres, revoir calmement la stratégie. Durant le trajet, tandis qu'il restait immobile dans la camionnette, le mal des montagnes avait disparu. Mais maintenant, à Quero, en commençant à s'activer, il sentit à nouveau la pression à ses tempes, son cœur accéléré, l'instabilité et le vertige. Il essaya de le dissimuler tandis que, flanqué de Vallejos et du juge de paix, il parcourait les maisonnettes de Quero cherchant à savoir qui pourrait louer des bêtes de somme. Condori et Zenón Gonzales, qui connaissaient des gens dans la communauté, allèrent chercher de quoi manger et acheter des provisions. Au comptant, évidemment.

Ils auraient dû tenir un meeting ici, pour expliquer aux paysans l'action insurrectionnelle. Mais sans avoir besoin d'échanger un mot avec Vallejos, il repoussa l'idée. Après l'échec de ce matin, il ne crut pas bon de rappeler l'affaire au sous-lieutenant. Pourquoi ce découragement ? Il n'y avait pas moyen de s'en débarrasser. L'euphorie du chemin lui épargna d'avoir à réfléchir. Il revenait maintenant, à nouveau, sur la situation : quatre adultes et sept adolescents entêtés à mener de l'avant des plans qui s'effondraient à chaque pas. C'est du défaitisme, Mayta, le chemin de l'échec. Comme une machine, rappelle-toi. Il sourit et eut l'air de comprendre ce que le juge de paix et la propriétaire de la maisonnette devant laquelle ils s'étaient arrêtés se disaient en quichua. Tu aurais dû apprendre le quichua plutôt que le français.

— Ils ont été foutus en restant ici si longtemps, dit don Eugenio en tirant sur le mégot lilliputien de sa cigarette. Combien de temps ? Au moins deux heures. Ils étaient arrivés vers les dix heures et ils partirent après midi.

Il aurait dû dire «nous partîmes». N'alla-t-il peut-être pas avec eux ? Mais don Eugenio, malgré ses quatre-vingt et quelques années, ne commet jamais le moindre lapsus qui puisse suggérer qu'il fut complice des rebelles. Nous nous trouvons sous le kiosque entourés par une pluie impertinente que déversent sur le bourg les nuages plombés et boursouflés. Une averse intense et rapide, suivie d'un très bel arc-en-ciel. Lorsque le ciel se dégage il reste, toujours, une pluie fine, invisible, une sorte de bruine liménienne qui fait briller le gazon de la place de Quero. Peu à peu ressuscitent les comuneros qui vivent encore en ce lieu. Ils sortent de leur maison, comme des figures irréelles, Indiennes perdues sous tant de jupons, enfants portant chapeau, paysans très vieux chaussés de sandales. Ils s'approchent et saluent don Eugenio. Ils lui donnent l'accolade. Les uns s'éloignent après avoir échangé quelques mots avec lui, d'autres restent avec nous. Ils l'écoutent remémorer ce lointain épisode, acquiesçant parfois imperceptiblement ; parfois, ils intercalent de brefs commentaires. Mais quand j'essaie d'en savoir un peu plus sur la situation actuelle, tous se renferment dans un mutisme irréductible. Ou alors ils mentent : ils n'ont vu ni soldats ni guérilleros, ils ne savent rien de la guerre. Comme je le supposais, il n'y a parmi eux aucun homme, aucune femme en âge de combattre. Avec son gilet bien serré, son petit chapeau de paille enfoncé jusqu'aux yeux et les épaulettes de sa veste chic trop larges, l'ancien juge de paix de Quero ressemble à un personnage de conte, un gnome sécrété par ces monts anodins. Sa voix a des résonances métalliques, comme si elle sortait d'un souterrain.

— Pourquoi restèrent-ils si longtemps à

387

Quero ? se demande-t-il, les pouces glissés sous son gilet et observant le ciel comme si la réponse se trouvait dans les nuages. Parce qu'il ne leur fut pas facile de trouver les bêtes de somme. Les gens d'ici ne peuvent pas se séparer comme cela de leur instrument de travail. Personne ne voulait les leur louer, en dépit de la bonne monnaie sonnante et trébuchante qu'ils proposaient. Ils convainquirent finalement doña Teofrasia Soto, veuve d'Almaraz. À propos, qu'est devenue doña Teofrasia ? — On entend un murmure et des phrases en quichua, une des femmes fait le signe de croix. — Ah, elle est morte ! Dans le bombardement ? Alors les guérilleros se trouvaient bien là, ma petite mère. Étaient-ils partis ? Y avait-il eu beaucoup de morts ? Et pourquoi la milice passa-t-elle par les armes le fils de doña Teofrasia ?

Grâce aux quelques mots en espagnol qui parsèment le dialogue en quechua de don Eugenio avec les comuneros, je devine l'épisode qui, au passage, réintroduit l'activité dans l'histoire de Mayta. Les guérilleros se trouvaient à Quero et avaient « exécuté » plusieurs personnes, parmi lesquelles ce fils de doña Teofrasia. Mais ils étaient déjà partis quand un avion survola le village en tirant des rafales de mitrailleuse. Parmi les victimes était tombée doña Teofrasia qui, en entendant l'avion, était sortie voir. Elle était morte à la porte de l'église.

— Elle a donc mal fini, la pauvre, commente

don Eugenio. Elle vivait dans cette ruelle. Bossue et un peu sorcière, selon la rumeur publique. Bon, c'est elle qui accepta de louer ses bêtes, après s'être fait prier. Mais les animaux étaient dans les champs et le temps d'aller les chercher, cela prit plus d'une heure. D'autre part, le repas les retarda. Je vous l'ai dit, ils étaient affamés et ils se firent préparer un déjeuner chez Gertrudis Sapollacu, qui avait son auberge et faisait à manger.

— Ils étaient très confiants, alors.

— Il s'en est fallu de peu que les policiers leur tombent dessus tandis qu'ils avalaient le bouillon de poule, acquiesce don Eugenio.

Cet emploi du temps est très clair. Tous les témoignages concordent : une heure avant les événements de Jauja, l'autobus de Huancayo arrivait au bourg avec une compagnie de gardes civils commandée par un lieutenant du nom de Silva et un brigadier nommé Lituma. Ils firent une halte très brève à Jauja, pour trouver un guide et pour que le lieutenant Dongo et les gardes à ses ordres se joignent à eux. Ils se mirent à leurs trousses immédiatement.

— Et comment se fait-il que vous êtes allé avec eux, monsieur ? lui demandé-je à brûle-pourpoint, pour voir s'il va tiquer.

Le sous-lieutenant essaya de le faire rester à Quero. Mayta lui en donna les raisons : ils avaient besoin que quelqu'un servît de pont entre la campagne et la ville, surtout après ce qui s'était passé ; ils avaient besoin de monter des réseaux d'aide, de recruter des gens, d'obtenir des informations. Il était, lui, la personne apte à diriger cette tâche. Ce fut inutile. Les ordres de Vallejos et les arguments de Mayta se brisèrent sur la détermination du petit homme de loi : non, messieurs, je ne suis pas si bête, il n'allait pas rester ici pour recevoir la police et payer les pots cassés. Il partait avec eux de toute façon. Ce qui avait commencé comme un échange d'options devint discussion. Les voix de Vallejos et du juge de paix haussaient de ton et, dans la sombre enceinte saturée d'odeur de graisse et d'ail, Mayta remarqua que Condori, Zenón Gonzales et les joséfins avaient cessé de manger pour écouter. Ce n'était pas bon que la discussion s'envenimât. Ils avaient suffisamment de problèmes comme ça et ils étaient trop peu pour se disputer entre eux.

— Ça ne vaut pas la peine de continuer à discuter, camarades. Si le petit juge s'entête à ce point, qu'il vienne.

Il craignait que le sous-lieutenant ne le contredît mais Vallejos préféra se concentrer sur son plat. Le juge en fit de même et en peu de temps l'atmosphère se détendit. Vallejos avait installé le brigadier Cordero Espinoza sur un tertre pour surveiller la route tandis qu'ils mangeaient. L'étape de Quero se prolongeait et, tandis qu'ils déchiraient à belles dents les morceaux de volaille grillés au feu de bois, Mayta se dit que c'était bien imprudent de s'attarder de la sorte.

— On devrait partir une bonne fois.

Vallejos acquiesça, jeta un œil à sa montre, mais continua à manger, sans se presser. Au fond il lui donna raison. Oui, quelle barbe que de se lever, d'étirer les jambes, de dégourdir ses muscles, de s'élancer sur les collines, de marcher, et combien d'heures ? Et s'il succombait au mal d'altitude ? On le mettrait sur une mule, comme un sac. C'était ridicule de souffrir du mal des montagnes. C'était, il le sentait, comme un luxe inacceptable chez un révolutionnaire. Et cependant son malaise physique était bien réel : frissons, maux de tête, déliquescence généralisée. Et surtout ce cœur qui tonnait dans sa poitrine. Il vit avec soulagement Vallejos et le juge de paix bavarder de façon animée. Comment expliquer la débandade des gens de Ricran ? Avaient-ils décidé de ne pas venir lors d'une réunion célébrée hier même ? Auraient-ils reçu un contrordre de Chato Ubilluz ? Ce serait une extraordinaire coïncidence qu'Ubilluz, les mineurs, les hommes de Ricran aient décidé, chacun de son côté, sans se le dire les uns aux autres, de faire marche arrière. Cela avait-il de l'importance maintenant, Mayta ? Aucune. Plus tard oui, quand l'histoire ferait ses comptes et établirait la vérité. (Mais moi, qui dans ce cas suis l'histoire, je sais que ce n'est pas si simple, car le temps ne décante pas toujours la vérité ;

sur ce sujet, les dérobades de dernière minute, il n'y a pas moyen de savoir avec une totale certitude si les absents avaient déserté ou les protagonistes avaient devancé ce qui avait été décidé ou si tout n'était pas dû à une mauvaise coordination de jours et d'heures. Et il n'y a pas moyen de le savoir parce que les acteurs eux-mêmes ne le savent pas.) Il avala sa dernière bouchée et s'essuya les mains dans son mouchoir. La pénombre de la pièce lui avait caché au début les mouches, mais maintenant il les voyait : elles constellaient les murs et le plafond et se promenaient sans vergogne sur les assiettes de nourriture et les doigts des commensaux. Ainsi devaient être toutes les maisons de Quero : sans lumière ni eau courante, sans égouts ni salles de bains. Les mouches, les poux et mille autres bestioles devaient faire partie de l'infime mobilier, seigneurs et maîtres des calebasses et des peaux, des grabats rustiques poussés contre les murs de torchis et de roseaux, des images décolorées de vierges et saints clouées contre les portes. Si ces gens-là avaient envie d'uriner la nuit, ils n'avaient certainement pas le courage de se lever et d'aller dehors. Ils urinaient, donc, ici même, près du lit où ils dormaient et de l'endroit où ils faisaient leur cuisine. Qu'importe ? le sol est en terre et la terre boit l'urine sans laisser de trace. Quant à l'odeur, elle disparaît en se mêlant aux multiples émanations des ordures et de la malpropreté qui constituent l'atmosphère de la maison. Et si à minuit il leur prend une envie de faire caca ? Auraient-ils le cœur de sortir dans la nuit et le froid, le vent et la pluie ? Ils devaient chier ici aussi, entre fourneau et lit. Lorsqu'ils étaient entrés, la maîtresse de maison, une vieille Indienne, chassieuse et ridée, et avec deux longues tresses qui battaient dans son dos quand elle marchait, avait poussé derrière la malle des cochons d'Inde qui se promenaient dans la pièce. Ces petits animaux dormaient-ils avec elle, pelotonnés contre son vieux corps en quête de chaleur ? Depuis combien de mois, combien d'années cette dame ne changeait-elle pas ses jupons, qui avaient sûrement vieilli avec elle, sur elle ? Depuis combien de temps n'avait-elle pas procédé à une toilette complète de son corps, avec de l'eau et du savon ? Des mois, des années ? L'avait-elle fait même une seule fois dans sa vie ? Le malaise des montagnes disparut, remplacé par la tristesse. Oui, Mayta, dans cette crasse, dans cette détresse vivaient des millions de Péruviens, au milieu de l'urine et des excréments, sans lumière ni eau, et menant la même vie végétative, la même routine abrutissante, l'activité primaire et quasi animale de cette femme avec laquelle, malgré ses efforts, il n'avait pu échanger que quelques rares mots tant son espagnol était déficient. Ne suffisait-il pas d'ouvrir un peu les yeux pour justifier ce qu'il avait fait, ce qu'ils allaient faire ? Quand les Péruviens qui vivaient comme cette femme comprendraient qu'ils avaient la force, qu'il ne leur manquait que d'en avoir conscience et d'en user, toute la pyramide d'exploitation, d'asservissement et d'horreur qu'était le Pérou s'effondrerait comme un toit vermoulu. Quand ils comprendraient qu'en se révoltant l'humanité commencerait enfin pour leurs vies inhumaines, la révolution balaierait tout.

— Prêts, on s'en va, dit Vallejos en se levant. Chargez les armes.

Tous se hâtèrent de sortir dans la rue. Mayta se sentit à nouveau plein de fougue, en passant de l'obscurité à la lumière. Il alla aider les Joséfins qui sortaient les fusils de la camionnette et les attachaient sur le dos des mules. Sur la placette de Quero, les Indiens vaquaient à leurs affaires, sans leur prêter la moindre attention.

— Ils m'ont convaincu de la façon la plus simple, dit don Eugenio d'un air soucieux, apitoyé par sa crédulité. Le sous-lieutenant Vallejos m'expliqua qu'en plus de cet exercice de tir, il allait remettre la propriété de la Hacienda Aina à la communauté d'Uchabamba. Dont, rappelez-vous, Condori était président et Zenón Gonzales vice-président. Pourquoi ne l'aurais-je pas cru ? Depuis des mois il y avait des troubles à Aina. Les comuneros d'Uchabamba avaient occupé des terres de la hacienda et les réclamaient en alléguant des titres coloniaux. Le sous-lieutenant n'était-il pas une autorité militaire dans la province ? Je devais faire mon devoir, je n'étais pas juge pour rien, monsieur. De sorte que, dans la mesure où il ne s'agissait pas d'une blague — je frisais déjà la soixantaine — je les accompagnai de bonne grâce. N'était-ce pas la chose la plus normale du monde ?

On le dirait, à en juger d'après le naturel avec lequel il le raconte. Le soleil est sorti. Le visage de don Eugenio resplendit.

— Quelle dut être votre surprise, alors, quand la fusillade commença.

— Une surprise du tonnerre de Zeus, répond-il sans hésiter. Les coups de feu commencèrent dès notre départ, en descendant dans la vallée encaissée de Huayjaco.

Il plisse un peu les yeux — ses paupières se rident, ses sourcils se hérissent — et son regard devient liquide. Ce doit être l'effet de la réverbération ; je ne peux croire que l'ex-juge de paix de Quero verse des larmes de nostalgie sur ce qui s'est passé cet après-midi-là. Quoique peut-être, à son âge, tout le passé, même le plus douloureux, éveille des regrets.

— Ils étaient si pressés que je n'ai même pas pu faire ma valise avec l'indispensable, murmure-t-il. Je suis parti tel que vous me voyez, avec cravate, gilet et chapeau. On s'est mis en route et au bout d'une heure, une heure et demie, ça a été la fête.

Il lâche un petit rire et aussitôt les personnes

qui nous entourent se mettent à rire aussi. Elles sont six, quatre hommes et deux femmes, toutes âgées. Il y a, en outre, sur la balustrade rouillée du kiosque, plusieurs enfants. Je demande aux adultes s'ils étaient là quand les policiers sont arrivés. Après des petits regards en coin vers le juge, comme pour lui demander l'autorisation, ils acquiescent. J'insiste, en me tournant vers le plus vieux des paysans : comment cela s'est-il passé, qu'est-il arrivé aussitôt après le départ des révolutionnaires ? Il désigne l'angle de la place où finit la route : c'est de là qu'a surgi, grondant et fumant, le bus avec les policiers. Combien étaient-ils ? Plusieurs. C'est-à-dire ? Une cinquantaine, peut-être. Encouragés par son exemple, les autres commencent aussi à parler, et bientôt tous confrontent en même temps leurs souvenirs. J'ai du mal à suivre le fil, dans ce labyrinthe où le quichua se mêle à l'espagnol et où l'épisode d'il y a vingt-cinq ans se confond soudain avec le bombardement d'il y a quelques jours ou quelques semaines — cela non plus n'est pas clair — et les «exécutions» de la guérilla. Dans l'esprit de ces paysans il se produit naturellement une association qu'il m'a été difficile d'établir et que bien peu de mes compatriotes voient. Ce que je tire au clair finalement c'est que les cinquante ou soixante policiers les croyaient à Quero, cachés, car ils passèrent près d'une demi-heure à fouiller le bourg, entrant et sortant dans les maisonnettes, demandant aux uns et aux autres où ils s'étaient fourrés. Demandaient-ils après les révolutionnaires ? après les communistes ? Non, ils n'employaient pas ces mots. Ils disaient : les filous, les voleurs de bétail, les bandits. Est-ce sûr ?

— Absolument sûr, répond don Eugenio en leur nom. Vous devez en convenir, c'étaient d'autres temps, qui allait penser que c'était une révolution ? Souvenez-vous, de surcroît, qu'ils avaient attaqué deux banques avant de partir de Jauja...

Il rit et tous se remettent à rire. Y a-t-il eu, durant cette demi-heure qu'ils ont passée là, quelque incident entre policiers et comuneros ? Non, aucun, les gardes furent bientôt convaincus que les « voleurs de bétail » étaient partis et que les gens de Quero n'avaient rien à voir avec eux ni ne savaient ce qui s'était passé à Jauja. C'étaient d'autres temps, sans aucun doute : les policiers ne considéraient pas encore que tout homme portant poncho et sandales était — tant que le contraire ne fut pas démontré — un complice des rebelles. Le monde andin ne s'était pas polarisé à l'extrême actuel où ses habitants ne peuvent être complices que de la subversion ou de la répression.

— Et pendant ce temps, dit le juge de paix, le regard à nouveau mouillé, nous nous trempions de belle manière.

La pluie se déclencha un quart d'heure après leur départ de Quero. Une pluie forte, aux grosses gouttes, qui ressemblait parfois à de la grêle. Ils pensèrent chercher refuge jusqu'à ce qu'il cesse de pleuvoir, mais il n'y avait nul endroit où se protéger. «Comme le paysage a changé», se disait Mayta. Il était peut-être le seul à ne pas être gêné par l'orage. L'eau coulait le long de sa peau, imprégnait ses cheveux, se glissait entre ses lèvres, comme un baume pour lui. À partir des cultures de Quero le terrain était une pente continue. Comme s'ils avaient changé une fois de plus de région, de pays, ce paysage n'avait rien à voir avec celui qui séparait Jauja de Quero. Les denses quinguales, les agaves avaient disparu, ainsi que les broussailles, les oiseaux, la rumeur des cascades, les petites fleurs des champs et les roseaux se balançant près du chemin. Sur ce versant pelé, sans trace de piste, la seule végétation était constituée, de temps en temps, de cactus géants, de gros bras hérissés de piquants, en forme de candélabres. La terre avait noirci et se bossuait de grosses pierres et rochers à l'air sinistre. Ils avançaient divisés en trois groupes. Les mules avec les armes allaient en tête, avec Condori et trois joséfins. Puis le reste des garçons, à une centaine de mètres, avec Zenón Gonzales comme chef de groupe. Et fermant la marche, couvrant les autres, le sous-lieutenant, Mayta et le juge de paix, qui connaissait aussi la route d'Aina, pour le cas où ils auraient perdu le contact avec les autres. Mais jusqu'à présent Mayta avait vu les deux groupes, devant eux, plus haut, sur les flancs des collines, deux taches qui apparaissaient et disparaissaient au gré des hauts et des bas du terrain et de la densité de la pluie. Ce devait être le milieu de l'après-midi, quoique le ciel grisâtre suggérât le crépuscule. « Quelle heure est-il ? » demanda-t-il à Vallejos. « Deux heures et demie. » En l'entendant, il se rappela une blague des élèves du collège des salésiens quand on leur demandait l'heure. « Ma petite aiguille est arrêtée, regardez », et ils ouvraient leur braguette. Il sourit et, par cette distraction, il fut sur le point de tomber. « Il faut tenir le fusil canon en bas, pour que l'eau n'y entre pas », lui dit Vallejos. La pluie avait transformé le sol en boue et Mayta essayait de mettre les pieds sur les pierres, mais celles-ci, ébranlées par l'orage, cédaient, si bien qu'il glissait constamment. En revanche, sur sa droite, l'homme de loi de Quero — petit, concentré, son chapeau trempé, se couvrant le nez et la bouche avec un mouchoir multicolore, ses bottines semblables à des bourbiers — cheminait à travers la montagne comme sur un trottoir bien droit. Vallejos aussi avançait avec désinvolture, un peu en avant, la mitraillette à l'épaule et la tête penchée pour voir où il mettait les pieds. Il était toujours en avance et Mayta et don Eugenio devaient faire de petites courses pour le rattraper. Depuis qu'ils avaient quitté Quero, ils n'avaient presque pas échangé de paroles. Le but était d'arriver à la vallée appelée Viena, sur le versant oriental, au climat plus favorable. Condori et Zenón Gonzales croyaient qu'il était possible d'y arriver avant la nuit, si l'on se pressait. Il n'était pas conseillable de passer la nuit en pleine montagne, avec le danger des chutes de neige et de la tempête. Quoique fatigué et, parfois, secoué par l'altitude, Mayta se sentait bien. Les Andes l'acceptaient-elles enfin après l'avoir tant fait souffrir ? Avait-il satisfait au baptême ? Cependant, un moment après, quand Vallejos indiqua qu'ils pouvaient faire une halte, il se laissa tomber sur la terre boueuse, épuisé. Il avait cessé de pleuvoir, le ciel s'éclaircissait et il ne voyait plus les deux autres groupes. Ils se trouvaient dans une profonde dépression, flanqués par des parois rocheuses où jaillissaient les panaches humides des ichus, ces graminées des Andes. Vallejos vint s'asseoir à côté de lui et lui demanda sa mitraillette, qu'il examina soigneusement, ouvrant et fermant la sécurité. Il la lui rendit sans rien dire et alluma une cigarette. Le visage du jeune homme était couvert de gouttelettes et, derrière une bouffée de fumée, Mayta le devina tendu d'inquiétude.

— Tu étais celui qui ne perdait jamais son optimisme, lui dit-il.

— Je ne l'ai pas perdu, rétorqua Vallejos en tirant sur sa cigarette et rejetant la fumée par la bouche et le nez. Sauf que...

— Sauf que tu n'as pas digéré l'histoire de ce matin, dit Mayta. Tu as perdu ta virginité politique, cela oui. La révolution est plus compliquée que les contes de fées, mon frère.

— Je ne veux pas parler de ce qui s'est passé ce matin, le coupa Vallejos. Il y a des choses plus importantes, maintenant.

Ils entendirent un ronflement. Le juge s'était allongé sur le dos, le chapeau sur le visage et apparemment il dormait.

Vallejos consulta sa montre.

— Si mes calculs sont bons, ils devraient seulement arriver à Jauja. Nous avons environ quatre heures d'avance sur eux. Et dans cette étendue désertique nous sommes comme une aiguille dans une meule de foin. Nous sommes hors de danger, je crois. Bon, réveillons le petit juge et continuons.

Dès qu'il entendit les dernières paroles de Vallejos, don Eugenio se redressa. Il se couvrit instantanément de son chapeau trempé.

— Toujours prêt, mon lieutenant, dit-il en faisant un salut militaire. Je suis une chouette, je ne dors que d'un œil.

— Je suis stupéfait que vous soyez avec nous, monsieur le juge, dit Mayta. À votre âge et avec votre travail, vous aviez bien des raisons de veiller sur vous.

— Bon, franchement, si quelqu'un m'avait mis au courant, sans aucun doute j'aurais pris moi aussi la poudre d'escampette, avoua sans le moindre embarras le juge de paix. Mais ils ne firent même pas attention à moi, ils me traitèrent comme quantité négligeable. Que me restait-il, donc ? Attendre là-bas la police pour être le bouc émissaire ? Je ne suis pas idiot, messieurs.

Mayta se mit à rire. Ils avaient repris leur marche et grimpaient, en glissant, le ravin, quand il vit Vallejos se mettre à l'abri, accroupi. Il regardait de côté et d'autre, en écoutant.

— Des coups de feu, l'entendit-il dire, à voix très basse.

— Le tonnerre, mon vieux, dit Mayta. Es-tu sûr que ce sont des coups de feu ?

— Je vais voir d'où ils viennent, dit Vallejos en s'éloignant. Restez tranquilles, ici.

— Et la police vous a cru, don Eugenio ?

— Bien sûr qu'elle m'a cru. N'était-ce pas la vérité ? Mais avant, on m'a fait passer un mauvais moment.

Les pouces au gilet et son petit visage fripé tourné vers le ciel il me raconte — sur le rondpoint de Quero il y a maintenant une vingtaine de vieillards et d'enfants qui nous entourent — qu'on le garda trois jours au commissariat de Jauja et ensuite deux semaines au commandement de la garde civile de Huancayo, en exigeant des aveux sur sa complicité avec les révolutionnaires. Mais lui, bien entendu, entêté, infatigable, il répéta qu'il était allé avec eux sur un malentendu, en croyant qu'ils avaient besoin d'un juge pour remettre le titre de propriété de la Hacienda Aina aux comuneros d'Uchabamba et que les armes étaient destinées à des exercices de tir pour les collégiens de San José. Ils durent accepter sa version, oui monsieur : trois semaines plus tard il était de retour à Quero, rétabli dans sa charge de juge de paix, blanchi de la tête aux pieds et avec une bonne anecdote à raconter aux amis. Il rit et je perçois dans son rire un peu de moquerie. Maintenant l'air est sec et sur les maisons du bourg, sur les terres et collines voisines, contrastent l'ocre, l'ardoise, le doré et les tons verts. «Quelle tristesse de voir ces terres à moitié mortes», se lamente don Eugenio. «Tout cela c'étaient de superbes cultures. Maudite guerre ! Elle est en train de tuer Quero, ce n'est pas juste. Et penser qu'il y a vingt-cinq ans le village semblait si pauvre. Mais cela peut toujours être pire, le malheur ne touche jamais le fond.» Je ne le laisse pas se distraire par l'actualité et je le force à revenir au passé et à la fiction. Qu'avait-il fait durant la fusillade ? Combien de temps avait-elle duré ? Purent-ils sortir du ravin de Huayjaco ? Depuis le début jusqu'à la fin et sans omettre de détails, don Eugenio.

Des coups de feu, sans aucun doute. Mayta était le genou en terre, empoignant sa mitraillette et observant dans toutes les directions. Mais dans le ravin, son champ de vision était minime : l'horizon découpé de quelques sommets. Une ombre passa battant des ailes. Un condor ? Il ne se souvenait pas d'en avoir vu aucun vivant, seulement en photo. Il remarqua que le juge de paix se signait et que, les yeux fermés et les mains jointes, il se mettait à prier. Il entendit derechef une rafale, dans la même direction que précédemment. À quelle heure reviendrait Vallejos ? Comme répondant à son désir, le sous-lieutenant apparut au bord de la butte. Et derrière lui, le visage d'un joséfin du groupe du milieu : Perico Temoche. Ils se glissèrent par la pente vers eux. Le visage de Temoche était livide et ses mains et la culasse de son arme tachées de boue, comme s'il était tombé.

— Ils tirent sur l'avant-garde, dit Vallejos. Mais ils sont loin, le second groupe ne les a pas vus.

— Que faisons-nous ? dit Mayta.

— Avancer, répliqua Vallejos avec énergie. Le premier groupe est l'important, il faut sauver ces armes. Nous essaierons de les distraire, jusqu'à ce que l'avant-garde s'éloigne. Allons-y cette fois. Séparez-vous bien l'un de l'autre.

Tandis qu'ils grimpaient le flanc du ravin Mayta se demanda pourquoi personne n'avait eu l'idée de confier un fusil à don Eugenio et lui-même ne l'avait pas demandé. S'il fallait combattre, le juge en allait voir de dures. Il ne se sentait pas agité, il n'avait pas peur. Une grande sérénité s'était emparée de lui. Il n'était pas surpris par les tirs. Il les attendait depuis qu'ils avaient quitté Jauja, il n'avait jamais cru qu'ils eussent autant d'avance que le disait le sous-lieutenant. Quelle stupidité de s'être arrêté si longtemps à Quero.

En haut du ravin, ils s'accroupirent pour regarder. On ne voyait personne : seulement la terre grise et sinueuse, montant toujours, avec ici et là des broussailles et des rochers où, pensa-t-il, ils pouvaient se protéger si leurs poursuivants surgissaient au détour d'un sommet.

— Couvrez-vous derrière les blocs, dit Vallejos. — Il tenait sa mitraillette dans la main gauche et de la droite il leur indiquait d'avoir à se séparer davantage. Il courait presque, penché, regardant autour de lui. Derrière lui venait l'homme de loi, et au bout d'un moment Mayta et Perico Temoche se retrouvèrent à la traîne. Il n'avait pas entendu à nouveau de coups de feu. Le ciel se dégageait : il y avait moins de nuages et ils n'étaient plus couleur de plomb, lourds d'orage, mais blancs et ouateux. «Quelle malchance; il conviendrait maintenant qu'il plût», pensa-t-il. Il avançait attentif à son cœur, redoutant l'étouffement, l'arythmie, la fatigue. Mais non, il se sentait bien, quoiqu'il éprouvât un peu de froid. Forçant la vue, il essaya d'apercevoir les groupes avancés, mais c'était impossible à cause des accidents de terrain et de l'abondance des angles morts. À un moment, entre deux petits tertres, il lui sembla distinguer les points mouvants. Il appela de la main Perico Temoche :

— Est-ce que c'est ton groupe ?

Le garçon acquiesça plusieurs fois, sans par-

ler. Il semblait plus gosse, comme ça, le visage
altéré. Il serrait son fusil comme si on avait voulu
le lui ravir et il semblait avoir perdu la voix.

— On n'entend plus rien, tenta-t-il de le
remonter. C'était peut-être une fausse alerte.

— Non, ce n'était pas une fausse alerte, balbutia Perico Temoche. C'était pour de vrai.

Et tout bas, en s'efforçant de se dominer, il lui
raconta qu'aux premiers coups de feu, tout son
groupe avait pu voir l'avant-garde se disperser
tandis que quelqu'un, sûrement Condori, levait
son fusil pour riposter. Zenón Gonzales cria :
«Tout le monde à terre, couchez-vous.» Ils restèrent allongés jusqu'à ce que Vallejos apparût
et leur ordonnât de poursuivre. Il l'avait ramené
aux arrières pour qu'il servît d'agent de liaison.

— Je sais bien pourquoi, lui sourit Mayta.
Parce que tu es le plus rapide. Et aussi parce que
tu as le plus de cran, non ?

Le collégien sourit à peine, sans ouvrir la
bouche. Ils continuaient à marcher ensemble,
regardant de côté et d'autre. Vallejos et le juge
de paix leur avaient pris environ vingt mètres.
Quelques minutes plus tard ils entendirent une
autre salve.

— Le plus drôle, dit don Eugenio, c'est qu'au
milieu de la fusillade je me suis enrhumé. Il y
avait eu une forte pluie et j'étais trempé, voyez-
vous ?

Oui, ce petit bonhomme, chapeauté et gileté,
au milieu des guérilleros et sous les balles des

gardes civils qui leur tirent dessus depuis les cimes, se met à éternuer. En essayant de le mettre dans l'embarras, je lui demande à quel moment il a compris que ces hommes étaient des insurgés et pure fable cette histoire d'exercices de tir et de remise de la propriété d'Aina. Il n'en est pas gêné :

— Quand la fusillade a commencé, dit-il avec une conviction absolue, tout a coulé de source. Nom de nom, imaginez ma situation. Sans savoir comment, me trouver là, au milieu des balles qui sifflaient.

Il marque un temps d'arrêt, ses petits yeux deviennent à nouveau humides et me revient à la mémoire cet après-midi à Paris, deux ou trois jours après l'événement que nous évoquons. C'était l'heure où religieusement je cessais d'écrire et sortais acheter *Le Monde* et le lire en prenant un express au bistrot Le Tournon, à l'angle de chez moi. Le nom était mal écrit, on avait changé le Y en I, mais je n'en eus pas le moindre doute : il s'agissait bien de mon condisciple du collège des salésiens. Il apparaissait dans une note sur le Pérou, presque invisible tant elle était petite, à peine six ou sept lignes, pas plus de cent mots. «Tentative d'insurrection avortée», quelque chose comme cela, et on ne disait pas clairement si le mouvement avait des ramifications, mais on affirmait, en revanche, que les meneurs avaient été tués ou capturés. Mayta était-il mort ou prisonnier ? C'est la pre-

mière chose à laquelle je pensai, tandis que ma
Gauloise me tombait des lèvres, et je lisais et
relisais la nouvelle sans me résoudre à admettre
que dans mon lointain pays pareille chose ait pu
arriver et que mon compagnon de lecture du
Comte de Monte-Cristo en fût le protagoniste.
Mais avec ou sans i grec je fus bien certain dès
le premier instant qu'il s'agissait de Mayta.

— À quelle heure ont commencé d'arriver ici
les prisonniers ? répète ma question don Eugenio, comme si je la lui avais posée à lui. — En
réalité je l'ai demandé aux vieux de Quero, mais
il est bon que ce soit le juge de paix, homme de
confiance de ces habitants, qui se montre intéressé de le savoir. — Ce devait être la nuit tombée, n'est-ce pas ?

Il y a un flot de non, des têtes dénégatrices,
des voix qui se disputent la parole. Il ne faisait
pas encore nuit, c'était dans l'après-midi. Les
gardes civils revinrent en deux groupes ; le premier amenait, en travers d'une des mules de
doña Teofrasia, le président de la communauté
d'Uchabamba. Condori était-il mort ? Il agoni-
sait. Deux balles l'avaient fauché, dans le dos et
au cou, et il était taché de sang. Il amenait aussi
plusieurs Joséfins, les mains liées. En ce temps-
là on faisait des prisonniers. Maintenant il vaut
mieux mourir en combattant, parce que celui
qu'ils attrapent, après lui avoir tiré ce qu'il sait,
ils le tuent de toute façon, n'est-ce pas, monsieur ? Enfin, ils avaient retiré aux garçons les

cordons de leurs chaussures pour qu'ils ne tentent pas de s'échapper. Ils marchaient comme sur des œufs, et bien que traînant les pieds, quelques-uns perdaient leurs galoches. Ils conduisirent Condori chez le lieutenant-gouverneur et lui firent un pansement, mais par plaisir, car il leur claqua entre les doigts sur-le-champ. Une demi-heure plus tard les autres arrivèrent. Vallejos leur faisait signe de se presser.

— Plus vite, plus vite, l'entendis-je crier.

Mayta essaya mais il ne put pas. Maintenant Perico Temoche aussi lui avait pris plusieurs mètres d'avance. On entendait des tirs sporadiques et il ne pouvait localiser d'où ils provenaient ni s'ils étaient plus près ou plus loin que les précédents. Il tremblait mais pas à cause du mal d'altitude, sous l'effet du froid. Là-dessus il vit Vallejos lever sa mitraillette : le coup éclata dans son tympan. Il regarda la cime vers laquelle le sous-lieutenant avait tiré et il ne vit que des rochers, de la terre, des touffes d'ichu, des crêtes découpées, un ciel bleu, de petits nuages blancs. Lui aussi visait là-bas, le doigt sur la détente.

— Pourquoi vous arrêtez-vous, nom de Dieu, les pressa de nouveau Vallejos. Continuez, continuez.

Mayta lui obéit et pendant un bon moment il marcha très vite, le corps penché en avant, sautant sur les cailloux, courant parfois, trébuchant, sentant le froid le transir jusqu'aux os et son cœur s'affoler. Il entendit de nouveaux coups de feu et à un moment il fut sûr que l'un d'eux avait fait voler en éclats des pierres, tout près de lui. Mais il avait beau regarder les cimes, il n'apercevait aucun attaquant. Il était enfin une machine qui ne pense pas, qui ne doute pas, qui ne se souvient pas, un corps concentré sur la nécessité de courir encore et toujours pour ne pas rester en arrière. Soudain ses genoux fléchirent et il s'arrêta, haletant. Titubant, il fit quelques pas et s'accroupit derrière des pierres moussues. Le juge de paix, Vallejos et Perico Temoche continuaient d'avancer, très vite. Tu ne pourras plus les rejoindre, Mayta. Le sous-lieutenant se retourna et Mayta lui fit signe de poursuivre. Et tandis qu'il faisait ce geste, il perçut, cette fois sans l'ombre d'un doute, un coup de feu qui venait d'éclater à quelques pas : il avait ouvert un petit orifice sur le sol d'où s'élevait une petite fumée. Il se ramassa le plus qu'il put, regarda, chercha et, penchée au parapet sur sa droite, il vit bien clairement la tête d'un garde civil qui le visait avec son fusil. Il se mettait à l'abri du mauvais côté. Il fit le tour des pierres à quatre pattes, se jeta à terre et sentit qu'on tirait au-dessus de sa tête. Quand, enfin, il put viser et tira, en essayant d'appliquer les instructions de Vallejos — la cible doit coïncider avec la hausse — le garde civil n'était plus sur le parapet. La rafale le secoua et l'étourdit. Il vit ses balles entailler la roche, un mètre au-dessous de l'endroit où le garde était apparu.

— Cours, cours, je te couvre, entendit-il Vallejos crier. Le sous-lieutenant visait en direction du parapet.

Mayta se releva et se mit à courir. Le froid l'engourdissait, ses os semblaient craquer sous sa peau. C'était un froid glacial et brûlant qui le faisait transpirer, tout comme la fièvre. Quand il arriva près de Vallejos il s'agenouilla et visa aussi en direction des rochers.

— Il y en a trois ou quatre là, dit le sous-lieutenant en tendant le doigt. Nous allons progresser par sauts et par degrés. Il ne faut pas rester sur place car ils nous encercleraient. Ne nous coupons pas des autres. Couvre-moi.

Et sans attendre sa réponse, il se releva et se mit à courir. Mayta continua de surveiller les rochers sur sa droite, le doigt sur la détente de sa mitraillette, mais nulle cible n'apparut. À la fin il chercha Vallejos et l'aperçut, tout au loin, qui lui faisait signe d'avancer en lui laissant entendre qu'il le couvrirait. Il se mit à courir et au bout de quelques secondes il entendit à nouveau les tirs, mais il ne s'arrêta pas et continua à courir jusqu'à découvrir bientôt que c'était le sous-lieutenant qui tirait. Quand il le rejoignit, il vit Perico Temoche et le juge de paix près de lui. Le gosse chargeait son mauser avec cinq balles qu'il sortait d'un sac pendu à sa ceinture. Il avait donc tiré.

— Et les autres groupes? demanda Mayta. Ils

avaient devant eux un terrain caillouteux qui leur coupait toute perspective.

— Nous les avons perdus, mais ils savent qu'ils ne peuvent pas s'arrêter, dit Vallejos avec véhémence, sans quitter des yeux le paysage alentour. Puis, après une pause : — S'ils nous encerclent nous sommes foutus. Il faut avancer jusqu'à ce qu'il fasse nuit. Alors il n'y aura plus de danger qu'on soit pourchassés.

«Jusqu'à ce qu'il fasse nuit», pensa Mayta. Combien de temps manquait-il? Trois, cinq, six heures? Il ne demanda pas à Vallejos l'heure qu'il était. Il préféra mettre sa main dans sa sacoche et une fois de plus — il l'avait fait une douzaine de fois dans la journée — vérifier qu'il avait plusieurs chargeurs en réserve pour sa mitraillette.

— Avançons deux par deux, ordonna Vallejos. Le juge et moi, Perico et toi. En nous couvrant. Attention, ne relâchez pas votre surveillance, courez en vous baissant. Allons-y, don Eugenio.

Il partit en courant et Mayta vit que le juge de paix tenait maintenant un revolver à la main. D'où l'avait-il sorti? Ce devait être celui du sous-lieutenant, c'est pourquoi sa cartouchière était ouverte. Là-dessus il vit surgir deux silhouettes humaines au-dessus de sa tête, entre les canons des fusils. Un cri : «Rendez-vous, nom de Dieu.» Perico et lui tirèrent en même temps.

— Ils ne les ont pas tous attrapés le même

jour, dit Don Eugenio. Deux joséfins leur échappèrent : Teófilo Puertas et Felicio Tapia.

Je connais l'histoire de la bouche des protagonistes, mais je ne l'interromps pas, pour voir les coïncidences et les divergences. À quelques détails près, la version de l'ancien juge de paix de Quero est fort semblable à celle que j'ai entendue. Puertas et Felicio se trouvaient à l'avant-garde, sous le commandement de Condori, le premier groupe à être détecté par une des patrouilles qu'avaient dépêchées les gardes civils pour battre la région. En accord avec les instructions de Vallejos, Condori essaya de continuer d'avancer, en même temps qu'il repoussait l'attaque, mais il fut bientôt blessé. Ce qui provoqua la débandade. Les gosses se mirent à courir, en abandonnant les mules et les armes. Puertas et Tapia se cachèrent dans une grotte de viscaches. Ils y restèrent toute la nuit, à moitié gelés de froid. Le lendemain, affamés, découragés, enrhumés, ils rebroussèrent chemin et arrivèrent à Jauja sans être découverts. Tous deux se présentèrent au commissariat accompagnés de leur père.

— Felicio avait le visage tout gonflé, assure le juge de paix. De la terrible correction qu'il avait reçue chez lui pour avoir joué les révolutionnaires.

Du groupe d'habitants de Quero qui nous tenaient compagnie il ne reste maintenant, sous le kiosque, qu'un couple de vieillards. Tous deux se rappellent l'arrivée de Zenón Gonzales, attaché sur un cheval, nu-pieds, la chemise déchirée, comme s'il avait résisté à ses gardes, et, derrière lui, le reste des collégiens, également attachés et les chaussures sans lacets. L'un d'eux — personne ne sait lequel — pleurait. Un petit brun, disent-ils, l'un des plus jeunes. Pleurait-il parce qu'on l'avait battu ? Parce qu'il était blessé, effrayé ? Qui sait. Peut-être à cause de la malchance du pauvre sous-lieutenant.

Ainsi allaient-ils, grimpant toujours, deux par deux, pendant un temps qui sembla des heures à Mayta, mais peut-être pas tant car la lumière ne déclinait en rien. Par couples, qui étaient Vallejos et le juge, Mayta et Perico Temoche, ou Vallejos et le joséfin, Mayta et l'homme de loi, courant et se couvrant à tour de rôle, suffisamment ensemble pour s'encourager, reprendre souffle et continuer. Ils voyaient surgir les gardes civils à tout moment et échangeaient des coups de feu qui ne semblaient jamais faire mouche. Ils n'étaient pas trois ou quatre, comme le supposait Vallejos, mais relativement plus, sinon ils auraient dû avoir le don d'ubiquité pour apparaître simultanément en des endroits aussi différents. Ils surgissaient sur les hauteurs, maintenant des deux côtés, quoique le danger vînt plutôt de la droite, où la balustrade de rochers se trouvait très près du terrain sur lequel ils couraient. Ils les suivaient sur la ligne des crêtes et quoique parfois Mayta crût les avoir semés derrière lui, ils réapparaissaient toujours. Il avait déjà changé deux fois de chargeurs. Il ne se sentait pas mal ; il avait froid, certes, mais son corps répondait au terrible effort et à ces courses à semblable altitude. Comment personne n'était-il blessé ? pensait-il. Car ils leur avaient tiré dessus quantité de fois. C'est que les gardes étaient prudents, ils passaient à peine la tête au-dessus des rochers, alors ils tiraient au jugé sans s'arrêter pour viser, craignant de devenir une cible facile pour les rebelles. Il avait l'impression d'un jeu, d'une cérémonie bruyante mais inoffensive. Cela allait-il durer jusqu'à la tombée de la nuit ? Pourraient-ils échapper aux forces de l'ordre ? Il semblait impossible que la nuit tombât un jour, tant le ciel était éclatant. Il ne se sentait pas abattu. Sans arrogance, sans pathétisme, il pensa : «Tant bien que mal te voilà devenu ce que tu voulais, Mayta.»

— Prêt, don Eugenio. Courons. On nous couvre.

— Allez-y seul, je vous en prie, mes jambes ne me portent plus, lui répondit le juge, très lentement. Moi je reste. Emportez cela aussi.

Au lieu de le lui remettre, il lui lança son revolver, que Mayta dut se baisser pour ramasser. Don Eugenio s'était assis, les jambes écartées. Il transpirait copieusement et sa bouche était tordue en un rictus douloureux, comme s'il était resté sans souffle. Son attitude et son expression étaient celles d'un homme qui est

415

arrivé à la limite de la résistance et que l'épuisement a rendu indifférent. Il comprit que ça n'avait pas de sens de discuter avec lui.

— Bonne chance, don Eugenio, dit-il en prenant les jambes à son cou. Il traversa rapidement les trente ou quarante mètres qui le séparaient de Vallejos et de Perico Temoche, sans entendre de coups de feu ; quand il arriva vers eux, tous deux, un genou en terre, étaient en train de tirer. Il essaya de leur expliquer ce qui se passait avec le juge de paix mais il haletait tellement qu'il n'avait plus de voix. Depuis le sol, il essaya de tirer mais il ne put ; sa mitraillette s'était enrayée. Il tira avec le revolver, les trois dernières balles, avec l'impression qu'il le faisait pour le plaisir. Le parapet était tout près et il y avait une rangée de fusils qui les tenaient en joue : les képis apparaissaient et disparaissaient. Il entendait crier des menaces que le vent leur apportait très clairement : «Rendez-vous, nom de Dieu», «Rendez-vous, putain de votre mère», «Vos complices se sont déjà rendus», «Faites votre prière, chiens». L'idée lui traversa l'esprit : «Ils ont l'ordre de nous capturer vivants.» C'est pourquoi il n'y a aucun blessé. Ils tiraient seulement pour leur faire peur. Était-ce exact que l'avant-garde s'était rendue ? Il était plus calme et il tenta de parler à Vallejos de don Eugenio, mais le sous-lieutenant l'interrompit d'un geste énergique :

— Courez, je vous couvre. — Mayta remarqua, d'après sa voix et son visage, qu'il était cette fois très inquiet. — Vite, c'est un mauvais endroit, ils nous encerclent. Sauvez-vous, courez.

Et il lui donna une tape sur le bras. Perico Temoche se mit à courir. Il se redressa et cria aussi, en entendant aussitôt les balles siffler autour de lui. Mais il ne s'arrêta pas et, tout en s'étouffant, en sentant que le froid transperçait ses muscles, ses os, glaçait son sang, il continua à courir et, bien qu'il trébuchât et tombât à deux reprises, au cours desquelles il perdit son revolver, à chaque fois il se releva et poursuivit sa course folle, en faisant un effort surhumain. Finalement ses jambes plièrent et il tomba à genoux. Il se recroquevilla par terre.

— On les a eus, entendit-il dire Perico Temoche. Et un instant après : — Où est Vallejos ? Tu le vois ? — Il y eut une pause longue, rythmée par leurs halètements. — Mayta, Mayta, je crois que ces fils de pute l'ont eu.

Au milieu de sa sueur qui lui troublait la vue il remarqua, là en bas où le sous-lieutenant était resté pour couvrir leur fuite — ils avaient parcouru environ deux cents mètres — des silhouettes verdâtres qui s'agitaient.

— Courons, sauvons-nous, souffla-t-il en essayant de se redresser. — Mais ses bras ni ses jambes ne lui répondirent, alors il rugit : — Sauve-toi, Perico. Je te couvre. File, échappe-toi.

— Ils ramenèrent Vallejos la nuit, je l'ai vu

417

moi-même, vous ne l'avez pas vu? dit le juge de paix. — Les deux vieillards du kiosque le confirment en bougeant la tête. Don Eugenio signale de nouveau la maisonnette avec le blason, siège de la sous-préfecture. — Je l'ai vu de là. Dans cette pièce au balcon ils nous tenaient prisonniers. Ils l'ont amené sur un cheval, recouvert d'une couverture qu'ils ont eu du mal à enlever parce qu'elle s'était collée au sang des blessures. Et, bien sûr, il était archimort quand il est entré à Quero.

Je l'écoute divaguer sur la façon dont a été tué Vallejos et l'identité de son meurtrier. C'est un sujet que j'ai entendu rapporter tant de fois et par tant de personnes, à Jauja et à Lima, que je sais pertinemment que personne ne m'apportera aucune précision que je ne connaisse déjà. L'ex-juge de paix de Quero ne m'aidera pas à deviner quelle est parmi toutes les hypothèses la plus juste. À savoir s'il est mort au cours de la fusillade entre les insurgés et les gardes civils. Ou s'il a été seulement blessé et achevé par le lieutenant Dongo, qui se serait ainsi vengé de l'humiliation subie en étant enfermé au cachot de son propre commissariat pris d'assaut. Ou encore s'il fut capturé indemne et fusillé ensuite, sur ordre des supérieurs, là-bas à Huayjaco, afin de servir d'exemple aux officiers qui auraient des velléités d'insubordination. Le juge mentionne toutes les hypothèses, dans son monologue mémorieux, et, quoique avec une certaine pru-

418

dence, il me laisse entendre qu'il penche pour la thèse de l'exécution du jeune sous-lieutenant par le lieutenant Dongo. La vengeance personnelle, l'affrontement de l'idéaliste et du conformiste, du rebelle et de l'autorité : ce sont des images qui correspondent aux goûts romantiques de notre peuple. Ce qui ne veut pas dire, évidemment, qu'elles ne puissent pas être justes. Ce qu'il y a de sûr c'est que ce point de l'histoire — en quelles circonstances est mort Vallejos ? — ne sera pas éclairci non plus. On ne saura pas non plus combien de balles il reçut : on ne pratiqua pas d'autopsie et l'acte de décès ne le mentionne pas. Les témoins donnent sur ce fait les versions les plus fantaisistes : depuis une balle dans la nuque jusqu'à un corps troué comme une passoire. La seule chose définitive c'est qu'on l'amena à Quero déjà mort, en travers d'un cheval, et qu'on le transporta à Jauja où sa famille vint prendre son corps le jour suivant pour l'emmener à Lima. Il fut enterré dans le vieux cimetière de Surco. C'est un cimetière aujourd'hui désaffecté, avec de vieilles pierres tombales en ruine et des allées envahies par la broussaille. Autour de la tombe du sous-lieutenant, qui ne comporte que son nom et la date de sa mort, un buisson sauvage a poussé.

— Et avez-vous vu aussi Mayta quand on l'a ramené, don Eugenio.

Mayta, qui ne quittait pas des yeux les gardes civils groupés en bas, où était resté Vallejos, retrouvait son souffle, la vie. Il restait à terre, visant dans le vide avec sa mitraillette inutilisable. Il essayait de ne pas penser à Vallejos, à ce qui avait pu lui arriver, mais tâchait plutôt de recouvrer ses forces, de se relever et de rejoindre Perico Temoche. Prenant sa respiration, il se redressa et presque plié en deux courut, sans savoir si on lui tirait dessus, sans savoir où il mettait les pieds, jusqu'à ce qu'il dût s'arrêter. Il se jeta à terre, les yeux fermés, attendant que les balles s'incrustent dans son corps. Tu vas mourir, Mayta, c'est cela, être mort.

— Que faisons-nous, que fait-on ? balbutia à côté de lui le petit collégien.

— Je te couvre, haleta-t-il en tâchant d'empoigner sa mitraillette et de viser.

— Nous sommes encerclés, gémit le garçon. On va nous tuer.

À travers la sueur qui dégoulinait de son front, il vit des gardes civils tout autour, les uns en position de tir couché, les autres accroupis. Leurs fusils les tenaient en joue. Ils remuaient les lèvres et il put entendre les bruits inintelligibles et deviner ce qu'ils criaient : «Rendez-vous ! Jetez vos armes !» Se rendre ? De toute façon ils les tueraient ou les soumettraient à la torture. De toutes ses forces il appuya sur la détente, mais l'arme restait enrayée. Il batailla en vain quelques secondes, en entendant Perico Temoche gémir.

— Jetez vos armes! Les mains en l'air! rugit une voix tout près. Sinon vous êtes morts.

— Ne pleure pas, ne leur donne pas ce plaisir, dit Mayta au joséfin. Va, Perico, jette ton fusil.

Il lança au loin sa mitraillette et, imité par Perico Temoche, il se mit debout les mains sur la tête.

— Brigadier Lituma! — La voix semblait sortir d'un haut-parleur. — Fouillez-les. Au premier mouvement, vous les flinguez.

— Oui, mon lieutenant.

Des soldats armés de fusils s'approchaient en courant de tous côtés. Il attendit, immobile — sa fatigue et le froid augmentaient de seconde en seconde — qu'ils s'approchent de lui, convaincu qu'ils allaient le frapper. Mais il ne sentit que des bourrades tandis qu'ils le fouillaient des pieds à la tête. Ils lui arrachèrent la sacoche de sa ceinture et, le traitant de «voleur de bétail» et de «bandit», ils lui ordonnèrent d'enlever les lacets de ses chaussures. Avec une corde ils lui lièrent les mains au dos. Ils firent de même avec Perico Temoche et il entendit le brigadier Lituma sermonner l'enfant, lui demander s'il n'avait pas honte de devenir un «voleur de bétail» alors qu'il était à peine un «morveux». Voleurs de bétail? Croyaient-ils qu'ils avaient volé les bêtes? Il eut envie de rire de la stupidité des sbires. Là-dessus on lui donna un coup de crosse dans le dos en même temps qu'on lui ordonnait d'avancer. Il le fit, en traînant les pieds qui dansaient à l'intérieur de ses chaussures molles. Il cessait d'être la machine qu'il avait été ; il recommençait à penser, à douter, à se rappeler, à s'interroger. Il sentit qu'il tremblait. N'aurait-ce pas été préférable de mourir plutôt que de devoir avaler ces flots d'amertume ? Non, Mayta, non.

— S'ils tardèrent à revenir à Jauja ce ne fut pas à cause des deux morts, dit le juge de paix, mais à cause de l'argent. Où se trouvait-il ? Ils devinaient fous en le cherchant vainement. Mayta, Zenón Gonzales et les joséfins juraient qu'il était sur le dos des mules, à l'exception des quelques sols qu'ils avaient remis à Teofrasia Soto veuve d'Almaraz pour les bêtes et à Gertrudis Sapollacu pour le déjeuner. Les gardes civils qui capturèrent le groupe de Condori juraient qu'ils n'avaient pas trouvé un rond sur les animaux, seulement des mausers, des balles et quelques gamelles. L'interrogatoire fut long, visant toujours à localiser l'argent introuvable. C'est pourquoi nous arrivâmes à Jauja à l'aube.

Nous autres aussi nous allons arriver plus tard que prévu. Le temps nous a filé entre les doigts sur le kiosque de Quero et la nuit tombe à toute allure. La camionnette allume ses phares : du paysage touffu je n'aperçois que des troncs gris fugitifs et les pierres et cailloux brillants sur lesquels nous cahotons. Je pense vaguement au risque d'une embuscade au détour de la piste, à l'explosion d'une mine, en retournant à Jauja après le couvre-feu.

— Qu'était donc devenu l'argent des hold-up ? se demande don Eugenio, intarissable désormais dans son évocation des faits. Les gardes civils se le partagèrent-ils ?

C'est une autre des énigmes qui est restée sans réponse. Dans ce cas, du moins, j'ai une piste solide. L'abondance de mensonges noie le sujet dans le brouillard. À combien se montait la somme dont les insurgés s'étaient emparés à Jauja ? J'ai l'impression que les employés des banques ont gonflé les chiffres et que les révolutionnaires ignorèrent ce qu'ils emportaient en réalité, car ils n'avaient même pas eu le temps de compter leur butin. L'argent se trouvait dans des sacoches, sur les mules. Quelqu'un savait-il combien elles contenaient ? Probablement personne. Probablement, aussi, certains des gardes vidèrent une partie de l'argent dans leurs propres poches, de sorte que la somme restituée aux banques fut à peine de quinze mille sols, beaucoup moins que ce que les rebelles avaient «exproprié» et moins encore que ce que les banques avaient déclaré.

— C'est peut-être ce qu'il y a là de plus triste, pensé-je à voix haute. Que ce qui avait commencé comme une révolution, pour échevelée qu'elle fût, mais une révolution quand même, finisse en une dispute sur le montant du vol et ceux qui avaient fait main basse sur l'argent volé.

— Ce sont les choses de la vie, dit, philosophe, don Eugenio.

Il imagina ce que diraient les journaux de Lima le lendemain ou le surlendemain, ce que diraient ses camarades du POR et du POR(T) ainsi que les adversaires du PC en lisant les versions excessives, fantaisistes, sensationnalistes, odieuses que donnerait des événements la presse. Il imagina la séance que le POR(T) consacrerait pour tirer les enseignements révolutionnaires de l'épisode et il put presque entendre, avec les inflexions et sur le ton de chacun, ses anciens camarades affirmer que la réalité avait confirmé l'analyse scientifique, marxiste, trotskiste du parti et justifié pleinement sa méfiance et son refus de participer à une aventure petite-bourgeoise vouée à l'échec. Quelqu'un insinuerait-il que cette méfiance et ce refus avaient contribué à la défaite? Cela ne leur viendrait même pas à l'esprit. La rébellion aurait-elle eu un autre résultat si tous les cadres du POR(T) y avaient participé de façon résolue? Oui, pensa-t-il. Ils auraient entraîné les mineurs, le professeur Ubilluz, les gars de Ricran, tout aurait été mieux planifié et exécuté, et à cette heure ils auraient sûrement été sur le chemin d'Aina. Étais-tu honnête, Mayta? Essayais-tu de penser lucidement? Non. C'était trop tôt, tout était encore trop proche. Avec calme, quand cela serait passé, il faudrait analyser ce qui s'était passé depuis le début, déterminer la tête froide si, conçue d'une autre manière, avec la participation des personnalités engagées et du POR(T), la rébellion aurait eu plus de chance ou si cela aurait seulement servi à retarder sa déroute et la rendre, au contraire, plus sanglante. Il éprouva de la tristesse et le désir de sentir la tête d'Anatolio appuyée sur sa poitrine, d'entendre sa respiration lente, harmonieuse, presque musicale, quand, épuisé, il s'endormait sur son corps. Un soupir lui échappa et il s'aperçut qu'il claquait des dents. Il reçut un coup de crosse dans les reins : «Dépêche-toi.» Chaque fois que l'image de Vallejos surgissait à sa conscience, le froid devenait irrésistible et il s'efforçait de la chasser. Il ne voulait pas penser à lui, se demander s'il était prisonnier, blessé ou mort, si on le battait ou si on l'achevait, parce qu'il savait que le découragement le laisserait sans forces pour ce qui s'annonçait. Il allait avoir besoin de courage, plus qu'il n'était nécessaire pour résister au vent sifflant qui fouettait son visage. Où avaient-ils emmené Perico Temoche? Où se trouvaient les autres? Quelques-uns auraient-ils pu s'enfuir? Il allait seul, au milieu d'une double colonne de gardes civils, qui le regardaient parfois du coin de l'œil, comme une bête curieuse et, oubliant ce qui venait de se passer, ils s'amusaient à bavarder, à fumer, les mains dans les poches, comme au retour d'une promenade. «Je ne souffrirai plus jamais du mal des montagnes», pensa-t-il. Il essaya de reconnaître l'endroit par lequel ils avaient dû monter, mais maintenant il ne pleuvait pas et le paysage semblait différent : des couleurs plus contrastées, des arêtes moins aiguës. Le sol était fangeux et il perdait constamment ses chaussures. Il devait s'arrêter pour les remettre et, à chaque fois, le garde derrière lui redonnait un coup de crosse. Tu le regrettais, Mayta ? D'avoir agi avec précipitation ? comme un irresponsable ? Non, non, non. Au contraire. Malgré l'échec, les erreurs, les imprudences, il était fier. Pour la première fois il avait l'impression d'avoir fait quelque chose qui en valait la peine, d'avoir fait avancer, quoique de façon infinitésimale, la révolution. Il n'avait pas, comme d'autres fois lorsqu'il avait été pris, l'impression du gâchis. Ils avaient échoué, mais la preuve était faite : quatre hommes décidés et une poignée d'écoliers avaient occupé une ville, désarmé les forces de l'ordre, dévalisé deux banques, fui dans les montagnes. C'était possible, ils l'avaient démontré. À l'avenir la gauche devrait tenir compte de ce précédent : quelqu'un, dans ce pays, ne s'était pas contenté de prêcher la révolution, mais avait tenté de la faire. «Tu sais désormais ce que c'est», pensat-il en même temps qu'il perdait sa chaussure. Et en se rechaussant il reçut un nouveau coup de crosse.

Je réveille don Eugenio qui s'était endormi à mi-chemin, et je le dépose à son domicile aux environs de Jauja, en le remerciant pour sa compagnie et ses souvenirs. Je vais ensuite à l'auberge de Paca. La cuisine est encore ouverte et je pourrais manger un peu, mais une bière me suffit. Je sors la boire sur la petite terrasse qui domine la lagune. On voit les eaux luisantes et les buissons des berges éclairés par la lune ronde et blanche dans un ciel constellé d'étoiles. La nuit on entend à Paca toute sorte de bruits, le sifflement du vent, le coassement des grenouilles, les cris des rapaces. Pas aujourd'hui. Cette nuit les animaux se taisent. Les uniques clients de l'auberge sont deux commis voyageurs, représentants en bière, que j'entends bavarder de l'autre côté des vitres, dans la salle à manger.

C'est la fin de l'épisode central de cette histoire, son nœud dramatique. Il n'a pas duré douze heures. Il a débuté à l'aube avec la prise de la prison et il s'est achevé au crépuscule, avec la mort de Vallejos et de Condori, et la capture des autres. On les a conduits au commissariat de Jauja, où ils furent détenus une semaine, puis on les a transférés à la prison de Huancayo, où ils sont restés un mois. Là on a commencé à relâcher discrètement les collégiens, sur décision du juge pour enfants qui les confiait au soin de leur famille, une sorte de résidence surveillée. Le juge de paix de Quero est retourné à sa charge, «blanchi de la tête aux pieds», en effet, au bout de trois semaines. Mayta et Zenón Gonzales ont été conduits à Lima, enfermés dans la prison du

427

Sexto, puis à celle du Frontón et réincarcérés ensuite au Sexto. Tous deux furent amnistiés — leur procès n'eut jamais lieu — deux années plus tard, à l'avènement d'un nouveau président de la république du Pérou. Zenón Gonzales dirige encore la coopérative d'Uchabamba, propriétaire de la Hacienda Aina depuis la réforme agraire de 1971, et il appartient au parti Action Populaire dont il a été le dirigeant pour toute la région.

Les premiers jours les journaux se sont beaucoup occupés des événements en consacrant leur première page, les grands titres, les éditoriaux et articles à ce qui fut considéré comme une tentative d'insurrection communiste, du fait du passé de Mayta. La photo de celui-ci apparut dans la presse, méconnaissable, derrière les barreaux d'une cellule. Mais au bout d'une semaine on cessa pratiquement de parler de l'affaire. Plus tard, quand, inspirées par la révolution cubaine, il se produisit, en 1963, 1964, 1965 et 1966, des actions de guérilla dans la sierra et la forêt, aucun journal ne rappela que le précédent de ces tentatives de soulèvement en armes du peuple en vue d'établir le socialisme au Pérou avait été cet épisode infime, estompé par les années, dans la province de Jauja, et nul ne se rappelle aujourd'hui ses protagonistes.

Quand je vais enfin dormir, j'entends un bruit cadencé. Non, ce ne sont pas les oiseaux de nuit; c'est le vent, qui fait clapoter contre la ter-

428

rasse de l'auberge les eaux de la lagune de Paca. Cette douce musique et le beau ciel étoilé de la nuit de Jauja suggèrent un pays paisible, aux gens réconciliés et heureux. Mensonge, tout comme la fiction.

X

La première fois que je suis venu à Lurigan-cho c'est il y a cinq ans. Les détenus du pavillon numéro deux m'avaient invité à l'inauguration d'une bibliothèque, à laquelle l'un d'eux avait eu l'idée de donner mon nom, et j'avais accepté, poussé par la curiosité de vérifier si ce que j'avais entendu dire sur la prison de Lima était vrai.

Pour arriver jusque-là il faut passer devant les Arènes, traverser le quartier de Zárate, et ensuite de pauvres bidonvilles avec, pour finir, des dépotoirs où se nourrissent les cochons de ce que l'on appelle les «charcuteries clandestines». La route devient non asphaltée et se creuse d'ornières. Dans la matinée humide, alors, se dressent, à demi estompés par la brume, les pavillons en béton, incolores comme les sablières alentour. Même de très loin on remarque les innombrables fenêtres sans nulle vitre, si tant est qu'elles en eurent un jour, et l'animation des petits carrés symétriques qui est celle des visages et des yeux guettant dehors.

De cette première visite je retiens l'entassement de ces quelque six mille détenus, asphyxiés dans des locaux construits pour mille cinq cents, la crasse indescriptible et l'atmosphère de violence à couper au couteau qui éclate sous n'importe quel prétexte en bagarres et en crimes. Dans cette masse désindividualisée, qui tenait davantage de la horde ou de la meute que d'une collectivité humaine, se trouvait alors Mayta, maintenant je le sais avec certitude. Peut-être l'avais-je regardé et avais-je même échangé avec lui quelque salut. Se trouvait-il alors au pavillon numéro deux ? Avait-il assisté à l'inauguration de la bibliothèque ?

Les pavillons sont alignés en deux files, les impairs devant et les pairs derrière. Un pavillon excentrique rompt la symétrie, accoté aux barbelés et murs occidentaux, où l'on tient isolés les homosexuels. Les pavillons pairs sont ceux des récidivistes ou d'auteurs de délits majeurs, tandis que les impairs correspondent à la prison préventive ou à ceux qui sont condamnés à des peines légères. Ce qui veut dire que Mayta, les dernières années, a occupé un pavillon pair. Les détenus sont rassemblés dans les pavillons selon les quartiers d'où ils procèdent : Agustino, Villa El Salvador, La Victoria, El Porvenir. Dans lequel était catalogué Mayta ?

L'auto avance lentement et je me rends compte que je décélère à tout moment, de façon inconsciente, essayant de retarder le plus pos-

431

sible cette seconde visite à Lurigancho. Ai-je peur à l'idée d'être confronté enfin au personnage sur lequel j'ai effectué des recherches, pour lequel j'ai interrogé des gens, imaginé et écrit depuis un an ? Ou ma répugnance pour cet endroit est-elle plus forte encore que ma curiosité de connaître Mayta ? À la fin de cette première visite j'avais pensé : « Ce n'est pas vrai que les détenus vivent comme des animaux : ceux-ci ont plus d'espace pour bouger ; les chenils, les basses-cours, les étables sont plus hygiéniques que Lurigancho. »

Entre les pavillons s'étend ce que l'on appelle, sarcastiquement, l'avenue de l'Unión, un étroit passage populeux, presque dans l'obscurité le jour et dans les ténèbres la nuit, où se produisent les heurts les plus sanglants entre les bandes et les durs du pénitencier et où les maquereaux proposent les services de leurs protégés. Je revois, très présent à l'esprit, ce corridor de cauchemar, cette faune épouvantable et comme somnambule, de Noirs à demi nus et de métis tatoués, de mulâtres aux cheveux broussailleux, véritables tignasses qui leur tombaient jusqu'à la taille, et de Blancs hébétés et barbus, étrangers aux yeux bleus, couverts de cicatrices, Chinois émaciés et Indiens recroquevillés contre les murs, fous qui parlaient seuls. Je sais que Mayta tient depuis des années un débit d'aliments et de boissons dans cette avenue de l'Unión. J'ai beau chercher dans ma mémoire, je n'arrive pas à retrouver dans l'ignoble passage aucun poste de vente. Étais-je si troublé que je ne l'aperçus pas ? Ou ce débit n'était-il qu'une couverture jetée par terre où Mayta, accroupi, proposait des jus, des fruits, des cigarettes et des limonades ?

Pour atteindre le pavillon numéro deux je dus faire le tour des pavillons impairs et franchir deux lignes de barbelés. Le directeur du pénitencier m'avait dit, alors que je prenais congé la première fois, que désormais c'était à mes risques et périls, car les gardes républicains ne pénètrent pas dans ce secteur ni personne qui n'ait une arme à feu. Dès que je franchis la grille, une multitude me tomba dessus, gesticulant, parlant tous à la fois. La délégation qui m'avait invité m'entoura et nous avançâmes, moi au milieu du carcan et, dehors, une foule de détenus qui, me confondant avec quelque autorité, exposaient leur cas, divaguaient, protestaient contre les abus, vociféraient et exigeaient des démarches. Les uns s'exprimaient avec cohérence mais la plupart le faisaient de façon chaotique. Je remarquais chez tous leur agitation, leur violence, leur abrutissement. Tandis que nous marchions, j'avais, sur ma gauche, l'explication de la puanteur solide et des nuages de mouches : une décharge d'un mètre de haut où devaient s'être accumulées les ordures de la prison au long des mois et des années. Un homme nu dormait comme un loir au milieu des immondices. C'était un des fous qu'on a coutume de

433

loger dans les pavillons les moins dangereux, c'est-à-dire les impairs. Je me souviens de m'être dit, après cette première visite, que l'extraordinaire n'était pas qu'il y eût des fous à Lurigancho, mais qu'il y en eût si peu, que les six mille détenus ne fussent pas tous devenus déments dans cette abjecte promiscuité. Et si durant ces années Mayta était devenu fou ?

Il revint deux fois encore en prison, après avoir passé deux années de détention pour les événements de Jauja, la première fois sept mois après avoir été amnistié. C'est extrêmement difficile de reconstituer son histoire dès lors — une histoire policière et pénale — parce qu'à la différence de cet épisode-là, il n'y a presque pas de documentation sur les faits auxquels il fut accusé d'être mêlé, ni de témoins qui acceptent de parler. Les feuilles de chou que j'ai pu trouver à l'hémérothèque de la Bibliothèque nationale sont si maigres qu'il est pratiquement impossible de savoir quel rôle il joua dans ces attaques à main armée dont il fut, semble-t-il, l'acteur. Il est également impossible de déterminer si ces actions furent politiques ou de simples délits de droit commun. Connaissant Mayta, on peut penser qu'il est improbable qu'elles n'aient pas été des actions politiques, mais que veut dire « connaissant Mayta » ? Le Mayta sur lequel j'ai enquêté avait quarante ans environ. Celui d'aujourd'hui plus de soixante. Est-ce le même ?

Dans quel pavillon de Lurigancho aura-t-il

passé ces dernières dix années ? Le quatre, le six, le huit ? Tous doivent être, plus ou moins, comme celui que j'ai connu : des enceintes à plafond bas, à la clarté blafarde (quand l'électricité n'est pas coupée), froides et humides, avec des fenêtres aux barreaux rouillés et un sol défoncé semblable à un cloaque, sans trace de toilettes, où la possession d'un espace pour s'étendre et dormir, au milieu d'excréments, de vermine et d'ordures, est un combat quotidien. Durant la cérémonie d'inauguration de la bibliothèque — un caisson peint avec une poignée de livres d'occasion — je vis plusieurs ivrognes tituber. Quand on servit, dans des boîtes en fer, une boisson pour trinquer, je vis qu'ils se saoulaient avec de l'alcool de yucca, très fort, fabriqué sur place. Est-ce que mon prétendu condisciple s'enivrait aussi avec cette chicha, dans des moments de dépression ou d'euphorie ?

L'événement qui ramena Mayta en prison, après celui de Jauja, voici vingt et un ans, se produisit à La Victoria, près de la rue qui était la honte du quartier, un foyer de prostitution : le Jirón Huatica. Trois malfaiteurs, lit-on dans *La Crónica*, seul quotidien qui donna la nouvelle, s'emparèrent d'un garage qui abritait l'atelier de mécanique de Teodoro Ruiz Candía. Quand celui-ci s'y rendit, à huit heures du matin, il trouva à l'intérieur trois individus qui l'attendaient avec des revolvers. L'apprenti aussi, Eliseno Carabias López, fut fait prisonnier.

435

L'objectif des assaillants était le Banco Popular. Au fond du garage, une fenêtre donnait sur un terrain vague où se trouvait la porte arrière de l'agence bancaire. À midi une fourgonnette stationnait sur ce terrain vague et par cette porte on sortait l'argent déposé à la banque pour l'acheminer à la banque centrale, ou on transportait dans la succursale l'argent envoyé par l'agence mère pour ses transactions. Jusqu'à cette heure ils restèrent dans l'atelier avec leurs otages. Ils guettaient par la petite fenêtre et fumaient. Ils avaient le visage couvert, mais aussi bien le propriétaire que l'apprenti affirmèrent que l'un d'eux était Mayta. Plus encore : c'était lui qui donnait les ordres.

En entendant le bruit d'un moteur, ils sautèrent par la fenêtre dans le terrain vague. À vrai dire, il n'y eut pas d'échange de coups de feu. Les assaillants prirent par surprise le chauffeur et le gardien et les désarmèrent, quand les employés de la banque avaient déjà chargé dans la fourgonnette une sacoche scellée avec une somme de trois millions de sols. Après les avoir obligés à se coucher par terre, l'un des voyous ouvrit la porte du terrain vague, sur l'avenue 28 de Julio, et grimpa en courant dans la fourgonnette de la banque dans laquelle étaient montés ses deux compagnons avec le butin. Ils démarrèrent ventre à terre. Par nervosité ou maladresse du chauffeur, la fourgonnette heurta un rémouleur de couteaux et alla s'écraser contre un taxi. Elle fit, selon *La Crónica*, deux tonneaux avant de s'immobiliser roues en l'air. Mais les voleurs réussirent à sortir du véhicule et à s'enfuir. Mayta fut appréhendé quelques heures plus tard. L'information ne dit pas si l'argent fut récupéré et je n'ai pas pu vérifier si, plus tard, les deux autres complices avaient été arrêtés.

Je n'ai pas pu savoir non plus si Mayta fut jugé pour ce hold-up. Un rapport de police que j'ai pu lire aux archives du commissariat de La Victoria répète, à quelques détails près, l'information de *La Crónica* (l'humidité a rongé le papier de telle sorte qu'il est difficile de le déchiffrer). Il n'y a pas trace d'instruction judiciaire. Parmi les dossiers du ministère de la Justice, où l'on établit les statistiques des détenus et les attendus de leurs procès, celui de Mayta ne contient qu'une note vague. Elle signale une date — le 16 avril 1961 — qui doit être celle du jour où il fut transféré du commissariat en prison, puis l'indication : «Tentative d'attaque à main armée contre une banque, ayant entraîné des coups et blessures, plus prise d'otages, accident de circulation et renversement de piéton», et enfin le jugement du tribunal. Il n'y a aucune autre précision. Il est possible que l'instruction ait traîné, que le juge soit mort ou ait perdu son poste, ce qui aurait provoqué la suspension de toutes les affaires, voire simplement la perte du dossier. Combien d'années Mayta passa-t-il à Lurigancho pour ce coup ? Je n'ai pas pu le savoir non plus. Son incarcération est enregistrée mais pas sa libération. C'est une des choses que j'aimerais demander. Sa trace, en tout cas, se perd jusqu'à il y a dix ans, quand il retourna en prison. Cette fois il fut correctement jugé et condamné à quinze ans pour «extorsion de fonds, séquestration et attaque criminelle ayant entraîné mort d'homme». Si les dates du dossier sont exactes, il se trouve depuis moins de onze ans à Lurigancho.

Je suis enfin arrivé. Je me soumets aux formalités : fouille de la tête aux pieds par la garde républicaine et dépôt de mes papiers d'identité au poste de police jusqu'à la fin de la visite. Le directeur a demandé qu'on me fasse entrer dans son bureau. Un auxiliaire en civil m'y conduit, après avoir traversé la cour, en dehors de barbelés, d'où l'on domine le pénitencier. Ce secteur est le mieux entretenu de la prison, celui où il règne le moins de promiscuité.

Le bureau du directeur se trouve au second étage d'une construction en béton, froide et dépouillée. Une petite pièce avec, à peine, une table métallique et deux chaises. Des murs totalement nus; on n'aperçoit sur la table ni un crayon ni une feuille de papier. Le directeur n'est pas celui que j'avais vu cinq ans plus tôt, mais un homme plus jeune. Il est au courant du motif de ma visite et il donne l'ordre d'amener le détenu avec lequel je veux m'entretenir. Il me prêtera son bureau pour ce faire car c'est le seul

438

endroit où je serai tranquille. «Vous avez pu voir qu'ici à Lurigancho il n'y a pas où bouger tant il y a de monde.» Tandis que nous attendons, il ajoute que les choses ne vont jamais bien, malgré toute la bonne volonté. Maintenant les détenus, agités, menacent de faire une grève de la faim parce que, selon eux, on veut limiter le droit de visite. Il n'en est rien, m'assure-t-il. Simplement, pour mieux contrôler ces visites qui sont responsables de l'introduction clandestine de drogue, d'alcool, voire d'armes, on a prévu un jour de visite pour les femmes et un autre pour les hommes. Ainsi y aura-t-il moins de monde à la fois et pourra-t-on mieux fouiller chaque visiteur. Si du moins on pouvait freiner la contrebande de cocaïne, on épargnerait bien des vies. Car c'est surtout pour la drogue, pour les joints, que les bagarres au couteau font rage. Plus que pour l'alcool, l'argent ou les invertis. Mais jusqu'à présent on n'a pu empêcher la drogue de pénétrer. Les gardiens et les surveillants ne font-ils pas aussi des affaires avec les drogues? Il me regarde avec l'air de me dire : «Pourquoi le demandez-vous si vous le savez?»

— Cela aussi est impossible à éviter. On a beau inventer toute sorte de contrôles, ils s'avèrent inefficaces. En introduisant quelques milligrammes de poudre, une seule fois, n'importe quel gardien double son salaire. Savez-vous combien ils gagnent? Alors il ne faut pas s'en étonner. On parle beaucoup du problème de

Lurigancho. En fait, le problème est celui de tout le pays.

Il le dit sans amertume, comme une évidence qu'il convient d'avoir présente à l'esprit. Il semble opiniâtre et bien intentionné. Cela dit, je n'envie pas son poste. De petits coups frappés à la porte nous interrompent.

— Je vous laisse donc avec votre individu, me dit-il en allant ouvrir. Prenez tout le temps qu'il vous faudra.

Le personnage qui entre dans le bureau est un homme maigre, aux cheveux crépus, le teint blanc, la barbe rare, qui tremble des pieds à la tête, dans des vêtements où il semble flotter. Il a des savates déchirées et ses yeux craintifs ne tiennent pas en place. Pourquoi tremble-t-il ainsi ? Est-il malade ou a-t-il peur ? Je ne sais que dire. Comment est-ce possible que ce soit lui ? Il ne ressemble en rien au Mayta des photos. On dirait qu'il a vingt ans de moins.

— Je voulais parler à Alejandro Mayta, balbutié-je.

— Je m'appelle Alejandro Mayta, répondit-il d'une petite voix rachitique. — Ses mains, sa peau, même ses cheveux semblent atteints d'inquiétude.

— Celui qui fut mêlé aux événements de Jauja, avec le sous-lieutenant Vallejos ? hésité-je.

— Ah non ! pas celui-là, s'écrie-t-il en comprenant. Celui-là n'est plus ici.

Il semble soulagé, comme si d'avoir été amené

au bureau du directeur avait représenté un danger qui vient de se dissiper. Il fait demi-tour et frappe à la porte, vigoureusement, jusqu'à ce qu'on ouvre et apparaisse le directeur, accompagné de deux hommes. Toujours tremblant, le petit homme crépu explique que ce n'est pas lui que je cherche mais l'autre Mayta. Il s'en va hâtivement, en traînant les pieds dans ses savates.

— Savez-vous où il se trouve, Carrillo? demande le directeur à l'un des deux hommes.

— Oui, bien sûr, dit un gros homme aux cheveux blancs coupés à ras et au ventre débordant de sa ceinture. L'autre Mayta. Est-ce qu'il ne fut pas un peu politique, celui-là?

— Oui, lui dis-je. C'est celui que je cherche.

— Vous l'avez manqué de peu, m'explique-t-il aussitôt. Il est sorti le mois dernier.

Je pense que je l'ai perdu et que je ne le retrouverai jamais, ce qui vaut peut-être mieux. Car la rencontre avec Mayta en chair et en os au lieu de m'aider flanquerait peut-être par terre ce que j'essaie de faire. Ne savent-ils pas où il est allé? Nul n'a une adresse où le trouver? Ils ne l'ont pas ni ne savent où il a pu aller. Je dis au directeur qu'il est inutile de me raccompagner. Mais Carrillo vient avec moi et, tandis que nous descendons l'escalier, je lui demande s'il se souvient bien de Mayta. Bien sûr qu'il s'en souvient; il est là depuis aussi longtemps que le plus vieux des détenus. Il est entré comme simple maton et le voilà maintenant sous-directeur du pénitencier. Alors, ce qu'il a pu voir !

— Un détenu très sérieux et tranquille, il n'était jamais mêlé aux histoires, dit-il. Il tenait un débit alimentaire au pavillon quatre. Un gars très travailleur. Il s'est débrouillé pour subvenir aux besoins de sa famille tout en purgeant sa peine. Il est resté ici au moins dix ans, la dernière fois.

— Sa famille ?

— Une femme et trois ou quatre enfants, ajoute-t-il. Elle venait le voir chaque semaine. Je me souviens très bien de Mayta. Il marchait comme sur des œufs, n'est-ce pas ?

Nous traversons la cour, entre les barbelés, en direction du poste de police, quand le sous-directeur s'arrête.

— Attendez. Arispe a peut-être son adresse. C'est lui qui a hérité du petit débit alimentaire du pavillon quatre. Je crois qu'ils sont toujours associés, même. Je vais le faire appeler, on va voir si vous avez de la chance.

Carrillo et moi demeurons dans la cour, en face des barbelés. Pour meubler le temps, je l'interroge sur Lurigancho et, tout comme le directeur, il dit qu'il y a ici toujours des problèmes. Parce que, oui monsieur, il y a ici de sales types, des gens qui semblent nés seulement pour s'acharner de façon indescriptible sur leur prochain. Au loin, brisant la symétrie des pavillons, se trouve l'enceinte des homosexuels. Est-ce qu'on les enferme toujours là? Oui. Quoique cela ne serve pas à grand-chose, en dépit des murs et des barreaux les détenus y pénètrent et les tapettes sortent, si bien que le trafic est plus ou moins celui de toujours. Encore que, depuis qu'ils ont un pavillon propre, il y ait moins d'histoires. Avant, quand ils étaient mêlés aux autres, les disputes et les assassinats étaient monnaie courante. Je me rappelle, lors de ma première visite, une brève conversation avec un médecin du pénitencier, sur les viols des nouveaux venus. «Le cas le plus fréquent est le rectum suppurant, gangrené, cancérisé.» Je demande à Carrillo s'il y a toujours autant de viols. Il rit. «C'est inévitable avec des gens qui sont si privés, vous ne croyez pas? Il faut bien qu'ils se défoulent d'une certaine manière.» Le détenu qu'il a fait appeler arrive enfin. Je lui explique que je cherche Mayta, sait-il où je pourrais le localiser?

C'est un homme à l'aspect convenable, habillé avec une relative correction. Il m'écoute sans me poser aucune question. Mais je le vois hésiter et je suis persuadé qu'il ne m'aidera pas à retrouver sa trace. Je lui demande alors, la prochaine fois qu'il verra Mayta, de lui donner mon numéro de téléphone. Brusquement il se décide :

— Il travaille chez un marchand de glaces, me dit-il. À Miraflores.

C'est une petite boutique de glaces qui existe depuis des années, dans la rue ombragée de Bolognesi, que je connais fort bien car, au temps de mon enfance, vivait par là une très jolie fille au nom de jardin : Flora Flores. Je suis sûr que ce glacier existait déjà à cette époque et qu'il nous est arrivé, la belle Flora et moi, d'y aller prendre un cornet au lucuma. Une petite salle, un simple garage ou quelque chose comme ça, un peu insolite dans cette rue où il n'y a pas de boutiques mais seulement les maisonnettes typiques de Miraflores des années cinquante, à deux étages et jardin à l'entrée, avec les inévitables massifs de géraniums, les bougainvillées et les ponceaux à fleurs rouges. Je me sens incroyablement nerveux quand, enfin, je tourne après le Malecón et m'engage sur la rue Bolognesi. Oui, c'est exactement là où je m'en souvenais, à quelques pas de cette maison grise où je voyais apparaître le doux minois et les yeux incandescents de Flora. Je stationne quelques mètres avant le glacier et j'arrive à peine à fermer à clé la voiture tant mes mains sont devenues maladroites.

Il n'y a personne dans l'établissement qui, en effet, est petit, quoique moderne, avec des petites tables recouvertes de toile cirée à fleurs collées contre le mur. La personne qui sert est Mayta. Il est en manches de chemise, un peu plus gros, un peu plus vieux que sur les photos, mais je l'aurais reconnu aussitôt parmi des dizaines de personnes.

— Alejandro Mayta, lui dis-je en lui tendant la main. N'est-ce pas ?

Il m'examine quelques secondes et il sourit, en ouvrant une bouche où il manque des dents. Il cligne des yeux en essayant de me reconnaître. À la fin, il renonce.

— Je le regrette, mais je ne vois pas, dit-il. Je me demandais si c'était Santos, mais toi, vous, vous n'êtes pas Santos, non ?

— Je vous cherche depuis longtemps, lui dis-je en m'accoudant au comptoir. Cela va vous surprendre, l'avertis-je. Je reviens de Lurigancho maintenant même. Celui qui m'a dit comment vous retrouver c'est votre associé du pavillon quatre, Arispe.

Je l'observe avec soin, pour voir comment il réagit. Il ne semble être ni surpris ni inquiet. Il me regarde avec curiosité, un reste de sourire perdu sur son visage brun. Il porte une chemisette en cotonnade et je remarque ses mains rudes, d'ouvrier tourneur ou de paysan. Ce qui me frappe le plus c'est son absurde coupe de cheveux : on les a taillés n'importe comment, sa tête ressemble à un écouvillon, c'est ridicule. Il me rappelle ma première année à Paris où j'étais si juste financièrement qu'avec un ami qui travaillait comme moi à l'école Berlitz j'allais me faire couper les cheveux à une école de coiffure, près de la Bastille. Les apprentis, des gosses, nous coiffaient gratuitement, mais ils nous faisaient une tête comme celle de mon condisciple fictif. Il me regarde en faisant de petits yeux —

445

sombres et las, entourés de rides, avec une méfiance naissante dans les pupilles.

— J'ai passé une année à enquêter sur vous, à parler avec des gens qui vous ont connu, lui dis-je. Vous imaginant et même rêvant de vous. Parce que j'ai écrit un roman qui, quoique de façon très éloignée, concerne cette histoire de Jauja.

Il me regarde sans rien dire, maintenant surpris, sans comprendre, sans être sûr d'avoir bien entendu, assurément inquiet.

— Mais..., bégaie-t-il. Pourquoi cela, comment se fait-il...?

— Je ne sais ni pourquoi ni comment, mais c'est ce que j'ai fait toute cette année, lui dis-je abruptement, craignant qu'il n'en reste là et ne se refuse à poursuivre notre conversation. Je lui précise : — Dans un roman il y a toujours plus de mensonges que de vérités, un roman n'est jamais une histoire fidèle. Cette enquête, ces entretiens n'avaient pas pour but de raconter ce qui s'est réellement passé à Jauja mais, plutôt, de mentir en sachant sur quoi je mentais.

Je me rends compte qu'au lieu de le tranquilliser, je le trouble et l'alarme. Il bat des yeux et reste la bouche ouverte, muet.

— Ah ! vous êtes l'écrivain, se tire-t-il d'affaire. Oui, je vous reconnais enfin. J'ai même lu un de vos romans, je crois, il y a des années.

Là-dessus entrent trois garçons en sueur qui viennent de faire du sport, à en juger d'après leur tenue. Ils demandent des limonades et des glaces. Tandis que Mayta les sert, je peux l'observer, évoluant au milieu des objets de la boutique. Il ouvre le réfrigérateur, les bacs à glace, emplit les cornets, décapsule les bouteilles, prend les verres avec une aisance et une familiarité qui révèlent une bonne pratique. J'essaie de me l'imaginer au pavillon quatre de Lurigancho, servant des jus de fruits, des paquets de biscuits, des tasses de café, vendant des cigarettes à d'autres détenus, chaque matin, chaque soir, dix ans durant. Physiquement, il ne semble pas vaincu ; c'est un homme robuste, qui porte dignement ses soixante et quelques années. Après avoir encaissé, il revient de mon côté avec un sourire forcé :

— Eh bien ! murmure-t-il. C'est la dernière chose à laquelle je me serais attendu. Un roman ?

Et il hoche sa tête incrédule de droite à gauche, de gauche à droite.

— Bien entendu votre véritable identité n'apparaît pas, le rassuré-je. Car j'ai changé les dates, les lieux, les personnages, j'ai ajouté et retranché des milliers de choses. De plus, j'ai inventé un Pérou apocalyptique, dévasté par la guerre, le terrorisme et les interventions étrangères. Il est sûr que personne ne reconnaîtra rien et que tout le monde croira que c'est pure fantaisie. J'ai également inventé que nous étions compagnons de collège, du même âge et amis de toute la vie.

447

— Oui, oui, dit-il en m'examinant avec incertitude, me déchiffrant peu à peu.

— J'aimerais bavarder avec vous, ajouté-je. Vous poser quelques questions, éclaircir certaines choses. Seulement ce que vous voudrez et pourrez me raconter, évidemment. J'ai beaucoup d'énigmes qui me tracassent. Enfin, cette conversation est mon dernier chapitre. Vous ne pouvez pas me la refuser, mon roman en resterait boiteux.

Je ris, lui aussi et nous entendons les trois sportifs rire également. Mais eux rient de quelque blague qu'ils viennent de se raconter. Là-dessus entre une dame qui commande une demi-livre de glace à la pistache et au chocolat, moitié moitié, pour emporter. Quand il finit de la servir, Mayta revient vers moi.

— Voici deux ou trois ans, des gars de l'Avant-garde Révolutionnaire sont venus me voir à Lurigancho, dit-il. Ils voulaient connaître l'histoire de Jauja, un témoignage écrit. Mais j'ai refusé.

— Ce n'est pas la même chose, lui dis-je. Mon intérêt n'est pas politique, il est littéraire, c'est-à-dire...

— Oui, je sais, m'interrompt-il en levant une main. Bon, je vous offre une soirée. Pas plus, parce que je n'ai pas beaucoup de temps, et, à vrai dire, je n'aime pas parler de ces choses-là. Mardi prochain, ça vous va? Parce que le mercredi je commence ici à onze heures, alors je peux veiller tard le mardi. Les autres jours je pars de chez moi à six heures du matin, car pour arriver ici je dois prendre trois bus différents.

Nous convenons que je viendrai le prendre à la sortie de son travail, après huit heures. Quand je suis sur le point de partir, il m'appelle :

— Prenez une glace, au compte de la maison. Pour que vous voyiez comme nous sommes gentils. Et que vous deveniez client.

Avant de retourner à Barranco, je fais un petit tour dans le quartier, en essayant de mettre de l'ordre dans ma tête. Je vais m'arrêter un instant sous les balcons de la maison où vécut la très belle Flora Flores. Elle avait une chevelure châtain, de longues jambes et des yeux aiguemarine. Quand elle venait sur la plage de galets de Miraflores, en maillot de bain noir avec ses chaussons blancs, le matin s'emplissait de lumière, le soleil chauffait davantage, les vagues roulaient plus joyeusement. Je me rappelle qu'elle s'est mariée avec un aviateur qui s'est tué quelques mois plus tard en s'écrasant contre la Cordillère, entre Lima et Tingo María, et qu'elle s'était remariée et vivait à Miami. Je monte jusqu'à l'avenue Grau. À ce carrefour il y avait un quartier de garnements avec lesquels nous, qui habitions Diego Ferré et Colón, à l'autre bout de Miraflores, nous disputions d'intenses matchs de baby-foot au club Terrazas, et je me rappelle avec quelle avidité j'attendais, enfant, ces matchs, et la terrible frustration que c'était pour moi si je jouais remplaçant. En revenant à la voiture, au bout d'une demi-heure, je suis tout à fait remis de ma rencontre avec Mayta.

Les faits pour lesquels il fut réincarcéré à Lurigancho et pour lesquels il y a passé ces dernières dix années, sont bien exposés dans les journaux et les archives judiciaires. Cela s'était passé à Magdalena Vieja, non loin du musée anthropologique, à l'aube d'un jour de janvier 1973. Le directeur de la succursale du Banco de Crédito de Pueblo Libre arrosait son jardinet intérieur — il le faisait tous les matins, avant de s'habiller — quand la sonnette retentit. Il pensa que le laitier passait plus tôt que d'ordinaire. À la porte, quatre individus, le visage dissimulé sous des passe-montagnes braquèrent sur lui leurs revolvers. Ils l'accompagnèrent à la chambre de son épouse, qu'ils attachèrent sur son propre lit. Puis — ils semblaient connaître les lieux — ils entrèrent dans la chambre de leur fille unique, une demoiselle de dix-neuf ans, étudiante en tourisme. Ils attendirent qu'elle fût habillée et ils avertirent ce monsieur que, s'il voulait la revoir, il devait apporter cinquante millions de sols dans une mallette au parc Los Carifos, près du stade national. Ils disparurent avec la jeune fille dans un taxi qu'ils avaient volé la veille.

Monsieur Fuentes donna l'alarme à la police et, obéissant aux instructions, il apporta une mallette pleine de papier au parc Los Garifos.

Tout autour il y avait des inspecteurs en civil. Personne ne s'approcha et monsieur Fuentes ne reçut aucun avis pendant trois jours. Alors que son épouse et lui étaient déjà désespérés, ils reçurent un nouvel appel : les ravisseurs savaient qu'il avait averti la police. Ils lui donnaient une dernière chance. Il devait apporter l'argent au carrefour de l'avenue Aviación. Monsieur Fuentes expliqua qu'il ne pouvait rassembler la somme de cinquante millions, que la banque ne lui procurerait jamais pareille somme, mais qu'il était disposé à leur donner toutes ses économies, environ cinq millions. Les ravisseurs insistèrent : cinquante ou bien ils tueraient la fille. Monsieur Fuentes emprunta de l'argent, signa des traites et arriva à rassembler quelque neuf millions qu'il apporta cette nuit-là à l'endroit indiqué, cette fois sans alerter la police. Une auto le doubla et celui qui était à côté du conducteur saisit la valise, sans dire un mot. La jeune fille apparut quelques heures plus tard chez ses parents. Elle avait pris un taxi sur l'avenue Colonial, où ses ravisseurs l'avaient abandonnée, après l'avoir tenue trois jours les yeux bandés et à demi endormie au chloroforme. Elle était si perturbée qu'on dut l'interner à l'hôpital mutualiste. Quelques jours après, elle se leva de la chambre qu'elle partageait avec une opérée de l'appendicite et, sans dire un mot, elle se jeta dans le vide.

Le suicide de la jeune fille fut exploité par la presse et excita l'opinion publique. Peu après la police annonça qu'elle avait arrêté le chef de la bande — Mayta — et que ses complices étaient sur le point de tomber. Selon la police, Mayta reconnut sa culpabilité et révéla tous les détails. Ni ses complices ni l'argent ne furent jamais retrouvés. Lors du procès, Mayta nia toute participation à l'enlèvement et révéla que ses faux aveux lui avaient été arrachés sous la torture. Le procès dura plusieurs mois, au début dans une certaine fièvre des journaux qui tomba vite. La sentence fut de quinze ans de prison pour Mayta, que le tribunal reconnut coupable de séquestration, extorsion criminelle et homicide involontaire, malgré ses protestations d'innocence. Le jour de l'enlèvement, disait-il, il se trouvait à Pacasmayo pour chercher un éventuel emploi, mais cela ne put être vérifié. Les témoignages des Fuentes furent accablants. Tous deux assurèrent que sa voix et son physique correspondaient à ceux d'un des individus au passe-montagne. Le défenseur de Mayta, un obscur avocaillon dont la plaidoirie fut maladroite et peu convaincue, fit appel. La Cour suprême confirma la sentence deux années après. La mise en liberté de Mayta aux deux tiers de sa peine corrobore, sans doute, ce que m'a dit monsieur Carrillo à Lurigancho : sa conduite durant ces dix ans fut exemplaire.

Le mardi à huit heures du soir, quand je pense le prendre au glacier, Mayta m'attend, avec une mallette où il doit emporter ses vêtements usagés. Il vient de se laver le visage et de peigner ses cheveux désordonnés ; des gouttes d'eau glissent sur son cou. Il a une chemise bleue à rayures, une veste grise à carreaux, déteinte et rapiécée, un pantalon kaki froissé et des souliers épais, de ceux qu'on utilise pour des randonnées. A-t-il faim ? Allons-nous au restaurant ? Il me dit qu'il ne dîne jamais le soir et qu'il préfère que nous allions dans un endroit tranquille. Quelques minutes plus tard nous sommes dans mon bureau, face à face, buvant des boissons gazeuses. Il n'a pas voulu de bière ni rien d'alcoolisé. Il me dit qu'il a cessé de fumer et de boire depuis des années.

Le début de notre conversation est un peu mélancolique. Je l'interroge sur le collège des salésiens. Il y a fait ses études, n'est-ce pas ? Oui. Il n'a pas revu ses compagnons depuis des siècles et il a à peine de leurs nouvelles quand, employé, homme d'affaires ou politicien, l'un d'eux a les honneurs de la presse. Pas plus que des frères, quoique, me raconte-t-il, voici quelques jours il rencontrât dans la rue le père Luis. Celui qui faisait la classe aux tout-petits. Tout vieux tout vieux, presque aveugle, voûté, il traînait les pieds en s'aidant d'un manche à balai. Il lui dit qu'il sortait faire sa promenade sur l'avenue Brasil et qu'il l'avait reconnu, mais, sourit Mayta, il n'avait évidemment pas la moindre idée de celui à qui il parlait. Il devait être centenaire, ou tout près.

Quand je lui montre le matériel que j'ai rassemblé sur lui et l'aventure de Jauja — coupures de presse, photocopies de dossiers, photographies, cartes avec itinéraires, fiches sur les protagonistes et les témoins, cahiers de notes et d'entretiens — je le vois flairer, feuilleter, manipuler tout cela avec une expression de stupeur et d'embarras. Il se lève plusieurs fois pour aller aux toilettes. Il a un problème aux reins, m'explique-t-il, et il a tout le temps envie d'uriner, quoique la plupart des fois ce soit une fausse alerte et il n'urine que quelques gouttes.

— Dans les bus, pour aller de chez moi au glacier, c'est toute une affaire. Deux heures de voyage, je vous l'ai déjà dit. Impossible de tenir, j'ai beau uriner avant de monter. Parfois je n'ai d'autre remède que de mouiller mon pantalon, comme les bébés.

— Ces années à Lurigancho ont-elles été très dures ? lui demandé-je stupidement.

Il me regarde, déconcerté. Il y a un silence total dehors, sur le môle de Barranco. On n'entend même pas le ressac.

— Ce n'est pas une vie de pacha, répond-il au bout d'un moment, avec une sorte de honte. Il en coûte au début, surtout. Mais on s'habitue à tout, n'est-ce pas ?

Enfin quelque chose qui coïncide avec le Mayta des témoignages : cette pudeur, sa réticence à parler de ses problèmes personnels, à révéler son intimité. Il ne s'est jamais habitué aux gardes républicains, admet-il soudain. Il ne savait pas ce que c'est que haïr jusqu'à ce qu'il découvrît le sentiment qu'ils inspiraient aux détenus. Une haine mêlée de terreur panique, bien entendu. Parce que, lorsqu'ils traversent les barbelés pour mettre fin à une bagarre ou à une grève, ils le font toujours en tirant et en cognant, et tant pis pour ceux qui tombent, innocents ou pas.

— C'est à la fin de l'année passée, n'est-ce pas ? lui dis-je. Quand il y a eu ce massacre.

— Le 31 décembre, acquiesce-t-il. Ils sont venus une centaine pour fêter Noël. Ils voulaient s'amuser et, comme ils disaient, recevoir leurs étrennes. Ils étaient très saouls.

Ce fut à dix heures du soir. Ils vidaient leurs armes depuis les portes et les fenêtres des pavillons. Ils volèrent aux détenus tout leur argent, les alcools, la marijuana, la cocaïne et jusqu'au petit matin ils s'amusèrent à leur tirer dessus, à leur donner des coups de crosse, à les faire ramper, à traverser le couloir sombre ou à leur briser le crâne ou les dents à coups de pied.

— Le chiffre officiel des morts fut de trente-cinq, dit-il. En réalité, ils en tuèrent le double ou davantage. Les journaux ont dit ensuite qu'ils avaient réprimé une tentative d'évasion.

Il a un geste fatigué et sa voix devient un murmure. Les détenus se jetaient les uns sur les autres, comme au rugby, en formant des montagnes de corps pour se protéger. Mais ce n'est pas son pire souvenir de la prison. Sinon, peut-être, les premiers mois, quand il était conduit de Lurigancho au palais de justice pour l'instruction, dans ces fourgons bondés aux parois métalliques. Les prévenus devaient rester accroupis et la tête touchant le sol, car à la moindre tentative pour se lever et regarder dehors ils étaient sauvagement frappés. La même chose au retour : pour monter dans le fourgon, depuis leur cellule, ils devaient traverser en courant une double haie de gardes républicains, choisissant de se couvrir ou bien la tête ou bien les testicules, car durant tout ce trajet ils recevaient des coups de bâton, de pied et des crachats. Il demeure pensif — il revient des toilettes — et il ajoute sans me regarder :

— Quand je lis qu'on en a tué un, je me réjouis.

Il le dit avec une rancœur soudaine, profonde, inébranlable, qui s'évanouit un instant après, quand je l'interroge sur l'autre Mayta, ce petit homme aux cheveux crépus qui tremblait si bizarrement.

— C'est un petit voleur à la tête fêlée à force de drogue, dit-il. Il ne fera pas de vieux os.

Sa voix et son expression s'adoucissent en parlant du débit alimentaire qu'il administrait avec Arispe au pavillon quatre.

— Nous avons provoqué une véritable révolution, m'affirme-t-il avec orgueil. Tout le monde nous respectait. L'eau était bouillie pour les jus

456

de fruits, pour le café, pour tout. Les couverts, assiettes et verres étaient lavés avant et après usage. L'hygiène avant tout. Une révolution, oui. Nous avions établi un système de bons de crédit. Vous ne le croirez pas mais on a essayé de nous voler une seule fois. J'ai reçu un coup de couteau ici à la jambe mais ils ne purent rien prendre. Nous avions même créé une sorte de banque, parce que beaucoup nous confiaient leur argent pour le garder.

Il est évident que, pour quelque raison, il est terriblement gêné de parler de ce qui m'inté-resse : les événements de Jauja. Chaque fois que je l'entraîne sur ce terrain, il se met aussitôt, fatalement, à détourner la conversation sur des sujets actuels. Par exemple, sa famille. Il me dit qu'il s'est marié durant un intervalle de liberté entre ses deux dernières périodes à Lurigancho, mais qu'en réalité il a connu sa femme actuelle en prison, la fois d'avant. Elle venait rendre visite à un frère détenu, qui la lui avait présen-tée. Ils s'étaient écrit et lorsqu'il sortit, ils se marièrent. Ils ont quatre enfants, trois garçons et une fille. Pour sa femme ce fut très dur qu'il soit incarcéré à nouveau. Les premiers temps il s'était décarcassé pour donner à manger à sa progéniture, jusqu'à ce qu'il pût l'aider grâce à la concession du débit. Ces premières années sa femme faisait des tricots et les vendait de mai-son en maison. Il essayait aussi d'en vendre à Lurigancho où les pulls étaient assez demandés.

Tout en l'écoutant, je l'observe. Ma première impression, celle d'un homme bien conservé, fort et en bonne santé, était fausse. Sa santé ne doit pas être très bonne. Pas seulement à cause de ce problème aux reins qui le force à aller aux toilettes à tout moment. Il transpire beaucoup et quelquefois il est congestionné, comme s'il se sentait mal à l'aise. Il éponge son front avec son mouchoir ; d'autres fois, victime d'un spasme, sa voix se brise. Se sent-il mal ? Veut-il qu'on suspende notre entretien ? Non, il est parfaitement bien, continuons.

— On dirait que vous n'aimez pas aborder le sujet de Vallejos et de Jauja, lui dis-je tout de go. Est-ce que cet échec vous dérange ? À cause des conséquences que cela a eues dans votre vie ?

Il fait non de la tête, à plusieurs reprises.

— Ce qui me gêne, c'est que vous êtes mieux informé que moi, sourit-il. Oui, ce n'est pas une blague. J'ai oublié beaucoup de choses et d'autres me sont devenues confuses. Je voudrais vous aider et vous raconter tout. Mais il se passe que je ne sais plus très bien ce qui s'est passé, ni comment. Cela fait si longtemps, rendez-vous compte.

Ment-il ? Feint-il ? Non. Ses souvenirs sont hésitants et, souvent, erronés. Je dois le rectifier à tout instant. J'en suis stupéfait parce que, toute cette année, obsédé par le thème, je supposais naïvement que le protagoniste l'était aussi et que sa mémoire continuait à fouiller dans ce qui s'était produit durant ces quelques heures, un quart de siècle après. Pourquoi en aurait-il été ainsi? Ce fut pour Mayta un épisode dans une vie qui, avant comme après, en connut bien d'autres, autant ou peut-être plus graves. C'est normal que ceux-ci aient déplacé ou appauvri celui-là.

— Il y a une chose surtout qui me semble incompréhensible, lui dis-je. Y eut-il trahison? Pourquoi ceux qui s'étaient engagés à vous suivre ont-ils disparu? Le professeur Ubilluz donna-t-il un contrordre? Pourquoi le fit-il? Par peur? Parce qu'il n'avait pas confiance en ce projet? Ou est-ce Vallejos, comme il l'assure, qui avança le jour de l'insurrection?

Mayta réfléchit quelques secondes, en silence. Il hausse les épaules :

— Cela ne fut jamais clair et cela ne le sera jamais, murmure-t-il. Ce jour-là il me sembla que c'était une trahison. Ensuite les choses se compliquèrent. Parce que je n'ai pas su à l'avance la date exacte du soulèvement. Seuls Vallejos et Ubilluz la fixèrent, pour des raisons de sécurité. Celui-ci a toujours dit que la date convenue était quatre jours après et que Vallejos l'avait avancée en apprenant qu'on allait le muter, en raison d'un incident qui l'avait opposé aux apristes deux jours plus tôt.

Cet incident est tout à fait exact, il est recensé dans une feuille de chou de Jauja. Une manifestation apriste se tenait sur la place d'Armes pour accueillir Haya de la Torre, le leader de l'APRA, qui y prononça un discours. Vallejos, en civil, Chato Ubilluz et un petit groupe d'amis s'étaient postés dans un coin de la place et à l'arrivée du cortège ils avaient lancé des œufs pourris. Le service d'ordre du parti APRA leur courut après et, après un début de bagarre, Vallejos, Ubilluz et ses amis avaient trouvé refuge au salon de coiffure d'Ezequiel. Ceci est prouvé. La thèse d'Ubilluz et d'autres personnes, à Jauja, c'est que Vallejos fut reconnu par les apristes qui protestèrent contre la participation du directeur de la prison, un officier en service actif, contre un meeting politique autorisé. En conséquence de quoi, on aurait avisé Vallejos qu'il allait être déplacé. On dit qu'il fut appelé de toute urgence à l'état-major de Huancayo. Cela l'aurait poussé à avancer de quatre jours le soulèvement, sans en avertir tous les autres participants. Ubilluz affirme qu'il apprit la chose quand le sous-lieutenant était déjà mort et les rebelles arrêtés.

— Avant il me semblait que ce n'était pas vrai, qu'ils s'étaient dégonflés, dit Mayta. Ensuite, je ne sais plus. Parce que, au Sexto, au Frontón, à Lurigancho, des mois ou des années après, quelques-uns des militants qui s'étaient compromis furent incarcérés. On les arrêtait pour d'autres prétextes, syndicaux ou politiques. Tous juraient que le soulèvement les avait surpris, qu'Ubilluz les avait convoqués pour un autre jour, qu'il n'y eut jamais de repli ou de volte-face. Pour parler franchement, je ne le sais pas. Seuls Vallejos et Ubilluz connaissaient la date retenue. L'a-t-il avancée ? Moi, il ne me l'a pas dit. Mais ce n'est pas impossible. Il était très impulsif, fort capable de faire une chose comme ça, même en courant le risque de rester seul. Ce que l'on appelait alors un volontariste.

Critique-t-il le sous-lieutenant ? Non, c'est un commentaire détaché, neutre. Il me rapporte que, cette première nuit, quand la famille de Vallejos vint prendre le corps, le père refusa de le saluer. Il entra quand on l'interrogeait et Mayta lui tendit la main mais ce monsieur ne la serra pas, le regardant plutôt avec colère et des larmes aux yeux, comme s'il l'avait considéré comme responsable de tout.

— Je ne sais pas, il y a peut-être un peu de vrai là-dedans, répète-t-il. Ou aussi un malentendu. C'est-à-dire que Vallejos comptait sur un appui qu'on ne lui avait, en réalité, pas promis. Dans les réunions auxquelles on m'a fait assister, à Ricran, chez Ubilluz, chez les mineurs, oui, on a parlé de la révolution, tout le monde semblait d'accord. Mais se proposèrent-ils vraiment de prendre un fusil et d'aller au maquis le premier jour ? Je ne les ai pas entendus le dire. Pour Vallejos cela allait de soi, c'était indubitable. Alors qu'il ne reçut, peut-être, que de vagues promesses, un appui moral, l'intention d'aider de loin, chacun suivant en réalité sa vie courante. Ou peut-être s'engagèrent-ils et, par

461

peur ou parce que le plan ne les convainquit pas, firent-ils marche arrière. Je ne peux vous le dire. Vraiment je ne le sais pas.

Il tambourine des doigts sur le bras de son fauteuil. Un long silence s'ensuit.

— Avez-vous regretté parfois de vous être fourré dans cette aventure ? lui demandé-je. Je suppose qu'en prison vous y avez beaucoup réfléchi durant toutes les années que vous y avez passées.

— Se repentir est affaire de catholiques. J'ai cessé de l'être depuis très longtemps. Les révolutionnaires ne se repentent pas. Ils font leur autocritique, ce qui est différent. J'ai fait la mienne et puis c'est tout. — Il semble fâché. Mais quelques secondes après il sourit : — Vous ne savez pas comme ça me fait bizarre de parler politique, d'utiliser des mots politiques, de me rappeler des faits politiques. C'est comme un fantôme qui reviendrait, du fond des âges, me rappeler les morts et des choses oubliées.

A-t-il cessé de s'intéresser à la politique seulement ces dernières années ? Lors de sa précédente incarcération ? Ou quand il fut arrêté pour les événements de Jauja ? Il reste silencieux, pensif, essayant de raviver ses souvenirs. Cela aussi lui est passé de la mémoire ?

— Je n'y avais plus pensé jusqu'à maintenant, murmure-t-il en épongeant son front. Ce ne fut pas une décision à moi, en réalité. Les circonstances me l'imposèrent. Souvenez-vous qu'en

462

me rendant à Jauja, pour le soulèvement, j'avais rompu avec mes camarades, mon parti, mon passé. J'étais resté seul, politiquement parlant. Et mes nouveaux camarades ne le furent que pendant quelques heures. Vallejos mourut, Condori aussi, Zenón Gonzales retourna à sa communauté et les collégiens à leur collège. Vous rendez-vous compte ? Ce n'est pas que j'aie abandonné la politique. C'est elle qui m'a abandonné, plutôt.

Il le dit d'une façon telle que je ne le crois pas : à mi-voix, le regard fuyant, s'agitant sur son fauteuil. Pour la première fois ce soir je suis sûr qu'il ment. Ne revit-il jamais ses anciens amis du POR(T) ?

— Ils se sont bien comportés quand j'étais en prison, après les événements de Jauja, s'écrie-t-il. Ils venaient me voir, m'apportaient des cigarettes, se sont démenés pour me faire obtenir l'amnistie du nouveau gouvernement. Mais le POR(T) s'est défait peu de temps après, à la suite des événements de La Convención, de Hugo Blanco. Quand je suis sorti de prison, le POR(T) et le POR tout court n'existaient plus. D'autres groupes trotskistes avaient surgi avec des gens venus d'Argentine. Je ne connaissais personne et ne m'intéressais plus à la politique.

Sur ces derniers mots, il se lève pour aller uriner.

Quand il revient, je vois qu'il s'est également lavé la figure. Vraiment ne veut-il pas que nous allions manger quelque chose? Il m'assure que non et répète qu'il ne dîne jamais. Nous restons un bon moment plongés dans nos propres pensées, sans parler. Le silence est toujours total ce soir-là sur le môle de Barranco ; il ne doit y avoir que des couples d'amoureux silencieux, protégés par l'obscurité, et non les saoulards et les drogués qui le vendredi et le samedi font toujours du scandale. Je lui dis que dans mon roman le personnage est un révolutionnaire de catacombes, qui a passé la moitié de sa vie à intriguer et à combattre avec d'autres groupuscules aussi insignifiants que le sien, et qui se lance dans l'aventure de Jauja pas tant parce que les plans de Vallejos l'ont convaincu — peut-être au fond de lui est-il sceptique sur ses chances de succès — que parce que le sous-lieutenant lui ouvre les portes de l'action, lui donne la possibilité d'agir de façon concrète, de produire sur la réalité des changements vérifiables et immédiats. Cela l'excite. Connaître ce jeune homme impulsif et pragmatique lui fait découvrir rétroactivement l'inanité de sa tâche révoltionnaire. Aussi s'embarque-t-il dans l'insurrection, même s'il devine que c'est un suicide.

— Vous reconnaissez-vous un peu dans ce personnage ? lui demandé-je. Ou n'a-t-il rien à voir avec vous, avec les raisons pour lesquelles vous avez suivi Vallejos ?

Il me regarde pensif, battant des yeux, sans savoir que répondre. Il lève son verre et boit le reste de sa limonade. Son hésitation est sa réponse.

— Ces choses semblent impossibles quand elles échouent, réfléchit-il. Mais, si elles sont couronnées de succès, tout le monde les trouve parfaites et bien préparées. Par exemple, la révolution cubaine. Combien d'hommes débarquèrent avec Fidel Castro au Granma ? Une petite poignée. Peut-être moins que nous ce jour-là à Jauja. Eux ont réussi, nous pas.

Il reste à méditer, un moment.

— Je n'ai jamais trouvé que c'était une folie, moins encore un suicide, affirme-t-il. C'était bien pensé. Si nous avions détruit le pont de Molinos et retardé les forces de l'ordre, nous aurions traversé la Cordillère. À la descente de la forêt, ils ne nous trouvaient plus. Nous aurions...

Sa voix s'éteint. Le manque de conviction est si visible que, se sera-t-il dit, cela n'a pas de sens d'essayer de me faire croire quelque chose à quoi, évidemment, il ne croit plus. À quoi mon ex-condisciple de fiction croit-il maintenant ? Là-bas, chez les salésiens, il y a un demi-siècle, il croyait ardemment à Dieu. Ensuite, quand Dieu mourut dans son cœur, il crut avec la même ardeur à la révolution, à Marx, Lénine, Trotski. Ensuite, les événements de Jauja ou, peut-être, avant, ces longues années de militantisme insipide affaiblirent et tuèrent aussi cette foi. Quelle autre la remplaça ? Aucune. Aussi

465

donne-t-il l'impression d'un homme vide, sans émotions ni sentiments qui soutiennent ce qu'il dit. Quand il s'est mis à attaquer des banques et à demander des rançons, il ne pouvait plus croire en rien, si ce n'est obtenir de l'argent coûte que coûte, n'est-ce pas ? Quelque chose en moi se refuse à l'accepter. Surtout maintenant, tandis que je l'observe, dans ces vêtements misérables et ces galoches ; surtout maintenant que j'ai vu comment il gagne sa vie.

— Si vous voulez, n'en parlons plus, lui dis-je. Mais je dois vous dire quelque chose, Mayta. J'ai du mal à comprendre qu'en sortant de prison, après les événements de Jauja, vous vous soyez mis à attaquer des banques et à prendre des otages. Pouvons-nous en parler ?

— Non, pas de cela, répond-il aussitôt avec une certaine dureté. Mais il se contredit, en ajoutant : — Je n'ai rien à voir avec ce dont on m'a accusé. On a falsifié les preuves, on a présenté de faux témoins, on les a obligés à témoigner contre moi. On m'a condamné parce qu'il fallait un coupable et j'avais des antécédents. Ma condamnation est une tache pour la justice.

À nouveau sa voix s'étrangle, comme s'il se laissait gagner par la démoralisation, la fatigue, la certitude qu'il était inutile d'essayer de me dissuader de quelque chose qui, sous l'effet du temps, a acquis une consistance irréversible. Dit-il la vérité ? Est-ce qu'il n'était pas un des assaillants de La Victoria, un des ravisseurs de

Pueblo Libre? Je sais très bien que dans les prisons du pays il y a des gens innocents — peut-être autant qu'il y a de criminels dehors, avec pignon sur rue — et il n'est pas impossible que Mayta, à cause de ses états de service, fût le bouc émissaire des juges et de la police. Mais je devine, chez l'homme que j'ai en face, un tel état d'apathie, d'abandon moral, peut-être de cynisme, qu'il ne me semble pas impossible non plus de me l'imaginer complice des pires délits.

— Le personnage de mon roman est pédéraste, lui dis-je, après un moment.

Il lève la tête, comme piqué par une guêpe. Le dégoût lui tord le visage. Il est assis sur un petit fauteuil bas, au large dossier, et maintenant il semble avoir soixante ans ou plus. Je le vois étirer ses jambes et se frotter les mains, tendu.

— Et pourquoi? demande-t-il enfin.

Il me prend par surprise : est-ce que je le sais peut-être? Mais j'improvise une explication.

— Pour accentuer sa marginalité, sa condition d'homme plein de contradictions. Aussi, pour montrer les préjugés qui existent sur ce sujet parmi ceux qui prétendent libérer la société de ses tares. Bon, je ne sais pas non plus exactement pourquoi.

L'expression de contrariété reste gravée sur son visage. Je le vois allonger la main, prendre le verre d'eau qu'il a placé sur des livres, le pétrir et, en remarquant qu'il est vide, le remettre à sa place.

— Je n'ai jamais eu de préjugés d'aucune sorte, murmure-t-il après un silence. Mais sur les pédés, je crois que j'en ai. Après les avoir vus. Au Sexto, au Frontón. À Lurigancho c'est encore pire.

Il reste un moment pensif. Son expression de dégoût s'atténue, sans disparaître. Il n'y a pas une ombre de compassion dans ce qu'il dit :

— Ils s'épilent les sourcils, se lissent les cils avec des allumettes brûlées, se maquillent les lèvres, portent des jupes, s'inventent des perruques, se font exploiter par les maquereaux tout comme des putes. Comment ne pas avoir envie de vomir ? C'est incroyable que l'être humain puisse se rabaisser ainsi. Des petites pédales qui sucent le zizi de n'importe qui pour un simple mégot... — Il souffle, le front à nouveau en nage. Il ajoute entre les dents : — On dit que Mao a fusillé tous ceux qu'il y avait en Chine. Est-ce vrai ?

Il se lève à nouveau pour aller aux toilettes et tandis que j'attends qu'il revienne, je regarde par la fenêtre. Dans le ciel presque toujours nuageux de Lima on voit cette nuit des étoiles, les unes paisibles et d'autres étincelant sur la tache noire qu'est la mer. Il me vient à l'esprit que Mayta, à Lurigancho, dans des nuits comme celles-ci, devait contempler hypnotisé les étoiles brillantes, spectacle limpide, serein, décent, contraste dramatique avec la dégradation violente dans laquelle il vivait.

À son retour, il dit qu'il regrette de n'avoir jamais été à l'étranger. C'était son grand espoir, chaque fois qu'il sortait de prison : se rendre à l'étranger, recommencer à zéro dans un autre pays. Il le tenta par tous les moyens, mais c'était très difficile : par manque d'argent, de papiers en règle, ou les deux choses. Une fois il arriva jusqu'à la frontière, dans un car qui devait le conduire au Venezuela, mais on le débarqua à la douane de l'Équateur, car son passeport n'était pas en règle.

— De toute façon je ne perds pas l'espoir de m'en aller, grogne-t-il. Avec toute ma famille c'est plus difficile. Mais c'est ce qui me plairait. Ici il n'y a pas de perspective de travail, de faire quelque chose, rien. Il n'y en a pas. Où qu'on regarde il n'y en a pas. Mais je n'ai pas perdu l'espoir.

Mais tu l'as perdu pour le Pérou, pensé-je. Définitivement et totalement, n'est-ce pas, Mayta ? Toi qui croyais tellement, qui voulais tellement croire à un avenir pour ton malheureux pays. Tu as jeté l'éponge, non ? Tu penses, ou tu agis comme si tu pensais, que cela ne changera jamais en mieux, seulement en pire. Plus de faim, plus de haine, plus d'oppression, plus d'ignorance, plus de brutalité, plus de barbarie. Toi aussi, comme tant d'autres, tu ne songes maintenant qu'à échapper avant que nous coulions tout à fait.

— Au Venezuela, ou au Mexique, où l'on dit

aussi qu'il y a beaucoup de travail, à cause du pétrole. Et même aux États-Unis, quoique je ne parle pas anglais. C'est ce qui me plairait.

À nouveau sa voix se brise, exténuée par le manque de conviction. Moi aussi, je me sens en cet instant moins retenu par l'intérêt de la conversation. Je sais que je ne vais rien obtenir de plus de mon faux condisciple que ce que j'ai obtenu jusqu'ici : la constatation déprimante que c'est un homme détruit par la souffrance et la rancœur, qui a perdu même ses souvenirs. Quelqu'un, en somme, essentiellement différent du Mayta de mon roman, cet optimiste à tout crin, cet homme de foi qui aime la vie malgré l'horreur et les misères. Je me sens gêné d'abuser de lui, de le retenir ici — il doit être près de minuit — pour une conversation sans consistance, prévisible. Ce doit être fatigant et angoissant pour lui de fouiller dans ses souvenirs, d'aller et venir de mon bureau aux toilettes, de bousculer sa routine quotidienne, que j'imagine stricte, monotone, animale.

— Je vous fais veiller de trop, lui dis-je.

— C'est vrai que je me couche de bonne heure, répond-il soulagé, me remerciant d'un sourire qui mettra le point final à notre entretien. Quoique je dorme très peu, quatre ou cinq heures. Alors qu'enfant j'étais une vraie marmotte.

Nous nous levons, sortons, et, dans la rue, il demande par où passent les bus pour rejoindre le centre. Quand je lui dis que je vais le conduire, il murmure qu'il suffit que je le rapproche un peu. Au Rímac il peut prendre un minibus qui le laissera chez lui.

Il n'y a presque pas de circulation sur la voie expresse. Un petit crachin embue les vitres de la voiture. Jusqu'à l'avenue Javier Prado nous échangeons des phrases impersonnelles et banales sur la sécheresse du Sud et les inondations du Nord, ainsi que sur les troubles à la frontière. En arrivant au pont il murmure, visiblement gêné, qu'il doit descendre un moment. Je freine, il descend et urine à côté de la voiture, en s'abritant de la porte. Au retour, il murmure que la nuit, à cause de l'humidité, le problème de ses reins s'accentue. A-t-il été voir un médecin ? Suit-il quelque traitement ? Il est en train de régulariser d'abord son affiliation à la sécurité sociale ; après quoi il ira à l'hôpital mutualiste se faire examiner, quoique, semble-t-il, il s'agisse de quelque chose de chronique, sans guérison possible.

Nous restons silencieux jusqu'à la place Grau. Là, soudain — je viens de doubler un vendeur ambulant —, comme si une autre personne parlait, je l'entends dire :

— Il y eut deux attaques à main armée, n'est-ce pas ? Avant celui de La Victoria, le hold-up pour lequel on m'a arrêté. Ce que j'ai dit est la vérité : je n'avais rien à voir non plus avec l'enlèvement de Pueblo Libre. Je n'étais même pas à Lima quand il eut lieu, mais à Pacasmayo, dans une raffinerie de sucre.

Il se tait. Je ne le presse pas, je ne lui demande rien. Je vais très lentement, espérant qu'il se décide à poursuivre, craignant qu'il ne le fasse. L'émotion de sa voix m'a surpris, ainsi que son ton confidentiel. Les rues du centre sont sombres et désertes et le seul bruit est celui du moteur de la voiture.

— C'est en sortant de la prison, après les événements de Jauja, après ces deux années au trou, dit-il en regardant devant lui. Vous souvenez-vous de ce qui se passait dans la vallée de La Convención, du côté de Cusco? Hugo Blanco avait organisé les paysans en syndicats, dirigé plusieurs saisies de terres. Quelque chose d'important, bien différent de tout ce que faisait la gauche. Il fallait l'appuyer, ne pas laisser leur arriver ce que nous avions subi à Jauja.

Je freine à un feu rouge, sur l'avenue Abancay, et il marque aussi un temps d'arrêt dans son récit. C'est comme si la personne qui se trouve à mes côtés était différente de celle qui s'était trouvée un moment auparavant dans mon bureau et différente aussi du Mayta de mon histoire. Un troisième Mayta, meurtri, ulcéré, qui conserve intacte sa mémoire.

— Nous avons donc essayé de les aider, avec des fonds, murmure-t-il. Nous avons organisé deux expropriations. C'était la meilleure façon à ce moment-là de prêter main-forte.

Je ne lui demande pas avec qui il s'était mis d'accord pour attaquer les banques ; s'il s'agissait de ses anciens camarades du POR(T) ou du POR, ou de révolutionnaires rencontrés en prison, voire d'autres personnes. En ce temps-là, au début des années soixante, l'idée de l'action directe était dans l'air et il y avait d'innombrables jeunes qui, s'ils n'agissaient pas de cette façon, du moins parlaient jour et nuit de le faire. Il ne dut pas être difficile pour Mayta de les contacter, de les convaincre et les pousser à une action sacrée au nom absolutoire d'expropriations. Les événements de Jauja avaient dû lui apporter un certain prestige aux yeux de ces groupes radicaux. Je ne lui demande pas non plus s'il fut le cerveau de ces attaques.

— Le plan fonctionna dans les deux cas comme du papier à musique, ajoute-t-il. Il n'y eut ni arrestations ni blessés. Nous l'avons fait en deux jours consécutifs, dans des endroits distincts de Lima. Nous avons exproprié... — Une brève hésitation, avant la formule évasive : — ... plusieurs millions.

Il se tait à nouveau. Je remarque qu'il est profondément concentré, cherchant les mots adéquats pour ce qui doit être le plus dur à raconter. Nous nous trouvons devant les arènes d'Acho, masse d'ombres noyées dans la brume. Par où dois-je aller ? Oui, je le conduirai jusque chez lui. Il m'indique la direction de Zárate. C'est un amer paradoxe qu'il vive, maintenant qu'il est libre, dans le quartier de Lurigancho. L'avenue, ici, est une succession d'ornières, de mares et d'ordures. L'auto trépide et fait des embardées.

— Comme j'étais archifiché, il fut décidé que ce ne serait pas moi qui apporterais l'argent à Cusco. Nous devions là-bas le remettre aux gens de Hugo Blanco. Par précaution élémentaire nous décidâmes que je m'y rendrais ensuite, sans les autres, par moi-même. Les camarades partirent en deux groupes. Moi-même je les aidai à partir. L'un dans un camion de transport, l'autre dans une voiture de location.

Il se tait à nouveau et tousse. Puis, avec sécheresse et un fond d'ironie, il ajoute rapidement :

— Là-dessus la police me tombe dessus. Non pour les expropriations. Pour l'attaque de La Victoria. À laquelle je n'avais pas pris part et dont je ne savais rien. Quel hasard, pensai-je. Quelle coïncidence. C'est bon, me dis-je. Cela a son côté positif. Cela les distrait, ils vont s'embrouiller. Ils ne feraient pas le rapprochement avec les expropriations. Mais non, ce n'était pas une coïncidence...

Soudain, je sais déjà ce qu'il va me dire, j'ai deviné très précisément où culminerait son récit.

— Je ne l'ai compris complètement que dès années après. Peut-être parce que je ne voulais pas le comprendre. — Il bâille, le visage congestionné, et il mâchonne quelque chose. — J'ai même vu, un jour, à Lurigancho, un tract ronéoté, tiré par je ne sais quel groupe fantôme, qui m'attaquait. On m'accusait d'être un voleur, on disait que j'avais volé je ne sais combien d'argent lors de l'attaque de la banque de La Victoria. Je n'y prêtai pas d'importance, je croyais que c'était une des saloperies normales dans la vie politique. Quand je suis sorti de Lurigancho, blanchi de ce forfait, dix-huit mois s'étaient écoulés. Je me suis mis à chercher mes camarades des expropriations. Parce que durant tout ce temps ils ne m'avaient fait parvenir aucun message, parce qu'ils n'avaient pas eu le moindre contact avec moi. À la fin j'en trouvai un. Alors nous avons parlé.

Il sourit, entrouvrant sa bouche édentée. La bruine a cessé et le cône lumineux des phares éclaire la terre, des pierres, des ordures, le profil de maisons pauvres.

— Il vous a dit que l'argent n'était jamais parvenu à Hugo Blanco? lui demandé-je.

— Il m'a juré qu'il s'était opposé, qu'il avait essayé de convaincre les autres de ne pas faire une telle saloperie, dit Mayta. Il m'a raconté des tas de mensonges et il a tout mis sur le dos des autres. Il avait demandé qu'on me consulte avant de le faire. Selon lui, les autres n'avaient pas voulu. «Mayta est un fanatique», lui auraient-ils dit. «Il ne comprendrait pas, il est trop droit pour ce genre de chose.» Au milieu des mensonges qu'il me disait, on reconnaissait quelques vérités.

Il soupire et me prie de m'arrêter. Tandis que

je le vois, du côté de la portière, se déboutonner et reboutonner sa braguette, je me demande si le Mayta qui m'a servi de modèle pourrait être appelé fanatique, si celui de mon histoire l'est. Oui, sans doute, les deux le sont. Quoique peut-être pas de la même manière.

— C'est vrai, je n'aurais pas compris, dit-il doucement en revenant près de moi. C'est la vérité. Je leur aurais dit : l'argent de la révolution, on ne doit pas y toucher, c'est sacré, il brûle les doigts. Ne vous rendez-vous pas compte que si vous le gardez pour vous, vous cessez d'être des révolutionnaires pour devenir des voleurs?

Il soupire à nouveau, profondément. Je roule très lentement sur une avenue ténébreuse, au bord de laquelle parfois des familles entières dorment en plein air, protégées par des journaux. Des chiens faméliques aboient après nous, les yeux embrasés par les phares.

— Je ne les aurais pas laissés faire, bien entendu, répète-t-il. C'est pourquoi ils m'ont dénoncé, ils m'ont impliqué dans l'attaque de La Victoria. Ils savaient que, plutôt que de les laisser faire, je leur aurais flanqué une balle dans la peau. En me dénonçant, ils faisaient d'une pierre deux coups. Ils se débarrassaient de moi et la police trouvait un coupable. Ils savaient bien que je n'allais pas dénoncer des camarades dont je croyais qu'ils risquaient leur vie pour apporter à Hugo Blanco le produit des expropriations. Quand, lors des interrogatoires, je m'aperçus de quoi l'on m'accusait, je me dis : « Parfait, ils ne se doutent de rien. » Et pendant un temps, je les menai en bateau, je croyais que c'était un bon alibi.

Il rit, tout doucement, le visage grave. Il se tait et j'ai dans l'idée qu'il ne dira plus rien. Je n'ai pas besoin qu'il le dise, non plus. Si c'est vrai, je sais maintenant ce qui l'a démoli, je sais pourquoi maintenant c'est ce fantôme que j'ai à mes côtés. Ce n'est pas à cause de l'échec de Jauja, ni toutes ces années de prison, ni même d'avoir purgé la faute des autres. Mais sûrement de découvrir que les expropriations n'avaient été que de simples braquages ; de découvrir que, suivant sa propre philosophie, il avait agi « objectivement » comme un délinquant de droit commun. Ou n'est-ce pas, plutôt, d'avoir été un naïf et un idiot aux yeux de camarades qui avaient moins d'années de militantisme et de prison que lui ? Est-ce cela qui le dégoûta de la révolution et qui fit de lui ce simulacre de lui-même ?

— Pendant un temps, j'ai songé à les rechercher, un par un, et à leur demander des comptes, dit-il.

— Comme dans *Le Comte de Monte-Cristo*, lui dis-je alors. Avez-vous lu une fois ce roman ?

Mais Mayta ne m'écoute pas.

— Ensuite, la rage et la haine aussi me quittèrent, poursuit-il. Si vous voulez, disons que je leur ai pardonné. Car, autant que j'ai pu le savoir, tout a tourné pour eux aussi mal ou pire qu'à moi. Sauf un, qui est arrivé à être député.

Il rit, d'un petit rire aigre et faux, avant de se taire.

Ce n'est pas vrai que tu leur as pardonné, je pense. Pas plus que tu ne t'es pardonné à toi-même pour ce qui s'est passé. Dois-je lui demander des noms, des précisions, tâcher de lui soutirer encore quelque chose ? Mais je comprends que l'aveu qu'il m'a fait est exceptionnel, une faiblesse dont il se repent peut-être. Je pense à ce que cela a représenté pour lui de ruminer, au milieu des barbelés et du béton de Lurigancho, la blague dont il avait été victime. Mais, et si ce qu'il m'a raconté était exagéré, pur mensonge ? Ne serait-ce pas une farce préméditée pour se disculper d'états de service dont il a honte ? Je le regarde du coin de l'œil. Il bâille et s'étire, comme s'il avait froid. À la hauteur du croisement qui mène à Lurigancho il m'indique d'aller tout droit. L'asphalte de l'avenue prend fin ; celle-ci se prolonge en piste de terre qui se perd en terrain vague.

— Un peu plus par là-bas se trouve la ville nouvelle où je vis, dit-il. Je marche jusqu'ici pour prendre le bus. Vous souviendrez-vous et pourrez-vous revenir, maintenant que vous me laissez là ?

Je l'assure que si. Je voudrais lui demander combien il gagne au glacier, quelle part de son salaire s'en va en bus et comment il distribue ce qui lui reste. Également, s'il a essayé de trouver un autre travail et s'il voudrait que je l'aide, en faisant quelque démarche. Mais toutes ces questions me restent dans la gorge.

— À un certain moment on disait que la forêt offrait des perspectives de travail, je l'entends dire. J'y ai beaucoup pensé, aussi. Puisque c'était si difficile d'aller à l'étranger, peut-être pouvais-je me rendre à Pucallpa, à Iquitos. On disait qu'il y avait des scieries, du pétrole, des possibilités. Mais c'était de la blague. Là-bas les choses allaient aussi mal qu'ici. Dans cette ville nouvelle il y a des gens qui reviennent de Pucallpa et qui disent que c'est pareil. Seuls les trafiquants de coca ont du travail.

Nous venons de traverser le terrain vague et, dans l'obscurité, on aperçoit maintenant une agglomération d'ombres plates et entrecoupées : les maisonnettes. En torchis, tôle ondulée, bouts de bois et de roseaux, elles donnent toutes l'impression d'être inachevées, interrompues quand elles commençaient à prendre forme. Il n'y a ni asphalte ni trottoirs, pas plus qu'il n'y a de lumière électrique, ni d'eau non plus, ni d'égouts.

— Je n'étais jamais venu jusqu'ici, lui dis-je. Que c'est grand.

— Là sur la gauche, on voit les lumières de Lurigancho, dit Mayta tandis qu'il me guide dans les méandres de son quartier. Ma femme a été l'une des fondatrices de cette ville nouvelle.

Il y a huit ans. Quelque deux cents familles l'ont créée. Elles sont venues par petits groupes, sans être vues. Elles ont travaillé jusqu'au matin, clouant les planches, tirant au cordeau, et le lendemain, lorsque les gardiens de la paix arrivèrent, le quartier existait déjà et il n'y eut pas moyen de les en déloger.

— Autrement dit, en sortant de Lurigancho, vous ne connaissiez pas votre maison, lui demandé-je.

Il me fait non de la tête. Et il me raconte que, le jour où il est sorti, après presque onze ans de détention, il est venu tout seul, en marchant à travers le terrain vague que nous avons passé, en chassant à coups de pierres les chiens qui voulaient le mordre. En atteignant les premières maisons il a commencé à demander : « Où habite madame Mayta ? » Et c'est ainsi qu'il s'est présenté chez lui à la grande surprise de sa famille.

Nous sommes devant sa maison, je l'éclaire de mes phares. La façade est en brique et la paroi latérale aussi, mais le toit n'a pas encore été coulé, c'est une plaque de zinc non fixée, tenue seulement par des petits tas de pierres aux quatre coins. La porte, un ensemble de planches, est ajustée au mur par des clous et des pitons.

— Nous luttons pour avoir de l'eau, dit Mayta. C'est le gros problème ici. Et, bien entendu, les ordures. Est-ce bien vrai que vous pourrez retrouver votre chemin ?

Je l'assure que oui et je lui dis que, si cela ne le dérange pas, au bout d'un certain temps, je lui demanderai de parler à nouveau et de revenir sur l'histoire de Jauja. Peut-être d'autres détails lui reviendraient-ils à la mémoire. Il acquiesce et nous prenons congé sur une poignée de main.

Je n'ai pas de difficulté à retrouver le macadam qui me conduit à Zárate. Je le fais lentement, en m'arrêtant pour observer la pauvreté, la laideur, la négligence, le désespoir qui se dégagent de cette ville nouvelle dont j'ignore le nom. Il n'y a personne dans la rue, pas même un animal. De tous côtés, en effet, s'accumulent les ordures. Les gens, j'imagine, se bornent à les jeter depuis leurs maisons, résignés, sachant qu'il n'y a rien à faire, qu'aucune benne municipale ne viendra les ramasser, sans courage pour se mettre d'accord avec d'autres voisins et aller les jeter plus loin, sur le terrain vague, ou pour les enterrer et les brûler. Ils auront aussi baissé les bras et jeté l'éponge. J'imagine ce que la pleine lumière du jour doit montrer, pullulant, dans ces pyramides d'immondices accumulées devant les baraques, au milieu desquels courent et jouent les enfants du voisinage : mouches, cafards, rats, d'innombrables bestioles. Je pense aux épidémies, à la puanteur, aux morts prématurées.

Je pense encore aux ordures du quartier de Mayta quand j'aperçois sur ma gauche la masse de Lurigancho et je me rappelle ce détenu fou et

481

nu qui dormait sur l'immense dépotoir, en face des pavillons impairs. Et peu après, quand je dépasse Zárate et les Arènes d'Acho et me trouve sur l'avenue Abancay, sur la ligne droite qui me conduira vers la voie expresse, San Isidro, Miraflores et Barranco, je devine les môles du quartier où j'ai la chance de vivre, et le dépotoir que l'on découvre — je le verrai demain quand je sortirai pour courir — si l'on tend le cou et qu'on regarde au bord de la falaise, les tas d'ordures que sont devenues ces pentes qui donnent sur la mer. Et je me rappelle, alors, qu'il y a un an j'ai commencé à inventer cette histoire en mentionnant, comme je la termine, les ordures qui envahissent les quartiers de la capitale du Pérou.

Londres, 7 juillet 1984.

DU MÊME AUTEUR

COLLECTION FOLIO

Dernières parutions

3823. Frédéric Beigbeder   *Dernier inventaire avant liqui-
dation.*
3824. Hector Bianciotti   *Une passion en toutes Lettres.*
3825. Maxim Biller   *24 heures dans la vie de Mor-
dechaï Wind.*
3826. Philippe Delerm   *La cinquième saison.*
3827. Hervé Guibert   *Le mausolée des amants.*
3828. Jhumpa Lahiri   *L'interprète des maladies.*
3829. Albert Memmi   *Portrait d'un Juif.*
3830. Arto Paasilinna   *La douce empoisonneuse.*
3831. Pierre Pelot   *Ceux qui parlent au bord de
la pierre (Sous le vent du
monde, V).*
3832. W.G Sebald   *Les émigrants.*
3833. W.G Sebald   *Les Anneaux de Saturne.*
3834. Junichirô Tanizaki   *La clef.*
3835. Cardinal de Retz   *Mémoires.*
3836. Driss Chraïbi   *Le Monde à côté.*
3837. Maryse Condé   *La Belle Créole.*
3838. Michel del Castillo   *Les étoiles froides.*
3839. Aïssa Lached-
Boukachache   *Plaidoyer pour les justes.*
3840. Orhan Pamuk   *Mon nom est Rouge.*
3841. Edwy Plenel   *Secrets de jeunesse.*
3842. W. G. Sebald   *Vertiges.*
3843. Lucienne Sinzelle   *Mon Malagar.*
3844. Zadie Smith   *Sourires de loup.*
3845. Philippe Sollers   *Mystérieux Mozart.*
3846. Julie Wolkenstein   *Colloque sentimental.*
3847. Anton Tchékhov   *La Steppe. Salle 6. L'Évêque.*
3848. Alessandro Baricco   *Châteaux de la colère.*
3849. Pietro Citati   *Portraits de femmes.*
3850. Collectif   *Les Nouveaux Puritains.*

4003.	William Faulkner	*Le domaine.*
4004.	Sylvie Germain	*La Chanson des mal-aimants.*
4005.	Joanne Harris	*Les cinq quartiers de l'orange.*
4006.	Leslie kaplan	*Les Amants de Marie.*
4007.	Thierry Metz	*Le journal d'un manœuvre.*
4008.	Dominique Rolin	*Plaisirs.*
4009.	Jean-Marie Rouart	*Nous ne savons pas aimer.*
4010.	Samuel Butler	*Ainsi va toute chair.*
4011.	George Sand	*La petite Fadette.*
4012.	Jorge Amado	*Le Pays du Carnaval.*
4013.	Alessandro Baricco	*L'âme d'Hegel et les vaches du Wisconsin.*
4014.	La Bible	*Livre d'Isaïe.*
4015.	La Bible	*Paroles de Jérémie-Lamentations.*
4016.	La Bible	*Livre de Job.*
4017.	La Bible	*Livre d'Ezéchiel.*
4018.	Frank Conroy	*Corps et âme.*
4019.	Marc Dugain	*Heureux comme Dieu en France.*
4020.	Marie Ferranti	*La Princesse de Mantoue.*
4021.	Mario Vargas Llosa	*La fête au Bouc.*
4022.	Mario Vargas Llosa	*Histoire de Mayta.*
4023.	Daniel Evan Weiss	*Les cafards n'ont pas de roi.*
4024.	Elsa Morante	*La Storia.*
4025.	Emmanuèle Bernheim	*Stallone.*
4026.	Françoise Chandernagor	*La chambre.*
4027.	Philippe Djian	*Ça, c'est un baiser.*
4028.	Jérôme Garcin	*Théâtre intime.*
4029.	Valentine Goby	*La note sensible.*
4030.	Pierre Magnan	*L'enfant qui tuait le temps.*
4031.	Amos Oz	*Les deux morts de ma grand-mère.*
4032.	Amos Oz	*Une panthère dans la cave.*
4033.	Gisèle Pineau	*Chair Piment.*
4034.	Zeruya Shalev	*Mari et femme.*
4035.	Jules Verne	*La Chasse au météore.*
4036.	Jules Verne	*Le Phare du bout du Monde.*
4037.	Gérard de Cortanze	*Jorge Semprun.*
4038.	Léon Tolstoï	*Hadji Mourat.*
4039.	Isaac Asimov	*Mortelle est la nuit.*

Composition Bussière
Impression Liberdúplex
à Barcelone, le 2 mai 2005
Dépôt légal : mai 2005
Premier dépôt légal dans la collection : mars 2004

ISBN 2-07-031411-1./Imprimé en Espagne.